BASTEI
LÜBBE

Aphrodite Jones

... und alles nur aus Liebe

Ins Deutsche übertragen
von Manes H. Grünwald

TRUE CRIME
Der wahre Kriminalfall

BASTEI LÜBBE

BASTEI-LÜBBE-TASCHENBUCH
Band 13 549

Erste Auflage:
Mai 1994

Deutsche Lizenzausgabe 1994
by Bastei-Verlag Gustav H. Lübbe
GmbH & Co., Bergisch Gladbach
Originaltitel: The FBI-Killer
Lektorat: Dr. Edgar Bracht
Das Titelfoto zeigt Mark Putnam
und Susan Daniels Smith
Umschlaggestaltung:
Quadro Grafik, Bensberg
Satz: KCS GmbH,
Buchholz/Hamburg
Druck und Verarbeitung:
Brodard & Taupin, La Flèche,
Frankreich
Printed in France

ISBN 3-404-13549-0

Für

Susan Daniels Smith

Danksagung

Abgesehen von meinen persönlichen Beobachtungen stammt das gesamte Material zu diesem Buch aus offiziellen Gerichtsakten, Polizeiberichten und Interviews mit den Personen, die mit dem Fall näher befaßt waren. Da diese ›indirekten Mitarbeiter‹ jeweils im Buch erwähnt sind, führe ich sie hier nicht gesondert auf; ich möchte jedoch nicht versäumen, ihnen allen meinen Dank für die geduldige Mitwirkung zu sagen. Zwei Freundinnen, Edith Walker und Bonnie Butler, möchte ich dennoch ausdrücklich an dieser Stelle nennen, weil sie mir in besonderer Weise geholfen und die Fertigstellung dieses Buches überhaupt erst ermöglicht haben. Darüber hinaus verdienen einige Leute, deren Beiträge zu diesem Buch von besonderer Bedeutung waren, eine ausdrückliche Erwähnung: Dr. David Wolfe, Gerichtsmediziner, Kentucky Justice Cabinet; Supervisory Special Agent James Huggins, Federal Bureau of Investigation; Major Jerry Lovitt, Commandant – East Branch, Kentucky State Police, und seine Beamten; Larry Webster, dessen Beratung in juristischen Fragen unschätzbar war; Harry M. Caudill, Autor des Buches ›Night Comes to the Cumberlands‹; Mike Sager, freier Journalist; Lee Mueller, Chefredakteur beim Eastern Kentucky Bureau des *Lexington Herald Leader*; Richard Foley, mein Kollege am Cumberland College; und schließlich die hart arbeitenden Journalisten des *Appalachian News Express* und der *Williamson Daily News*, deren Reportagen mir besonders bei der Erstellung der letzten Kapitel hilfreich waren.

Aphrodite Jones
Williamsburg, Kentucky
September 1992

1. Kapitel

Freeburn liegt genau in der Mitte des geschichtsträchtigen Hatfield-McCoy-Districts. In der Erinnerung seiner Bewohner sind die mörderischen Überfälle und blutigen Fehden immer noch sehr lebendig. Das Städtchen Freeburn wurde 1911 gegründet, hieß allerdings zunächst – zu Ehren von Liss Hatfield – Liss, bevor es 1932 wegen der frei an der Oberfläche liegenden Kohleflöze in der Umgebung in Freeburn umbenannt wurde. Die Gegend ist hügelig und ländlich-einsam, und die meisten der vierhundert Einwohner Freeburns verdienen ihre Brötchen im dreißig Meilen entfernten Pikeville oder in Matewan, das ein paar Meilen jenseits der Staatsgrenze in West Virginia liegt. Die Landschaft an den westlichen Ausläufern der Appalachen ist geprägt von den zahllosen Flüssen und Bächen, die von den Höhenzügen etwa vierhundertundfünfzig Meter über dem Meeresspiegel herabfließen.

Susan Daniels war ein Abkömmling von ›Devil Anse‹ Hatfield, der einst Anführer des Hatfield-Clans gewesen war. Das von einer Skulptur aus italienischem Marmor überragte Grab des bösartigen Patriarchen liegt im Logan County, West Virginia. Begraben mit ihm, inzwischen folkloristisch verbrämt, sind auch die Gründe, die zu der blutigen Fehde vor mehr als hundert Jahren führten. Manche Leute sagen, der Streit sei über ein Schwein ausgebrochen, das den McCoys gehörte, sich aber plötzlich in einem Pferch der Hatfields tummelte. Andere wiederum vertreten die Auffassung, die Fehde gehe auf den Bürgerkrieg zurück, in dem die Hatfields auf Seiten der Konföderierten, die McCoys hingegen für die Union kämpften.

Welche Gründe es auch immer gewesen sein mögen – der Kampf zwischen den beiden Familien begann im Jahre 1882, als Devil Anses Bruder Ellison Hatfield im Pike County bei einer Auseinandersetzung am Tag der lokalen Wahlen mit zwei Dutzend Messerstichen niedergestreckt und dann auch noch von Kugeln durchlöchert wurde. Devil Anse Hatfield und sein Clan machten die McCoys für Ellisons Tod verantwortlich, griffen sich ein paar – die genaue Zahl ist nicht überliefert – männliche Mitglieder des McCoy-Clans, banden sie in der Nähe von McCarr, nur einen Steinwurf vom heutigen Freeburn entfernt, an Papaya-Bäume und erschossen sie. Heutzutage, nach all den Jahren, sind die Leute in der Gegend ziemlich verärgert darüber, daß sie sich wegen dieser schändlichen, verabscheuungswürdigen Geschehnisse dauernd rechtfertigen müssen. Für die moderne Generation jedoch, die im Fernsehen und im Kino mit Gewalttaten überfüttert wird, sind die mörderischen Familienfehden von vor hundert Jahren wohl eher Gruselmärchen als geschichtliche Wahrheit.

Die Bewohner des Tug Valley können ihre turbulente Geschichte nicht einfach ignorieren. Über Jahrzehnte hinweg beklagten die Gerichtsbeamten im Pike County alljährlich den Tod von Männern, die oftmals aus nichtigen Anlässen erschossen wurden. Jahr für Jahr waren die Terminkalender des Gerichtes überfüllt mit Fällen von Mord und Totschlag. Angesichts der vielen Gewalttätigkeiten war es kein Wunder, daß das soziale Leben der Bewohner dieser Gegend verkümmerte und daß friedlicher gestimmte Menschen in Scharen die Gegend verließen. Sie wanderten in alle Richtungen ab, meistens jedoch in den Norden, wo sie am ehesten darauf hoffen konnten, Arbeit zu finden. Und da die grausamen Fehden Fremde davon abhielten, sich im Pike County niederzulassen, neigten die Bewohner dazu, innerhalb der eigenen Großfamilien zu heiraten. ›Nicht weit weg heiraten‹, nannte man diese Sitte. In Freeburn und Umgebung ist jedes Bachtal von einem verzweigten Geflecht aus Eltern und Großeltern, Cousins und Cousinen sowie Tanten und Onkeln bewohnt.

Die meisten Menschen, die in Kohlerevieren leben, sind wegen der schweren Rückschläge, die den Kohlebergbau in den vergangenen Jahrzehnten getroffen haben, von schweren Existenzsorgen geplagt. Seit der großen Rezession Anfang der dreißiger Jahre fanden Bergarbeiter kaum mehr Arbeit. Die Bewohner der Appalachen sind daher seit vielen Jahren verarmt, und das hat zu einer tiefgehenden Apathie geführt. Die Leute leben von der Hand in den Mund, bar aller Hoffnungen.

Im Jahr 1960, als Susan Daniels als fünftes von neun Kindern geboren wurde, hatte Ost-Kentucky die höchsten Geburtsraten der USA, was die Probleme der Region zusätzlich verschärfte. Susan wurde in Matewan, West Virginia, geboren, aber ihre Eltern zogen nach Barrenshea Creek, einer Senke im Ortsgebiet von Freeburn. Damals war sie noch ein Baby gewesen. Als sie das Alter erreicht hatte, in dem man seine Umgebung bewußt wahrnimmt, wurde ihr Vater, Sid Daniels, wegen einer Armverletzung arbeitslos.

»Ich hab' sehr hart gearbeitet, um meine neun Kinder großzuziehen, aber es hat vorn und hinten nicht gereicht«, beteuert Sid. »An Samstagen und Sonntagen hab' ich Grubenholz geschlagen, um ein bißchen Geld dazuzuverdienen, und das hat meine Handgelenke kaputtgemacht.«

Sid Daniels arbeitete insgesamt achtzehn Jahre als Bergmann für die Majestic Collier Coal Company und die Estep Coal Company. Er bekam eine Staublunge – eine Bergmannskrankheit, die die Fähigkeit zur Aufnahme von Sauerstoff in die Lunge verringert –, aber als

Raucher wurde er von Entschädigungszahlungen der Kohlegesellschaften ausgeschlossen. Er hätte seine Ansprüche vor Gericht geltend machen können, konnte sich jedoch keinen Anwalt leisten...

Da Sid bereits nicht mehr arbeitete, als Susan noch ein kleines Mädchen war, kannte sie ihren Vater nur als arbeitslosen, abgehalfterten Bergmann in mittleren Jahren, der eine Horde Kinder am Hals hatte. Sozialhilfe bestimmte das Leben der Familie. Bergleute hatten schwere Augenschäden, die Lungen voll Kohlenstaub und die Wirbelsäulen von der Arbeit in den engen Schächten, in denen oft nur auf Händen und Knien gearbeitet werden konnte, frühzeitig abgenutzt; also war es für Männer wie Sid Daniels, die diese schwere Arbeit nicht mehr leisten konnten, der übliche Ausweg, zu resignieren und Wohlfahrtsschecks zu kassieren. Und für seine Kinder – wie für den Nachwuchs aller Bergleute in diesem Bezirk – zeichnete sich die gleiche Perspektive ab. Der Teufelskreis aus schlechten Bildungsmöglichkeiten, hoher Arbeitslosigkeit und leichtem Zugang zu staatlicher Sozialhilfe ließ junge Menschen wie Susan Daniels keine Alternative – es sei denn, sie ließen die Heimat samt ihren Familien und Freunden hinter sich und wanderten ab in andere, weniger arme Gegenden.

»Wenn wir unter anderen Umständen aufgewachsen wären – wenn man uns mehr Stolz mit auf den Weg gegeben hätte«, klagte Susans Schwester Carla einmal, »dann wäre sicher manches anders gelaufen. Aber solange ich mich erinnern kann, lebten wir von der Wohlfahrt. Ich habe Daddy nie arbeiten sehen. Er bekam Sozialhilfe, und er kannte alle Tricks, wie man das Beste herausholt.«

Carla nannte ihre Mutter Tracy ein ›Fließband‹, das immer noch ein Kind mehr in die Welt setzte, um noch ein bißchen Geld herauszuschlagen. Susan sah das anscheinend nicht so. Sie liebte Tracy und Sid und war nicht so verbittert wie ihre Brüder und Schwestern.

»Wir gingen in alten Klamotten zur Schule und wurden deswegen ausgelacht«, erinnert sich Carla. »Daddy hätte arbeiten und mehr für uns tun können. In jedem Zimmer waren mindestens zwei Betten, und die mußte man sich auch noch mit anderen Geschwistern teilen; wir hatten einen alten Schwarzweißfernseher, mit dem man nur drei Sender empfangen konnte, und unsere Heizung bestand aus einem alten Kohleofen. Man muß doch zugeben, daß es nicht einfach war, unter solchen Umständen aufzuwachsen.«

Susan hingegen schien in ihrer frühen Kindheit keine großen materiellen Ansprüche gestellt zu haben. Man richtete ihr Geburtstagspartys aus, zu Weihnachten gab es einen Tannenbaum, und auf dem Nachttisch lag stets die Bibel; das schien ihr zu genügen. Ihr Vater hatte am Ausgang des Barrenshea Creek ein kleines Holzhaus für die Familie gebaut, und die Kinder teilten alles, was die Familie besaß – die Zimmer im Haus, die Kleidung, das Spielzeug. Die Mahlzeiten wurden immer gemeinsam eingenommen, die Kinder wurden der Größe nach um den Tisch aufgereiht wie Rekruten, und jeder konnte sich von Tracys einfachen Gerichten so viel nehmen, wie er wollte. Die Familie hatte zwar keine luxuriösen Dinge, wie sie sich ›die reichen Leute‹ leisten konnten, aber kein Familienmitglied mußte jemals hungern oder in Lumpen herumlaufen.

Das bedeutet natürlich nicht, daß die Daniels nicht arm gewesen wären. Ihr Leben wurde vom Mangel bestimmt. Es gab keinen geteerten Weg in den Barrenshea Creek, es gab auch keinerlei moderne Küchen- oder Haushaltsgeräte, und immer mußten zwei Kinder sich ein Bett teilen. Susan schien sich der Situation anzupassen – und sie wurde von Eltern und Geschwistern geliebt.

»Sie war ein glückliches Kind«, meint Sid. »Sie ging gerne zur Schule. Sie holte sich Bücher aus der Bibliothek und las viel. Ja, sie las und lernte sehr gern. Sie wollte Sekretärin werden. Darüber redete sie als Kind andauernd.«

Als sie etwa zehn Jahre alt war, wurde Susan unzufriedener mit ihrem Los. Obwohl sie es sich kaum leisten konnten, versuchten die Eltern, den Wünschen ihrer Tochter nachzukommen. Die meisten Kinder in Freeburn mußten sich mit gebrauchter Kleidung zufriedengeben, die man bei Wohltätigkeitsbasaren billig erstehen konnte. Susan gefiel das nicht. Sie wollte in den Läden von Matewan einkaufen, wollte schicke neue Kleidung haben.

Tracy erinnert sich: »Wir fuhren also mit ihr zu Hopes Department Store in Matewan hinüber. Damals war ja alles noch einigermaßen billig. Für fünf oder zehn Dollar kriegte man noch 'ne ganze Menge. Susan lief immer mit einem Sonnenschirm rum, spielte gern ›Sich-schick-anziehen‹ und stolzierte mit alten Handtaschen unterm Arm durchs Haus. Sie wußte, daß wir ihr nicht viel bieten konnten, aber sie hatte ordentliche Kleider, sie hatte ihre Puppen, sie hatte ihr Dreirad, und sie hatte ihre Schwestern und Brüder. Es ging ihr gut.«

Für die Familie Daniels war es nicht einfach, sich durchzuschlagen. Immerhin war sie jedoch, was die Ernährung anging, weitgehend unabhängig. Sie mästeten jedes Jahr ein Schwein, das Sid und die Buben schlachteten; Obst und Gemüse bauten die Daniels im eigenen Garten an, und Susan und ihre Schwestern halfen Tracy, Beeren einzumachen und Marmelade einzukochen. Einmal in der Woche fuhren sie alle zusammen mit Sids Chevy-Kleinlaster nach Matewan und kauften Mehl, Schmalz, Seife, Zahnpasta, Shampoo und ähnliches ein. Unter dem Strich war das Leben der Daniels nicht übermäßig hart, anderen Familien oben in den Bergen ging es weitaus schlechter. Es war schließlich nicht so, daß Susan ohne Elektrizität oder Wasserleitung im Haus aufgewachsen wäre. Allerdings mußten die Kinder mit anfassen. Die Mädchen hielten das Haus sauber und machten die Wäsche. Die Jungen hielten das Haus in Schuß.

Die Daniels-Kinder hatten durchaus auch ihren Spaß, spielten Verstecken auf dem wilden Gelände, das das Haus umgab. Sie kletterten auf Berge und balancierten auf Seilbrücken über Bäche und Flüsse. Sie wohnten weit weg vom Lärm und Streß des städtischen Lebens und hatten in ihrem Haus im Grunde alles, was man zum Leben braucht. Sogar ein Pony für die Kinder konnten sie sich leisten. Für Susan war das Leben als Kind einfach, aber schön. Die beiden Berge in der Nähe, Tug Fork und Big Sandy, strahlen eine Schönheit und majestätische Ruhe aus, die für diese abgeschiedene, unberührte Gegend typisch sind. Als Kind liebte Susan diese Umgebung ...

Es ist tatsächlich so, daß die meisten Leute aus dem Pike County, selbst die, die nach dem Zweiten Weltkrieg wegzogen, als der technische Fortschritt im Bergbau die Arbeitsplätze dezimierte, ein ausgeprägtes Heimatgefühl entwickeln, wohl vor allem, weil die Menschen in den Appalachen von Kind auf eine enge Beziehung zur Natur pflegen. Früh am Morgen liegt ein Nebelschleier über den Bergen, weiße Bänder ziehen sich über die Hügel und durch die Täler, elfenbeinfarbene, von Nebelkappen bedeckte Höhen ragen über den bescheidenen Häusern auf ... Und die Menschen verbringen viel Zeit in der freien Natur, gehen zum Fischen oder zur Jagd.

Mehr noch aber gefällt es den Bewohnern in ihrer Heimat, weil hier, anders als im übrigen Amerika, die Werte der ›alten Welt‹ noch lebendig sind. Die Familie steht über allem. In den Großfamilien besteht ein Zusammenhalt, den man anderswo nur in den Kernfamilien findet. In und um Freeburn helfen Freunde und Nachbarn einander in einer Weise, die unter Stadtbewohnern unbekannt ist. Es ist nicht ungewöhnlich, daß man jemandem bedenkenlos sein Auto überläßt, Babys ohne Bezahlung hütet oder einem Menschen in Not mit Geld, Unterkunft und Nahrung aushilft, auch wenn man selbst damit nicht überreichlich gesegnet ist.

Fremde mögen es kaum glauben, die Menschen im Tug Valley lieben die kümmerlichen Straßenzüge, in denen sie zu Hause sind und in denen immer jemand da ist, der einem hilft oder ein warmes Lächeln für den anderen übrig hat. Und natürlich gibt es dort die einzigartige Hillbilly-music, die in dieser Gegend eine jahrhundertealte Tradition hat, eine Musik, die ein Gefühl der ›alten Zeit‹ vermittelt, mit der die Menschen sich identifizieren. An Freitagabenden kommen die Hillbilly-Musiker in den Blockhäusern zusammen und tragen die traditionellen Lieder aus den Appalachen vor. Diese Lieder sind auf ganz andere Art volkstümlich als die Musik, die heutzutage modern ist.

Bis zum Alter von fünfzehn Jahren besuchte Susan Daniels die Grundschule in Freeburn. Den Übergang zur High School in Phelps, die nur ein paar Meilen entfernt gewesen wäre, schaffte sie nicht. Nach der siebten Klasse verließ sie die Schule – mit der ›Reife zur achten Klasse‹, wie die Leute spöttelnd sagen. Immerhin war sie eine beliebte Schülerin und ein guter Cheerleader bei Sportveranstaltungen gewesen. Die Daniels hatten keine Ausgaben gescheut und ihr eine teure Cheerleader-Ausstattung gekauft, und Susan verstand es ausgezeichnet, Begeisterung für ihre Mannschaft zu wecken. Sie war gern bei den Sportveranstaltungen, und sie genoß es, wenn die Jungen ihr bewundernd nachstarrten. Unglücklicherweise aber sah sie, wie so viele in ihrem Alter, schulische Erfolge als nebensächlich an ...

»Als sie fünfzehn war, stieg sie fast täglich drüben beim

Postamt zu Kenneth Smith aufs Motorrad, und dann brausten die beiden zu seinem Wohnwagen«, erinnert sich Sid. »Sie verbrachte fast ihre ganze Zeit mit ihm. Ich wollte, daß sie die Schule abschloß, und ich hab' versucht, sie von Kenneth wegzukriegen, hab' sie gedrängt, wieder zu uns nach Hause zu kommen. Aber sie wollte nicht. Wenn sie mal zu uns kam, lauerte sie nur darauf, so schnell wie möglich wieder zu ihrem Kenneth abhauen zu können. Ich fand das gar nicht gut.«

Susan war verrückt nach Kenneth Darrell Smith. Sie hatte sich Hals über Kopf in ihn verknallt, von dem Moment an, als sie sich zum ersten Mal trafen. Er war zweiundzwanzig und sie fünfzehn. Er war gewandt im Auftreten, hatte Erfahrung mit Mädchen, und er brachte ihr bei, was er alles so wußte... Er kannte sich aus im Leben. Und er sah gut aus – mit seinen langen dunklen Haaren und seinen strahlenden grünen Augen. Meistens trug er einen Cowboyhut und Stiefel, und er hatte die Marotte, sein Zigarettenpäckchen in den Ärmel seines T-Shirts zu schieben. Susan hatte ihn im Billardsaal ihres Onkels in Freeburn kennengelernt. Sids Bruder, Charles Daniels, war der Besitzer eines Lokals, in dem die Männer von Freeburn am Wochenende pokerten, und Kenneth, ein leidenschaftlicher Spieler und kleiner Gauner mit einer Menge Geld in den Taschen, hielt sich oft dort auf.

Kenneth verkaufte Drogen. Er war Dealer für PCP – Phencyclidine, normalerweise ein Betäubungsmittel in der Tiermedizin –, aber auch für Kokain, Pot und LSD. Es dauerte natürlich nicht lange, bis Susan in die Welt des Sex, der Drogen und des Rock'n'Roll eingeführt war. Sie verlor gleich zu Beginn der Bekanntschaft ihre Unschuld an Kenneth, und sie begann, sich mehrmals täglich mit ihm in seinem Wohnwagen in Majestic, nur ein paar Minuten von Freeburn entfernt, zu treffen. Bald verbrachte sie auch die Wochenenden dort, und nach wenigen Wochen übernahm sie für Kenneth das Dealer-Geschäft, wenn er nicht da war.

»Ich hab' mich damals vor allem mit Pokerspielen und dem Dealen beschäftigt«, gab Kenneth später zu. »Damit habe ich mein Geld verdient. Sie war damals fünfzehn. Sie hat das Drogengeschäft für mich übernommen, wenn ich nicht da war. Damals hat man sich keine Gedanken gemacht, an wen man den Stoff verkauft; wer ihn haben wollte, bekam ihn, und so kam 'ne ganze Menge Geld rein. Wenn ich samstags von irgendwo zurückkehrte, hat Susan mir tausendachthundert oder auch zweitausendzweihundert Dollar in die Hand gedrückt. Sie hat den Job gern gemacht, denn sie bekam alles, was sie sich gewünscht hat.«

Es war Susans erste Erfahrung mit Drogen, und es machte ihr Spaß, high zu sein und nebenher auch noch viel Geld zu verdienen. Das alles war neu für sie. Zum ersten Mal in ihrem Leben konnte sie in schicke Geschäfte gehen und sich Kleider kaufen. Sie war dauernd unterwegs, um irgend etwas einzukaufen – Jeans, Schmuck, Schuhe, was auch immer –, und Kenneth ermunterte sie auch noch, daß nur das Beste für sie gut genug sei. Später fand er heraus, daß Susan sich heimlich ein eigenes Bankkonto bei der Matewan National Bank eingerichtet hatte, aber er nahm ihr das nicht übel.

»Ich hab' damals verdammt viel Geld verdient«, erklärte Kenneth. »Ich ging hin und nahm einfach tausend Dollar und verspielte sie beim Pokern. Oder ich hab' Geschenke für alle möglichen Leute gekauft, manchmal ziemlich teure. In den Kneipen hab' ich dauernd Runden für meine Freunde geschmissen. Ich hatte Geld wie Heu.« So lebte Susan also in Saus und Braus, aber sie bezahlte auch ihren Preis dafür. Sie hatte kein Zuhause mehr, denn Sid, der über die ›Geschäfte‹ von Kenneth Smith und die keinesfalls erfreuliche Beziehung seiner Tochter zu diesem Mann Bescheid wußte, hatte seine Tochter schließlich aus dem Haus geschmissen. Da sie andererseits aber auch nicht eng genug mit Kenneth verbunden war, um endgültig zu ihm zu ziehen, mußte sie sich nach einer anderen Bleibe umsehen.

Während des nächsten Jahres lebte sie zunächst bei ihrer Schwester Shelby Jean, die damals recht unglücklich mit einem gewissen James Hardin verheiratet war. Manchmal wohnte sie auch bei ihrer Cousine Vercy, einem vom Schicksal nicht besonders bevorzugten Mädchen, das später mit einer Überdosis Tabletten Selbstmord beging. In dieser Zeit ließen auch Johnny Brisintine und seine Frau gelegentlich Susan in ihrem Apartment in Freeburn wohnen, gaben ihr auch etwas Geld und fütterten sie durch, wenn Kenneth wieder einmal unterwegs war, um Stoff zu besorgen. Offensichtlich war Susan im zarten Alter von sechzehn bereits recht vertraut mit den Methoden des Gaunermilieus: Als sie Johnny eines Tages um fünfzehn Dollar bat und er ihr das Geld nicht geben wollte, versuchte sie, ihn zu erpressen. Als das nicht gelang, schreckte sie nicht davor zurück, die Ehe der beiden hilfsbereiten Menschen in Gefahr zu bringen.

»Sie ging schließlich zu meiner Frau und behauptete, ich würde mit ihr, Susan, rumbumsen«, erinnert sich Johnny. »Das war natürlich eine Lüge, und ich kriegte sie zum Schluß auch dazu, das zuzugeben und meiner Frau die Wahrheit zu sagen. Aber danach wollte ich mit ihr nichts mehr zu tun haben.«

Sechs Monate nach dem Beginn ihrer Beziehung verkaufte Kenneth seinen Wohnwagen in Majestic. Susan und er zogen zu seiner Mutter Betty Smith, die in einem bescheidenen Haus direkt am Tug River in Freeburn wohnte. Die beiden hatten einen getrennten Eingang zu ihrem Zimmer. Betty Smith erhielt eine kleine Rente von der Sozialversicherung für ihren an Staublunge gestorbenen Mann und kam finanziell ganz gut zurecht. Kenneth' Vater war schon lange tot. Er hatte fünfundzwanzig Jahre in den Gruben gearbeitet und war wegen eines schweren Rückenschadens vorzeitig in Rente gegangen. Jetzt nahm sich Betty ihres Sohnes und dessen Geliebter an und kochte und putzte für sie. Die jungen Verliebten blieben sieben oder acht Monate bei ihr, ließen es sich gutgehen, drehten die Stereoanlage oder den Fernsehapparat laut auf und machten viel Geld mit dem Drogenhandel.

Dann geschah das Unausweichliche: Kenneth wurde verhaftet und am 27. November 1979 des Rauschgifthandels angeklagt.

»Die Bullen haben mir eine Falle gestellt«, behauptet Kenneth. »Aber ich hatte keine Drogen bei mir, als sie mich festnahmen und nach Pikeville brachten. Sie hatten zwei getürkte Zeugen, die behaupteten, sie hätten in Florida Drogen von mir gekauft. Aber ich kannte diese Typen überhaupt nicht, hatte sie nie gesehen.«

Diese Behauptung scheint nicht zu stimmen. Seine Polizeiakte weist aus, daß er wegen des Verkaufs von PCP an einen Undercover-Agenten im Pike County verhaftet und schuldig befunden wurde. Nach der Verhaftung zahlte Kenneth' Bruder Roy eine Kaution von fünftausend Dollar, und Kenneth wurde aus der Untersuchungshaft entlassen. Vor der Gerichtsverhandlung setzte sich Kenneth jedoch mit unbekanntem Ziel ab, und im März 1980 wurde Haftbefehl gegen ihn erlassen. Bevor er verschwand, schickte er Susan zu seinem Bruder Roger Smith nach Monroe, einer kleinen Stadt im Norden Louisianas. Er drückte ihr eine Hinfahrkarte in die Hand, brachte sie zum Bus und versprach ihr, so bald wie möglich ebenfalls nach Monroe zu kommen. Erst wollte er sich aber bei seiner Schwester Irene in Princeton, West Virginia vor den Nachstellungen der Polizei in Sicherheit bringen.

Lange Zeit tauchte er jedoch nicht in Monroe auf. Offensichtlich lebte er zunächst mehrere Monate mit einer Frau in Elliston, Virginia, zusammen, ohne sich überhaupt bei Susan zu melden. Natürlich wurde sie unruhig und ungeduldig, zog schließlich bei Roger Smith aus, nahm einen Job bei einem Fast-Food-Restaurant an und lebte fortan mit einer Arbeitskollegin in einer kleinen Wohnung in Monroe zusammen. Für einige Zeit war Susan ganz auf sich allein gestellt, verängstigt und einsam. Ihre Sehnsucht nach Kenneth wurde immer größer.

Kurz danach, Susan war noch nicht lange bei Roger Smith ausgezogen, erschien Kenneth endlich in Monroe. Er ließ sich aber einige Tage Zeit, bis er mit Susan Kontakt aufnahm. Susan war völlig überrascht, als er eines Tages ohne vorherige Ankündigung in das Fast-Food-Restaurant herein kam.

Innerhalb weniger Stunden waren die beiden wieder ein Herz und eine Seele, wie einst in Freeburn. Da sie noch immer sehr verliebt ihn ihn war, wollte Susan ihren Kenneth nicht verärgern und stellte keine Fragen wegen seiner langen Abwesenheit. Sie ging davon aus, er sei auf der Flucht vor der Polizei gewesen. Damals ahnte sie nicht, daß sie für ihn im Grunde nur ein nützliches Spielzeug war. Er fand sie nicht sehr attraktiv. Susans Brüste waren noch nicht voll entwickelt, sie war ziemlich mager, und sie war erst siebzehn Jahre alt – zu jung in seinen Augen. Dennoch, etwa drei Wochen nach Kenneth' Ankunft in Monroe gab Susan ihren Job auf und zog mit ihm zusammen wieder bei Roger ein. Dessen Frau Francis war Buchhalterin in einem Motel in Monroe, und für einige Zeit lebten alle vier von Francis' Einkünften. Kenneth brütete darüber nach, was er als nächstes machen sollte. Er blieb in Kontakt mit seinem Bruder Roy in Freeburn, und so erhielt er auch die Information, daß sein alter Kumpel Carl ›Cat Eyes‹ Lockhart einen Bankraub plante . . .

Als Cat Eyes und zwei andere Männer den Plan kurz darauf ausführten und die Hurley-Bank in Grundy, Virginia, überfielen, machte dieses Verbrechen Schlagzeilen. Die Beute betrug dreihundertachtzehntausend Dollar. Es war der größte Bankraub in der Geschichte Virginias, und folgerichtig erhielt Cat Eyes Lockhart später achtzehn Jahre Zuchthaus dafür.

»Es war für mich überhaupt keine Überraschung, als ich hörte, daß Cat Eyes diesen Überfall gemacht hatte«, sagt Kenneth. »Ich bin mit ihm zusammen aufgewachsen, und Cat wollte schon immer mal eine Bank ausrauben. Er hat schon als Kind dauernd davon geredet.«

Kurz nach dem Überfall auf die Hurley-Bank fuhr Cat Eyes in einem neuen, weißen Eldorado-Cadillac bei Roger Smith in Monroe vor. Er war auf der Flucht vor der Polizei. Er hatte Roy Smith dabei, der sich ihm nur aus Spaß angeschlossen hatte. Susan und Kenneth waren in der Küche und tranken Kaffee, als Cat Eyes auftauchte. Er bat Kenneth, mit ihm ins Schlafzimmer zu kommen, er wolle ihm was zeigen. Cat Eyes machte einen Aktenkoffer auf und zeigte Kenneth den Inhalt: Mehr als hunderttausend Dollar, Cat Eyes' Anteil an der Beute. Kenneth schaute wortlos auf die Geldbündel und ging zurück in die Küche, ohne etwas zu sagen.

»Von der Minute seiner Ankunft an konnte Cat Eyes sein Geld nicht schnell genug ausgeben«, erinnert sich Kenneth. »Er hat mich gedrängt, mit ihm nach Chicago zu fahren, aber ich hatte keine Lust dazu. Er wollte Stoff kaufen und verschwand für ein paar Tage. Den Koffer mit dem Geld hat er bei mir zurückgelassen. Das war ziemlich komisch, denn ich weiß, daß er mir nicht getraut hat. Er rief dann auch fast jede Stunde hier bei uns an, solange er weg war.«

Cat Eyes machte sich nicht ohne Grund Sorgen um sein Geld. Tatsächlich versuchte Susan während seiner Abwesenheit, mit dem Geldkoffer nach Eldorado zu verschwinden – Kenneth erwischte sie gerade noch rechtzeitig. Mit einer Unze – circa achtundzwanzig Gramm – Kokain kehrte Cat Eyes aus Chicago zurück. Den Stoff teilte er brüderlich mit den anderen, und so war die ganze Gruppe ungefähr fünf Tage lang im Koksrausch. Cat Eyes redete fast ununterbrochen davon, wie er sein Geld investieren wollte. Aber er nahm keine Ratschläge von Kenneth an.

»Ich hab' versucht, ihm zu helfen, hab' ihm vorgeschlagen, sechs Wohnmobile zu kaufen und sie zu vermieten, damit er ein laufendes Einkommen hätte. Denn ich hab' ja gesehn, wie er mit dem Geld rumwarf, und wußte, wenn er so weitermacht, muß er bald die nächste Bank ausrauben. Und das konnte ja auch mal schiefgehen. Das Geld saß ihm viel zu locker in der Tasche.«

Cat Eyes hat sein Geld tatsächlich mit vollen Händen ausgegeben; wie Kenneth später erzählte, bezahlte Cat für das Kokain in Chicago hundert Dollar für das Gramm, und er gab dem Dealer – einem Mädchen – auch noch ein Trinkgeld von fünfhundert Dollar. Nach der Rückkehr prahlte er damit, daß er dem Mädchen insgesamt dreitausenddreihundert Dollar für die Unze Koks gegeben habe – mindestens tausenddreihundert Dollar mehr, als das Kokain normalerweise gekostet hätte. »Er wollte diesem Mädchen ganz einfach imponieren«, erklärte Kenneth.

Während des kurzen Aufenthaltes in Louisiana fand Cat Eyes noch andere Gelegenheiten, sein Geld unter die Leute zu bringen; so verlor er zum Beispiel beim Pokern fast zehntausend Dollar an Kenneth. Schließlich fuhr er weiter, nach Hendersonville, Tennessee. Er nahm Kenneth' Bruder Roy mit sich. In Hendersonville gab er den Rest der hunderttausend Dollar für Huren und Drogen aus, die er im nahe gelegenen Nashville auftrieb. Roy erzählte später, daß Cat ›unglaublich scharf auf eine spezielle Nutte‹ war, der er zweitausendfünfhundert Dollar am Tag für ihre Dienste bezahlte.

Nur anderthalb Monate nach dem Bankraub landete Cat Eyes wieder in Freeburn; er war total pleite. Nach zwei Tagen schnappte ihn die Polizei in einer Bar auf der anderen Seite des Flusses in Vulcan, West Virginia. Innerhalb eines Jahres war das Verfahren gegen ihn abgeschlossen, und er trat seine Strafe in einem Bundesgefängnis an.

Inzwischen hatten sich Susan und Kenneth in Monroe mit einem Ehepaar aus der Nachbarschaft angefreundet, einem Prediger namens Michael und seiner Frau Linda. Susan und Linda wurden schnell Freundinnen, tauschten Kochrezepte aus, redeten über Haushaltsdinge und darüber, wer in *Dallas* mit wem eine Affäre hatte. Es war ein unbeschwertes Leben für Susan, und sie war glücklich mit ihrem Kenneth; dem jedoch gefiel es nicht in Louisiana. Es gab keine Drogen in der Gegend, und er langweilte sich.

Als Michael das Angebot bekam, in einer Gemeinde in Columbus, Indiana, eine Stelle als Prediger anzutreten, wollte Kenneth sich sofort mit Susan den beiden anschließen. Man wäre dann weiter im Norden, näher an Kentucky. Und ehe sie sich versahen, zogen alle drei Paare – der Prediger und seine Frau, Roger und Francis sowie Kenneth und Susan – mit Sack und Pack nach Columbus um.

Dort kaufte Kenneth von dem Geld, das er Cat Eyes beim Pokern abgeluchst hatte, einen Wohnwagen. Er kostete sechstausendfünfhundert Dollar. Kenneth fand einen Job bei einer Baufirma, die Fertighäuser errichtete, und er verdiente gutes Geld dabei. Roger betätigte sich als Versicherungsvertreter und brachte es auf etwa fünfhundert Dollar die Woche. Und Michael schien mit seiner

Gemeinde bestens zurechtzukommen. Für einige Zeit lief alles gut . . .

Nach einigen Monaten wurde Susan jedoch unzufrieden. Sie wünschte sich mehr Aufregung und Abenteuer in ihrem Leben. Und sie wollte an Drogen herankommen. Immer häufiger stritt sie sich mit Kenneth. Als sich die Möglichkeit bot, mit ihrer Schwester Christine nach Chicago zu gehen, griff Susan zu. Sie bekam einen Job als Fabrikarbeiterin in Cicero, Illinois, einer Stadt im Einzugsbereich von Chicago. Aber auch das ging nicht lange gut. Susan wurde gefeuert und sollte es auch in der Folge nie lange an einem Arbeitsplatz aushalten. Sie versuchte es mit den verschiedensten Jobs in Fabriken, aber dann war sie dieses Leben leid. Nach sechs Monaten fuhr Kenneth nach Chicago und holte Susan zurück zu sich nach Columbus, Indiana . . .

2. Kapitel

Den Sommer 1980 verbrachten Susan und Kenneth mit ihren Freunden Roger, Francis, Michael und Linda in Columbus. Die Beziehung zwischen Susan und Kenneth, die in den letzten Monaten erheblichen Schwankungen ausgesetzt war, festigte sich wieder. Die beiden verstanden sich wieder gut, und sie hatten ihren kleinen Freundeskreis, mit dem sie die verschiedendsten Unternehmungen starteten. Manchmal fuhren die befreundeten Pärchen zusammen zum Picknick an einen nahe gelegenen See, und niemandem konnte entgehen, daß Susan inzwischen zu voller Schönheit erblüht war. Nein, sie brauchte sich nicht besonders anzustrengen, um auf Männer attraktiv zu wirken – sei es im Bikini oder in dem alten T-Shirt, das Kenneth ihr vermacht hatte. Ihr Freund nahm sie mit zum Fischen, und sie war stolz auf ihren ersten Fang, einen großen Karpfen. Das Leben mit Kenneth gefiel ihr immer besser ...

Sie besuchten regelmäßig Michaels Gottesdienste und redeten über eine mögliche Hochzeit. Shelby besuchte ihre Schwester ein paarmal und hielt sie auf dem laufenden über die Geschehnisse in Freeburn und über das Leben der anderen Geschwister. Susan hatte inzwischen den Kontakt zu den meisten ihrer Brüder und Schwestern verloren, war aber mit den Eltern brieflich in Verbindung geblieben. Sid und Tracy hatten nie ein Telefon besessen. Susan glaubte nun, daß Kenneth sie wirklich liebte, und sie war sehr zufrieden, endlich ein ›normales‹ Leben zu führen.

Kenneth erinnerte sich: »An den Tagen, an denen ich

zur Arbeit ging, stand sie vor mir auf und machte das Frühstück, dann weckte sie mich, und wir haben zusammen gefrühstückt. Wenn ich abends heimkam, war der Tisch gedeckt und das Essen fertig. Sie kochte alles, was ich mir wünschte: Gegrillte Rippchen, Spaghetti, Fleischbällchen, und es hat ihr sogar Spaß gemacht. Sie war glücklich damals, glaube ich. Sie hatte den Wohnwagen sehr hübsch hergerichtet. In einem Fotostudio ließen wir Porträts von uns beiden machen, und Susan hängte sie an die Wände. Unseren Holzschrank im Wohnzimmer hat sie mit niedlichen Kristallfigürchen vollgestellt, die ich ihr nach und nach gekauft hatte. Einmal war sie fürchterlich wütend, weil ihr eines der Figürchen runtergefallen und kaputtgegangen war – ein kleiner Esel, der einen Karren zieht. Ich sagte ihr, sie solle sich darüber nicht aufregen, ich würde ihr eine neue Kristallfigur kaufen, aber sie konnte sich kaum beruhigen. So war sie nun mal. Sie wollte immer alles ganz perfekt haben. Ich muß wirklich sagen, sie war eine gute Hausfrau.«

Während Kenneth seiner Arbeit nachging und in Fertighäusern Böden verlegte und Decken einzog, blieb Susan zu Hause im Wohnwagen und hielt das Nest sauber, verschob dauernd die Möbel, um es noch schöner zu machen, kümmerte sich um die Zimmerpflanzen und schaute sich ihre Lieblingsserien im Fernsehen an, meistens anspruchslose Seifenopern. Schon unmittelbar nach der Ankunft in Columbus hatten die beiden über tausendzweihundert Dollar für die Ausstattung des Wohnwagens ausgegeben; sie hatten Handtücher, Tischdecken, Geschirr und Besteck in der Hauptgeschäftsstraße eingekauft und den Wohnwagen komfortabel und gemütlich eingerichtet.

Kenneth hatte einen La-Z-Boy-Lehnstuhl: Wenn er von der Arbeit nach Hause kam, pflegte er seine Stiefel abzustreifen und sich in ihm auszuruhen. Susan hatte ihr

Schlafzimmer mit einer schicken grünen Tapete ausstaffiert; ihr Sexleben war erfüllter denn je, denn auf diesem Gebiet war sie immer selbstsicherer und experimentierfreudiger geworden. Kenneth sagte später, sie hätten geplant, eine Wand im Schlafzimmer mit einem Spiegel auszukleiden, seien aber dann doch nicht dazu gekommen. Nach seiner Aussage hätte ihr Zusammensein nicht schöner sein können. Nach außen hin führten sie ein ruhiges Leben, machten jeden Abend lange Spaziergänge im Park. Aber innerhalb der eigenen vier Wände ging es hoch her, sie ›trieben es in jedem Zimmer des Wohnwagens miteinander – auf dem Waschbecken im Badezimmer, unter der Dusche, auf dem Küchenboden, im Stehen an der grün tapezierten Wand im Schlafzimmer . . .‹

Kenneth und Susan verbrachten etwas mehr als ein Jahr in Columbus. Die ganze Zeit über bedrängte sie ihn mit ihrem Kinderwunsch, und kurz nach ihrem zwanzigsten Geburtstag beschlossen sie, den großen Schritt zu wagen und zu heiraten. Kenneth warf sich in gespielter Theatralik auf die Knie und machte ihr einen Heiratsantrag.

Am 5. Februar 1981 gaben sich Kenneth und Susan in Columbus, Indiana, das Jawort.

Die Hochzeitsfeier war sehr einfach. Niemand aus der Verwandtschaft war verständigt worden; Kenneth und Susan sowie der Prediger mit seiner Frau waren die einzigen Teilnehmer an der Zeremonie. Susan trug weder weiß, noch hatte sie irgendwelche Blumen im Arm. Um der Wahrheit die Ehre zu geben – beide trugen Bluejeans. Nicht einmal neue Ringe hatten sie sich gekauft. Statt dessen nahm Kenneth einen billigen Türkisring, den er ihr vor Jahren einmal geschenkt hatte, und steckte ihn Susan an den Finger.

Nach der Zeremonie ging das Paar zum Essen aus, sonst war es ein Tag wie jeder andere. Es gab keine Flitterwochen. Das Leben ging in den vertrauten Bahnen weiter. Drogen spielten immer noch eine große Rolle, auch wenn die beiden nicht mehr dealten. Kenneth fuhr hin und wieder nach Chicago und kaufte Koks oder PCP ›für den Hausgebrauch‹, mehr nicht.

Etwa sechs Monate nach der Heirat wurde Susan schwanger. Das war eigentlich nicht vorgesehen. Susan nahm nicht die Pille, sondern hielt sich an die Knaus-Ogino-Methode. Die beiden nahmen die Schwangerschaft als eine willkommene Überraschung.

»Ich war ganz weg vor Freude, daß sie schwanger war«, sagte Kenneth heute. »Sie sah großartig aus – wurde nie fett und schwammig. Sie war ganz wild nach Obst. Mußte immer ihr Obst haben. Manchmal schickte sie mich mitten in der Nacht los, irgendwo noch Melonen, Pfirsiche oder Pflaumen aufzutreiben, je nachdem, worauf sie gerade Heißhunger hatte. Sie sah während der ganzen Schwangerschaft glücklich aus, ihr Gesicht blühte regelrecht vor Freude. Wir haben ein Kinderbettchen gekauft – wir hatten es längst ausgesucht – und diskutierten über einen Namen für das Kind. Wir haben uns mindestens zwanzig Namen überlegt.«

Kenneth erlebte es im Kreißsaal mit, wie Susan am 25. März 1982 Miranda Lynn Smith zur Welt brachte. Sie hatten gemeinsam an einem Kurs zur Geburtsvorbereitung teilgenommen, und die Geburt verlief ohne Komplikationen.

Während Kenneth' und Susans Leben inzwischen in den richtigen Bahnen zu verlaufen schien, gerieten Roger und Francis in immer größere Schwierigkeiten. Wie Kenneth später sagte, war sein Bruder Roger während der Zeit von Susans Schwangerschaft drogenabhängig geworden und unternahm immer häufiger Fahrten nach Chicago, um sich Kokain zu beschaffen. Als er seinen Job verlor, entschloß er sich, eine Bank in Columbus zu überfallen. Roger wollte dabei nach dem Vorbild von Cat Eyes vorgehen, der in Louisiana mit seinem Coup herumgeprahlt hatte. Wenige Wochen nach Mirandas Geburt wagten Roger und Francis tatsächlich einen Banküberfall, wurden jedoch gefaßt. Das Bild von Roger Smith zierte die Frontseiten der lokalen Tageszeitungen, und er landete im Zuchthaus.

Von dieser Zeit an ging es auch mit Kenneth und Susan bergab. Kenneth hatte Pech und stand plötzlich ohne Job da; er erhielt keine Arbeitslosenunterstützung; er war vom Dach eines Rohbaus gefallen, bekam jedoch kein Krankengeld oder Entschädigungen durch die Versicherung, weil die Ärzte behaupteten, er sei arbeitsfähig, während er darauf beharrte, er sei es nicht. Wegen der Rückenverletzung, die er sich bei dem Sturz zugezogen hatte, wurde er zunehmend von Schmerzmitteln abhängig, und nachdem Roger im Zuchthaus gelandet war und Kenneth nun auch kein Geld mehr verdiente, entschloß er sich, mit Susan nach Kentucky zurückzukehren – und die früheren Drogenverbindungen wieder aufzunehmen.

Zunächst wohnten Kenneth und Susan bei seiner Schwester in Princeton, West Virginia. Irene war sehr zuvorkommend Susan gegenüber, schenkte ihr teure Kleider, sogar Pelze, die sie nicht mehr dringend brauchte. Die Sympathie beruhte auf Gegenseitigkeit, und Susan machte ihr Leben lang immer wieder Besuche in Princeton, auch in Zeiten, in denen sie mit Kenneth auf Kriegsfuß stand. Von Princeton aus waren es nur zwei Stunden Fahrzeit nach Freeburn, und bald nahm Susan wieder Kontakt zu ihrer Schwester Shelby auf, die inzwischen von James Hardin geschieden war und einen älteren, beruflich erfolgreicheren Mann namens Ike Ward geheiratet hatte. Shelby half Susan bei der Suche nach einer Unterkunft, und im Frühjahr 1983 zogen Kenneth und Susan nach Majestic, Kentucky, in einen Wohnwagen, den sie von Shelbys neuer Schwägerin gemietet hatten. Der Kreis hatte sich geschlossen. Sie waren wieder zu Hause.

Alle Leute, die Susan von früher kannten, waren voll der Anerkennung darüber, daß sie zu einer so attraktiven jungen Frau herangewachsen war. Und die Erfahrungen, die sie ›in der Welt da draußen‹ gesammelt hatten, ließen sie in den Augen vieler Einwohner von Kentucky weltklug erscheinen. Ihren ›Hillbilly‹-Akzent hatte sie fast vollständig abgelegt, und sie trug hochhackige Schuhe, Make-up und die neueste Mode. Ja, die Leute erkannten sie fast nicht wieder.

Alle Welt machte Susan Komplimente, und sie genoß in vollen Zügen die Aufmerksamkeit, die sie allenthalben erregte. Aber die Rückkehr in die Heimat hatte auch eine Reihe von Problemen aufgeworfen. Zum einen war Kenneth immer noch ein Flüchtling vor dem Gesetz, und man mußte stets damit rechnen, daß er eines Tages festgenommen wurde. Zum anderen hatten Susans Brüder und Schwestern mancherlei Probleme, die sie laufend an sie herantrugen, und das machte ihr das Leben nicht gerade leichter.

Susan war eine geduldige Zuhörerin, man konnte sich gut an ihrer Schulter ausweinen. Während ihrer Abwesenheit waren ihre Geschwister von mancherlei Unglücksfällen heimgesucht worden: Ihr Bruder Lacy hatte sich beim Matewan Fair, dem größten Fest in der Gegend, aus unerklärlichen Gründen die Pulsadern aufgeschnitten; er konnte zwar gerettet werden, sprach aber danach mit niemandem in der Familie mehr. Ihre Schwester Carla war mit einundzwanzig Witwe geworden, nachdem ihr Mann bei einer Messerstecherei in einer Bar in Freeburn umgekommen war. Ein anderer Bruder hatte dauernd Schwierigkeiten mit Frauen. Shelby hatte inzwischen die beiden Kinder aus ihrer ersten Ehe bei Tracy und Sid abgeladen; sie wollte klare Verhältnisse mit ihrem neuen Mann Ike Ward schaffen, der angeblich selbst eine Reihe von Problemen mit sich rumschleppte. Wie Kenneth später sagte, kam Ike manchmal zu ihrem Wohnwagen in Majestic und stritt sich mit Susan wegen irgendwelcher undurchschaubarer Geldangelegenheiten. Schließlich hatten Susan und Kenneth auch ihre eigenen Schwierigkeiten; als Dealer unternahmen sie routinemäßige Fahrten nach Chicago, um Stoff zu beschaffen. Mit dem Erlös konnten sie sich und ihre Tochter über Wasser halten.

Bereits kurz nach seiner Ankunft hatte Kenneth wegen des Haftbefehls gegen ihn und der verfallenen Kaution Kontakt zu dem Rechtsanwalt Kelsey Friend in Pikeville aufgenommen. Der nahm die Sache in die Hand; der Haftbefehl wurde ausgesetzt und das Verfahren gegen Kenneth für Juni 1983 angesetzt, aber Friend erreichte eine Verschiebung auf den 29. Februar 1984. Kenneth Smith bekannte sich schuldig, eine geringe Menge PCP an Detective Leroy Weddington von der Polizei des Pike County verkauft zu haben. Er wurde wegen Drogenhandels zu fünf Jahren Gefängnis mit Bewährung verurteilt.

Familienmitglieder sagten später, Susan habe zu der Zeit der Gerichtsverhandlung gegen Kenneth wegen seiner Drogensucht und den dauernden Lügen von ihm ›die Schnauze voll‹ gehabt. Die beiden durchlebten eine ernste Ehekrise. Kenneth lehnte es ab, einen normalen Job anzunehmen; er ging häufig aus, ließ Susan mit der kleinen Miranda allein und sorgte finanziell in keiner Weise für sie. Am Ende mußte Susan Sozialhilfe beantragen.

Es gibt keine Akten, aus denen hervorginge, daß Susan Daniels-Smith jemals wegen Drogenhandels oder irgendeines anderen Deliktes strafrechtlich verfolgt worden wäre. Um so mehr muß es sie genervt haben, Kenneth' Exzesse permanent ihrer Familie und ihren Freunden gegenüber verteidigen zu müssen. Man machte ihr laufend Vorwürfe, einen Süchtigen und Kriminellen geheiratet zu haben, einen Mann, der sich nicht um seine Familie kümmerte. Nach drei Jahren Ehe drohte Susan ihrem Mann an, ihn bald zu verlassen, und im Herbst 1984 zog sie tatsächlich zu ihrer Schwester Carla, die in Newtown, West Virginia, wohnte, ganz in der Nähe von Matewan.

Carla trauerte immer noch um ihren Mann Larry, und wie sie später sagte, ertränkten die beiden jungen Frauen in dieser Zeit ihren Kummer oft in Drogen. Carla erinnert sich, daß sie häufig zusammen lachten, wenn Susan unter dem Einfluß der Rauschgifte Kenneth vergaß und von den kleinen Abenteuern in ihrem Leben erzählte.

»Wenn sie high war, packte sie immer die tollsten Stories über ihre Erlebnisse in den Städten aus, aber ich hatte den Eindruck, daß es ihr im Grunde hauptsächlich darum ging, von Freeburn wegzulaufen. Ja, sie wollte raus aus Freeburn! Es ging ihr eigentlich gar nicht um die prächtigen Einkaufsstraßen, schicken Geschäfte oder den Großstadttrubel, das alles lockte sie nicht so sehr ... Einmal erzählte sie mir eine köstliche Geschichte: In Chicago war sie mal mit einem Typ ausgegangen und spät abends mit ihm in seinem nur spärlich möblierten Apartment gelandet. Nach einiger Zeit fing er an, sich ziemlich seltsam zu benehmen. Er hüpfte in voller Bekleidung auf Susan, knutschte wie wild an ihr herum, erstickte sie fast. Susan dachte, o Gott, der Junge tickt nicht richtig, der bringt mich um, der macht irgend etwas Beknacktes. Aber es passierte nichts, als daß der Knabe in voller Montur einen Orgasmus bekam. Wir haben uns fast kaputt gelacht über diese Geschichte.«

Außer dem Drogengenuß und dem Spott über die ›blöden Männer‹ gönnten sich die beiden Schwestern aber noch ein anderes Vergnügen: Sie gingen häufig aus und trafen sich mit – eben noch so verlachten – Männern.

Ohne daß Susan etwas ahnte, stieg Carla im Laufe des Jahres 1984, nachdem Susan sich von ihm getrennt hatte, häufig zu Kenneth ins Bett. Jahre später kam das im Verlauf eines Streites zwischen den beiden Schwestern heraus. Susan würde Carla diese Affäre nie verzeihen. Sie rächte sich, indem sie ihrerseits mit einem von Carlas Freunden schlief.

Susan behauptete, in der Zeit, da sie von Kenneth getrennt lebte, ein Verhältnis mit Marlow Tackett eingegangen zu sein, einem in dieser Region berühmten Country-Sänger. Tackett war ziemlich fett und alles andere als gutaussehend, aber die Mädchen waren wie wild hinter ihm her, weil er der Besitzer eines beliebten Nachtclubs war. Das Lokal war zwar wegen häufiger Schlägereien und sogar Schießereien verrufen, aber aus dem ganzen Pike County strömten Leute in Marlows Club, der in Harmon's Branch am Stadtrand von Pikeville lag. Susan verbrachte viele Abende und Nächte dort. »Susan zeigte mir mal ein Foto von Marlow im schwarzen Cowboyhut«, erinnert sich Carla. »Es war so ein Foto, wie Stars es ihren Fans geben. Sie machte ein Mordstamtam um ihn, aber Tackett schien nicht besonders interessiert an ihr zu sein. Wenn sie in den Club ging, lieh sie sich von mir schicke Sachen aus, machte sich ganz toll zurecht und ließ sich von jemandem aus der Nachbarschaft zum Club mitnehmen. Einmal hab' ich ihr meinen scharfen Leder-Minidress geliehen. Sie sah heiß damit aus, das muß man sagen. Aber ich hab' nie so recht verstanden, warum sie sich aus diesem Typ was machte. Und ich bin mir nicht sicher, ob er sich was aus ihr machte und ob die beiden überhaupt was miteinander hatten; denn, das muß man wissen: Susan hatte eine blühende Phantasie. Man war sich nie sicher, wieviel man von ihren Stories glauben konnte.«

Einen angemessenen Ersatz für Kenneth fand Susan

jedoch nicht, und so beschloß sie widerstrebend, zu ihm zurückzukehren. Allein konnte sie das Leben nicht meistern. Carla und sie saßen ohne Wagen in Newtown fest, und dieses Städtchen, in der Mitte früherer Kohledörfer mit Namen wie Cinderella, Red Jacket und Ragland gelegen, war von der Zivilisation wie abgeschnitten. Ohne Hilfe von Familienangehörigen oder Freunden konnten Carla und Susan nicht einmal in den lokalen Lebensmittelläden einkaufen.

Kenneth war manchmal mit Lebensmitteln für sie vorbeigekommen, aber Susan gefiel das nicht. Sie lebte jetzt von der Sozialhilfe, erhielt jedoch kein Geld vom ›Unterstützungsfonds für bedürftige Kinder‹, weil Miranda ja bei Kenneth in Majestic lebte. Susan war unglücklich; es ging ihr materiell nicht gut, und sie vermißte ihre Tochter. Das Leben schien für sie keine einfachen Antworten zu haben ... Es dauerte nicht lange, und sie schlief wieder mit Kenneth. Und prompt wurde sie erneut schwanger. Jetzt mußten sich Susan und Kenneth Gedanken machen, wie sie die größer werdende Familie durchbringen konnten. Ironischerweise schien die Lösung des Problems in einer Scheidung zu liegen.

Im verarmten Ost-Kentucky gibt es Sozialunterstützung für Kinder nur dann, wenn die Mutter unverheiratet ist. Die Ehe schließt Zahlungen aus dem Unterstützungsfonds für bedürftige Kinder aus, es sei denn, der Ehemann ist arbeitsunfähig, und das war Kenneth nicht. Als geschiedene Frau würde Susan jedoch Anspruch auf staatliche Unterstützung haben. Mit dem Geld vom Kinder-Unterstützungsfonds und von der Sozialhilfe und mit den zusätzlichen Lebensmittelbons würde die Familie sich über Wasser halten können ...

Am 5. Dezember 1984 reichten Susan und Kenneth ›in gegenseitigem Einvernehmen‹ die Scheidung ein. Susan war jetzt dreiundzwanzig, Kenneth dreißig Jahre alt.

Beide gaben zu den Akten, sie seien arbeitslos und wohnten im Pike County, und sie behaupteten, sie lebten seit September des Jahres getrennt. Bei der Vorlage der Papiere wurde Susans Schwangerschaft nicht erwähnt, aber nach einer Eingabe mit dem Datum des 14. März 1985, in der Susan das Bezirksgericht der Pike County von ihrer Schwangerschaft unterrichtete, wurde diese Information nachträglich in die Unterlagen aufgenommen. Kenneth und Susan Smith wurde gemeinsam das Sorgerecht für die Kinder übertragen, wobei Kenneth von Montag bis Donnerstag, Susan von Freitag bis Sonntag für die Betreuung der Kinder verantwortlich zeichnete. Aber das war natürlich nur eine Formsache. Die Ehe wurde am 14. März 1985 geschieden, aber die Beziehung zwischen Kenneth und Susan war enger denn je, und die Erwartung eines zweiten Kindes festigte ihr Glück. Miranda war zwei Jahre alt, ihr dritter Geburtstag stand kurz bevor, als sie mit ihren Eltern in ein malerisches Drei-Zimmer-Haus in Vulcan, West Virginia zog. Vulcan liegt direkt gegenüber von Freenburn auf der anderen Seite des Tug-Flusses.

Am 1. August 1985 brachte Susan im Williamson Memorial Hospital von Williamson, West Virginia, Brady Leon Smith zur Welt. In der – inoffiziellen – Geburtsurkunde steht, daß der Junge um 16 Uhr 30 als Sohn von ›Mr. und Mrs. Kenneth Smith‹ auf die Welt kam.

Susan hatte ihr Häuschen jetzt hübsch hergerichtet und mit Vorhängen, Seidenblumen und Bildern geschmückt. Das Haus gehörte Troy Blankenship, einem freundlichen Mann, der ein paar Häuser weiter wohnte. Er kassierte die Miete direkt von der Sozialhilfe. Der Mietvertrag lief jedoch auf Susans Namen. Formell zählte Kenneth natürlich nicht zu den Hausbewohnern, aber das Paar lebte trotz der Scheidung wie Mann und Frau zusammen. Bis zum Frühjahr 1989 blieben sie in Vulcan wohnen.

Susan hatte darauf bestanden, daß das Haus außen blaßgelb gestrichen wurde. Drinnen malte sie selbst die Wände an, tapezierte, verschob rastlos die Möbel, die sie von Nachbarn und Familienmitgliedern gekauft hatten. Mit der Veranda zur Straßenseite hin und dem Gartenhäuschen war es ein schönes Heim – bis auf die Tatsache, daß es direkt am Gleis einer Werksbahn lag, auf dem tagein, tagaus Hunderte von Güterwagen vorbeizogen.

Zum Haus gehörten insgesamt mehr als fünfhundert Quadratmeter Garten, aber die Bewohner verbrachten nur wenig Zeit im Freien. Das Gartenhäuschen am Fluß hatten sie nicht eingerichtet, und abgesehen von der Hollywoodschaukel auf der Veranda hatten sie auch keine Gartenmöbel angeschafft. Nur die Kinder spielten manchmal im Garten, vergnügten sich vor allem auf der Kinderschaukel, die Susan von einem Nachbarn gekauft hatte. Das Haus wurde mit einem Kohleofen beheizt, und so lag immer ein großer Kohlehaufen in einer Ecke im Garten. Susan achtete darauf, daß die Kinder nicht mit der Kohle spielten; sie wollte nicht, daß ihre Kinder so schmutzig aussahen wie so viele andere Kinder in Vulcan. Sie wollte, daß ihre Kinder mit einem Gefühl des Stolzes aufwuchsen, und sie erzog sie in dem Glauben, im Haus ihrer Eltern sei alles vorhanden, was das Leben zu bieten habe …

Susan fühlte sich isoliert, und sie lebte im Grunde nicht gern in Vulcan. Obwohl sie freundlich und freigebig war – sie verschenkte Kleidung an bedürftige Freunde, lud Nachbarn zum Abendessen in ihr Haus ein und kaufte zu Weihnachten Geschenke für alle Verwandten und Freunde –, war Susan zu dieser Zeit nicht glücklich.

Nach den Aussagen ihrer Familienangehörigen und Freunde war Susan wirklich das, was man einen ›netten Menschen‹ nennt. Vielleicht lag es an ihrer Freigebigkeit und Großzügigkeit, vielleicht auch an ihrer humorvollen Art, daß niemand in ihrer Umgebung merkte, wie wenig ausgeglichen sie in Wahrheit war. Sie legte sehr viel Wert auf ihr Äußeres und brachte große Opfer, um sich trotz aller häuslichen und materiellen Schwierigkeiten modisch kleiden zu können. Im Alter von fünfundzwanzig Jahren färbte sich Susan blonde Strähnen in ihr braunes Haar und pflegte in den Sonnenstudios ihren sportlichbraunen Teint.

Da Kenneth häufig mit anderen Dealern unterwegs war, dauerte es nicht lange, bis Susan wieder nach einem neuen Mann oder Lebensgefährten Ausschau hielt. Schließlich war sie vor dem Gesetz nicht mehr mit Kenneth verheiratet, und ihr waren Gerüchte zu Ohren gekommen, daß er Affären mit anderen Frauen hatte. Sie fing an, hier und da mit Männern zu schlafen, um die Leere in ihrem Dasein auszufüllen und dem Zorn in ihrem Herzen Luft zu verschaffen. Kenneth ging fast jede Nacht zum Pokern aus, und da er sich weigerte, auch nur einen müden Cent für Lebensmittel oder andere Bedürfnisse im Haushalt abzugeben, kam es, wenn er denn mal zu Hause war, zu erbitterten Auseinandersetzungen zwischen den beiden. Bei diesen Familienstreitigkeiten ging es so hoch her, daß Susan sich zuweilen genötigt sah, die Polizei anzurufen. Corporal Roby Pope von der West Virginia State Police kannte die Smith' in dieser Zeit nur allzugut.

»Susan rief häufig bei uns an und meldete einen Diebstahl oder eine Körperverletzung, und wir schickten dann jemanden hin, aber meistens konnten wir nichts unternehmen«, erinnert er sich. »Sie behauptete, ihr sei Geld oder sonst was gestohlen worden, und bezichtigte Kenneth der Tat; manchmal behauptete sie auch, er hätte sie geschlagen, aber wenn unsere Leute eintrafen, war Kenneth Smith längst verschwunden, und Susan hatte keine sichtbaren Verletzungen, so daß der Tatbestand der körperlichen Mißhandlung nicht zu beweisen war. Und bei den gemeldeten Diebstählen hatte sie keinerlei Unterlagen, mit denen sie nachweisen konnte, daß sich die angeblich gestohlenen Dinge tatsächlich einmal in ihrem Besitz befunden hatten. Unter diesen Umständen konnten wir wirklich nicht viel tun.«

Kein Gegenstand aus Susans bescheidenen Besitztümern war davor sicher, irgendwann einmal zu verschwinden. Wenn etwas gestohlen wurde, bezichtigte sie regelmäßig Kenneth oder einen seiner Freunde der Tat, hatte aber ebenso regelmäßig keine Beweise dafür. Sogar das Fernsehgerät mit der großen Bildfläche, das sie von einem Fachhändler in Matewan gemietet hatte, verschwand eines Tages. Wie üblich rief Susan die Polizei und behauptete, Kenneth habe das Gerät gestohlen und verscherbelt, aber nach einigen Tagen verlief die Sache im Sand.

Häusliche Gewalt wurde nun zum festen Bestandteil ihres täglichen Lebens. Kenneth behauptet zwar heute, er habe Susan nie geschlagen, gibt aber zu, sie bei verschiedenen Gelegenheiten bedroht zu haben.

Tennis Daniels lebte im Jahr 1986 bei den Smith' und wurde Zeuge einiger heftiger häuslicher Auseinandersetzungen. Kenneth erzählte ihm einmal sogar, er habe Susans Hände mit einem Tuch gefesselt, damit er sie ungehindert ins Gesicht schlagen konnte. Aber Tennis betrachtete das alles ziemlich locker; das gehe ihn nichts an, meinte er. Er durfte ohne Bezahlung bei den Smith' wohnen, und damit war Kenneth für ihn ein guter Schwager. Tennis wußte, daß der Mietvertrag auf Susans Namen lief, aber für ihn war Kenneth der Hausherr, und er war ihm dankbar, daß er mit im Haus wohnen durfte.

Das Verhalten der Männer um sie herum ärgerte Susan maßlos. Sie mußte den ganzen Haushalt allein organisieren, ohne dafür den geringsten Respekt zu erhalten. Oft beklagte sie sich bei ihrer Schwester über ihr elendes Leben, aber Shelby war nicht in der Lage, ihr in irgendeiner Weise zu helfen. Im Lauf der Zeit wurde Susan immer wütender auf Kenneth und verdächtigte ihn häufiger des Diebstahls. Sie bezog Sozialhilfe sowohl vom Staat Kentucky als auch vom Staat West Virginia, und nur so kam sie einigermaßen über die Runden.

Wenn man Susans Schwester Carla glauben darf, war es unter den Bürgern im ›Dreistaateneck‹ gang und gäbe, sich von mindestens zwei Bundesstaaten Sozialhilfe auszahlen zu lassen. Die Gegend ist so einsam und für Fremde auch so gefährlich, daß die Beamten der staatlichen Fürsorge nur selten vor Ort die Lebensumstände der Sozialhilfebezieher überprüfen. Und da die Staatsgrenzen sozusagen durch jedermanns Garten verlaufen, ist es für die Bewohner nicht besonders schwierig, den Wohnsitz unabhängig in zwei Staaten zu reklamieren.

Offensichtlich war Susan sehr vertraut mit den Sozialhilfebestimmungen in beiden Bundesstaaten, denn sie wußte, was sie den Behörden der jeweiligen Staaten gegenüber angeben mußte, wenn sie ihre Anträge auf Arbeitslosenunterstützung und Sozialhilfe ausfüllte. Carla erinnerte sich daran, wie Susan über die Beamten hinter dem Schalter des Sozialamtes in West Virginia lachte, weil sie sich so leicht ›bescheißen‹ ließen.

Nach außen hin versuchte Susan, sich den Anschein zu geben, als ob sie die Schwierigkeiten in ihrem Leben nicht zu ernst nähme. Aber natürlich empfand sie es als demütigend, an einen Mann gefesselt zu sein, der nicht selbst für ein Einkommen sorgte, sondern sie dazu zwang, ihre Kinder als Mittel zum Gelderwerb einzusetzen. Das mag mit zu Susans steigendem Drogenkonsum beigetragen haben. Es war auf jeden Fall so, daß sie sich keinerlei Gedanken über die möglichen Auswirkungen der Rauschgifte machte und alles nahm, was sie über Kenneth und die verschiedenen korrupten Ärzte in der Gegend bekommen konnte. Susan nahm Aufputschmittel, Beruhigungsmittel- und Schmerztabletten, Kokain – was immer ihr in die Hände fiel . . .

Sie war jedoch durchaus in der Lage, ihren Pflichten im Haus und den Kindern gegenüber nachzukommen, und die Leute in ihrer Umgebung merkten nicht, daß sie fast dauernd ›high‹ war. Sie war auf ein Niveau herabgesunken, wo es keinerlei Selbstwertgefühl mehr gibt. Abgesehen von ihren Kindern war da nichts mehr, für das es sich zu leben lohnte. In dieser Phase sagte sie einmal zu ihrer Schwester Carla: »Ich bin so tief unten, daß für mich außer den Kindern nichts mehr im Leben irgendeine Bedeutung hat.«

Und das ganze Elend war um so schlimmer, als sie niemanden als sich selbst dafür verantwortlich machen konnte. Keine noch so dick aufgetragene Nagelpolitur oder Gesichtscreme, kein Wasserstoffsuperoxyd konnte ihr miserables Dasein übertünchen.

Susan schaute sich verzweifelt nach einem Mann um, der sie aus ihrer hoffnungslosen Lage befreien konnte. Aber sie wußte nur zu gut, daß kein Mann mit normalem Verstand sich mit einer Frau aus Freeburn abgeben würde. Voller Resignation fügte sie sich der Erkenntnis, daß sie aus dieser Falle nicht mehr entkommen konnte. Kein Fremder würde sich jemals ins Dreistaateneck verirren und sie aus ihrem Elend erlösen, sie wegbringen von den dumpfen, intriganten Menschen am Tug-River . . .

Inzwischen, im Sommer 1986, war Cat Eyes begnadigt worden und fand zeitweise Unterkunft an Orten, die nicht weit von seiner Heimat in Kentucky entfernt waren. Er war jetzt zweiunddreißig Jahre alt, hatte kein Geld, fand keine Arbeit und sah sich zunächst einmal gezwungen, mit seiner alten Freundin Sherrie Justice im Garten des Hauses ihrer Mutter in Home Creek, Virginia, zu kampieren. Das war eine sehr unbequeme Regelung, denn die Gegend war von Kornkäfern, Stechmücken und anderen Sommerplagen verseucht. Cat Eyes schlüpfte bei einem Freund nach dem anderen unter, meistens in jenem Niemandsland, wo Virginia, West Virginia und Kentucky aneinanderstoßen.

Freunde von Cat Eyes behaupten, vom Moment seiner Entlassung aus dem Zuchthaus an habe er bereits den nächsten Bankraub geplant. Er kaufte sich für fünfhundert Dollar von der Firma G. L. Rose in Virginia einen alten Dodge-Wagen und kundschaftete die vielen kleinen Banken im Dreistaateneck aus. Täglich verbrachte er Stunden damit, sich die niedlichen Ziegelsteinhäuschen anzusehen, in denen die Banken untergebracht waren; nur die Drive-in-Schalter und die kleinen, unbeleuchteten Banknamen über den Türen hoben die Bankgebäude von den Wohnhäusern ab.

Diese Banken schienen ihm die perfekten Ziele zu sein, und so beobachtete er eine Reihe von ihnen sehr genau und prüfte, wann die Manager und Angestellten kamen und gingen. Er heckte einen Plan aus, an einem Tag gleich mehrere Filialen hintereinander zu überfallen. Sein Strafregister und der erfolgreiche Bankraub in Grundy wiesen Cat Eyes inzwischen als Profi aus. Er war längst kein impulsiver Straßenräuber mehr. Er war bereit, es mit dem ganzen Dreistaateneck aufzunehmen, und er sah sich schon als legendären Helden in die Geschichte eingehen. Täglich grübelte er neu über mögliche Vorgehensweisen bei den Überfällen nach, und er war sicher, es würde nicht mehr lange dauern, und er wäre wieder in der Lage, sich schick anzuziehen und in tollen Autos durch die Gegend zu fahren; und bald würde er auch den Respekt der örtlichen Kriminellen zurückgewonnen haben, die er seine Freunde nannte . . .

Aber im Verlauf der Monate, in denen Cat Eyes seine

Überfälle plante, wurde es kalt in der Gegend, und er zog zu seiner Mutter nach Vulcan. Und natürlich dauerte es nicht lange, bis er seinen alten Kumpel Kenneth besuchte, der nun schon seit zweieinhalb Jahren mit Susan und den Kindern weiter unten an der Straße wohnte ...

3. Kapitel

Mark Steven Putnam wurde am 4. Juli 1959 in Coventry, Conneticut, als ältestes von drei Kindern der Eheleute Barbara und Walter Putnam geboren. Die kleine Stadt Coventry liegt in der ländlich-reizvollen Gegend von Neuengland, etwa fünfunddreißig Meilen ostwärts von Hartford. Die Eltern bauten dort in der Nähe des Lake Wangumbaug 1968 ein Haus. Walter Putnam war LKW-Fahrer bei Sears und ein hochangesehener Mann in der Gemeinde. Barbara Putnam war Hausfrau, eine gute Mutter und tief religiös. Jeden Sonntag besuchte sie mit ihren beiden Söhnen und der Tochter den Gottesdienst in der katholischen St. Mary's Church.

Die Putnams waren hart arbeitende Amerikaner, die die Sommerferien am Wangumbaug-See oder am öffentlichen Strand im Patriot's Park verbrachten und ihre Familienfeste in einem der im Landhausstil eingerichteten Restaurants der Stadt feierte.

Mark Putnam besuchte zunächst die Robertson Elementary School, die in dem Stadtteil gelegen ist, in dem vornehmlich Arbeiterfamilien wohnen. Er hatte dort Freunde, die aus demselben sozialen Umfeld stammten wie er selbst – Kinder von Eltern mit niedrigem Einkommen. Leute aus der Stadt, die ihn als Kind kannten, sagen, er sei ein sehr ruhiges, unauffälliges Kind gewesen. Im Freizeitpark ging er den verschiedendsten Sportarten nach, danach aß er mit Vorliebe Pizza im italienischen Restaurant und besuchte die Konzerte aller möglichen Bands im Orchesterpavillon des Parks.

Schon als Jugendlicher hatte Mark hübsche, markante

Gesichtszüge. Sein volles, langes Haar und die großen, strahlenden Augen gefielen den Mädchen und Frauen aller Altersklassen. Die Leute sagten oft, er könnte als Dressman gehen, wenn er nur ein wenig größer wäre. In der siebten Klasse wechselte Mark in die Middle-School, die in der Nähe des Stadtzentrums liegt, und war dort der Schwarm aller Mädchen. In der Junior High-School entwickelte er sich zu einem As in den verschiedensten Sportarten: Baseball, Basketball und Fußball vor allem.

Der Coach für Fußball und Basketball an der Junior-High-School, Peter Sturrock, bestätigt, daß Putnam der beste Sportler an der Schule war und schnell zum Mannschaftsführer der Fußballmannschaft und zum stellvertretenden Mannschaftsführer des Basketballteams aufstieg. Sturrock zollt seinem früheren Starspieler auch jetzt noch Anerkennung und Bewunderung:

»Mark war wirklich ein Superstar im Sport, äußerst talentiert, aber er war auch ein harter Arbeiter, ein Vorbild im Training, und darüber hinaus hatte er immer den Ehrgeiz, gute Leistungen zu bringen – und zu allem war er auch noch einer der nettesten Jungs, die ich je kennengelernt habe. Er war der geborene Anführer, stellte sich allen Herausforderungen. Wenn Mark bei einem Fußballspiel als Torhüter eingesetzt war, feuerte er seine Vorderleute dauernd an, schrie herum, brachte sie dazu, sich voll auszugeben. Als Feldspieler war er ausgesprochen aggressiv und hatte keine Angst vor Verletzungen. Eher trat er jemanden in die Beine, als daß er ein Tor zugelassen hätte. Er tat immer alles, wirklich alles, um zu gewinnen.«

Im Alltag verhielt sich Mark jedoch ganz anders als auf dem Sportplatz. Er wirkte verschlossen, in sich gekehrt, und im Umgang mit den Lehrern oder Klassenkameraden war er nur schwer zugänglich. Über persönliche Dinge sprach er kaum einmal. Viele Mädchen an der Schule waren in ihn verknallt, und seine Sportkameraden und Freunde zogen ihn dauernd damit auf. Aber dieser Aspekt in seinem Leben schien für ihn keinerlei Bedeutung zu haben, und das vermittelte den anderen wiederum den Eindruck, er sei an Mädchen nicht interessiert.

Sturrock sagt auch, die meisten seiner Sportler seien manchmal zu ihm gekommen und hätten ihn um Rat in persönlichen Angelegenheiten gefragt, aber Mark sei nie darunter gewesen. Mark hörte zu, wenn Sturrock sich an die Gruppe oder an die Mannschaft wandte, aber er trat nie mit einer privaten Bitte an ihn heran.

»Ich war in mancherlei Hinsicht als Ratgeber für die Jungen und Mädchen tätig. Sie fragten mich, wie man eine Beziehung zu einem Jugendlichen des anderen Geschlechts aufbauen könne, und ich sagte ihnen, wie man das im allgemeinen anstellt. Ich versuchte, ihnen Respekt vor allen Menschen beizubringen, sich nicht als Machos zu verhalten, nicht immer das Sagen haben zu wollen. Bei den Jungen ging es meistens darum, wie Mädchen dies oder jenes gefühlsmäßig aufnehmen. Ich sagte ihnen, wenn sie eine ernste, ehrlich gemeinte Beziehung herstellen wollten, dürften sie keinerlei Zweifel an ihren eigenen Gefühlen haben, müßten sich ganz sicher sein. Aber ich erinnere mich nicht, daß Mark mir jemals Fragen zum Umgang mit Mädchen gestellt hätte. Er war einfach nicht der Typ dafür, über so was zu reden.«

Sturrock vermutete, Marks Zurückhaltung rühre vielleicht daher, daß er aus einer Arbeiterfamilie komme und sich unter Kindern und Jugendlichen aus bessergestellten Familien nicht wohl fühle.

»Ich glaube, eine Menge von Marks Freunden stammte aus Familien, die von der Wohlfahrt lebten, obwohl das auf die Putnams nicht zutraf«, erinnert sich Sturrock. »Mark kam mit diesen jungen Leuten besonders gut zurecht. Er wuchs in einem hübschen kleinen Haus auf, aber die Familie besaß nicht viel. Es ging ziemlich bescheiden bei ihnen zu. Die Putnams kamen finanziell knapp über die Runden, es reichte gerade zum Bezahlen der laufenden Rechnungen.«

Wie Sturrock noch weiß, gehörte Mark zu den Schülern, die für den Kauf von Sportausrüstung finanzielle Unterstützung erhielten, ohne sie jemals beantragt zu haben. Er war viel zu stolz, zuzugeben, daß er etwas brauchte. Sein Coach mußte ihm die Hilfe geradezu aufdrängen.

Nach der Junior High-School wechselte Mark Putnam wie die meisten seiner Mitschüler auf die nur einen Steinwurf entfernte Captain Nathan Hale High-School, aber er blieb dort nur für ein Schuljahr, von 1974 bis 1975. Er war der beste Fußballspieler der Schule und ein Top-Athlet in allen anderen Sportarten. Noch vor Ablauf des ersten Schuljahrs bekam er ein Stipendium an der exklusiven Pomfret-School, die etwa fünfzig Meilen von Coventry entfernt lag – und eine ganze Welt entfernt von Marks sozialer Herkunft.

Die Pomfret-School bot Mark Putnam nicht nur ein hochqualifiziertes Ausbildungsprogramm zur Vorbereitung auf die Universität, sondern auch die Möglichkeit, etwas über die Lebensweise der Superreichen zu erfahren. Er war in die Welt der High-Society eingetreten, und als Starathlet an einer hochangesehenen Ausbildungsstätte mit Teams in vierzehn Sportarten – einschließlich Squash und Eishockey – war er genau am richtigen Platz. Mark Putnam hatte es geschafft ...

In Pomfret machte sich das harte und unerbittliche Training bezahlt, dem Mark sich unterwarf. Seine Führungsqualitäten auf dem Sportplatz und seine Hingabe an den Wettkampf trugen wesentlich zu den triumphalen Erfolgen seiner Schule bei. Er spielte Basketball, Baseball und Fußball, und im zweiten Jahr an der Schule wurde er Kapitän der Fußballmannschaft, die ungeschlagen die Meisterschaft in ihrer Division gewann. »Mannschaftskapitän ›Putt‹ machte es möglich«, so oder ähnlich stand es oft im *Pomfret School Bulletin* unter einem Foto von Mark in seinem Fußballtrikot mit der Nummer elf. Ihm wurde die Aufmerksamkeit zuteil, die ein Sportstar nun einmal verdient. Sein Vater und sein früherer Trainer aus Coventry fuhren jedes Wochenende nach Pomfret, um ihn anzufeuern und sich in seinen Erfolgen zu sonnen. Seine Klassenkameraden hatten großen Respekt vor ihm, und zu Hause sprach die ganze Stadt voller Stolz von ›unserem Jungen, der sich so toll macht‹.

Dennoch, Putnam muß sich in dieser vornehmen Umgebung ziemlich deplaziert vorgekommen sein. Er war an dieser Schule, weil er ein Sportstipendium bekommen hatte, nicht, weil seine Familie es sich leisten konnte, ihn dorthin zu schicken. Da das Stipendium Kost und Logis nicht einschloß, war er einer der wenigen ›Fahrschüler‹ der Schule; jeden Tag fuhr er in einer Fahrgemeinschaft von Coventry nach Pomfret und wieder zurück, oft zusammen mit seinem Freund Mike Rodensky. Im Jahrbuch des Abschlußjahres (1978) gibt es ein Foto von den beiden, wie sie auf der Kühlerhaube eines Oldsmobile sitzen, Mark in Rollkragenpullover, Cordhose und Topsider-Schuhen. Er verließ die Schule 1978 mit der festen Absicht, seine Fähigkeiten bis zu ihren Grenzen auszuschöpfen.

Mark ging an die Universität von Tampa und studierte im Hauptfach Kriminologie. Gleich im ersten Jahr wurde er lobend in den Ergebnislisten seiner Fakultät erwähnt, und wie nicht anders zu erwarten war, zeichnete er sich erneut besonders im Sport aus. Im letzten Jahr des Studiums wurde er Kapitän der Fußballmannschaft der University of Tampa, dem ›UT Spartan Soccer Team‹, das an den Meisterschaften der NCAA, der ›National Colegiate Athletic Association‹, teilnahm. In den beiden letzten Jahren an der Universität erzielte diese Mannschaft, nicht zuletzt durch Mark Putnams Einsatz, die besten Ergebnisse in der Geschichte der UT. Mit Putnam als Libero gewann das Team im Jahr 1982 ungeschlagen die Meisterschaft in der Division II der NCAA im Endspiel gegen die Yale University. Für Mark Putnam wurde ein Traum wahr. In Connecticut, seinem Heimatstaat, war er maßgeblich daran beteiligt, eine Mannschaft der ›Ivy League‹, wie die acht Elite-Universitäten im Osten der USA genannt werden, zu schlagen. Er hatte gerade Yale immer ehrfürchtig bewundert; Nathan Hale, nach dem seine High-School in Coventry benannt war, hatte Yale absolviert, und Mark war in Ehrfurcht vor dieser Elite-Universität erzogen worden. Und jetzt hatte er an diesem geheiligten Ort triumphiert! Alle Welt in seinem Umkreis lobte und bewunderte ihn.

In Tampa galt Putnam nicht als typischer ›Jock‹, wie man die Sportler nennt, die sich im Glanz ihrer Erfolge sonnen und sie bei den Mädchen ausspielen. Er trainierte hart, setzte sich auf dem Sportplatz voll ein, aber er sprach erstaunlich wenig über private Dinge. Niemand hörte ihn je mit seinen Eroberungen prahlen oder mit der Zahl der Mädchen, mit denen er ›was hatte‹. Nach den Aussagen einiger seiner Mannschaftskameraden zeigte Mark dieselben Verhaltensweisen, die seine Lehrer und Trainer schon Jahre zuvor festgestellt hatten – draufgängerisch, dynamisch auf dem Sportplatz und auch im Hörsaal, aber extrem zurückhaltend in allen Dingen, die seine Privatangelegenheiten waren.

»Mark Putnam war wirklich ein Supersportler, mit Abstand der beste Spieler in der Mannschaft«, erinnert sich sein Teamkamerad Kenny James. Ein anderer Mitspieler, Jim Foytlk, schwärmt: »Er war ein unglaublich intensiver Sportler und Fußballspieler, aber außerhalb des Spielfeldes war er fast scheu, machte keinerlei Tamtam aus seinen Erfolgen, und es lag auch kein Glamourschein um ihn, wie das sonst bei solchen Typen meistens der Fall ist.« Und sein Fußballtrainer in Tampa, Jay Miller, sagt, Mark habe zu den ›stillen‹ Führerpersönlichkeiten gehört.

»Morgens um sieben absolvierten wir regelmäßig Trainingsläufe durch die Innenstadt von Tampa«, berichtet Miller, »und stets war er nach den drei Meilen als erster im Ziel. Die Frage war immer nur, wie nahe der nächste Läufer an Putnam rankam. Meistens hatte er einen riesigen Vorsprung. Ich erinnere mich, daß einmal einer seiner Kameraden ihm dicht auf die Pelle rückte, aber dann sprintete Mark den Rest der Strecke. Er wollte einfach immer der Erste sein. Das war seine Natur, sein Charakter.«

Miller betont, Mark sei ein guter, von allen voll respektierter Mannschaftskapitän gewesen, und er habe sich für sein Team immer bis zur Leistungsgrenze eingesetzt. Als er sich im ersten Jahr bei einem Spiel einmal den Arm ausrenkte, bestand er darauf, weiterzuspielen. »Mehrmals mußte einer der Betreuer raus aufs Feld und ihm den Arm wieder einrenken. Er spielte jedesmal weiter. So war er – fest entschlossen, das zu Ende zu bringen, was er einmal angefangen hatte.«

Mark war aber auch außerhalb der Sportplätze bei seinen Kommilitonen beliebt. Er scheint ein netter junger Mann gewesen zu sein, der mit Menschen aus allen sozialen Schichten gut zurechtkam und keine Schwierigkeiten hatte, sich in die unterschiedlichsten Gruppen einzufügen. Was die Mädchen anging, so hatte Mark eine ganze Menge, wie Miller feststellte, aber offensichtlich gab es keine besondere Ausrichtung, was den Geschmack betraf. Obwohl Mark von einer exklusiven, teuren Vorbereitungsschule nach Tampa gekommen war, zeigte er kein gesteigertes Interesse an Mädchen, die aus reichen Familien stammten oder auffallend schön waren.

»Er hatte Mädchenbekanntschaften wie jeder andere Student auch«, sagt Miller. »Er war immer mit irgendeinem Mädchen liiert. In den vier Jahren in Tampa hatte er, soweit ich das mitgekriegt habe, vier feste Freundinnen. Die Mädchen trieben sich nach den Fußballspielen immer in der Nähe der Umkleidekabinen rum, und soweit ich feststellen konnte, war jedes seiner Mädchen ein anderer Typ. Und keine seiner ehemaligen Freundinnen schien irgendwie böse auf ihn zu sein, wenn's zu Ende war, denn er trennte sich immer im guten von ihnen, ließ sie nicht einfach sitzen. Er war sehr feinfühlig, glaube ich. Aber er war nun mal ein gutaussehender Bursche, und die Mädchen hatten es nicht leicht, ihn für längere Zeit an sich zu fesseln.«

Zu diesem Zeitpunkt hatte Mark seinem Fußballtrainer bereits bekannt, sein großer Traum sei es, FBI-Agent zu werden. In seinem Hauptfach Kriminologie, in dem er gute Durchschnittsnoten erzielte, belegte er Seminare wie ›Kriminalpolizeiliche Untersuchungsmethoden‹, das die Überwachung der Kriminellen-Szene und ihre erkennungsdienstliche Registrierung einschloß, sowie ›Normabweichende Verhaltensweisen‹, das sich mit sexuellen Perversionen und verbrecherischer Gewaltanwendung befaßte. Sein Studium verlief ohne Schwierigkeiten. Mark Putnam erzielte gute Noten und war beliebt bei Kommilitonen und Dozenten.

Er hatte jetzt kein Stipendium mehr, das die Kosten der Hochschulausbildung deckte, aber seine Familie unterstützte ihn nach besten Kräften, und er verdiente sich nebenher in diversen Jobs in Tampa und der Umgebung Geld dazu. Zunächst lief alles bestens für ihn. Es machte ihm Spaß, in Florida zu leben, umgeben von Palmen und

Bikinimädchen. Für ihn war es eine ganz neue Erfahrung, Menschen ungezwungen und sorglos in den Tag hineinleben zu sehen.

Zu Beginn seines zweiten Jahres an der Universität jedoch traf die Familie Putnam ein schwerer Schlag, und Mark mußte in der Folgezeit immer wieder nach Connecticut fahren. Bei seinem Vater Walter Putnam war eine unheilbare Krebserkrankung festgestellt worden. Im Frühjahr des zweiten Studienjahres unterbrach Mark das Studium für zwei Wochen und fuhr nach Neuengland, wo er zusehen mußte, wie sein Vater unter einem Bombardement radioaktiver Bestrahlungen und Tablettentherapien langsam dahinstarb. Mark litt sehr darunter, daß sein Vater auf diese entwürdigende Weise sterben mußte. Nach den Aussagen derjenigen, die ihn damals erlebten, war er ein Sohn, der das Dahinsiechen seines Vaters nicht einfach als gottgewollt akzeptieren konnte, der verzweifelt war, daß er ihm nicht helfen konnte.

Bruce Johnson, ein Freund der Familie und Pastor der First Congregational Church in Coventry, stand den Putnams während dieser schweren Zeit, in der der Familienvater langsam und qualvoll dahinstarb und die Angehören entsetzlich litten, zur Seite. Johnson kannte die Putnams als festgefügte Familie, die treu zu Walter stand. Er sagt, während des monatelangen Todeskampfes habe immer ein Familienmitglied an seinem Bett gewacht.

»Es handelte sich um eine Krebsart, die eine starke radioaktive Bestrahlung erforderlich machte. Walter litt sehr, aber die Familie war die ganze Zeit über bei ihm«, erinnert sich Johnson. »Mark hatte eine enge Vaterbindung. Es war schwer für ihn, seinen Dad auf diese Weise dahinsterben zu sehen. Soweit ich mich erinnere, kam er während Walters Behandlungsperioden immer wieder von Florida hierher. Und dann, als der Tod näher kam, blieb er die ganze Zeit am Bett seines Vaters.«

Mit Pastor Bruce Johnson als Seelsorger wurde Walter Putnam am 18. März 1980 zu Grabe getragen. Mark war zwanzig, sein Bruder Tim erst siebzehn. Jahre später würde Johnson die kirchliche Trauung Tims durchführen und sein Kind taufen, aber nach dem Tod Walters sah er Mark kaum mehr. Mark setzte sein Studium in Florida fort, kam auch jeden Sommer nach Coventry, aber er blieb ein scheuer, stiller, reservierter junger Mann, der sich offensichtlich keinem Menschen in der Stadt gegenüber öffnete; Bruce Johnson war da keine Ausnahme.

Im August 1982, drei Monate nach dem erfolgreichen Abschluß des Studiums an der Universität von Tampa, erhielt Mark einen Job als Angestellter im Büro des FBI in New Haven, Connecticut, der Zentrale des FBI für diesen Staat. Sie ist im fünften Stock des Robert N. Giaimo Building untergebracht, einem imposanten, grellweißen Gebäude mit Drehtüren, das streng abgesichert und von Kameras überwacht wird; Besucher des FBI-Büros werden einer genauen Kontrolle unterzogen und dürfen die Räume erst betreten, wenn ihnen der Sicherheitsdienst spezielle Plastikschilder ausgehändigt hat, die sie während des Besuches sichtbar tragen müssen. Ein großes Bild von J. Edgar Hoover, dem Direktor des FBI von 1924 – 1972, hängt an einem markanten Platz in der Eingangshalle. Die FBI-Zentrale in New Haven hatte damals zwischen vierzig und fünfzig Mitarbeiter.

Während der Zeit, in der er dort arbeitete, fiel Mark keinem der FBI-Agenten oder anderen höheren Beamten der Dienststelle besonders auf. Er war an der Telefonvermittlung eingesetzt und arbeitete in Nacht- und Wochenendschichten entweder von sechzehn Uhr bis Mitternacht oder von Mitternacht bis acht Uhr. Mit den Vorgesetzten kam es höchstens einmal zum Austausch formeller Grüße.

Aber Putnam nutzte die Zeit, saugte osmotisch alles in

sich auf, was er über die FBI-Aktivitäten erfahren konnte. Es war seine Methode, sich mit den Tricks und Kniffen der Alltagsarbeit im FBI vertraut zu machen. Eine damalige Mitarbeiterin, die anonym bleiben möchte, sagt heute, Mark habe sehr gewissenhaft gearbeitet. »Er kam früher zum Dienst, als er mußte, und er blieb meistens länger. Man war gern mit ihm zusammen. Er war immer freundlich, höflich, ein echter Gentleman.« Natürlich wendete Putnam die zusätzliche Arbeitszeit auf, weil er erwartete, daß sie sich später einmal auszahlen würde. Er hatte es seinen Freunden und Verwandten gegenüber längst klargemacht, daß er Beamter in der Strafverfolgung und, wenn irgend möglich, FBI-Agent werden wollte.

Unterdessen hatte Mark Putnam geheiratet – eine dunkelhaarige Schönheit namens Kathleen, die Tochter eines Immobilienmaklers, der in der Gegend von Manchester, Connecticut, zu Hause war. Die beiden hatten sich kennengelernt, als Mark seinen Job beim FBI-Büro in New Haven angetreten hatte. Eines schicksalhaften Abends verließ er auf Drängen seiner Mutter das Büro ausnahmsweise früher, um Kathy zu treffen. Wie erzählt wird, rief seine Mutter Barbara, die in eine Bar in der Stadt gegangen war, um ein wenig Musik zu hören, an diesem Abend bei ihm im Büro an:

»Ich habe gerade *das* Mädchen getroffen, Mark«, sagte sie mit großem Nachdruck. »Ich denke, du solltest schleunigst mal herkommen.«

Barbara und Kathy warteten über eine Stunde in der Bar auf Marks Erscheinen. Schon während der ersten Unterhaltung waren sich die beiden Frauen offensichtlich sehr nahegekommen und hatten sich ihr Herz ausgeschüttet. Kathy hatte Barbara dargelegt, wie sie sich ein zukünftiges Dasein als Ehefrau und als Mutter vorstellen würde. Irgendwann während dieser Unterhaltung sagte

Kathy zu Barbara: »Ich habe mir immer gewünscht, Mutter zu sein. Ich möchte mit meinen Kindern spielen und Plätzchen backen.«

Barbara Putnam hatte längst entschieden, daß Kathy genau das Mädchen war, das Mark brauchte. Sie wollte, daß Mark baldmöglichst eine Familie gründete, und Kathy war sehr hübsch, mit dichtem braunem Haar, das wunderbar zu ihren strahlenden, haselnußbraunen Augen paßte. Mehr noch, sie war elegant, hatte feine Gesichtszüge mit einer entzückenden Himmelfahrtsnase, dazu perfekt gezupfte, natürliche Augenbrauen. Und sie trug nur ganz wenig Make-up. Eine natürliche Schönheit.

Vielleicht war es Liebe auf den ersten Blick. Vielleicht erkannte Mark, daß Kathleen das Mädchen war, nach dem er schon immer gesucht hatte. Sicher ist, daß Kathy sich sofort in ihn verliebte. Später sagte sie einem Reporter, Mark habe eine charismatische Ausstrahlung, er sei ›die Art von Mann, bei dem man dahinschmilzt‹ gewesen. Jedenfalls, nachdem sie sich zwei Stunden unterhalten hatten, erzählte ihr Mark bereits von seinen Ambitionen. »Er sagte mir, er wolle zwei Dinge in seinem Leben erreichen«, berichtete sie später. »Er wolle eine Familie haben, und er wolle, daß seine Kinder sagen können, ihr Vater sei FBI-Agent.«

Kathy war zwei Jahre jünger als Mark, hatte es aber schon zur Managerin eines luxuriösen Apartment-Komplexes gebracht; darüber hinaus nahm sie an einer Ausbildung zur Anwaltsgehilfin teil. Sie glaubte daran, daß eine Liebe von Dauer sein kann. Ihre Eltern waren solide Leute. »Wir paßten perfekt zusammen«, meinte sie später. Und sie gestand, daß sie und Mark gleich die erste Nacht miteinander verbracht hatten.

In den nächsten zwei Jahren lebten Mark und Kathy in einem luxuriösen Apartment in New Haven zusammen. Sie hatten nur wenige Kontakte zu anderen Menschen, waren sie doch beide Einzelgänger. An den Wochenenden fuhren sie häufig zu einem Dinner nach New York, hin und wieder besuchten sie auch Broadway-Shows. Im Sommer verbrachten sie ihre freie Zeit oft an den Stränden von Rhode Island. Sie liebten sich, und sie schmiedeten Zukunftspläne: zwei Kinder, ein Haus in Florida, Mark als FBI-Agent ...

Ostern 1984 wurden sie von einem Friedensrichter in New York City getraut. Nachbarn in Pikeville erinnern sich jedoch, auch festliche Hochzeitsfotos der beiden gesehen zu haben; man kann also davon ausgehen, daß das Paar irgendwann auch eine formelle kirchliche Trauung mit Brautjungfern, Blumenbukett für die Braut und Hochzeitskuchen gefeiert hat.

Kathy wurde kurz nach der Trauung schwanger, und im Krankenhaus von Hartford brachte sie dann ihre Tochter Danielle zur Welt. Ihre Stellung als Managerin des Apartment-Komplexes gab sie auf zugunsten einer leichteren Tätigkeit bei einer Versicherungsgesellschaft, aber nach kurzer Zeit gab sie auch diesen Job auf. Kathy war nicht der Typ einer Karrierefrau; sie wollte eine ›Karrieremutter‹ sein, wie sie häufig Familienangehörigen und Freunden sagte.

Inzwischen leistete Putnam weiterhin gute Arbeit bei der FBI-Zentrale in New Haven, und als er sich im Januar 1986 für die Aufnahmeprüfung an der FBI-Akademie in Quantico, Virginia, qualifizierte, schied er aus dem Dienst in New Haven aus. Wie man hört, ist es recht selten, daß jemand beim FBI von einer Tätigkeit als einfacher Büroangestellter in die Funktion des Special Agent aufsteigt, aber Putnam war fest entschlossen, die Ausnahme von der Regel zu sein. Nachdem er sich gleichzeitig beim FBI, bei der Steuerfahndung und bei den Polizeiakademien mehrerer Bundesstaaten beworben und kurzzeitig bei einem privaten Sicherheitsdienst, der Burns

International Security in Hartford, gearbeitet hatte, wurde er von der Polizeiakademie des Staates Connecticut angenommen, nach nur neun Tagen aber wegen einer Armverletzung, die er sich als Fußballspieler zugezogen hatte, wieder entlassen. Dann aber, Mitte 1986, erhielt Putnam die heiß ersehnte Nachricht, daß er die Aufnahmeprüfung bestanden und zur Ausbildung an der FBI-Akademie zugelassen worden war. Er war auf dem Weg, sein Ziel zu erreichen und vollamtlicher FBI-Agent zu werden.

Während er auf den Dienstantritt an der Akademie in Quantico wartete, nahm er die Arbeit im FBI-Büro in New Haven wieder auf, jetzt in einer höheren Position, als er sie vorher eingenommen hatte. Gleichzeitig arbeitete er nebenher in einer Spirituosenhandlung, um das Nest für seine junge Familie materiell ein wenig auspolstern zu können. Er wollte zum Zeitpunkt des Beginns der Ausbildung an der FBI-Akademie finanziell gut gerüstet sein.

Die FBI-Akademie ist auf dem Kasernen-Gelände des Marine Corps in Quantico untergebracht, etwa fünfzig Meilen südwestlich von Washington, D. C. Die Umgebung ist dicht bewaldet. Der Komplex der FBI-Akademie gleicht mit seinen Hörsaal- und Unterkunftsgebäuden einer kleinen Universität. Die zur Ausbildung eintreffenden Special-Agent-Anwärter legen gleich zu Beginn den Eid zur treuen Pflichterfüllung ab und durchlaufen dann eine etwa vier Monate dauernde Ausbildung, die sich vor allem auf eine ausführliche theoretische Unterweisung, Fitneß-Tests und Waffentraining erstreckt. Während der Ausbildungszeit erhalten die Anwärter ein reguläres Gehalt.

Special-Agent-Anwärter müssen ihre Fertigkeiten im

Umgang mit Handfeuerwaffen, die Beherrschung aller Möglichkeiten der Selbstverteidigung sowie das richtige Verhalten bei Festnahmen von Kriminellen nachweisen; simuliert werden solche Situationen auf der legendären ›Hogan's Alley‹ des FBI, einem nachgebauten Straßenzug, der auch in einem Hollywood-Filmstudio stehen könnte. Darüber hinaus müssen sie zwei schriftliche Prüfungen ablegen, von denen sich eine mit den Themen ›Allgemeines Verhalten als FBI-Agent‹ und ›Gesetzliche Bestimmungen und Vorschriften‹ befaßt. Die Anwärter müssen sich auch einem formellen ›Interview‹ durch Ausbilder und Psychologen sowie einer Urinprobe unterziehen, um den Nachweis zu erbringen, daß sie keine Drogen nehmen; zusätzlich müssen sie einen Lügendetektor-Test über sich ergehen lassen, der irgendwann vor Beginn oder während der Ausbildung durchgeführt wird.

Die Ausbildung an der FBI-Akademie ist hart und aufreibend. Die Anwärter sind einem permanenten geistigen und körperlichen Streß ausgesetzt. Bis zum Erbrechen müssen sie Klimmzüge und Liegestütze machen; bei den Kurz- und Langstreckenläufen müssen sie sehr gute Zeiten erreichen. Ihnen wird eröffnet, daß ein FBI-Agent eine einjährige Probezeit unter der Aufsicht eines gestandenen älteren Special Agent durchlaufen und daß er damit rechnen muß, im Lauf seiner Karriere öfter versetzt zu werden.

Im Verlauf der Ausbildung erfuhr Mark Putnam auch, daß ein FBI-Agent nicht mit einer festen Arbeitszeit ›von neun bis fünf‹ rechnen sollte. Er würde auch nachts und an Wochenenden und Feiertagen zu arbeiten haben: Darüber hinaus verlangt die Arbeit ein ausgeprägtes Verantwortungsbewußtsein: Der FBI-Agent wird im Dienst ständig eine Waffe bei sich tragen; er kann jederzeit in die Lage kommen, tödliche Gewalt einsetzen zu müssen, um Menschenleben zu retten; und er wird in allen Sparten der Verbrechensverfolgung seinen Mann stehen müssen, ob bei der Überwachung von Verdächtigen, bei der Anhörung von Zeugen, der Vernehmung von Verdächtigen, der Festnahme von gesuchten Verbrechern, der Beweisbeschaffung oder bei den Zeugenaussagen vor Gericht . . .

Darüber hinaus erfuhr Putnam, daß mit der Ernennung zum Special Agent des FBI die Ausbildung an den Handfeuerwaffen und in der Selbstverteidigung beileibe nicht zu Ende war. Wie auch die anderen zehntausend FBI-Agents in den über das ganze Land verstreuten FBI-Büros würde er routinemäßig mindestens viermal im Jahr an der Schießausbildung mit Handfeuerwaffen teilnehmen, sich weiter in der Mann-gegen-Mann-Selbstverteidigung üben und pro Jahr an zwei oder drei Schulungen teilnehmen müssen, in denen man ihn mit dem aktuellen Stand der Bundesgesetzgebung und den neuesten Entscheidungen des Bundesgerichtshofes vertraut machen würde.

Am 6. Oktober 1986 schloß Mark Putnam die FBI-Akademie erfolgreich ab und erhielt das goldene, in der Form eines Schildes gehaltene FBI-Abzeichen. Er gehörte jetzt offiziell zum ›Arm des Gesetzes‹, zur Strafverfolgungsbehörde des Justizministeriums der Vereinigten Staaten. Sein Traum war wahr geworden.

Im Februar 1987 erhielt Special Agent Putnam seinen ersten offiziellen Auftrag beim FBI – er wurde dem Zwei-Mann-Büro im abgelegenen Pikeville, Kentucky, zugeteilt. In Pikeville sollte er unter der Anleitung von Special Agent Dan Brennan die praktische Arbeit vor Ort kennenlernen, sollte Erfahrungen sammeln, wie man mit Informanten umgeht – und wie man mit der Gefahr lebt. Hier hatte er es mit Korruption, Bankraub, Drogenhandel und flüchtigen Straftätern zu tun. Putnam sah in dieser Arbeit eine willkommene Herausforderung. Seine Frau

Kathy jedoch konnte sich mit diesem hinterwäldlerischen Pikeville überhaupt nicht anfreunden und war nicht bereit, Mark dorthin zu folgen. Man hatte Mark ursprünglich nach Louisville versetzt, und Kathy war mit ihrem Vater bereits dorthingefahren, um ein Haus auszusuchen. Aber dann hatten Marks Vorgesetzte ihre Pläne geändert und ihn nach Pikeville geschickt.

»Normalerweise werden neu ernannte FBI-Agents in die großen Büros geschickt«, beklagte sich Kathy später bei Reportern. Sie war sich damals sicher gewesen, daß es nicht lange dauern könnte, bis ihr Ehemann nach Louisville zurückversetzt würde. Wie einer der Reporter sich erinnert, sah Kathy sich als die treibende Kraft in der Ehe mit Mark. Sie war diejenige, die den Durchblick und das Geld hatte, und sie meinte, hinter den Kulissen Regie führen zu können. Aber in diesem Fall setzte sie sich keineswegs durch. Mark nahm den Posten in Pikeville an. Er erklärte ihr, er sehe in diesem Auftrag eine großartige Chance für seinen beruflichen Weg. Kathy hingegen meinte, es sei ganz einfach so, daß kein anderer diesen Job übernehmen wolle. Sie betrachtete Pikeville als den schlechtesten aller möglichen Arbeitsplätze, in einem Nirwana angesiedelt, wo der nächste Flughafen knapp drei Stunden entfernt lag.

Kathy hat auch das Hauptquartier des FBI in Washington angerufen und erklärt, Mark Putnam sei für den Posten in Pikeville nicht geeignet; er sei zu unerfahren, sagte sie. Als der Beamte von der Personalabteilung ihr darlegte, daß Putnam der beste Kandidat für diesen Job sei, weil er bereits Erfahrungen im Polizeidienst habe, erinnerte ihn Kathy daran, daß ihr Mann nur ein kurzes Gastspiel an der Polizeiakademie von Connecticut gegeben und nie im Dienst der Polizei des Staates gestanden habe. Aber ihre Bitte stieß auf taube Ohren.

Ob sie es wollten oder nicht, die Putnams waren auf

dem Weg nach Pikeville. Mark ging zunächst allein voraus. Er kaufte ein Haus mit sieben Zimmern für hundertfünfzigtausend Dollar im ›angenehmen‹ Teil der Stadt. Kathy sollte ein paar Monate später nachkommen; sie blieb zurück, um den Umzug des Haushalts vorzubereiten und alles in Ruhe abzuwickeln.

4. Kapitel

Pikeville, Verwaltungssitz des Pike County, liegt an der Kreuzung der Bundesstraßen dreiundzwanzig und vierhundertsechzig etwa hundertsiebzig Meilen südostwärts von Louisville. Bei der Gründung der Stadt im Jahr 1825 wurde sie zunächst Piketon genannt, zu Ehren von Zebulon Pike, einem Armeeoffizier, der den Pike's Peak entdeckt hatte. Die Stadt ist etwa neun Meilen lang und eine halbe Meile breit. Sie zieht sich in Form eines Hufeisens durch die Berge, und sie ist Kentuckys drittgrößtes Bankenzentrum. Im Unterschied zu anderen Städten in den Bergen Ostkentuckys hat Pikeville ein richtiges Stadtzentrum mit Bürogebäuden, Möbel- und Bekleidungsgeschäften, belebten Straßen und Restaurants.

Als Mark Putnam in Pikeville eintraf, um unter der Anleitung von Special Agent Daniel Brennan, dem ›Senior Agent‹ des FBI-Bezirksbüros, seine Arbeit aufzunehmen, mußte er feststellen, daß die Rückständigkeit dieser Gegend nicht vor dem FBI-Büro endete. Brennan war seit vierzehn Jahren Special Agent und näherte sich zügig dem Pensionierungsalter. Man erzählte sich von ihm, er sei mehr an seinem Boot interessiert als an der Verbrechensbekämpfung. Putnam wurde sehr schnell klar, daß mehr Arbeit auf ihn zukam, als er eigentlich bewältigen konnte.

Bevor Kathy nach Pikeville kam, informierte Mark sie darüber, daß er den Großteil der Arbeit auf dem kleinen Außenposten leisten müsse. Er gab offen zu, sich nicht sicher zu sein, ob er auf Dauer mit einer solchen Arbeitsbelastung fertig werden könne. Man sprach in der Stadt davon, er sei recht verunsichert, und einige seiner Kollegen in der Strafverfolgung meinten, Putnam habe eine Art Kulturschock erlitten.

Es muß eine große Erleichterung für ihn gewesen sein, als Kathy mit Danielle im April 1987 nach Pikeville zog. Sie schien glücklich zu sein, wieder mit Mark zusammenzuleben, und das fast neue Sieben-Zimmer-Haus in der Siedlung Cedar Cap draußen am Stadtrand gefiel ihr gut. Gleich um die Ecke wohnte Special Agent Dan Brennan in einem hübschen Backsteinhaus.

Das Haus der Putnams war modern, es hatte große Zimmer und Panoramafenster und eine Veranda samt Rattan-Hollywoodschaukel; den Vorgarten zierten rosa Azaleenbüsche. Die Nachbarn waren Universitätsprofessoren, Rechtsanwälte und Ärzte, wohlsituierte Leute mit zwei oder drei schicken Wagen. Im Vergleich zu den anderen Villen in dieser Straße wirkte das Haus der Putnams geradezu bescheiden.

Nach kurzer Eingewöhnungszeit fing Mark an, Geschmack an Pikeville und dem Pike County zu finden. Er war von Armut umgeben, aber in Cedar Cap spürte er davon nicht viel. Er sagte sich, daß der Posten beim FBI in Pikeville gar nicht so übel sei. Und er zeigte sich als verbindlicher, umgänglicher Mensch und setzte alles daran, sich mit den Nachbarn anzufreunden, die örtliche Polizei zu unterstützen und sich der Lebensart der Südstaatler anzupassen.

Kathy hingegen fühlte sich in ihrem neuen Umfeld überhaupt nicht wohl. Sie hatte keinerlei Gemeinsamkeiten mit den Menschen aus Pikeville, deren näselnde Sprache ihr auf die Nerven fiel, ebenso wie die fette Küche und die in Wohnwagen untergebrachten Schönheitssalons. Sie sah in dem für zwei Jahre vorgesehenen Aufenthalt in Pikeville eine Verbannung; dennoch war sie entschlossen, das Beste daraus zu machen.

»Mark hatte die Anstellung, die er sich gewünscht hatte, und ich mochte unser Haus«, sagte sie später gegenüber Reportern. »Wir sprachen oft darüber, wie gut sich die Arbeit hier für ihn beruflich auswirken könnte, denn in einem so kleinen Büro an einem Ort wie Pikeville, an dem weiß Gott für einen FBI-Beamten genug los war, konnte er sich sicherlich einen Namen machen.«

Bereits kurz nach Kathys Ankunft zeigte sich jedoch, daß die beiden wenig Zeit füreinander haben würden. Mark mußte oft bis in den späten Abend und auch an den Wochenenden arbeiten, meistens zwölf bis vierzehn Stunden am Tag. Und da er bestrebt war, sich einen guten Namen in der Stadt zu machen, war er auch in den wenigen freien Stunden oft nicht zu Hause. Er engagierte sich als Trainer der Fußballmannschaft des örtlichen ›Vereins christlicher junger Männer‹. Regelmäßig besuchte er die Gottesdienste und Veranstaltungen der katholischen St. Francis Church, wenn auch stets allein. Freitag abends ging er zu den Football-Spielen der Pikeville High-School und danach noch mit Freunden ›zu 'nem Drink‹ in eine Kneipe. Die Leute in der Stadt mochten ihn, und das war, wie er Kathy immer wieder sagte, äußerst bedeutsam für seine Arbeit. Er müsse sich, erklärte er, mit aller Welt anfreunden, um Insider-Informationen über die Kriminellenszene in der Gegend zu bekommen.

Inzwischen war Kathy zum zweitenmal schwanger, und je weiter die Schwangerschaft voranschritt, desto gereizter wurde sie, weil sie so oft von Mark allein gelassen wurde. Mit ihren Eltern und den Freunden in Connecticut konnte sie nur noch telefonisch Kontakt halten, und sie lief ziellos und unzufrieden in ihrem Haus umher; kurzum – sie war unglücklich. Aus ihrer Sicht gab es keine netten Restaurants in der ganzen Gegend, in den Kinos der Stadt wurden keine ansprechenden Filme gezeigt, und es gab auch keine hübschen Geschäfte in

Pikeville. Kein Theater, keine Museen, keine Konzerte – Kathy fühlte sich wie eine Verbannte im hintersten Winkel der Erde. Später sagte sie einmal, Pikeville sei ihr wie eine öde Wüste vorgekommen.

»Es gab dort einfach nichts, was mich angesprochen hätte«, klagte sie. »Der Lebensmittelladen und der wöchentliche Markt – das war auch schon alles. Ich war an Stadtluft gewöhnt. Man konnte sich nicht mal in sein Auto setzen und durch die Gegend kutschieren; es war nur eine Frage der Zeit, dann kam man auch schon in diese verdammten Berge – und ich fürchte mich zu Tode, wenn ich durch einsame Berggegenden fahren muß.«

Am schlimmsten für Kathy war die Kleinstadtmentalität der Leute in Pikeville, war der Gedanke, daß jedermann wußte, wer sie war und wissen wollte, was sie tat, wie es ihr erging. »Am dritten Tag nach meiner Ankunft«, erinnert sie sich, »als ich in der Stadt bei der Bank war, schaute mich der Kassierer aufmerksam an und rief aus: ›Oh, Sie müssen die Frau von dem FBI-Mann sein. Wie gefällt Ihnen Ihr Haus draußen im Honeysuckle Drive?›«

Insbesondere dieses Eindringen in ihre Privatsphäre mißfiel Kathy. Sie legte großen Wert auf ein ungestörtes Privatleben. Deshalb kamen sie und Mark ja so gut miteinander zurecht. Sie wollte nicht, daß die Leute über ihre finanzielle Lage sprachen oder ihre Nasen in ihre Privatangelegenheiten steckten . . .

Sie und Mark waren von Anfang an, seit sie sich 1982 kennengelernt hatten, immer am liebsten für sich geblieben. Sie waren kaum einmal zu den üblichen Partys gegangen und hatten sich nicht am Geschwätz der Leute beteiligt. Und jetzt hatte Kathy plötzlich Nachbarn, die auf ihrer Veranda hockten oder aus dem Fenster glotzten und anscheinend jede Bewegung Kathys beobachteten. Das war unerträglich. Sie konnte es nicht fassen, daß diese Leute anscheinend nichts Besseres zu tun hatten als sich dafür zu interessieren, was in Kathys Haus vorging, in ihrem Schlafzimmer, in ihrem Kopf. Dieses Eindringen in ihre Privatsphäre empörte Kathy über alle Maßen ...

Einmal, als Mark wegen einer Besprechung beim Regionalleiter des FBI in Louisville über Nacht weggeblieben war, klopfte am nächsten Morgen ein Nachbar an die Tür und fragte: »Sagen Sie mal, was ist denn los, ich habe Marks Wagen gar nicht in der Einfahrt stehen sehen?« Kathy kam sich in Pikeville wie in einem Goldfischglas vor; die Bewohner beobachteten sie ständig, mischten sich in ihre Angelegenheiten ein und klatschten über sie.

Die Neugier ihrer Nachbarn und die Klatschsucht der Provinzler führten bei Kathy dazu, daß sie sich mehr und mehr zurückzog und außer mit Mark und Danielle kaum mehr mit jemandem sprach. Anfangs beschäftigte sie sich mit der Gestaltung kunstvoller Puppenhäuser, die sie mit wunderschönen Liliput-Möbeln ausstattete und bei den ›Showings‹ in Einkaufszentren der Stadt ausstellte. Als aber die Menschen in ihrer Umgebung auch im Verlauf der weiteren Monate immer noch überaus interessiert an ihrem Privatleben zu sein schienen, gab Kathy ihr Puppenhaus-Hobby auf und lehnte es ab, sich mit irgend jemandem in der Stadt näher einzulassen.

Es kam so weit, daß Kathy sich weigerte, Danielle von der Kindertagesstätte abzuholen, in die das Kind auf Marks Betreiben ging. Kathy wollte mit den Leuten dort nichts zu tun haben, und so mußte Mark dafür sogen, daß Danielle jeden Tag von diesem als modellhaft gelobten Kinderhort abgeholt wurde.

Danielle besuchte die Kindertagesstätte vor allem deshalb, weil Kathy immer wieder, so oft es nur ging, nach Connecticut fuhr. Häufig nahm sie Danielle mit, aber weil Mark seine Tochter dann sehr vermißte, blieb sie oft in Pikeville und mußte dann im Hort untergebracht werden.

Natürlich blieb es nicht aus, daß die Leute in Kathys Umgebung sie für ›recht ungewöhnlich‹ hielten. Mrs. Sohn, eine Nachbarin, sagt zu Kathys Verhalten:

»Glauben Sie mir, ich habe wirklich versucht, mit ihr in Kontakt zu kommen. Ich brachte einen Kuchen rüber, als sie einzog. Ich habe alles gemacht, was in so einer Situation üblich ist. Ich habe die beiden zum Abendessen eingeladen, aber Mark kam allein. Sie ist nicht ein einziges Mal zu uns ins Haus gekommen. Ich ging manchmal zu ihr hinüber, aber sie gab sich sehr zugeknöpft. Sie war nicht glücklich, das konnte man deutlich sehen. Sie ging nicht aus sich heraus. Das einzige, über das sie redete, war die Vorbereitung des Abendessens für Mark. Sie kochte ihm meistens ganz normale Gerichte, ein Stück Fleisch mit Tomaten oder so was, keine Feinschmeckermenüs, und sie sagte, sie würde das Essen immer pünktlich vorbereiten, auch wenn er meistens erst spät nach Hause komme – nur für den Fall, daß er doch mal früher käme.«

Mrs. Sohn hat, wie sie sagt, nur bei einer einzigen Gelegenheit Kathy Putnam ein wenig näher kennengelernt, und das war während des ersten Jahres der Putnams in Pikeville, als Kathys Eltern zu Besuch kamen. Mrs. Sohn sagt, das sei der einzige Besuch gewesen, den Mark Putnams Schwiegereltern bei den beiden machten. Sie erinnert sich, daß Kathy in der Zeit, als ihre Eltern da waren, besonders freundlich und unternehmungslustig zu sein schien. Sie sprach sogar davon, daß ihr Vater ihr dabei helfen würde, ein paar Vorhaben rund ums Haus zu realisieren, für die Mark keine Zeit finden würde, und sie fragte um Rat, wie sie die Fenstersimse in derselben grauen Farbe streichen könnte, wie sie die Sohns hatten. Das war nach Mrs. Sohn die einzige ausführlichere

Unterhaltung, die sie in den zwei Jahren, die die Putnams ihre Nachbarn waren, mit Kathy führte.

Sonst kam in den zwei Jahren kein anderer Besuch, und da Mark und Kathy keine gemeinsamen Freunde in Pikeville hatten und sich auch nicht zusammen irgendwelchen örtlichen Interessengruppen oder Wohltätigkeitsvereinen angeschlossen hatten, waren sie in die Einsamkeit ihres Hauses verbannt. Selbst ihre Tochter hatte nur wenige Freunde. Es scheint so, als ob Danielle von ihrer Mutter nur wenig ermutigt wurde, mit den Nachbarskindern zu spielen.

Laura, die zwölfjährige Tochter der Sohns, ging manchmal zu den Putnams rüber, um mit Danielle zu spielen; sie hatte Mitleid mit dem einsamen dreijährigen Mädchen. Angeblich ließ Kathy ihre Tochter so selten zum Spielen nach draußen, daß Danielle sich meistens in ihrem Zimmer beschäftigen mußte. Wenn Laura für einen kurzen Besuch zu ihr kam, freute sich Danielle immer sehr darüber. Laura erinnerte sich auch, daß Kathy nur wenig Interesse daran hatte, mit ihrer Tochter zu spielen, ja, sie kannte sich nicht einmal mit ihrem Spielzeug aus. Kathy sei bei diesen Gelegenheiten meistens damit beschäftigt gewesen, am Telefon mit einem Familienmitglied oder einer Freundin in Connecticut zu telefonieren . . .

»Kathy war sehr still, sie redete nicht viel mit mir«, berichtet Laura. »Sie trug fast immer schwarze Kleider und ging kaum aus dem Haus. Irgendwie seltsam. Ich habe sie nie richtig kennengelernt – ich wußte nicht einmal, daß sie schwanger war. Manchmal ging Dan Brennans Tochter Katie mit mir zu den Putnams, und wir spielten dann beide mit Danielle; sie durfte ja kaum mal raus zu uns auf die Straße kommen. Danielle hat sich immer sehr gefreut, wenn wir zu ihr kamen.«

Laura erinnerte sich gut an Danielles Zimmer, das mit

teurem Spielzeug vollgestopft war; Danielle sagte, ihre Großeltern hätten ihr das meiste davon geschenkt. Wenn Laura da war, holte Danielle ihr neuestes Fisher-Spielzeug aus dem Regal oder blätterte mit ihr die Fotoalben der Familie durch, zeigte ihr die Fotos von der Hochzeit ihrer Eltern, Bilder vom Ausflug der Familie nach Disneyworld oder von ähnlichen Unternehmungen. Es machte Danielle großen Spaß, die Alben durchzugehen und dabei von den Ausflügen nach Connecticut oder Florida zu erzählen. Sie zeigte dann immer kichernd auf Fotos von sich selbst. Nach den Eindrücken, die Laura von den Aufnahmen gewann, schienen Kathys Eltern ein Haus in Connecticut und eines in Florida zu besitzen. Finanziell schienen sie auf Rosen gebettet zu sein.

Inzwischen war Mark immer seltener zu Hause. Wenn er einmal abends nicht arbeiten mußte, ging er mit Bekannten aus. Man trank meistens ein paar Bier zusammen im ›Boulevard‹, dem bekanntesten Tanzlokal der Stadt; die meisten Stammkunden dort wußten, daß er FBI-Agent war. Natürlich machte Mark so etwas nie während der Dienststunden, aber nach einem Footballspiel oder an Samstagen tauchte er häufig dort auf. Anscheinend machte er sich nichts daraus, daß Kathy nicht mitkam.

Während es ihm nicht gelang, Kathy dazu zu bringen, abends mit ihm auszugehen, war Danielle stets hocherfreut, wenn er sie einlud. Fast jeden Freitag zogen Mark und seine Tochter sich abends schick an, selbst wenn es nur zu einem Footballspiel ging, und dann fuhren sie nach Coal Run Village, etwa sieben Meilen entfernt, um bei McDonalds oder Dairy Queen zu essen, und anschließend schauten sie noch bei der Tierhandlung im Einkaufszentrum auf der Hauptstraße rein. Die beiden waren stets allein, ohne Kathy. Mark hatte immer ein Foto seiner Tochter in der Brieftasche, und bei Kollegen von der Strafverfolgung pflegte er häufig mit ihr anzugeben; Freunden von der Stadtpolizei Pikevilles erzählte er immer wieder, meist während der Zusammenarbeit bei der langweiligen Überwachung von Verdächtigen, wie hübsch und gescheit Danielle sei.

Im Dezember 1987, exakt neun Monate nach dem Umzug Kathys nach Pikeville, wurde der kleine Mark jr. geboren. Aber nicht in Pikeville – denn Kathy fuhr zur Geburt nach Connecticut zu ihren Eltern und blieb auch danach noch fast drei Monate dort. Sie hatte es abgelehnt, das Kind in Pikeville zur Welt zu bringen. Bei einem ersten Besuch beim örtlichen Gynäkologen, Dr. Harry Altman, hatte sie sich schrecklich geärgert, daß sie lange Zeit warten mußte, bis sie an die Reihe kam. Sie war eine bevorzugte Behandlung gewöhnt und hatte kein Verständnis dafür, daß es in der Stadt nur einen einzigen Gynäkologen für die vielen Frauen gab.

Nach der Geburt bekam Mark ein paar Tage zusätzlichen Sonderurlaub, um bei seiner Frau und dem Baby zu bleiben, und zur Weihnachtszeit war er für zwei Wochen mit seiner Familie in Connecticut zusammen. Während seiner Abwesenheit paßten die Sohns auf das Haus der Putnams auf. Als er mit Kathy und den Kindern wieder zurück in Pikeville war, hielt alle Welt die Putnams für ein glückliches, gutaussehendes, wohlerzogenes Ehepaar. Mark schien ein besorgter und liebevoller Ehemann und Vater zu sein. Kathy eine ebenso liebevolle Ehefrau und Mutter, dazu auch eine gute Hausfrau und Köchin, die der Familie ein glückliches Zuhause gestaltete. Als der kleine Mark seine ersten Schritte machte, rief Kathy bei der Staatspolizei an und ließ ihrem Mann, der gerade im Dienstwagen unterwegs war, die frohe Botschaft per Funk übermitteln. Mark raste mit Blaulicht und Martinshorn nach Hause, um diesen historischen Moment nicht zu verpassen.

Lee Deramus, eine Kindergärtnerin an der Kindertagesstätte, war voller Hochachtung für die Familie Putnam. Sie bewunderte Mark Putnam sehr und mochte seine hübsche kleine Tochter besonders gern. Sie erinnert sich:

»Danielle war ein sehr aufgewecktes, süßes Kind, sozial sehr angepaßt. Und Kathy war eine großartige Frau. Sie hatte langes dunkles Haar, sie war schlank, und sie kleidete sich wie eine echte Lady. Sie war einfach Klasse. Ich habe sie allerdings nicht sehr oft gesehen. Meistens holte Mark die kleine Danielle von der Kindertagesstätte ab. Wissen Sie, wir sagten immer, ›der tolle FBI-Typ kommt‹, wenn er bei uns reinschaute, um sich anzusehen, was sein Töchterchen an diesem Tag alles gemalt oder gebastelt hatte. Er und seine Frau waren ein schönes Paar. Mark zeigte sich immer rührend besorgt und liebevoll seiner Tochter gegenüber. Wenn man mit ihm sprach, lächelte er immer, und bei Danielle war es genauso. Sie war immer die glückliche, zärtliche Tochter. Man sah es deutlich – Danielle und ihr Daddy liebten sich sehr.«

Es gab aber auch Leute, die in Mark nicht nur den liebenden Vater sahen. Sein Nachbar, Mr. Sohn, ein Psychologie-Professor am Pikeville-College, erinnert sich an einen anderen Mark Putnam. Er sieht ihn noch vor sich, wie er jeden Tag zur Arbeit fuhr, die Augen starr auf die Straße vor sich gerichtet. Beide Putnams fuhren damals Kleinbusse; der von Mark war braun, Kathys blau. Sohn erinnert sich, daß in einer Gegend voller Kohlenstaub und dauernd verdreckter Autos Marks Wagen stets blitzblank sauber in der Auffahrt abgestellt war. Der Wagen, ein viertüriger Dodge-Diplomat, war nicht als FBI-Fahrzeug zu erkennen, aber er war mit der neuesten, nach außen nicht sichtbaren Polizeitechnik ausgestattet. Putnam prahlte Sohn gegenüber häufig damit, war stolz darauf, daß ihm das Fahrzeug mit seiner perfekten Ausstattung Lob von seinen Vorgesetzten eingebracht hatte. Sohn sah damals in Mark einen Jungen, der danach strebte, in die Hose eines erwachsenen Mannes zu passen.

»Wenn Mark an unserem Haus vorbeifuhr, dachte ich oft, daß er viel älter aussah, als er tatsächlich war«, erinnert sich Sohn. »Sein Gesicht war immer ernst, und er beugte sich stets ein wenig nach vorn über das Lenkrad. Trotzdem, ich fand immer, sein ›Altmänner-Auto‹ stehe in einem scharfen Kontrast zu seiner Jugend. Er sah wirklich immer äußerst korrekt und diszipliniert aus, aber mir ging doch immer durch den Kopf, daß er ja erst Ende Zwanzig war.«

Wie Mr. Sohn sagt, war Mark genauso regelmäßig zu Hause wie die anderen Nachbarn auch, aber er fuhr morgens früher weg und kam abends später zurück als die meisten anderen Männer in der Straße. Sohn ging jedoch davon aus, daß das für einen Beamten in der Strafverfolgung normal sei. Sehr unüblich fand er allerdings die Tatsache, daß die Putnams ihr Haus nur dürftig mit Möbeln ausgestattet hatten. Es sah so aus, als ob sie ihr Haus nur als Durchgangsstation betrachteten.

Nach Sohns Einschätzung waren Mark und Kathy Putnam in einen lieblos und eilig hochgezogenen Bau gezogen, bei dem man anscheinend auf Qualität und Ausgestaltung der Details keinen Wert gelegt hatte. Putnam versuchte, dem Anwesen durch die Anpflanzung einiger Sträucher und durch den extravaganten hellgrauen Anstrich der Hauswände ein wenig Pfiff zu geben; im Haus selbst aber gab es nach Ansicht Mr. Sohns nichts, das auf einen harmonischen Lebensstil hingewiesen hätte. Es gab keine Bilder an den Wänden, nicht einmal Genrebilder, es gab keine Sammlungen irgendwelcher hübscher Sachen, und es gab keine Bücherregale. In Sohns Augen war die Einrichtung des Hauses genauso steif und streng wie Putnam selbst, wenn er in gestärktem weißen Hemd mit Krawatte und Blazer morgens zur Arbeit fuhr. Das Jackett beulte sich sichtbar über der Pistole aus, die er ständig trug. Sohn schätzte Putnam als Typ ein, der im Dienst knallhart war und keinen Spaß verstand – ein Bilderbuch-FBI-Agent.

Sohn wußte, daß Putnam ein guter Sportler war. Die beiden Männer joggten hin und wieder zusammen auf einem Wanderweg, der in der Nähe der Siedlung vorbeiführte. Sohn erinnert sich, daß Putnam manchmal sechs bis acht Meilen lief, wobei er auch Steigungen mit voller Geschwindigkeit nahm, dann eine kurze Gymnastik mit einer Reihe von Klimmzügen oder Liegestützen absolvierte, um schließlich gegen Ende auch noch ein paar Sprints einzulegen. Während der Läufe trug Putnam stets ein enganliegendes Trikot und zeigte stolz seinen muskulösen Körper.

Sohn hielt Putnam für einen kleinen Angeber, aber er kannte ihn auch anders – als regelmäßigen Gottesdienstbesucher in der katholischen St. Francis Church in Pikeville. Auch Sohn besuchte regelmäßig die Gottesdienste dort, kam Putnam aber dabei nicht näher. Putnam hielt Distanz zu den anderen Kirchenbesuchern und setzte sich immer allein in eine Bank, und nach dem Gottesdienst blieb er nicht bei der üblichen ›Kaffee-und-Kuchen-Stunde‹ wie die meisten anderen.

»Ich sehe ihn noch vor mir, wie er in der Kirche ein Stück rechts von der Mitte allein auf seiner Bank kniet«, erinnert sich Sohn. »Er hatte immer ein offenes weißes Hemd an, trug seltsamerweise keine Krawatte, darüber einen Blazer, und man wußte immer, daß darunter seine Pistole steckte. Man wußte das, weil er recht gerne darüber redete. Es war ihm sehr wichtig, daß er FBI-Agent war, und die anderen sollten es durchaus auch wissen. Father Hopinjohns, unser Pfarrer, ging recht häufig zu den Putnams ins Haus. Er machte das, glaube ich, weil Kathy ihm leid tat. Er spürte, wie einsam sie war.«

An warmen Sommerabenden standen die Nachbarn im Honeysuckle Drive meistens auf der Straße beisammen und hielten ein Schwätzchen, während sie ihren Kindern beim Spielen zuschauten. Sohn erinnert sich, daß die Putnams im Haus und in der Nachbarschaft meistens Shorts, weiße T-Shirts und Zehensandalen trugen. Mark Putnam machte in seiner Freizeit einen entspannten, ruhigen Eindruck; oft genug schob er Danielle in einem Baby-Buggy durch die Straße. Dieser Anblick wurde zum festen Bestandteil der Szenerie im Honeysuckle Drive.

Aber Sohn erinnert sich auch, daß jedes Gespräch mit Putnam unweigerlich in einer Vorlesung Marks über die polizeiliche Arbeit mündete. Putnam pflegte damit anzugeben, welche bedeutsamen Fälle er gerade bearbeitete und welch verschlungene Spuren er verfolgte. Dabei gab er Sohn alle möglichen Informationen preis, was diesen doch sehr verblüffte. Bisher hatte er immer geglaubt, FBI-Aktionen blieben streng geheim ...

»Ich erinnere mich gut an die Zeit des Präsidentschaftswahlkampfes 1988, als Jesse Jackson sein Drogenbekämpfungsprogramm vorstellte. Putnam erzählte mir damals, er sei gerade dabei, einen Drogenhändlerring in Ost-Kentucky auszuheben. Er nannte mir sogar die Namen örtlicher Polizeibeamter, die bei der Lösung des Falles für ihn ein großes Problem seien: Von diesen Leuten könne er keine Kooperation oder Hilfe erwarten, den Ring auffliegen zu lassen, denn sie seien selbst in die Sache verstrickt. Als er mir die Namen nannte, dachte ich mir, das geht zu weit, aber ich hörte ihm natürlich aufmerksam zu, denn der Drogenhandel in der Stadt konnte eines Tages ja auch für meine Kinder zu einem Problem werden. Ich war nach diesem Gespräch ziemlich durcheinander.«

Sohn betont allerdings, daß Putnam nicht nur über seine Arbeit sprach. Er war noch immer ein großartiger

Sportler, und er wollte auch als solcher anerkannt werden. Mark brachte dem Sohn der Sohns und Dutzenden anderer Kinder das Fußballspielen bei. Er gewann auf diese Weise viele Freunde in der Stadt, und die meisten Bewohner fanden ihn sympathisch und vertrauten ihm. Als die Sohns für mehrere Monate nach Arizona gingen, paßte Mark Putnam auf ihr Haus auf. Sie hielten ihn für verläßlich und vertrauenswürdig und konnten sich niemanden vorstellen, dem sie lieber ihren Hausschlüssel überlassen hätten.

»Putnam war äußerst hilfsbereit«, bestätigte Mr. Sohn. »Aber damit war auch verbunden, daß er so ein bißchen den großen Beschützer markieren wollte. Lustig dabei war nur, daß er uns nach unserer Rückkehr den Hausschlüssel nicht zurückgab. Er vergaß es einfach. Und als die Putnams wegzogen, kam er nicht mal rüber und verabschiedete sich von uns. Wir hatten das Gefühl, daß er uns längst abgehakt hatte und uns aus seinem Gedächtnis streichen wollte.«

Wie auch immer – eines war sicher, Mark Putnam war nach allgemeiner Auffassung ein Mann, der von den Menschen in seiner Umgebung geachtet und respektiert werden wollte, und er schien das vor allem dadurch erreichen zu wollen, daß er seine dienstlichen Fälle mit ihnen diskutierte – die Banküberfälle, die Fälle von schwerem Diebstahl, von Korruption im Drogenhandel.

Und zu seiner großen Freude gab es vom Beginn seiner Tätigkeit in Pikeville an eine Fülle von Gelegenheiten, bei denen er zeigen konnte, daß er in die ›großen Stiefel des Strafverfolgungsbeamten‹ paßte. Zu dieser Zeit hatte es eine Serie von Banküberfällen in der Gegend gegeben, und die Polizeistationen von Kentucky und West Virginia hatten zahlreiche heiße Spuren und waren den Tätern dicht auf den Fersen. Mark Putnam und sein dienstälterer Partner Dan Brennan mußten eine ganze Menge intensiver Untersuchungsarbeit leisten. Die Banken zu beiden Seiten der Staatsgrenze zwischen Kentucky und West Virginia waren alle auf ähnliche Art ausgeraubt worden: Die Verbrecher benutzten abgesägte Schrotflinten, trugen Skimasken und entkamen in kurz vorher gestohlenen Autos. Daher ging die Polizei davon aus, daß es einen Haupttäter gab, der vielleicht verschiedene Komplizen hatte.

Wenn es Putnam gelang, diese Banküberfälle aufzuklären, würde er, wie er hoffte, eine Versetzung zu einem FBI-Büro in eine für die Familie attraktivere Gegend durchsetzen können, in eine Gegend, in der er und Kathy glücklich zusammenleben und ihre beiden Kinder in Ruhe großziehen könnten...

Anfang des Jahres 1987 lief Susan Smith verzweifelt durch ihr Haus und fragte sich, was sie denn um Himmels willen Böses getan hatte, daß sie an einen Mann geraten war, den ihre Familie als ›beknackten Scheißtyp‹ bezeichnete. Nun war sie schon so viele Jahre mit Kenneth zusammen – aber im Grunde war sie die ganze Zeit über unglücklich gewesen. Er zog durch die Kneipen und amüsierte sich – ohne sie natürlich. Er schlug sie. Er beklaute sie. Warum verließ sie ihn nicht, warum haute sie nicht einfach ab? Hatte sie nicht den Mut dazu?

Aber wenn sie sich fragte, warum sie bei ihm blieb, hatte sie auch gleich immer eine Entschuldigung für ihn parat. Sie redete sich ein, daß er sich eines Tages wieder ändern würde, sagte sich, daß ihre Familie ihm gegenüber zu kritisch eingestellt sei, tröstete sich damit, daß er im Grunde ein netter Kerl sei, der die Kinder über alles liebte. Und er war tatsächlich ein guter Vater, widmete den Kindern viel Zeit, machte ihnen oft Geschenke.

Brady und Miranda liebten ihn sehr. Sie schauten zu ihrem Daddy auf.

Wenn Kenneth sie schlug oder wüst beschimpfte, rannte Susan zu ihrer Schwester Shelby, suchte Trost bei ihr, schrie jedoch auch herum, sie wolle jetzt endgültig Schluß mit Kenneth machen.

»Warum schmeißt du diesen Mistkerl nicht einfach raus?« pflegte Shelby dann zu fragen.

»Ich weiß, daß ich das tun sollte. Ich sage ihm immer wieder, wenn er nicht abhaut, werde ich es eines Tages tun«, antwortete Susan.

»Aber warum zum Teufel solltest du diejenige sein, die wegläuft? Es ist dein Haus, verdammt noch mal, nicht seins, Suzie! Warum gibst du ihm nicht einen Tritt in den Hintern und jagst ihn zum Teufel?«

»Und was wird aus den Kindern? Nein, *ich* muß weggehen. Die Kinder mitnehmen. Aber da ist ja auch noch Tennis im Gästezimmer. Was wird aus ihm? Wo soll er hingehen?«

»Warum machst du dir Gedanken um Tennis? Er ist ein erwachsener Mann, soll er doch zusehen, wo er unterkommt. Du brauchst ihn und das verdammte Gesocks, das er dauernd anschleppt, doch nicht durchzufüttern! Du mußt dich endlich mal dazu durchringen, nur an dich zu denken.«

Aber Susie befolgte Shelbys Rat nicht. Statt dessen machte sie wie gehabt weiter, versorgte brav ihre Kinder, ihren Bruder und ihren Ex-Ehemann sowie jeden seiner Freunde, der eine Unterkunft und etwas zu essen brauchte. Wenn etwas am Haus zu reparieren war, erledigte sie es selbst. Wenn die Dachrinnen verstopft waren, kletterte Susan die Leiter hoch und machte sie sauber. Wenn ein Zimmer neu gestrichen werden mußte, kaufte sie Abdeckpapier, Pinsel und Farbe und krempelte die Ärmel hoch. Manchmal scheint ihr Billy Joe, einer ihrer Brüder, dabei geholfen zu haben. Haushaltsarbeiten erledigte Susan allein; keiner der beiden Männer im Haus hat ihr jemals dabei geholfen.

Als im Juni 1987 Cat Eyes bei Kenneth und Susan auftauchte, um eine Bleibe bat und anbot, statt einer Miete bei den Arbeiten am und im Haus zu helfen, war Susan daher seinem Angebot keinesfalls abgeneigt. Sie und Kenneth diskutierten die Sache und stimmten überein, Cat Eyes bei sich aufzunehmen. Susan hoffte, die Anwesenheit eines Mannes im Hause, könnte ihren Mann dazu bewegen, sich bei seinen Wutanfällen ihr gegenüber etwas zu mäßigen. Wenn Cat Eyes ein Zimmer im Haus belegte, würde auch nicht mehr so viel Platz für Kenneth' andere Gammlerfreunde zur Verfügung stehen, die an fast jedem Wochenende uneingeladen vor der Tür standen.

Cat Eyes lebte fast vier Monate bei den Smith'. Er holte nach einiger Zeit seine Freundin Sherry Justice zu sich. Susan kannte Sherry nicht näher, aber Cat Eyes hatte ihr gesagt, sie hätte ›Probleme‹ drüben in Virginia, und so ließ Susan es zu, daß Sherry gegen das Versprechen, ihr im Haushalt zu helfen, auch noch in das Haus in Vulcan aufgenommen wurde. Cat Eyes hatte zu dieser Zeit kein Geld, aber das kümmerte Susan nicht. Sie war eben ein Mensch, der mit einem hungrigen Mitmenschen das letzte Stück Brot teilte. Sie verlangte von Cat Eyes keine Miete, selbst dann nicht, als sie nach einiger Zeit merkte, daß eine Menge Bargeld durch seine Finger lief. Aber – sie bestand darauf, daß Cat Eyes sie mit Drogen versorgte ...

Sherry und Cat Eyes wohnten im Zimmer hinter der Küche an der Rückseite des Hauses. Cat Eyes bewahrte seine Kleidung in einer grünen Reisetasche auf, in einer anderen Tasche, die eigentlich nur ein umgearbeiteter Kopfkissenbezug war, verwahrte er seine Waffen und

Skimasken. Er hatte zwei Schrotflinten. Eine hatte nur einen Lauf, die andere einen abgesägten Doppellauf. Susan war sicher, daß Cat Eyes diese Waffen dazu benutzte, Banküberfälle zu machen; aber sie hatte natürlich keine Beweise dafür.

Es kam vor, daß er an einem Tag mit einem Haufen Geld ankam, dann wieder einmal für eine Woche verschwand, mit einem anderen Auto wieder auftauchte, dann wieder für zehn Tage verschwand. Man wußte nicht, wo er hinfuhr, und man konnte ihm nicht auf der Spur bleiben. Und Cat Eyes war clever und verschlagen genug, nicht mit seinen kriminellen Aktivitäten zu prahlen. Er ließ die auf seine Ergreifung ausgesetzten Belohnungen für sich selbst sprechen ...

Inzwischen war Susans Haus mit Gästen vollgestopft: Susans Bruder Tennis schlief auf der Wohnzimmercouch, ihr Bruder Billy Joe lungerte auch im Haus herum und benutzte Cat Eyes' Zimmer, sobald dieser unterwegs war. Mit den Kindern und den verschiedenen Mitbewohnern war es recht hektisch im Haus, aber Susan beklagte sich nicht. Es gefiel ihr sogar, daß es um sie herum lebhaft zuging und sie von vielen unterschiedlichen Gesichtern umgeben war.

Es war zur allgemeinen Regel geworden, daß Tennis jedes Wochenende ein anderes Mädchen oder eine andere Frau angeschleppt brachte, und schon allein das machte für Susan das Leben interessant. Tennis war ein gutaussehender Mann und brachte es fertig, durchweg attraktive, außergewöhnliche Frauen ›anzubaggern‹, meistens Frauen von einem Typ, den Susan mochte. Auch ihr jüngerer Bruder Billy Joe brachte die eine oder andere Freundin ins Haus. Susan freundete sich mit diesen Mädchen und Frauen an, und sie alle bezogen im Lauf der Bekanntschaft Drogen von ihr.

Inzwischen unterhielt Susan wieder enge Kontakte zu

ihrer Familie. Es verging keine Woche, ohne daß ihre Eltern bei ihr vorbeischauten, und auch ihre drei Schwestern, inzwischen alle verheiratet und Mütter, kamen häufig zu Besuch; man verbrachte dann unzählige Stunden damit, sich ›bei einer Tasse Kaffee‹ über die Heimsuchungen und Widerwärtigkeiten des Lebens auszulassen.

Bedauerlicherweise erkannte keiner der Menschen in ihrer Umgebung die dunklen Seiten in Susans Leben. Sie sahen, daß sie sich um ihre Kinder kümmerte, die Mahlzeiten für alle im Haus kochte und mit dem wenigen Geld, das sie zur Verfügung hatte, irgendwie zurechtkam. Alle glaubten, daß es ihr im Grunde eigentlich ganz gut ging. Niemand aber ahnte etwas vom Ausmaß ihrer angestauten Frustrationen, niemand wußte, daß sie ihre Ehe und das Zusammenleben mit Kenneth als völligen Fehlschlag verfluchte und nur mit ihm zusammenblieb, weil kein anderer Mann da war, seinen Platz einzunehmen.

Als die Kinder immer schneller aus ihren Kleidern und Schuhen herauswuchsen, wurde die mißliche finanzielle Situation für Susan unerträglich, und sie suchte einen Ausweg aus der Misere, indem sie noch intensiver in den Drogenhandel einstieg; stets aber mußte sie auf der Hut sein, das eingenommene Geld vor Kenneth zu verstecken. Es empörte sie immer mehr, daß sie allein für die Kinder verantwortlich sein sollte, während Kenneth jeden Dollar, den er in die Finger kriegte, beim Pokern verspielte. Mitte 1987 hatte sie alle Hoffnung aufgegeben, daß sich Kenneth noch einmal vom verantwortungslosen, leichtfertigen Mann in einen liebevollen Ehemann und pflichtbewußten Vater verwandeln könnte.

Inzwischen stand Susan, natürlich ohne es zu ahnen, unter der Überwachung durch FBI-Agent Mark Putnam. Ihr Haus wurde vom FBI, von der Staatspolizei West Virginias und der Polizei des Pike County überwacht. Deputy Burt Hatfield von der County-Polizei hatte Anlaß zu der Annahme, daß Cat Eyes hinter den Banküberfällen der letzten Zeit stecken könnte und vom Haus der Smith' aus operierte. Er gab seine Erkenntnisse an Putnam weiter, und die beiden Männer kletterten regelmäßig auf den Hügel in der Nähe von Susans Haus und beobachteten, wie das Tagesgeschehen da unten ablief. Vor allem versuchten sie natürlich, Cat Eyes im Auge zu behalten. Schließlich entschloß sich Hatfield, ein Treffen zwischen Putnam und den Smith' zu arrangieren und zu klären, ob die beiden bereit seien, mit dem FBI zu kooperieren . . .

5. Kapitel

»Wir hatten damals eine Serie von Banküberfällen, etwa alle zwei Wochen einen«, erinnert sich Deputy Burt Hatfield. »Zu der Zeit, als ich Putnam anrief, waren es etwa fünf Überfälle insgesamt. Und Mark, gerade frisch von der FBI-Akademie, stürzte sich mit vollem Elan auf diese Sache. Er arbeitete wirklich wie wild, ging alles sehr energisch und tatkräftig an. Am Anfang hatte er noch kein Auto, also waren wir sehr oft gemeinsam in meinem Wagen unterwegs. Wir waren manchmal Tag und Nacht zusammen, weil ich Informationen hatte, die Nachforschungen über die Staatsgrenzen hinweg bis nach Virginia und West Virginia hinein erforderlich machten, und das konnten wir nur im Rahmen von Marks FBI-Zuständigkeit erledigen.«

Wie Hatfield sagt, war Putnam ein Mann, der von Jugend an Polizist werden wollte, jemand, der mit einem Job von neun bis fünf nicht zufrieden gewesen wäre. »Er brauchte die große Herausforderung, einen Beruf ›mit Pfiff‹, sonst hätte er sich zu Tode gelangweilt. Und er war sehr ehrgeizig, wollte es in seinem Beruf zu was bringen, und zwar so schnell wie möglich. Er profitierte von meiner Kenntnis der Leute. Ich hatte Informationen über Cat Eyes, und Putnam wollte diese Banküberfälle unbedingt aufklären. Ich habe viel Zeit mit ihm verbracht. Er war so ein Typ, der in seiner Arbeit aufging, der keine Überstunden scheute. Einmal fuhr ich mit ihm nach Home Creek, Virginia. Das war, bevor ich ihn mit Susan Smith bekannt machte. Wir fuhren da hin, weil Mark nach einem Banküberfall eine heiße Spur hatte. Wir checkten einen Gebrauchtwagenhändler drüben im Buchanan County und kriegten raus, daß Cat Eyes einen Firebird gekauft und dafür fünftausend Dollar in bar hingeblättert hatte. Er hatte auch noch ein zweites Auto gekauft und bar bezahlt. Dann fuhren wir nach Richland, Virginia, und fanden in der Einkaufsstraße raus, daß Cat Eyes eine Menge teuren Schmuck gekauft hatte. Wir waren ihm also auf den Fersen.«

Alles, was Hatfield und Putnam herausgefunden hatten, waren jedoch nur Indizien. Sie hatten keine Beweise, mit denen sie Cat Eyes Lockhart überführen und vor den Richter bringen konnten; Hatfield sagte Putnam, Susan Smith arbeite seit Jahren als Informantin für ihn, und zwar sehr effektiv, vielleicht könne sie sich in diesem Fall auch als nützlich erweisen. Es war nicht sehr einfach, Informanten zu bekommen, es sei denn, man hatte etwas gegen sie in der Hand; da gegen Susan nichts vorlag, meinte Putnam, es sei wahrscheinlich schwer, sie zur Zusammenarbeit zu bewegen. Aber Hatfield versicherte ihm, Susan würde ganz bestimmt mit ihm kooperieren, wenn das FBI es nur lohnend genug für sie mache.

Er betonte ihre Kenntnisse und Erfahrungen im Drogenhandel und meinte, sie könne auch auf anderen Gebieten der Kriminalität mancherlei herausfinden – zum Beispiel bei Banküberfällen, Diebstählen und ähnlichen Verbrechen. Susan Smith hatte ihm seit vier Jahren immer wieder einmal Informationen besorgt, und sie war für ihn die richtige Person, um Cat Eyes der Polizei ans Messer zu liefern. Putnam leuchtete das ein, sagte Hatfield, er solle Susan fünftausend Dollar für den Fall anbieten, daß sie ihnen Informationen verschaffen könne, die zu Cat Eyes Verhaftung führen würden.

»Susan hatte eine ganze Menge Leute in ihrem Umfeld, die ihr alles sagten, was sie aus ihnen herausholen wollte; sie war eine Frau, die aus jedem Menschen Informationen herausholen konnte«, erklärte Hatfield später. »Sie war nun mal so ein Typ. Sie hat mir manchen Gefallen erwiesen, aber wir haben bei der County-Polizei nicht viel Geld, um Informanten zu bezahlen, und als jetzt dieses Angebot von Putnam kam, sprach ich mit Susan darüber und schlug ihr vor, sich als Informantin für das FBI zur Verfügung zu stellen, damit sie mehr Geld als bisher kriegen konnte.«

Susans Ex-Ehemann Kenneth begleitete sie, als sie sich zum erstenmal mit Putnam auf einem Krankenhausparkplatz in Williamson, West Virginia, etwa fünfzehn Meilen von Freeburn/Vulcan entfernt, traf. Susan erinnerte sich später sehr gut an diesen Tag. Kenneth war stocksauer auf sie, weil sie mit dem attraktiven FBI-Mann übermäßig geflirtet hätte, und wie sie Shelby später einmal sagte, war sie tatsächlich sofort von Marks Charme und Klugheit hingerissen. Putnam hatte eine kultivierte New-England-Sprechweise, und gleich bei ihrem ersten Treffen machte er Witze über Susans Südstaaten-Akzent.

An diesem heißen Sommerabend auf dem Parkplatz des Williamson Memorial Hospital, als Mark das Gespräch mit Kenneth beendet hatte und mit Susan sprach, funkte es auch schon zwischen den beiden.

Dennoch hatte Susan ihre Zweifel, ob sie tatsächlich mit dem FBI kooperieren sollte. Zum einen war sie sich nicht sicher, ob Mark auch wirklich mit dem Geld rausrücken würde. Anderen Leuten in Freeburn hatten die ›Feds‹, wie man die FBI-Agenten allgemein nennt, auch schon Geld versprochen, aber dann hatte man sie darum ›betrogen‹. So hatte sie es jedenfalls des öfteren gehört. Und selbst wenn Putnam sie bezahlte, hatte sie ihre Bedenken, ob sie sich mit ihm einlassen sollte. Sie wußte, wenn Cat Eyes herausfand, daß sie ihn verpfeifen wollte, würde er sie umbringen. Sie hatte ihre Zweifel, ob die Sache das Risiko wert war. Dennoch – dieser attraktive

Mann wirkte sehr überzeugend, und sie war begeistert von ihm.

Aber kurz bevor sie sich mit ihm unterhalten hatte, war Kenneth aus Putnams Wagen gestiegen und hatte ihr durch ein Kopfschütteln zu verstehen gegeben, sie solle ihren Mund halten. Das machte ihr angst. Und außerdem, fünftausend Dollar waren ja nun nicht gerade umwerfend viel ... So viel würde sie mit ein paar Drogen-Transaktionen über Kenneth und seine ›Chicago-Connection‹ auch verdienen können. Was hatte Putnam also anzubieten, das sie zu einer Zusammenarbeit verlocken konnte? fragte sich Susan. Aber irgendwann während dieser ersten Stunde des Flirtens und Verhandelns wurde ihr plötzlich klar, daß Putnam ihr mehr anbot als nur Geld ...

Kenneth erinnert sich, daß er damals dachte, Susan sei Mark bei diesem ersten Gespräch bereits zu nahegekommen. Er beobachtete die beiden, und er sah, daß sie viel zu viel lachten, zu schnell ein Herz und eine Seele zu sein schienen. Er glaubte, zwischen den beiden sei von der ersten Minuten an ›etwas vorgegangen‹. Es machte ihn wütend, wenn er sah, wie Susan sich Putnam gegenüber benahm. Er schäumte vor Zorn und Eifersucht, und schließlich sagte er zu Hatfield: »Hey, wieso brauchen die beiden so lange? Sind das die üblichen Methoden des FBI?«

Hatfield zuckte nur mit den Schultern.

Mit vor Eifer gerötetem Gesicht stieg Susan endlich aus Putnams Wagen. Sie sagte Hatfield, daß sie mit Putnam zu einer ›Übereinkunft‹ gekommen sei. Natürlich mißfiel Kenneth von Anfang an die Idee, daß Susan sich mit Putnam einließ. Er sah ja, daß sie scharf auf diesen Agenten war, und er wußte, daß ihr gegenwärtiges Zusammenleben gefährdet war, wenn Susan FBI-Informantin wurde. Aber er sagte nichts, bis Putnam und Hatfield verschwunden waren.

Auf der Fahrt zurück nach Hause gerieten Kenneth und Susan in einen Streit, der so heftig wurde, daß Susan darauf bestand, vor dem Haus ihrer Schwester Shelby in Freeburn abgesetzt zu werden. Sie sagte, sie wolle in Zukunft weder mit Kenneth noch einem seiner miesen Freunde in Vulcan zusammensein. Aber bevor er sie aussteigen ließ, brüllte Kenneth noch eine Zeitlang wütend auf sie ein, versuchte, ihr mit Macht einzutrichtern, daß sie sich nicht mit Putnam einlassen dürfe.

»Ich will nicht, daß du mit diesem FBI-Bastard rummachst! Egal wie! Was meinst du denn, was dabei herauskommt? Glaubst du wirklich, Cat Eyes wird nicht mißtrauisch?«

»He, nun sag du mir doch nicht, was ich tun soll! Das ist mein Leben, Kenneth! Wenn du nicht mit dem FBI zusammenarbeiten willst, ist das deine Sache, aber es geht dich einen feuchten Dreck an, was ich mache, kapier das endlich! Ich brauch' das Geld, von dir krieg' ich ja kein's! Also halt dich da verdammt noch mal raus!«

»Und was zum Teufel machst du, wenn es mittendrin rauskommt, daß du für das FBI spionierst?«

»Nun hör mal, Kenneth, darüber brauch' ich mir doch überhaupt keine Sorgen zu machen! Dieser FBI-Typ wird mich beschützen. Was denkst du denn! Das FBI läßt es nicht zu, daß dir was passiert, wenn du für die Polizei arbeitest!«

»Scheiße!« höhnte Kenneth.

»Sie kriegen Cat Eyes von mir, und ich krieg' von ihnen fünftausend Dollar dafür! Warum zum Teufel hältst du nicht einfach deine Schnauze!«

»Verdammt noch mal, mach doch, was du willst! Wenn du so dämlich bist und diesem Kerl vertraust, dann mach's doch! Ich weiß nicht, was du dir eigentlich bei der ganzen Sache denkst. Daß er dich mal ordentlich durchbumst, nehm' ich an!«

»Herrgott noch mal, halt die Schnauze, Kenneth! Warum hältst du nicht einfach deine Schnauze! Das ist eine geschäftliche Sache! Keine Spielerei! Das hat doch nichts mit rummachen zu tun!«

Damit war der Streit zu Ende, und Susan ging zu Shelby ins Haus, während Kenneth weiter nach Vulcan fuhr. Susan erzählte ihrer Schwester alles über Putnam, wie gut er aussehen würde, wie toll er gebaut wäre. Sie sagte, sie würde Mark Putnam dazu kriegen, sich in sie zu verlieben ...

»Ich hab' ihr kaum zugehört, als sie in dieser Nacht zu mir kam und mir die Ohren über Mark Putnam vollgequatscht hat«, erinnert sich Shelby. »Susan hat so viel rumgeschwafelt, daß ich schließlich an einen Punkt kam, von dem ich ihr nicht mehr zugehört hab'. Sie hat ja immer viele Storys erzählt, hat behauptet, sie wüßte alles mögliche über die Leute, und nur die Hälfte davon war wahr. Man wußte nie, was man ihr glauben konnte und was nicht.«

Während die beiden Polizeibeamten in Hatfields Streifenwagen zurück nach Pikeville fuhren, versuchte Hatfield vorsichtig, Putnam auf die Probleme hinzuweisen, die sich bei der Zusammenarbeit mit Susan Smith ergeben könnten: Susan sei der Typ von Frau, der gerne ›Storys fabriziere‹, eine Frau, die sehr verunsichert durchs Leben gehe und dauernd Geschichten von einflußreichen Männern erzähle, mit denen sie Affären habe. Mit ihr müsse man ›sehr vorsichtig‹ sein, Susan sei mit allen Wassern gewaschen, sie habe zwar keine gute Erziehung genossen, sei auch nicht ›gebildet‹, aber in vieler Hinsicht doch sehr clever, und Mark laufe Gefahr, sich plötzlich in ihren Krallen zu befinden, wenn er nicht auf der Hut sei ...

Aber Putnam schlug diese Warnungen achselzuckend in den Wind.

»Ich habe versucht, ihm die Situation in allen Schattierungen zu schildern, denn er war jung, neu im Geschäft«, erinnert sich Hatfield. »Er war ein guter FBI-Agent, liebte seine Arbeit, aber was Susan anging, mußte er vorsichtig sein. Sie verstand es, die Menschen zu manipulieren, zu beeinflussen. Darin war sie gut. Aber ich weiß nicht, ob Mark mir überhaupt zugehört hat. Er sagte immer nur ›okay, okay, okay‹.«

Burt Hatfield wußte, wovon er sprach, wenn es um Susan Smith ging. Er hatte im Lauf der Jahre eine besondere Beziehung zu ihr entwickelt. Hatfield behauptet, es sei eine Vater-Tochter-Beziehung gewesen. Was auch immer es war, die beiden trafen sich oft und redeten miteinander, und Susan weinte sich oft an Hatfields breiten Schultern aus. Wenn sie ihm half und Informationen über Kriminelle in der Umgebung überließ, mußte er gleichzeitig auch ihren Klagen über ihr Leben lauschen, über Kenneth, ihre Frustration, ihre Verzweiflung. Hatfield war überzeugt, daß Drogen im Spiel waren, wenn sie sich so freimütig über ihr Privatleben äußerte.

»Kenneth war ein Versager, ein Schmarotzer, er war Alkoholiker, und er nahm Drogen«, sagte Hatfield. »Sie erzählte immer wieder, daß Kenneth besoffen war. Ich sagte ihr dann, sie müsse aus der Situation ausbrechen, wenn sie nicht zufrieden damit sei. Wenn sie alles einfach nur hinnehme, würde es nicht besser. Warum bewegst du dich nicht, fragte ich sie, entweder vorwärts oder rückwärts, das ist auf jeden Fall besser, als wenn du nichts machst.«

Aber anstatt sich Hatfields Worte zu Herzen zu nehmen, flüchtete Susan sich in eine Phantasiewelt, erzählte erfundene Storys über ihr unglaubliches Liebesleben, über die vielen tollen Männer, die in sie verknallt seien.

So reagierte sie in der Regel, wenn Hatfield sie fragte, wie die Dinge zwischen ihr und Kenneth liefen. Sie erzählte dann von den reichen, bedeutenden Männern in Pikeville, mit denen sie ins Bett ging, von den enormen Summen, die ihr diese Männer für ihre Liebesdienste bezahlten. Der Deputy der Pike-County-Polizei glaubte Susan nicht, aber hin und wieder überprüfte er ihre Storys, und er fand dann jedesmal heraus, daß sie nicht stimmten ...

Die Affäre zwischen Susan Daniels Smith und Mark Steven Putnam begann damit, daß Susan den FBI-Agenten in seinem Wagen, der in der Nähe einer verlassenen Kohlengrube nicht weit außerhalb der Stadt geparkt war, verführte. Bald wurden diese Fahrten zu einsamen Orten in den Bergen zur Routine, und bei solchen Ausflügen, weitab von der Zivilisation, berichtete Mark Susan von den Fällen, an denen er seit seiner Ankunft in Pikeville gearbeitet hatte oder noch arbeitete, erzählte ihr von seiner Karriere als Fußballspieler, von der Zeit an der vornehmen Schule. Obwohl es wahrscheinlich zutrifft, daß Susan die treibende Kraft hinter der Beziehung zwischen den beiden war, hat ironischerweise Mark am meisten davon profitiert. Er hatte Susan nicht nur als Geliebte, er benutzte sie vor allem auch zur Förderung seiner Karriere ...

Vom Moment ihrer sexuellen Beziehung an wurde Susan voller Eifer für Putnam tätig. Sie verwickelte Cat Eyes immer wieder in Gespräche, tat so, als ob sie selbst an der Ausübung von Banküberfällen interessiert wäre, fragte ihn nach den unterschiedlichen Methoden. Abend für Abend quetschte sie ihn aus, ohne daß Cat Eyes je erfuhr, daß sie jede auch noch so kleine Information sofort an Putnam weiterleitete.

Mark hatte Susan seine private Telefonnummer gegeben und ihr gesagt, sie solle ihn sofort anrufen, bei Tag und Nacht, selbst um vier Uhr morgens, wenn sie herausfand, daß Cat Eyes wieder einen Banküberfall vorhatte. In der Zwischenzeit wurde Susans Verhältnis zu Kenneth immer stürmischer, es kam immer öfter zu Streitigkeiten, wie bei Hund und Katze, und Susan flüchtete sich immer öfter in Mark Putnams Arme ... Schon wenige Wochen nachdem sie als Informantin für ihn zu arbeiten begonnen hatte, war sie in eine echte Liebesaffäre mit dem FBI-Mann verstrickt.

Putnam, im allgemeinen ein sehr beherrschter Mann, verlor in dieser Sache seine Selbstkontrolle. Susans geradezu kindische Bewunderung schmeichelte ihm, und sie gefiel ihm offensichtlich als Frauentyp. Dennoch – er verlor nie aus den Augen, daß er sie brauchte, um im Beruf erfolgreich zu sein. Er verstand es sehr geschickt, die Sache nach außen als rein dienstliches Interesse darzustellen, und weder Kathy noch seine Mitarbeiter bei der Strafverfolgung kamen auf die Idee, ihn zu verdächtigen, er könnte ein Verhältnis mit Susan Smith, diesem einfachen, unbedarften Mädchen aus den Bergen haben. Ihr zweifelhaftes Herkommen war ein perfektes Alibi für ihn. Kathy hatte Susan sogar bei verschiedenen Gelegenheiten in Marks Büro ein- und ausgehen sehen, wie Susans Bruder Billy Joe berichtet; er will sogar gesehen haben, daß die beiden Frauen Blicke getauscht und sich zugenickt hatten.

Natürlich glaubte Hatfield Susan nicht, als sie ihm erzählte, sie und Mark liebten sich und verbrächten ganze Nächte miteinander. Als sie aber immer häufiger und offener über ihr ›Verhältnis‹ mit Putnam sprach, fragte Hatfield dann doch seinen Polizeikollegen einmal danach, wobei er es in eine scherzhafte Form kleidete, um seine Frage nicht zu dramatisch klingen zu lassen.

»Hey, Mark, hast du ein Verhältnis mit Susan? Sie behauptet, es wär' so«, bemerkte er beiläufig.

»Ach, zum Teufel, du weißt doch, daß sie dauernd allen möglichen Schwachsinn von sich gibt«, antwortete Putnam. »Sie erzählt ja auch, sie hätte ein Bumsverhältnis mit dir, Burt. Und Ron Poole würde mit ihr rumbumsen. Und sie würde auch noch mit einem anderen Typ, der drüben im Federal Building arbeitet, regelmäßig ins Bett steigen. Du weißt doch, wie sie ist. Man kann sie doch nicht ernst nehmen.«

»Na ja, ich dachte ja nur, ich frag' dich mal, nur so zum Spaß, verstehst du? Jedenfalls redet sie dauernd von dir.«

»Oh, wirklich?«

Putnam klang überzeugend, und er machte Hatfield gegenüber nicht ein einziges Mal die leiseste Andeutung, daß er und Susan in ein leidenschaftliches sexuelles Verhältnis verstrickt waren.

Im Verlauf der nächsten Wochen verbrachte Susan immer mehr Zeit in Pikeville. Sie erzählte ihrer Familie in Freeburn von ihrem Liebesverhältnis mit Mark, sagte aber nichts davon, daß seine Frau häufig nicht in Pikeville war. Sie behielt das für sich, weil sie Angst hatte, die Situation könne gefährlich werden, wenn Kenneth herausfand, daß Marks Frau oft nicht in der Stadt war. Susan war gescheit genug zu wissen, daß sie es sich nicht leisten konnte, ihre Familie wegen eines Mannes, der zunächst einmal nur locker mit ihr verbunden war, zu verlieren. Sie wußte auch, daß sie weiterhin die Ansprüche von Kenneth befriedigen mußte, und für lange Zeit, mindestens ein Jahr lang, fanden weder Kathy Putnam noch Kenneth Smith heraus, daß ihre jeweiligen Partner fremdgingen . . .

Von Beginn der Affäre mit Susan an spielte Mark weiter den braven Familienvater, und alles lief gut für ihn. Kathy war im sechsten Monat schwanger und fuhr regelmäßig zu ihrem Arzt nach Connecticut; sie war recht glücklich, und Mark nahm Danielle weiterhin zu den verschiedensten Unternehmungen mit. Aber in dieser Zeit traf er sich regelmäßig mit Susan, meistens nachmittags, und sie liebten sich dann leidenschaftlich; danach quetschte er sie über Cat Eyes aus. Und wenn Kathy ihre Tochter nach Connecticut nahm, trafen sich Mark und Susan häufiger und blieben länger zusammen. Drüben in Vulcan war Susan damit beschäftigt, ihre Kinder zu versorgen, legte ihnen morgens die Kleider für die Schule zurecht, kochte die Mahlzeiten für Kenneth und den Rest der Hausbewohner. Nach wie vor nahm sie Drogen und handelte damit. Cat Eyes, so glaubte sie, bereitete sich auf einen weiteren Banküberfall vor, und so telefonierte sie dauernd mit Mark und meldete ihm jede seiner Bewegungen. Cat Eyes trieb sich mit einem wilden Haufen von Rowdys an einem Ort namens Williamson Lunch herum, und Susan war überzeugt, daß er dort seine für den Überfall vorgesehenen Komplizen traf.

Und dann geschah es.

Am 10. September 1987 betrat Cat Eyes Lockhart in Begleitung eines nicht identifizierten Mannes die Ferrells-Creek-Filiale der First National Bank von Pikeville in Belcher, Kentucky. Er hatte sich eine Skimaske über das Gesicht gezogen und gab dem Kassierer einen umgearbeiteten Kissenbezug mit dem Befehl, alles verfügbare Geld reinzustecken und es ja nicht zu wagen, Explosiv-Farbbeutel dazuzupacken. Dann trieb er alle Bankangestellte und die anwesenden Kunden in das Kellergewölbe der Bank, warnte den Kassierer noch einmal, ja keine Farbbeutel in den Kissenbezug zu stecken, nachdem er in den Kissenbezug gegriffen und einen Farbbeutel darin gefunden hatte.

Er flüchtete dann mit über zwölftausend Dollar, unter denen sich auch besonders markierte ›Ködernoten‹ befanden; als er aus der Bank kam und gerade in den bereitstehenden weißen Lieferwagen springen wollte, explodierte ein Farbbeutel in dem Kissenbezug. Die Bande brauste dennoch davon, in Richtung auf eine Gegend, die Mouthcard genannt wird, wo einige Leute an einer Tankstelle den Wagen in Richtung auf die Staatsgrenze zu Virginia vorbeirasen sahen.

Aufgrund der detaillierten Informationen, die sie von Susan erhalten hatten, überwachten Mark Putnam, Dan Brennan und die Staatspolizei von Kentucky die Bank, aber zum Zeitpunkt des Überfalls war dummerweise kein einziger Polizist am Tatort. Aber gerade noch einen Tag vor dem Verbrechen hatte Putnam den Bankkassierer instruiert, im Falle eines Überfalls dem Täter einen vorbereiteten Packen mit hundert markierten Zweidollarnoten und einen roten Explosiv-Farbbeutel zu der Beute zu stecken. Durch diese Maßnahmen sollte der Bankräuber überführt werden.

Der Lieferwagen wurde bereits fünfzehn Minuten nach dem Überfall auf einem Feldweg gefunden; im Wagen lagen eine Schrotflinte und Scheine im Wert von zweihundertzwanzig Dollar, die durch den explodierten Farbbeutel rot eingefärbt waren. Man machte Fotos und Abgüsse von den Reifenspuren in der Nähe des Fahrzeuges, und Dan Brennan stellte fest, daß es anscheinend einen Zusammenstoß mit einem kleinen Wagen mit grauem Lack gehabt hatte; er fand eine entsprechende Beule auf der rechten hinteren Seite des Lieferwagens. Außerdem fehlte eine Radkappe. Zeugen sagten aus, in der Nähe der Bank habe man in den vergangenen Tagen häufiger einen grauen Dodge Colt gesehen. Am nächsten Tag fuhren Brennan und Putnam ins Buchanan County, Virginia, wo sie auf einem Parkplatz einen grauen Dodge Colt untersuchten, der, wie sich herausstellte, Cat Eyes Lockhart gehörte. Und nur eine Woche nach dem Banküberfall kam ein Mann, auf den die Beschreibung von Cat Eyes' paßte, in die Pikeville National Bank, um hundertzweiundsiebzig Dollar in Zweidollarscheinen in größere Scheine umzutauschen; einige der Scheine hatten rote Farbspuren an den Rändern.

Als der Kassierer Cat Eyes Lockhart als den Mann identifizierte, der die Zweidollarnoten eingetauscht hatte, verhaftete Dan Brennan den Täter und unterzog ihn einem ersten Verhör. Dabei behauptete Lockhart, er habe eine Stereoanlage an einen Mann namens Bishop in Belfry, Kentucky, verkauft und von ihm diese Zweidollarnoten bekommen.

Nach den Gerichtsakten des Pike County wurde am 24. September 1987 die gerichtliche Voruntersuchung durchgeführt. Lockharts Verteidiger wies dabei darauf hin, der Angeklagte werde im nachfolgenden Gerichtsverfahren erklären, er habe die Zweidollarnoten von zwei Fremden für die Mitarbeit an der Reparatur ihres Cadillac erhalten. Brennan sagte aus, Lockhart habe ihm gegenüber bei der polizeilichen Vernehmung erklärt, er habe das Geld für den Verkauf einer Stereoanlage bekommen. Auf der Grundlage dieses Widerspruchs wurden Lockharts Aussagen während der nachfolgenden Vorverhandlung angezweifelt, und im Oktober 1987 entschied eine Grand Jury, die über die Anklageerhebung zu befinden hat, daß gegen Cat Eyes Lockhart wegen des Verdachts, zwölftausendachthundertsieben Dollar von der Ferrells-Creek-Filiale der First National Bank von Pikeville geraubt zu haben, Anklage vor einem Gericht zu erheben sei.

Das Verfahren gegen Lockhart wurde auf den 27. Januar 1988 vor dem Gericht in London, Kentucky, festgesetzt. Susan und Kenneth Smith sowie ihr Nachbar Gary Mounts und Cat Eyes' Onkel MacArthur Lockhart wurden als Zeugen geladen.

Gary Mounts, der zusammen mit Cat Eyes und Kenneth aufgewachsen war, wurde als Zeuge gehört, weil er

Cat Eyes am Tag des Überfalls in seinem Wagen in Vulcan ein Stück weit mitgenommen hatte. Putnam und Brennan hatten Mounts deshalb mehrfach vernommen, und Mounts erinnert sich, daß ihm Putnam dabei als sachlicher, nüchterner Typ vorkam; die Vernehmungen seien problemlos verlaufen, er habe ja aber dem Agenten auch keine bedeutsame Informationen geben können.

»Also«, wollte Putnam von ihm wissen, »haben Sie am Morgen des 10. September Cat Eyes in Vulcan in Ihrem Wagen mitgenommen?«

»Ich habe ihn eines Morgens im September in Vulcan aufgegabelt, und er hatte eine Tasche bei sich. Aber ich weiß nicht mehr, welcher Morgen das war. Er ging doch fast jeden Tag die Straße runter. Es war schon fast Routine, ihn mitzunehmen. Das ist alles, was ich Ihnen sagen kann.«

Diese Antwort gefiel Putnam nicht, und beim zweitenmal kam er mit Brennan, um Mounts zu vernehmen. Diesmal hatten sie eine Vorladung dabei, Mounts müsse nach Pikeville, um seine Fingerabdrücke bei der Polizei zu hinterlassen. Mounts sagte den beiden, er habe nichts zu verheimlichen, und nach einer längeren Diskussion ließ er sich dann die Fingerabdrücke nehmen. Etwa zwei Wochen danach kam das FBI-Team wieder zu ihm, diesmal mit einer Vorladung, er müsse als Zeuge im Verfahren gegen Cat Eyes Lockhart aussagen. Mounts bestand darauf, er könne nichts zu dem Banküberfall sagen, er habe nichts damit zu tun, aber seine Aussagen stießen auf taube Ohren. Putnam setzte Mounts unter Druck, er müsse bei der Verhandlung in London aussagen, und wenn er nicht zur Mitarbeit bereit sei, würde man ihn als Mitwisser oder sogar Teilnehmer an dem Verbrechen vor Gericht bringen.

»Wieso werde ich zu dieser Verhandlung geladen?« fragte Mounts, nun doch recht verängstigt.

»Nun, es hat sich gezeigt, daß einige der geraubten Geldscheine Ihre Fingerabdrücke tragen«, erklärte Putnam.

»Nein, das kann nicht sein, da liegen Sie falsch, junger Mann. Zeigen Sie mir doch mal Ihre Beweise!«

»Sie liegen beim Gericht in London. Man wird sie Ihnen präsentieren, wenn Sie hinkommen. Ihre Auslagen werden Ihnen erstattet. Eine Schlafgelegenheit wird vorbereitet. Stellen Sie sich darauf ein, zwei oder drei Tage bleiben zu müssen«, erklärte Putnam, ehe er ging.

Also fuhr Gary Mounts mit Kenneth und Susan nach London, Kentucky. Er wohnte im Ramada Inn in einem Zimmer mit MacArthur Lockhart. Die vier hatten, wie sich herausstellte, zwei miteinander verbundene Zimmer, eine Suite. Eine sehr exklusive Unterkunft, dachte Susan, und sie waren kaum angekommen, als Mark auch schon in ihrem Zimmer anrief, um sich zu erkundigen, ob alle gut angekommen seien.

Kenneth schnappte sich den Hörer und fragte: »Hee, gibt's hier irgendwo auch'n Bier?«

»Nein. Wir sind in einem trockenen County. Wenn ihr was Alkoholisches haben wollt, müßt ihr vierzig Meilen rüber nach Tennessee fahren. Wollt ihr das machen?«

»Ja.«

»Okay, ihr müßt aber in zwei Stunden wieder zurück sein, weil ich mit euch sprechen will«, sagte Putnam im Befehlston.

Die vier fuhren also nach Jellico, Tennessee, hin und zurück achtzig Meilen, um zwei Kästen Bier und ein paar Beutel mit Eiswürfeln zu holen. Als sie zurückkamen, eröffnete Putnam ihnen zu ihrer Überraschung, es würden an diesem Tag keine Zeugenaussagen mehr benötigt, sie hätten die Reise leider umsonst gemacht. Man würde sie verständigen, wenn der neue Termin für die Verhandlung festgelegt sei. Also luden sie ihr Bier in den Kofferraum und machten sich auf die vierstündige Rückfahrt nach Freeburn.

Nach der Rückkehr nach Freeburn stellte Mounts fest, daß das FBI die Rechnung für ihre kurze Unterbringung im Ramada Inn nicht bezahlt hatte und auch nicht bereit war, sie nachträglich zu begleichen. Er behauptet, daß Agent Putnam ihn in den folgenden Wochen mit der Rechnung für das Motelzimmer geradezu verfolgte.

»Sie bezahlen das hier besser, oder man steckt Sie in den Knast«, drohte Putnam bei einem seiner Besuche und hielt Mounts die Rechnung unter die Nase.

»Nun hören Sie mir mal zu, junger Mann, ich war als Zeuge der Anklage vorgeladen, und Sie haben mir gesagt, alle Auslagen würden vom FBI bezahlt, Sie würden sich darum kümmern. Als ich dann dort war, sah alles plötzlich ganz anders aus. Ich kann nichts zu der Sache sagen, das wissen Sie, auch in Zukunft nicht – weil ich nichts weiß!«

Zwei Wochen später tauchte Putnam wieder in Freeburn auf, und als er sah, daß Mounts über die Flußbrücke auf ihn zukam, versperrte er ihm mit seinem Wagen den Weg nach Vulcan. Er fuhr einen geländegängigen Pick-up, einen braunen Ford Baujahr 78 oder 79, wie Mounts sich erinnert. Er trieb Mounts in die Enge: »Sie werden mir jetzt diesen Verrechnungsscheck unterschreiben. Die Leute vom Ramada müssen endlich ihr Geld kriegen. Sie verstoßen gegen die Bestimmungen für Gerichtszeugen. Sie haben doch gar keine Aussage gemacht!«

Gary Mounts unterschrieb schließlich den Scheck auf eine Bank in West Virginia, schimpfte aber ununterbrochen, weil Putnam versprochen hatte, für das Zimmer aufzukommen, und er wiederholte, das FBI wäre für die Sache verantwortlich.

Ein paar Wochen später wurden Susan, Kenneth und

Gary wieder zur Verhandlung nach London, Kentucky, vorgeladen. Diesmal ordnete Mark an, daß sie ihre Zimmer nicht verlassen und mit niemandem in Verbindung treten durften und daß sie die Mahlzeiten beim Zimmerservice bestellen mußten.

Das Ramada in London ist ein großer Backsteinbau mit weißen Säulen vor dem Eingang. In seinem Restaurant gibt es sogar Schalentiere der verschiedensten Art, was die Küchen der meisten Restaurants in dieser Gegend normalerweise kaum zu bieten haben. Da Susan noch nie in ihrem Leben irgendwo Urlaub gemacht hatte, genoß sie den Aufenthalt in London in vollen Zügen. Sie hatte ein wunderschönes Zimmer, schmackhafte Speisen wurden ihr ans Bett gebracht, und Mark, ihr Liebhaber, wohnte nur ein paar Türen weiter.

Mounts wußte zu dieser Zeit noch nicht, daß Susan als Informantin für das FBI arbeitete. Er wunderte sich daher während des dreitägigen Aufenthaltes in London sehr über das geradezu übertrieben freundliche Verhalten des FBI-Mannes ihr gegenüber. Er erinnert sich, daß Susan ein durchsichtiges rosa Negligé anhatte, als sie vor Beginn der Verhandlung zu Putnam ging, um Einzelheiten ihrer Aussage mit ihm durchzusprechen, und das kam ihm dann doch sehr seltsam vor.

»Ich dachte, komisch, wieso läßt er es zu, daß sie ganz offensichtlich ja wohl ein bißchen zu entgegenkommend zu ihm ist, und irgendwie dämmerte es mir dann doch, daß sich zwischen den beiden was abspielte, denn Susan flirtete unverhohlen mit Putnam in meiner und Kenneth' Gegenwart«, sagte Mounts. »Vor der Verhandlung forderte Putnam uns auf, nacheinander in sein Zimmer zu kommen, um die zu erwartenden Fragen durchzusprechen, und Kenneth und ich waren ungefähr fünf Minuten bei ihm, aber bei Suzie dauerte es über eine Stunde.«

Kenneth hatte aber keinen Beweis, daß Mark und

Susan in eine Liebesaffäre verstrickt waren. Sie stritt vehement alle Anschuldigungen in dieser Richtung ab und tat erstaunt, daß Kenneth überhaupt auf die Idee kommen könne, ein FBI-Agent verstoße auf diese Weise gegen Bundesgesetze. Sie überzeugte ihren Ex-Ehemann, daß ihre Verbindung mit Putnam sich auf die ›verdeckten Operationen‹ beschränkte, die sie zusammen mit ihm ausführte, und sie sagte Kenneth, die lange Zeit in Marks Motelzimmer sei darauf zurückzuführen, daß sie ihre Zeugenaussage in allen Details mit ihm durchgesprochen habe, und sie erinnerte Kenneth daran, daß Gary Mounts unter keinen Umständen irgendwas davon erfahren durfte.

Als die Verhandlung begonnen hatte, führte Mark Putnam jeden Morgen Mr. und Mrs. Smith und Mr. Mounts zum Gerichtsgebäude, einem schönen alten Gebäude in der Stadtmitte von London. Der Gerichtssaal im zweiten Stock ist mit Mahagoni ausgekleidet und hat eine markante ovale Form. Die verzierte Decke und die gerundeten Fensterbögen geben dem Saal einen Hauch von Eleganz. Darüber hinaus strahlt der Raum Autorität und Macht aus, was auch in den strengen Sicherheitsüberprüfungen zum Ausdruck kommt, denen sich jeder, der den Saal betritt, routinemäßig unterziehen muß; ein Metalldetektor-Rahmen inspiziert sorgfältig alle Handtaschen.

Nachdem Susan aufgerufen und als Zeugin der Anklage vereidigt worden war, nahm sie in dem großen Zeugenstand rechts des Richters Platz. Sie sprach ihren Namen deutlich ins Mikrofon. Mark Putnam, Kenneth Smith, Gary Mounts und die anderen Anwesenden sahen zu, wie sie auf ›Cat Eyes‹ Lockhart deutete; sie gab zu Protokoll, daß das Beweisstück Nummer drei, eine einläufige Schrotflinte, der Waffe exakt glich, die er in einem Kissenbezug in ihrem Haus aufbewahrt hatte. Die Anklage ging davon aus, daß Cat Eyes diese Waffe benutzt hatte, um den Überfall auf die Ferrells-Creek-Filiale der First National Bank von Pikeville durchzuführen. Als Susan vom Richter gefragt wurde, ob sie von dem Banküberfall gewußt habe, sagte sie aus, Cat Eyes und Sherry Justice seien am Freitag, eine Woche vor dem Bankraub, abends etwa um elf Uhr zu ihr ins Haus gekommen und hätten dabei von Plänen gesprochen, eine Bank auszurauben.

Bevor Susan den Zeugenstand verlassen konnte, wurde sie noch gefragt, ob Beamte der Strafverfolgung nach dem 10. September in ihr Haus gekommen seien und ihr im Rahmen der Untersuchung dieses Bankraubes Fragen gestellt hätten. Sie antwortete, daß die Untersuchung bereits vor dem 10. September begonnen hätte, daß Burt Hatfield einmal zu ihr ins Haus gekommen und auch Mark Putnam bei ihr gewesen sei, um über die Serie von Banküberfällen mit ihr zu sprechen. Als sie Putnams Namen im Zusammenhang mit der Untersuchung vor dem 10. September erwähnte, schnitt ihr der Staatsanwalt das Wort ab. »Das ist alles«, sagte er, und Susan war damit entlassen und verließ den Zeugenstand.

Am 28. Januar 1988 wurde Cat Eyes vom Gericht des US-Distrikts London des Bankraubes für schuldig befunden und zu siebenundfünfzig Jahren Gefängnis verurteilt. Susan sah, wie der fast hundert Kilo schwere, bärtige Mann mit den seltsamen braun-blauen Augen in Handschellen abgeführt wurde. Man brachte ihn in das Fayette-County-Gefängnis in Lexington, Kentucky, wo ihn, wie er behauptet, Mark Putnam im März 1988 besuchte. Putnam sei gekommen, um ihn dazu zu bewegen, seine Partner ›ans Messer zu liefern‹, sagte Lockhart. Er behauptet, Putnam habe ihm eine Menge Fragen über Susan gestellt – über die Zeit, die sie in Chicago und Louisiana verbracht hatte –, und er sei weit über das normale Maß hinaus an ihr interessiert gewesen.

Jahre später soll Cat Eyes Freunden gegenüber erklärt haben, er sei in Susan verliebt gewesen, und bis zum heutigen Tag hält der Bankräuber in seiner Gefängniszelle in Leavenworth, Kansas, an dem Glauben fest, daß Susan von Kenneth unter Druck gesetzt wurde und auf seine Anweisungen gehandelt habe. Er hat immer noch volles Vertrauen zu Susan, und er behauptet, aus ihm und Susan hätte ein Liebespaar werden können, wenn Putnam nicht dazwischengekommen wäre.

6. Kapitel

Nach der Rückkehr aus London setzten Susan und Mark ihre heimliche Liaison fort, über die sich immer mehr Gerüchte verbreiteten. Die meisten Leute, die davon hörten, wunderten sich, daß Putnam seine Frau mit Susan betrügen sollte: Kathy war so attraktiv und elegant, daß Susan in dieser Hinsicht kaum mithalten konnte.

Inzwischen hatte Putnam einen neuen Partner im FBI-Büro, Special Agent Ron Poole. Poole war sehr bald aufgefallen, daß zwischen den beiden ein Techtelmechtel im Gange war; er hatte sogar gesehen, daß sie sich in Marks Büro umarmten und küßten. Und andere Leute im Bürogebäude an der Main Street hatten registriert, daß die beiden sich manchmal wie Teenager benahmen: Susan saß auf der Kante von Marks Schreibtisch und hielt ihm Händchen, während er seinen FBI-Papierkram erledigte.

Obwohl es nach den FBI-Regeln und -Verordnungen strengstens verboten ist, solche Verbindungen einzugehen – Sex mit einem Informanten gilt als Entlassungsgrund aus dem FBI –, setzten Mark und Susan ihr Verhältnis fort, und die Beamten und Angestellten in ihrer Umgebung sahen es mit Kopfschütteln und Verärgerung. Manchmal lungerte Susan in der Eingangshalle herum und wartete auf Mark. Bei anderen Gelegenheiten tauchte sie unangekündigt auf, und wenn Mark dann die Eingangshalle betrat, ließ sie nicht locker, bis er sie mit in sein Büro nahm. Wie manche Leute heute behaupten, verbrachten die beiden sogar viele Stunden hinter verschlossenen Türen in Marks Büro.

Manchmal ließ Mark die Tür zu seinem Büro halb

offen, und dann sah man ihn mit Susan plaudern und herumalbern. Immer wenn Susans Bruder Billy Joe in der Empfangshalle des Gebäudes auf sie wartete, stellte er fest, daß die beiden heftig miteinander flirteten und die körperliche Nähe des anderen suchten. Billy Joe konnte nicht verstehen, warum Susan so verknallt in Putnam war, was sie sich aus ihm machte, aber eines hatte er erkannt: Susan war großartig darin, Mark Putnams Ego zu füttern; sie war sozusagen sein größter Fan.

Billy Joe ›Bo‹ Daniels lebte inzwischen bei Susan in Vulcan. Er hatte immer wieder mitgekriegt, daß Susan R-Gespräche mit dem FBI-Büro führte oder bei Putnam zu Hause anrief; Anfang 1988 jedenfalls sprach sie fast jeden Tag lange mit ihm am Telefon. Billy Joe kannte Mark Putnam aus Susans Erzählungen nur allzu gut. Putnam, das wußte er, war sehr unglücklich verheiratet, denn seine Frau wollte nicht in den Appalachen leben. Billy Joe hatte das alles wieder und wieder gehört, wenn er seine Schwester rüber nach Pikeville zu den häufigen Treffen mit Mark fuhr . . .

1988 war Billy Joe so etwas wie Susans Chauffeur; regelmäßig brachte er sie nach Pikeville. Seine damalige Freundin Carmella, die meistens dabei war, hat in ihrem Tagebuch zweiunddreißig Fahrten nach Pikeville festgehalten. Sie setzte Susan stets hinter dem Gerichtsgebäude ab und nahm sie – viele Stunden später – wieder mit. Wenn Susan zurückkam, verklärte ein strahlendes Lächeln ihr Gesicht, und ihre Kleider waren zerknittert.

Kenneth wußte immer noch nicht genau, was da vor sich ging, aber er war mißtrauisch, und Susan mußte immer wieder Ausreden erfinden, um aus dem Haus zu kommen und Mark treffen zu können.

Die Straße von Freeburn/Vulcan nach Pikeville ist ziemlich gefährlich. Sie ist schmal und windet sich kurvenreich durch die Berge, meist eine steile Felswand auf der einen und ein tief eingeschnittenes Bachtal auf der anderen Seite. Oft tauchen auch Hinweisschilder auf: ›Vorsicht – LKW-Ausfahrt‹; zu den vielen Kohle-Lastwagen kommen aber auch noch Hunderte von Eisenbahnwaggons, die an fünf verschiedenen Bahnübergängen die Straße überqueren, hochbeladen mit schwarzglänzenden Kohlehaufen, die die Sicht auf die Berge verstellen.

Billy Joe und Susan kannten die Straße sehr gut. Anderthalb Jahre lang war sie der Weg zu Susans Verabredungen gewesen. Wieder zurück in Vulcan, rasselten sie abgesprochene Ausreden herunter. Lange Zeit kam Kenneth nicht dahinter, was da wirklich vor sich ging. Er glaubte, Susan habe in Pikeville wieder einmal etwas als FBI-Informantin zu besprechen gehabt oder Billy Joe hatte einen Arzttermin wahrnehmen oder irgendwelche Geschäfte abwickeln müssen.

Im Anfangsstadium der Affäre zwischen Susan und Mark nahm Bo Daniels seine Freundin Carmella mit auf die Fahrten nach Pikeville. Das Pärchen setzte Susan ab, nahm sich dann ein Zimmer im Pinson Motel in der Stadtmitte und blieb in der Regel etwa zwei bis drei Stunden, während Mark und Susan zu einer verlassenen Kohlemine oder in ein billiges Motel außerhalb der Stadt fuhren.

Zwar gefiel Bo ganz und gar nicht der Gedanke, daß seine Schwester von Putnam als Informantin mißbraucht wurde, aber er fragte sie nie nach ihrem Verhältnis zu dem FBI-Agenten. Er stellte sich auf den Standpunkt, Susan müsse wissen, was sie tue. Außerdem verdiente sie gutes Geld mit dieser Sache; oft kam sie mit zwei- oder dreihundert Dollar von den Treffen mit dem FBI-Mann zurück. Und Susan war großzügig mit ihrem Geld und gab Bo hin und wieder hundert Dollar für seine Chauffeurdienste.

Carmella war zu dieser Zeit erst fünfzehn, und sie hatte in Pikeville nichts zu erledigen – bis auf den Beischlaf mit Bo im Motel. Sie hatte Susan im Oktober 1987 kennengelernt, kurz nachdem Bo im Haus der Smith' in Vulcan Unterschlupf gefunden hatte. Susan hatte es für nötig gehalten, Carmella von ihrem Verhältnis mit Putnam zu erzählen, aber sie hatte das Mädchen schwören lassen, keinem Menschen etwas davon zu verraten. Carmella beteuert, sie habe Susan stets ›gedeckt‹ und nie jemandem etwas von ihren vielen Fahrten nach Pikeville erzählt.

Nach und nach schälte sich bei den Fahrten nach Pikeville ein festes Muster heraus. Carmella und Bo brachten Susan zum Parkplatz hinter dem Gerichtsgebäude. Susan blieb in Bos Datsun 240 Z sitzen, und normalerweise tauchte Mark dann nach etwa fünf Minuten auf. Er trug immer eine Sonnenbrille, und er hob die Hand und winkte zu ihnen hinüber. Aber er sprach nie mit Bo oder seiner hübschen blonden Freundin. Sobald Putnam ankam, sprang Susan zu ihm in seinen braunen Wagen, und die beiden brausten davon. Susan sagte Bo vorher noch, wann er sie auf dem Parkplatz wieder abholen sollte. Carmella erinnert sich, daß Susan bei ihrer Rückkehr häufig in Bos Wagen stieg und ausrief: »Mein Gott, heute war der schönste Tag, den ich je hatte! Ich war den ganzen Tag mit Mark zusammen! Wir waren den ganzen Tag im Motel!«

Obwohl Susan nie sagte, in welchem Motel sie mit Mark gewesen war, ließen ihre Andeutungen doch darauf schließen, daß es sich um eine recht schäbige Absteige gehandelt haben mußte; sie nannte Mark oft einen Geizkragen. Man hat später herausgefunden, daß Mark mit Susan in das Goldenrod Motel ging, ein kleines, verwahrlostes Haus in Pikeville, das direkt gegenüber der Station der Staatspolizei von Kentucky liegt.

Wenn Susan zum Parkplatz des Gerichtes zurückkam,

war Bo regelmäßig sauer, weil sie länger weggeblieben war, als sie vorher versprochen hatte. Er mußte sich dann nämlich immer Ausreden für Carmellas Mutter ausdenken, ganz zu schweigen von Kenneth, der bei ihrer Rückkehr schon unter der Tür stand und ihn wütend ausfragte, wo sie denn so lange gewesen wären. Susan verließ das Haus in Vulcan für die Fahrten nach Pikeville immer in der Kleidung, die sie auch sonst trug, meist Jeans, Tennisschuhe und einfache Baumwollhemden oder Baumwollpullover. Sie machte das absichtlich, um nicht Kenneth' Mißtrauen zu erregen. Aber auf dem Weg nach Pikeville zog sie sich schicke Sachen und hochhackige Schuhe an, schminkte sich und legte Schmuck an. Sie wollte für das Treffen mit Mark schön sein . . .

Wenn die drei in die Gegend des Tug Valley zurückkamen, setzten sie als erstes Carmella bei ihrer Mutter in Smith Fork bei Phelps ab; am Abend dann fuhr Bo in der Regel wieder zurück nach Smith Fork, holte Carmella ab und brachte sie nach Vulcan zum Haus der Smith', wo man gemeinsam den Abend verbrachte. Carmella hatte die ausdrückliche Instruktion, Kenneth gegenüber mit keinem Wort zu erwähnen, daß sie an diesem Tag in Pikeville war, und sie spielte das Spielchen mit. Dennoch, sie konnte nicht verstehen, wie Susan diesen dauernden ›Beschiß‹ durchstand.

»Wie schaffst du das nur?« fragte sie öfter, wenn sie allein waren. »Und wie kommst du damit bei Kenneth durch?«

»Das ist nicht so einfach. Wenn ich mit dem FBI was zu erledigen habe, sage ich Kenneth, daß ich nach Pikeville muß, aber ich muß dauernd aufpassen, daß ich mich nicht verplappere und irgendwas von Mark sage, weil Kenneth dann durchdreht. Weißt du, ich schlafe manchmal noch mit Kenneth.«

»Und er kann dir nichts nachweisen?«

»Nein. Er denkt ja, ich fahre geschäftlich mit Bo rüber. Oft lügt ihm Bo auch was vor, er wollte seinen Wagen verkaufen oder so was.« Susan lachte ...

Susan und Bo trafen sich immer wieder heimlich im Badezimmer, um neue Ausreden für die Trips nach Pikeville abzusprechen. Susan mußte Kenneth in dem Glauben lassen, sie sei ihm weiterhin treu; es war die einzige Möglichkeit, einen Rest von Frieden im Haus zu wahren.

Die Fahrten nach Pikeville gingen das ganze Jahr 1988 weiter, und etwa in der Mitte des Jahres machte Susan allen Leuten in ihrer näheren Umgebung klar, daß sie bereit war, alles zu riskieren, um mit Mark zusammenzusein – ihr Leben, ihre Kinder, ihr Haus. Sie war geradezu besessen von ihm, und sie verfolgte ihn unverfroren, drängte sich ihm auf. Und sie gab mit ihm an, was das Zeug hielt, mit seinem Aussehen – ›wie ein Filmstar‹ –, mit seinem Status beim FBI ... Vielleicht war es ihr gelungen, ihn an sich zu fesseln, weil sie sehr genau wußte, wie sie sein Ego zu streicheln hatte. Sie erzählte Shelby, der sie auch die intimsten Details ihrer Sexspiele mit Mark berichtete, daß sie sicher sei, er könne ohne sie nicht mehr leben ...

Daß Putnam mit ihr ins Bett ging, um Bankräuber überführen zu können, kam Susan nie in den Sinn. Mark rief sie mehrmals täglich an und schloß die Gespräche immer damit ab, daß er ihr sagte, er liebe sie. »Ich liebe dich auch«, hörte Bo sie jedenfalls zum Schluß stets sagen – natürlich nur, wenn Kenneth nicht in der Nähe war.

Nach außen hin vermittelte Susan weiterhin den Eindruck der guten Hausfrau, die ihrem ›Ehemann‹ und ihren Kindern treu ergeben war. Da jetzt ein wenig Geld ins Haus kam, kochte sie größere Portionen und kleidete sich und die Kinder neu ein, wobei sie vornehmlich in den modischen Boutiquen in Matewan oder Williamson einkaufte. Und sie verschönerte ihr Heim, schaffte sich

Möbel im Kolonialstil an, dazu neue Vorhänge und teure Seidenblumen-Arrangements.

Dennoch: Seit Mark Putnam in ihr Leben getreten war, schien ihr das Haus nicht mehr angemessen zu sein, so sehr sie sich auch darum bemühte, es in Ordnung zu halten und zu verschönern. Je länger die Affäre andauerte, um so unerträglicher wurden die Umstände im Smith-Haushalt für sie. Am meisten ging ihr auf die Nerven, daß das Haus direkt an den Eisenbahnschienen lag und die dauernd vorbeifahrenden Kohlenzüge so laute, kreischende Geräusche machten, daß sie die Telefongespräche mit Mark unterbrechen mußte. Es machte sie rasend, daß sie jedesmal auflegen mußte, wenn ein endlos langer Zug rumpelnd und quietschend vorbeifuhr und sie dann fast eine Viertelstunde warten mußte, bis die Störung vorüber war und sie Mark zurückrufen konnte.

Auch in anderer Weise gingen ihr die Züge in Vulcan auf die Nerven. Es störte sie, daß der Staub und der Dreck, den die Züge aufwirbelten, den Garten und das Haus Tag für Tag aufs neue mit einer schwarzen Schicht bedeckten. Jeden Morgen spritzte sie mit dem Gartenschlauch die dunklen Kiesbrocken im Vorgarten naß, damit nicht so viel Staub aufgewirbelt wurde – für den Fall, daß Mark vielleicht zufällig vorbeikam. Sie spritzte auch regelmäßig den schwarzen Ruß von der Hausfront, und natürlich wusch sie auch immer wieder Bos Wagen, damit er für die Fahrten nach Pikeville glänzte und funkelte. Im Sommer 1988 begann Kenneth überall herumzuerzählen, Susan arbeite für das FBI; damit wollte er erreichen, daß Susan aufhörte, sich mit Mark Putnam zu treffen. Kenneth war sich inzwischen ziemlich sicher, daß die beiden ein Verhältnis miteinander hatten, und er dachte sich, wenn viele Leute in der Stadt von ihrer Zusammenarbeit mit dem FBI wüßten, bekäme Susan Angst und würde aufhören, sich mit Putnam herumzutreiben.

Aber dieser Schuß ging nach hinten los. Susan weilte immer häufiger in Pikeville, legte es darauf an, möglichst wenig mit den Leuten in Vulcan und Freeburn zu tun zu haben, und erklärte unumwunden, der einzige Grund, weshalb sie noch in Vulcan wohne, seien die Kinder. Das Pärchen stritt sich jetzt häufig auch im Beisein der Kinder, vor allem, wenn Susan wieder einmal in Pikeville gewesen war. Kenneth beschimpfte sie dann mit wüsten Ausdrücken, warf ihr vor, sich mit Putnam herumzutreiben, und sie warf ihm an den Kopf, wie sehr sie ihn verabscheute.

Susan hatte jetzt mehrere Quellen, aus denen Geld ins Haus tröpfelte – die Sozialhilfe, den Drogenhandel und das FBI. Eigentlich genug, um zurechtzukommen. Aber da Susan inzwischen kokain- und medikamentenabhängig war, hatte sie nie Geld genug für die Erfüllung der Wünsche ihrer Kinder.

Auch erhielt sie als Informantin nicht so viel Geld, wie das FBI ihr anfänglich versprochen hatte. In fast zwei Jahren kassierte sie für diesen Job zwischen neun- und zehntausend Dollar, und das ist heutzutage keine besonders große Summe.

Irgendwann im Jahr 1988 wandte Susan sich an einen Anwalt in Pikeville. Kelsey Friend Jr. Friend erinnert sich, daß sie zu dieser Zeit offensichtlich dringend Geld benötigte. Sie erzählte dem Anwalt, das FBI habe ihr bei weitem nicht die Summe gezahlt, die man ihr für ihre Mitarbeit im Cat-Eyes-Fall versprochen habe; die Sache habe sich für sie nicht gelohnt. Sie bat den Anwalt um Rat, wie sie das FBI dazu bewegen könne, seinem Versprechen nachzukommen.

»Was meinen Sie, kann man sich auf das FBI überhaupt verlassen?« fragte sie. »Werden sie irgendwann mal zahlen?«

»Aber natürlich kann man sich auf das FBI verlassen«,

gab der Anwalt zur Antwort. »Wenn man Ihnen eine Million Dollar versprochen hat, dann werden Sie sie auch bekommen.«

»Nun, die Situation ist doch so, ich hab' ja vor Gericht aussagen müssen, und das ist nun mal 'ne ziemlich gefährliche Sache. Ich will Klarheit haben, daß man mich dafür entsprechend bezahlt, so wie man's mir versprochen hat. Das Gerichtsverfahren liegt schon Monate zurück, und ich hab' noch keinen Cent gekriegt!«

»Ich kann Ihnen nur versichern, daß das FBI, wenn es Ihnen was versprochen hat, das auch einhalten wird«, wiederholte Friend.

Bei einem anderen Besuch in Friends Büro stellte Susan dem Anwalt Fragen zum bundesweit geltenden ›Zeugenschutzprogramm‹, zum Beispiel, unter welchen Umständen man eine neue Identität und eine neue Sozialversicherungsnummer bekommen könnte. Zu dieser Zeit schien sie recht nervös zu sein und sich Sorgen über ihre Zusammenarbeit mit dem FBI zu machen. Friend hatte damals keine Ahnung, daß sie eine Liebesaffäre mit einem Special Agent hatte – und daß sie ihm im Hinblick auf die Kenntnis von FBI-Angelegenheiten wahrscheinlich einiges voraus hatte.

Der Anwalt beschrieb Susan als ›Anmache-Typ‹; sie schien ihn deutlich wissen zu lassen, daß sie nichts gegen eine kleine Affäre mit ihm hätte. Susan sei immer toll herausgeputzt in sein Büro gekommen, stark parfümiert und mit perfektem Make-up, sagte er später. Er glaubte, sie sei eine Frau, die ihre Erscheinung und ihr Verhalten jederzeit den Wünschen eines möglichen Liebhabers anpassen könnte. »Ich glaube, sie war so was wie ein Chamäleon«, erinnerte er sich später. »Sie beeindruckte mich; man hätte glauben können, sie komme aus besseren Kreisen in Lexington. Sie wirkte durchaus kultiviert und anspruchsvoll, keinesfalls wie ein Mädchen aus dieser Gegend.«

Friend behauptet, Susan sei oft zu ihm ins Büro gekommen und habe sich über ihr schweres Leben mit Kenneth beklagt. Der Anwalt hatte den Eindruck, sie wolle sich ihm zu einer Sex-Beziehung gegen Bezahlung andienen. Wie sie ihm sagte, sei die Sozialhilfe für abhängige Kinder ihre einzige Einkommensquelle, und Kenneth mißhandle sie regelmäßig. Sie lebten nur noch zusammen, weil keiner von ihnen beiden irgendwo anders unterkommen könne. Ihre Ehe sei endgültig am Ende, erklärte sie.

»Ich brauche Geld, verstehst du«, habe sie bei mehr als einer Gelegenheit gesagt, behauptete der Anwalt. »Kenneth arbeitet nicht. Er bringt keinen Cent ins Haus. Kümmert sich um nichts. Und ich habe eine ganze Menge Rechnungen zu bezahlen. Hohe Telefonrechnungen. Wenn ich von Kenneth weggehen könnte, hätte ich ein viel schöneres Leben.«

Kelsey Friend Jr. hatte keinerlei Grund, an Susan Smith' Bereitschaft zu zweifeln, mit Mark Putnam zusammenzuarbeiten und ihre Freunde ans Messer zu liefern. Er sagte, er sei keinen Moment auf den Gedanken gekommen, Mark Putnam irgendeines Fehlverhaltens zu verdächtigen; aber Susan traute er alle möglichen Schlechtigkeiten zu. »Die Gegend, aus der sie stammt, ist berüchtigt dafür, daß die Leute, wenn es ums Geld geht, skrupellos sind und sich gegenseitig an die Kehle gehen.« Susan war nicht anders als andere Informanten, mit denen er beruflich zu tun hatte – rücksichtslos und unbarmherzig, so meinte er, und nur darauf aus, Geld in die Finger zu kriegen.

»Unsere Berge sind eine Welt für sich, anders als weniger rückständige Gegenden«, erklärte Friend. »Wir hier wissen genau Bescheid darüber, was unsere Mitmenschen so treiben, und es ist nichts Besonderes, daß jemand die Polizei über ein Vergehen oder Verbrechen eines Bekannten informiert – wenn es Geld dafür gibt natürlich. Und

Leute, die ein Verbrechen begehen, müssen ihrerseits einkalkulieren, daß jemand sie bei der Polizei verpfeift. Sie wissen, daß der Verräter im Grunde nichts anderes tut, als eine Möglichkeit zum Gelderwerb auszunutzen.«

Der Gedanke jedoch, Susan Smith und Mark Putnam könnten eine Liebesaffäre miteinander haben, erschien Friend und allen anderen prominenten Bürgern von Pikeville absurd. Diese Leute wußten, daß das Pärchen eine Art ›Arbeitsbeziehung‹ miteinander hatte, und sie waren sicher, daß die Gerüchte über eine Liebesaffäre zwischen den beiden sich als falsch herausstellen würden.

Susan arbeitete jedenfalls weiter eifrig mit Putnam zusammen und erwies sich als sehr effektive Informantin. Ihre Beziehungen zu den Strafverfolgungsbehörden insgesamt wurden immer intensiver; sie freundete sich mit einer Reihe lokaler Polizeibeamter an und lief mit stolz erhobenem Kopf durch Pikeville – stand sie doch endlich einmal in ihrem Leben auf der ›richtigen‹ Seite des Gesetzes. Irgendwie verdrängte sie die Tatsache, daß sie weiterhin Drogen nahm und mit Drogen handelte und daß sie ihre Kontakte als Dealerin regelmäßig an das FBI verriet. Dieser Teil ihres Lebens kümmerte sie wenig; ihre Hauptsorge war immer, Mark Putnam zu beeindrucken, und sie war davon überzeugt, daß ihr Geliebter ihre Aktionen und ihren Lebensstil akzeptierte.

Susan hatte sogar die Stirn, mit Kathy Putnam Kontakt aufzunehmen; sie rief sie mehrmals an und erkundigte sich nach dem Ergehen von Mark und den Kindern. Die beiden Frauen sprachen manchmal stundenlang miteinander, wobei Susan auch viel von Kenneth erzählte, ihren Kindern, ihren Lebensumständen, und zwar in allen Einzelheiten, um das Gespräch in Gang zu halten. Kathy sagte später einem Reporter, daß sie über alle Fälle, die Mark bearbeitete, unterrichtet gewesen sei, daß sie die Namen aller seiner Informanten gekannt habe und daß es für sie nichts Außergewöhnliches gewesen sei, Anrufe von Informanten zu Hause entgegenzunehmen.

Was jedoch außergewöhnlich war, das waren Susans Anspielungen, daß sie Mark liebe, daß sie alles für ihn tun würde und daß sie mit ihm ins Bett ging. Aber Kathy glaubte ihr offensichtlich nicht. Sie hatte Mitleid mit dieser jungen Frau, die so ein elendes Leben führen mußte, und sie hörte Susan zu, sooft sie ihr auch ihr Herz ausschüttete. Mehrmals klagte Susan, Miranda und Brady bräuchten Kleider, und sie habe kaum Geld genug, um die beiden Kinder satt zu kriegen. Einige Male drohte sie auch damit, sie würde sich umbringen. Manchmal sagte sie, sie sei hoffnungslos verliebt in Mark ... Einmal redete sie von zehn Uhr morgens bis vier Uhr nachmittags auf Kathy ein.

Zwischendurch fragte Susan ihren Geliebten mehrmals, ob Kathy nicht doch einen Verdacht gegen sie beide habe, aber er versicherte ihr, daß Kathy ihm vertraue und keine Einwände gegen seine Verbindungen mit anderen Frauen habe. Er habe viele ›weibliche Freunde‹, sagte er, und Kathy wisse davon. Sie sei nicht der Typ der eifersüchtigen Ehefrau. Susan machte manchmal zaghafte Vorstöße, Mark solle seine Frau verlassen, und sie hoffte, er würde ihr dann sagen, er wolle sich von Kathy scheiden lassen; aber er wandte dann stets ein, er könne seine Frau zwar theoretisch verlassen, aber er müsse wegen der Kinder bei ihr bleiben. Manchmal aber scheint er Susan dann doch in dem Glauben gelassen zu haben, er wolle Kathy verlassen, und dann sagte sie ihren Freunden glückstrahlend, Mark liebe sie und werde sie eines Tages heiraten. Ihre Freunde versuchten, sie zurück auf den Teppich zu holen. »Es geht ihm finanziell gut, Suzie, und er ist ganz bestimmt nicht so blöd, seine schicke Frau wegen eines einfachen Mädchens aus unserer Gegend sitzen zu lassen!« Aber Susan achtete nicht auf diese nüchternen

Vorhaltungen. Und Mark blieb natürlich bei seiner Familie. Er erzählte anderen Cops, Kathys Vater habe versprochen, der jungen Familie ein Haus im Wert von einer Viertelmillion Dollar zu kaufen. Er gab sogar damit an, er könne ohne weiteres aus dem FBI ausscheiden und eine hochbezahlte Lebensstellung im Geschäft seines Schwiegervaters erlangen, wenn er das wolle, aber er liebe seine Arbeit und möchte lieber beim FBI bleiben.

Und Putnam war ganz offensichtlich glücklich in seinem Beruf als FBI-Agent. Er trainierte hart, um sich in bester körperlicher Verfassung zu halten und bei den Überprüfungen der Schießfertigkeit in Lexington beste Ergebnisse zu erzielen. Er ging oft zum öffentlichen Schießstand in Harmon's Branch am Stadtrand von Pikeville, der auch von den Angehörigen der Stadtpolizei benutzt wurde, und hielt dort seine Schießfertigkeit auf dem laufenden.

Kein Zweifel, Putnam war als FBI-Agent mit vollem Herzen bei der Sache, und er genoß es sichtlich, daß er über die Staatsgrenzen hinweg tätig werden konnte, was den Angehörigen der anderen Strafverfolgungs- und Polizeiorganisationen nicht erlaubt war. Er war stolz auf die Macht, die er als ›G-Mann‹ hatte, und er prahlte Susan gegenüber damit, er könne sich als Undercover-Agent in die Drogenszene einschmuggeln, ohne daß man ihn dort verdächtigen würde. Er gab sogar damit an, er könne jeden nur möglichen Verbrecher zur Zusammenarbeit überreden, denn er habe die Fähigkeit, sich voll und ganz diesem Milieu anzupassen. Mark Putnam war ein Macho, und Susan Smith lauschte hingerissen jedem seiner Worte.

Susan hielt sich für Mark superschlank. Sie aß kaum mehr etwas, und sie gab sich inständig der Hoffnung hin, etwas Magisches möge sich ereignen, Mark möge Kathy den Laufpaß geben und sie, Susan, könne dann deren

Platz an Marks Seite einnehmen. Susan wußte, daß sie Marks Ansprüchen nicht genügte, was die schulische Erziehung anging, aber sie versuchte alles, diese Tatsache zu überspielen und ihm gleich zu werden. Freunde erinnern sich, daß sie sich in Marks Gegenwart bemühte, jedes einzelne Wort sorgfältig und korrekt auszusprechen, um ja nicht irgendwelche Reste des gedehnten ›Hillbilly‹-Akzents durchschimmern zu lassen. Vielleicht dachte sie, sie könnte Mark endgültig für sich gewinnen, indem sie ihm in den Äußerlichkeiten nacheiferte – und indem sie ihn anhimmelte. Sie wußte, daß sein Ego gestreichelt werden wollte und daß Kathy diese Aufgabe vernachlässigte.

Inzwischen fingen ihre Familienangehörigen an, sich Sorgen um ihre Sicherheit zu machen. Sie stellten ihr oft Fragen nach ihrer ›Zusammenarbeit‹ mit Mark Putnam und wiesen darauf hin, in welche Schwierigkeiten sie dadurch geraten könne. »Hast du denn keine Angst, man könnte dich eines Tages umbringen?« fragte Shelby. Aber Susan lachte nur und sagte, Mark Putnam würde auf sie aufpassen und sie beschützen.

»Solange ich mit ihm zusammenarbeite, kann mir nichts passieren!« erklärte sie ihrer Schwester. »Mark hat mir sogar gesagt, ich könnte ruhig mit Drogen dealen, soviel ich wollte, und wenn man mich schnappen würde, so würde er mich aus dem Schlamassel wieder rausholen!«

»Und so was glaubst du?« fragte Shelby fassungslos.

»So wahr mir Gott helfe, Shelb, er hat's gesagt. Ich könnt' ruhig weiter mit Koks dealen oder mit was ich wollt', das wär' okay.«

»Hör mal, bist du ganz sicher, daß er das ernst gemeint hat, Suzie? Das klingt doch nun wirklich unglaubhaft.«

»Shelb, der Mann geht doch hin und nimmt selber Koks aus dem FBI-Panzerschrank.«

»Aha, so ist das! Und du glaubst so'n Quatsch?« Shelby kicherte verächtlich.

»Ich hab's doch selbst mal gesehen, Shelb! Ich war sauer auf ihn, weil er dauernd erzählt hat, Kathy wollte immer wieder Koks von ihm, und ich hab' ihm gesagt, ich wollt' auch welchen haben, warum er mir keinen geben würd'. Dann hab' ich gesagt, er soll mir den Stoff mal zeigen und ein bißchen davon geben, nur mal so zum Probieren, ob der Stoff auch echt wäre.«

»Und das hat er gemacht?«

»Ja, zum Teufel! Er hat sogar ein bißchen davon mit mir zusammen genommen!«

»Aha, so ist das also! Dieser tolle FBI-Typ nimmt Koks? Suzie, das kann doch nicht wahr sein! Du lügst doch!«

»Nein, er ist nicht auf dem Trip, so ist das nicht. Er hat den Stoff nur das eine Mal mit mir zusammen probiert. Aber seine Frau ist echt von dem Zeug abhängig. Na ja, also, genau weiß ich das natürlich nicht, aber so hat er's mir gesagt.«

»Na ja, egal . . . Aber, Suzie, mach dir nichts vor und denk, du kannst rumlaufen und Leute ans Messer liefern und das kommt nicht raus! Wenn mal einer rauskriegt, daß du ihn verpfiffen hast, dann wirst du schwer dafür bezahlen müssen!«

Susan erzählte Shelby auch einmal von einem ihrer Abenteuer, als es darum ging, einen Großdealer auffliegen zu lassen. Sie schilderte, wie Putnam eine Abhör-Wanze samt Mini-Recorder an ihrem Körper versteckte – und dabei ihre Brüste streichelte – und sie dann in eine Villa in Pikeville schickte, wo sie einen großen Kokain-Deal aushandeln sollte. Susan sagte, die Drähte der Abhörvorrichtung hätten auf ihre Rippen gedrückt und die Haut zerkratzt, aber Putnam habe sie auch nach diesem ersten – vergeblichen – Einsatz weiterhin zu Versuchen benutzt, die Drogenhändler im Pike County und Umgebung auf Band zu kriegen.

Im Verlauf des Jahres 1988 machte Susan vielerlei Versuche, Leute wegen des Handels mit Drogen auffliegen zu lassen; sie ging, mit Abhörgeräten gespickt, in viele Büros und Geschäfte Pikevilles und spielte den Lockvogel, aber ohne Erfolg. Man kann davon ausgehen, daß sie sehr nützlich für Mark Putnam war, wenn es um Banküberfälle ging, nicht aber bei der Überführung von Drogenhändlern. Das spielte für Putnam jedoch keine große Rolle. Er brauchte Susan hauptsächlich für Informationen auf dem Gebiet der Banküberfälle; über die Vorgänge in der Drogenszene hatte er genügend andere Informanten.

Einmal, so behauptete Susan, sei sie mit einer Plastiktüte voller verschreibungspflichtiger Tabletten, die sie von einem Polizeibeamten in East Kentucky gekauft habe, ins FBI-Büro zurückgekommen. Agent Ron Poole verhaftete später tatsächlich bei einer überraschenden Aktion vier Beamte der Staatspolizei von Kentucky wegen Drogenhandels. Es sieht so aus, als sei Susan, zumindest für einige Zeit, ein echtes Mitglied des FBI-Teams in Pikeville gewesen. Sie übermittelte auch die Information über eine von MacArthur Lockhart angeführte Bande, die die Möglichkeiten für einen Überfall auf eine Bank im Pike County auskundschaftete . . .

7. Kapitel

Wie ihre Freunde bezeugen, regte sich Susan furchtbar auf, als sie hörte, daß Kathy schwanger war. Und sie weinte bitterlich, daß Mark im Dezember 1987 so lange in Connecticut blieb. Die Nachricht, daß Mark erneuten Vaterfreuden entgegensah, erreichte Susan gleich zu Beginn ihrer Liebesaffäre, zu einer Zeit, als sie darüber phantasierte, Mark würde seine Familie verlassen und sie heiraten – und zu einer Zeit, als Mark Putnam sie brauchte, damit sie im bevorstehenden Gerichtsverfahren gegen Cat Eyes Lockhart als Zeugin aussagte.

Carmella erinnert sich gut daran, wie Susan heulte und Mark einen verdammten Geizkragen und Kathy eine widerliche Schlampe nannte, als sie und Bo und Carmella sich vor der Rückfahrt nach Vulcan an einem Drive-in-Restaurant einen Snack holten. Mark hatte ihr gesagt, er werde für zwei Wochen nach Connecticut gehen, um über die Weihnachtszeit bei Kathy, Danielle und dem neugeborenen Kind zu sein. Susan hatte ihm an diesem Tag einen teuren Jogginganzug mitgebracht, ein Weihnachtsgeschenk, nach dem sie wochenlang gesucht hatte, aber Mark hatte kein Geschenk für sie, nicht einmal eine Schachtel Süßigkeiten oder eine Weihnachtskarte mit Wünschen für ein frohes Fest.

»Dieses Weibsstück ist wieder schwanger!« hatte Susan beim Halt an dem Drive-in-Restaurant aufgeheult und sich fast an ihrer Pepsi und den Pommes frites verschluckt.

»Du spinnst doch! Er ist mit ihr verheiratet! Du steigerst dich da in was Verrücktes rein, und du kriegst nur Ärger damit!« fuhr Carmella sie an.

»Nein! Er liebt mich! Er bleibt nur bei ihr, weil ihre Eltern reich sind. Er hat mir mal gesagt, sie hätten ein Vermögen von neun Millionen Dollar. Ach, Scheiße! Wie seh' ich aus, Mel? Mein Haar ist doch noch in Ordnung, oder?«

»Was zum Teufel siehst du nur in dem Kerl?« fuhr Bo dazwischen. Es ärgerte ihn, daß seine Schwester sich so aufregte. »Er nutzt dich doch nur aus, Suzie! Ich versteh' überhaupt nicht, was so großartig an dem Typ sein soll. So toll sieht er ja nun auch wieder nicht aus.«

»Na, du siehst ja nun ganz bestimmt nicht toll aus, Bo, oder? Ach, egal ... Auf jeden Fall, Mark trennt sich eines Tages von ihr. Er will mit mir zusammensein. Er hat's mir erst vor ein paar Tagen wieder gesagt.«

»Bist du sicher, Suzie, daß er sich von dieser Frau tatsächlich trennt?« fragte Carmella.

»Also, wir waren fast den ganzen Tag im Motel, und er hat gesagt, er würd' sie verlassen, aber wenn er sich in nächster Zeit von ihr trennen würd', dann wär' für ihn alles futsch, was er bisher erreicht hat.«

»Na, ich weiß nicht ... Wenn er dich wirklich lieben würde, dann würde er doch nicht länger bei seiner Frau bleiben, oder?«

»Er liebt mich wirklich! Aber jetzt, wo dieses Miststück wieder schwanger ist ...« Susan brach in Tränen aus. »O Mel, wie kann er mir das nur antun? Was soll ich denn nur machen?« wimmerte sie.

»Mein Gott, Suzie, merkst du denn nicht, daß er dich nur ausnutzt? Und nur seinen Spaß mit dir haben will?«

»Er hat mir gesagt, er liebt mich. Er hat gesagt, er will mich heiraten, und jetzt hat er seine Meinung geändert!«

»Du bist blöd, daß du mit dem Kerl überhaupt noch über so was redest, Suzie.«

»Ich werd' zu dieser Frau hingehen und dem Miststück sagen, ich wär' auch schwanger. Und ich werd' ihr sagen, daß mein Kind für uns alle, für Mark und sie und mich, einiges zu bedeuten hat!«

»Aber du bist doch nicht schwanger, oder, Suzie?« unterbrach Bo entsetzt.

»Nein, aber ... Nun ja, es könnt' aber dazu kommen. Wer weiß? Ich könnt' doch jederzeit schwanger werden. Mein Gott, er ist doch so sexy!«

Mitte 1988 hatte Putnam es geschafft, sein Familienleben und seine Liebesaffäre mit Susan sehr geschickt gegeneinander auszubalancieren; er ließ Susan in der Hoffnung, er würde seine Frau eines Tages verlassen, während er sich ansonsten als guter Ehemann und Vater zeigte. Solange er Susan Smith ›in der Tasche hatte‹, so scheint Putnam gedacht zu haben, konnte er sich mit ziemlicher Sicherheit einen Namen beim FBI machen. Es war ja schließlich so, daß er, ein Anfänger im Geschäft, es bereits geschafft hatte, einer Serie von Banküberfällen, die fast ein Jahr lang die Gegend unsicher gemacht hatte, ein Ende zu bereiten. Er hatte Cat Eyes Lockhart geschnappt, und jetzt stand MacArthur Lockhart auf seiner Abschußliste ...

Es ging um seine Karriere, und so sorgte Mark dafür, daß Susans sexuelle Bedürfnisse befriedigt wurden – was ihm sicher nicht allzu schwerfiel. Die Affäre heizte sich schließlich immer mehr auf. Susan erzählte Shelby alles – auch die intimsten – Details aus dem Liebesleben mit Mark. Sie verbrachte jetzt viele Nächte mit ihm im Haus der Putnams, immer dann, wenn Kathy in Connecticut war. Sie erzählte Shelby, was für einen tollen Körper Mark habe, wie sexy er aussähe, wenn er in engen Jogging-Shorts und knappen T-Shirts im Haus rumlaufe. Sie war verrückt nach ihm, und sie zog sich sogar seine Kleidungsstücke an, wenn sie mit ihm zusammen war. Einmal kam sie in seinen olivgrünen Shorts nach Hause.

Wenn Susan allein mit Shelby war, erzählte sie oft sehr

ausführlich von Marks sexuellen Praktiken, schilderte verzückt, wie groß und kräftig sein Penis sei, daß er sie mehrmals hintereinander zum Orgasmus bringen könne und daß sie es beide oft stundenlang ohne Unterbrechung miteinander treiben würden. Sie erzählte, er hätte sie gern ›aufsitzen‹, sei scharf auf oralen Verkehr, könne wild und aufregend küssen, und er sei so stark und kräftig, daß er sie in die verrücktesten Stellungen hieven könne und Sachen mit ihr mache, von denen sie noch nie auch nur im entferntesten gehört hätte. Kurzum, Susan schilderte Mark als einen Supermann im Bett.

Im Frühsommer 1988 informierte sie Mark Putnam darüber, daß Mac Lockhart einen Banküberfall plante. Ihren engsten Freunden erzählte sie, Mark dränge sie, bei der ›Inszenierung‹ des Verbrechens aktiv mitzuwirken und den Gangstern ›auf die Sprünge‹ zu helfen ... Putnam scheint sich in dieser Situation gedacht zu haben, er könne das FBI dazu bringen, ihn wie gewünscht zu versetzen, wenn es ihm gelänge, einen weiteren Banküberfall aufzuklären.

Auf Mark Putnams Drängen hin machte sich Susan Smith nun also daran, drei Männer zu einem Banküberfall in Phelps, Kentucky, zu überreden. Das sah zunächst so aus, daß sie mit dem jüngsten der drei, dem vierundzwanzigjährigen Paul Frazier, mehrmals zur Peter-Creek-Zweigstelle der First National Bank von Pikeville in Phelps fuhr, meistens frühmorgens gegen halb sechs. Während Frazier Möglichkeiten zum Entkommen aus der Bank erkundete, wartete Susan im Wagen, den sie auf dem Gelände einer Wagenwaschanlage neben der Bank unauffällig geparkt hatte. Sie bot sich als Fahrer bei einem Überfall an, falls Frazier einen brauchte, und mehrmals sagte sie ihm, ein Banküberfall sei keine schwierige Sache und »leicht verdientes Geld«.

Mehrere Wochen lang stachelte Susan die drei Männer

zu einem Überfall an, dann wurde tatsächlich der erste Versuch gestartet. Susan hatte vor allem den jungen Frazier bearbeiten müssen, der dem Wagnis ziemlich argwöhnisch gegenüberstand. Mitte Juni fuhren Paul Frazier, MacArthur Lockhart und Pete Blankenship dann los, um den Überfall zu starten, aber Frazier bekam im letzten Moment Bedenken, und die drei fuhren zurück nach Vulcan. Dort lief Susan unruhig im Haus auf und ab; sie wußte, daß Mark Putnam und die Staatspolizei von Kentucky sich auf einem leeren Baugrundstück in der Nähe der Bank versteckt hielten und auf die Gangster warteten.

Familienmitglieder sagten später, Susan sei an diesem – erfolglosen – ›Ding‹ nur beteiligt gewesen, weil Putnam sie gedrängt und ihr gesagt hatte, sie solle dafür sorgen, »daß die Gangster zur Bank kommen, egal wie; gib ihnen Waffen, wenn sie welche brauchen, gib ihnen überhaupt alles, was sie brauchen«. Putnam hatte Susan zugesichert, wenn sie bei dem Überfall dabeisein müsse, dann werde er dafür sorgen, daß sie vom Tatort weggebracht würde, sobald der Überfall begonnen hätte und die Polizei eingetroffen wäre. Offensichtlich haben Putnam und die Staatspolizei von Kentucky die Bank in Phelps drei Tage lang überwacht und dabei beobachtet, wie Susan die drei Gangster mehrmals zur Bank fuhr, um ihnen die Möglichkeit zum Auskundschaften des vorgesehenen Tatortes zu verschaffen, aber sie hatte sie anscheinend nicht überreden können, den Überfall tatsächlich durchzuführen. Während sich das alles hinter den Kulissen abspielte, rief Putnam häufig bei Susan zu Hause an, und um Kenneth auszutricksen, hatten sie sich ein bestimmtes System ausgedacht. Wenn Kenneth ans Telefon ging, hängte Mark sofort wieder auf. Susan stahl sich dann aus dem Haus und rief ihn vom Nachbarn aus zurück oder schickte Kenneth zum Einkaufen, um von zu Hause aus zurückrufen zu können. Wenn Bo bei einem Anruf Putnams am Telefon war, sagte er verabredungsgemäß »Yeah« statt »Hallo«, wenn er Susan gefahrlos an den Apparat holen konnte.

Manchmal, wenn Putnam auflegte, sobald Kenneth sich meldete, sagte er zu Susan: »Dein Freund will dich anscheinend mal wieder sprechen.« Aber Susan tat jedesmal empört und wies diesen Verdacht weit von sich. Dann wartete sie, bis Kenneth irgendwann das Haus verließ und weit genug die Straße hinuntergegangen war, bevor sie Mark zurückrief. Bo stand unterdessen am Wohnzimmerfenster und paßte auf, daß Kenneth nicht unvermutet zurückkam, während Susan mit Mark herumsäuselte. Die Schnur des Telefons auf dem Tresen in der Küche war lang genug, um mit dem Apparat durchs ganze Haus laufen zu können, und im Schlafzimmer gab es einen zweiten Anschluß. Kenneth schlich sich manchmal an dieses Telefon und versuchte, Susans Gespräche mitzuhören.

»Wenn Kenneth mitkriegte, daß Putnam am Apparat war«, erinnert sich Bo, »stellte er sich neben Susan und versuchte mitzuhören, und es konnte passieren, daß er ihr den Hörer aus der Hand riß und auf die Gabel knallte.«

Zu dieser Zeit war es so weit, daß Susan sich weigerte, weiter mit Kenneth ins Bett zu gehen. Er war jetzt davon überzeugt, daß ihre Brüder und Schwestern ihn anlogen, um Susans Verhältnis mit Putnam vor ihm zu verheimlichen. Obwohl er keinen Beweis für ein Liebesverhältnis zwischen den beiden hatte, war er entschlossen, sich an ihnen zu rächen. Susan aber verbrachte trotz der Schwierigkeiten, die Kenneth ihr machte, mehr und mehr Zeit in Pikeville . . .

Während der Phase der Planung des Banküberfalls in Phelps nahm auch Susans Schwägerin Kathy Daniels regelmäßig an den Fahrten Susans und Bos nach Pikeville teil. Manchmal fuhren die beiden jungen Frauen auch alleine. Susan hatte sich inzwischen von einem Teil des Geldes, das sie vom FBI bekam, einen beigen Dodge Diplomat gekauft, denselben Typ in derselben Farbe, wie ihn auch Mark fuhr. Bei diesen Fahrten erzählte Susan ihrer frischgebackenen Schwägerin, daß sie keinerlei positive Gefühle mehr für Kenneth habe. »Ich liebe Mark«, sagte sie, »und ich weiß, daß Kenneth deswegen eifersüchtig wie der Teufel ist, aber das juckt mich nicht. Mein süßer Mark-Liebling wird mich eines Tages heiraten.«

Kathy erinnert sich, daß Susan es immer sehr eilig hatte, wenn sie über die Brücke in Vulcan kam, um sie abzuholen. Sie hielten meistens an einem kleinen Laden namens First Choice Market in dem Städtchen Kimber, etwa in der Mitte zwischen Freeburn und Pikeville, und Susan rief von dem Münzfernsprecher dort bei Mark an. In Freeburn gibt es keine Münzfernsprecher.

Kathy konnte ein -oder zweimal einen Blick auf Mark Putnam werfen, obwohl er sich bemühte, sich vor ihr zu verstecken; er kauerte sich hinter dem Lenkrad zusammen und trug eine dunkle Sonnenbrille.

»Er wollte anscheinend nicht, daß ich sein Gesicht sah, und auch Susan war ängstlich darauf bedacht, daß ich ihn nicht erkannte«, behauptete Kathy. »Aber ich wußte natürlich, daß er FBI-Agent war. Und ich konnte feststellen, daß er wirklich gut aussah.«

Kathy behauptet, Susan habe sich »fast ins Hemd gemacht«, um Mark zu gefallen, und sie habe sich geradezu krampfhaft bemüht, »nur ja vornehm zu sprechen und keinen Hillbilly-Akzent zu zeigen, wenn Mark in der Nähe war«. Als Kathy später von Bo schwanger wurde, drängte Susan sie, ihr Baby, wenn es ein Junge würde, Mark zu nennen, und sie lag ihrer Schwägerin dauernd in den Ohren, was für ein wunderschöner Name das doch sei.

»Ich erinnere mich noch gut daran, wie wir einmal am First Choice Market hielten, damit sie Mark aus der Telefonzelle anrufen konnte. Ich gab ihr einen Quarter für den Münzfernsprecher, und sie kam zu meinem Erstaunen mit einer ganzen Handvoll Quarters zurück. Es war, als ob sie in Las Vegas einen Jackpot gehabt hätte; der Apparat hatte irgendwie falsch reagiert und die ganzen Münzen als Wechselgeld ausgespuckt. Sie lachte und freute sich wie ein Kind und sagte, sie könne es gar nicht abwarten, das ihrem süßen Mark-Liebling zu erzählen. Aber er war nicht dagewesen, als sie angerufen hatte, und er hatte demnach keine Ahnung, daß wir auf dem Weg zu ihm waren. Ich sagte, wir sollten zurückfahren, aber Susan mußte wenigstens den Versuch machen, ihn zu treffen; sie konnte anscheinend wirklich nicht ohne ihn sein.«

Da sie keine Verabredung mit Mark hatte, war Susan ziemlich nervös, als sie an diesem Tag nach Pikeville kamen. Putnam war immer noch nicht in seinem Büro, als Susan von einer Telefonzelle in der Nähe des Gerichtsgebäudes aus erneut anrief und mit Putnams Partner Ron Poole sprach. Bei den vorherigen Gelegenheiten war Kathy immer einkaufen gegangen, während Susan bei Mark war, aber an diesem Tag war es spät geworden und die Geschäfte in der Stadtmitte von Pikeville hatten bereits geschlossen. Kathy ging also mit in das Bürogebäude, wo Susan auf Mark warten wollte. Die Pistole in Susans Handtasche löste Alarm aus, als sie durch die Metalldetektor-Sperre am Eingang des Gebäudes gingen, aber Susan kicherte nur. Kathy hingegen bekam Angst, sie würden jetzt in Schwierigkeiten kommen.

»Du brauchst dir deswegen keine Sorgen zu machen«, versicherte ihr Susan. »Mark weiß, daß ich immer eine Pistole dabeihabe!« Nach der ersten Aufregung wurde Kathy klar, daß Susans Auftritt in dem Gebäude anscheinend zu einer Routineangelegenheit geworden war, denn es tauchte niemand auf, der sich um den Alarm gekümmert oder irgendwas zu Susan gesagt hätte.

»Ein Mann saß in einem Büro, und Susan sagte, das wäre Ron Poole«, erinnert sich Kathy. »Ich setzte mich in einen Sessel neben dem Treppenaufgang. Susan ging in das Büro zu Ron Poole und unterhielt sich mit ihm. Dann ging sie in das Büro des Bezirks-Polizeichefs. Sein Name war Don Lafferty, wie sie mir sagte. Ich hörte, wie sie mit ihm über Mark sprach; Susan sagte, er sei ja sooo sexy, und kurz darauf hörte ich die beiden lachen. Ich hab' nicht gefragt, worüber sie sich so amüsiert haben.«

Susan bekam Mark bei dieser Gelegenheit nicht zu sehen. Die Fahrt nach Pikeville war umsonst gewesen, aber irgendwie schien Susan das letztlich doch nicht so tragisch zu nehmen. Kathy hatte den Eindruck, daß es sie schon allein glücklich machte, mit Marks Mitarbeitern zusammensein zu können, daß es ihr darum ging, als Angehörige seines Teams betrachtet zu werden. Susan wollte ihrer Schwägerin anscheinend zeigen, daß sie in die Tagesarbeit des FBI-Büros eingebunden war. Sie log Kathy sogar an und behauptete, sie arbeite mit Ron Poole zusammen gerade an der Aufklärung eines Falles von Drogenhandel.

Am 14. Juli 1988 war es soweit: Mac Lockhart, Pete Blankenship und Paul Frazier stürmten in die Peter-Creek-Filiale der First National Bank von Pikeville in Phelps, brüllten wilde Drohungen und fuchtelten mit Waffen herum.

Lockhart hielt mit einer abgesägten Schrotflinte die Bankangestellten in Schach, während Blankenship und Frazier das Geld aus dem Panzerschrank zusammenrafften. Die drei Männer entkamen in einem gelben Oldsmobile Omega, der, wie sich später herausstellte, von einem Parkplatz in Freeburn gestohlen worden war. Bereits wenige Minuten nach dem Überfall wurde der Wagen von der Staatspolizei entdeckt. Man fand drei Paar braune Arbeitshandschuhe darin. Die Polizei setzte Spürhunde ein und konnte den Fußspuren der Gangster von dem Oldsmobile bis nach Vulcan hinein folgen; dort verloren sie sich dann jedoch wegen des Dieselgeruchs auf der Asphaltstraße. Putnam und Poole waren sofort zur Stelle und befragten in Freeburn und Umgebung eine Reihe von Leuten, um die Täter aufzuspüren. Susan führte ihre eigene Suche durch und fragte Leute in Vulcan, wo sich Mac und die beiden anderen Männer aufhielten . . .

Pete Blankenship fand man sehr schnell; er hatte sich hinter seinem Haus an einem Berghang in der Nähe der Bank versteckt. Bei dem neunundfünfzigjährigen Mann, der nicht mehr als sechs Schuljahre geschafft hatte, fand man eine rote Plastiktasche mit zweiunddreißigtausendsechshundertsechzehn Dollar – einschließlich einiger Zwanzigdollarnoten, die von der Bank vorher besonders markiert worden waren. Nach seiner Festnahme rückte Blankenship sofort damit heraus, daß MacArthur Lockhart und Paul Frazier seine Komplizen bei dem Überfall gewesen waren. Er gab die Namen preis, nachdem man ihm seine Rechte vorgelesen und ihm erklärt hatte, wenn er seine Mittäter nennen würde, käme er mit einer leichteren Strafe davon. Als Gegenleistung für seine Kooperation wurde er dann später tatsächlich nur zu drei Jahren Gefängnis mit Bewährung bestraft, wenn auch mit sehr strengen Auflagen.

Lockhart und Frazier wurden folglich verhaftet und wegen Bankraubes angeklagt. Keiner der beiden gab zunächst die Teilnahme an dem Verbrechen zu. Sie wurden später jedoch von einem Augenzeugen identifiziert, der sie in dem gelben Oldsmobile gesehen hatte, und beide waren auch auf dem Videofilm der Bank zu erkennen.

Paul Frazier sagte später seinem Anwalt, Larry Webster, er hätte geahnt, daß Susan Smith eine Informantin des FBI sei, aber das hätte ihn in keinem Fall von dem Bankraub abgehalten. Als der Anwalt ihn fragte, wie er denn zu so einer seltsamen Einstellung käme, bekannte Frazier, er sei ›irgendwie verliebt in Susan‹. Er sagte, er sei zu ihr gegangen und habe ihr alle Informationen gegeben, die sie haben wollte, um ihre Zuneigung zu gewinnen. Susan habe ihm zum Ausgleich allerdings nur Drogen und einen ihrer Revolver, einen Smith & Wesson Kaliber .38, gegeben.

Der Prozeß gegen die Bankräuber von Phelps fand im November 1988 statt. Ronald Gene Poole, seit achteinhalb Jahren Special Agent des FBI, sagte aus, drei Weiße mit Strumpfhosen über den Köpfen seien in die Bank gestürmt und hätten das Personal mit Pistolen und abgesägten Schrotflinten bedroht. Poole gab die genaue Uhrzeit des Überfalls an und erklärte, zu diesem Zeitpunkt seien keine Kunden im Schalterraum gewesen und es wären keine Schüsse im Verlauf des Geschehens gefallen.

Bei der Strafzumessung für die drei Bankräuber zeigte sich der Richter besonders streng gegen MacArthur Lockhart, weil dieser keinerlei Anstalten gemacht hatte, seinen Teil des gestohlenen Geldes zurückzugeben, obwohl dem FBI ›aus zuverlässiger Quelle‹ berichtet worden war, daß er seinen Anteil an der Beute irgendwo versteckt hatte und Mitglieder seiner Familie Zugang zu dem Geld hatten.

Die wichtigste Quelle für das FBI in dieser Sache war Susan Smith. Sie hatte Mark erzählt, sie sei mit Geraldine Lockhart, MacArthurs Frau, kurz nach dem Banküberfall zu einer ›wilden Einkaufsorgie‹ nach Williamson, West Virginia, gefahren. Geraldine habe ihr erzählt, Mac habe siebentausend Dollar unter einem Stein in ihrem Garten versteckt. Susan hatte daraufhin einen Bekannten angeheuert, durch den Tug River zu waten und im Garten der Lockharts nach dem Geld zu suchen; dieser Mann, der nicht identifiziert wurde, war jedoch von den Kindern der Lockharts entdeckt worden und hatte umkehren müssen, ehe er sich dem Grundstück nähern konnte.

Mac Lockhart sagte auch in seinem Schlußwort vor der Urteilsverkündung, er wisse nicht, was mit seinem Anteil der Beute geschehen sei, aber Ron Poole bestätigte noch einmal, daß Lockhart ganz offensichtlich lüge und das Geld irgendwo versteckt habe. Weil er als Anführer der Bande betrachtet wurde und nicht bereit war, seinen Anteil an der Beute wieder rauszurücken, wurde MacArthur Lockhart zu zehneinhalb Jahren Gefängnis verurteilt.

Fraziers Anwalt Larry Webster plädierte vor Gericht auf Milde für seinen Klienten, wobei er besonders hervorhob, daß Frazier ein volles Geständnis abgelegt und über neuntausend Dollar von dem gestohlenen Geld an Special Agent Poole ausgehändigt hatte. Webster betonte auch, daß Fraziers ursprüngliche Rolle bei dem Überfall nur die des Fahrers des Fluchtwagens gewesen sei, daß ihn Pete Blankenship aber in letzter Minute bedroht hätte, er werde ihn erschießen, wenn er nicht mit in die Bank käme und beim Einsammeln des Geldes helfe. Darüber hinaus, argumentierte der Anwalt, gab es keine Beweise dafür, daß sein Klient während des Überfalls irgendeine Waffe bei sich getragen hätte.

Da Frazier keine Vorstrafen hatte und – so sein Anwalt – offensichtlich von den beiden anderen Männern zur aktiven Teilnahme an dem Überfall gezwungen worden war, plädierte Webster für eine milde Strafe, die in einer Institution vollzogen werden solle, in der er eine berufliche Ausbildung erhalten könne. Der Richter gestand das zu und verurteilte Paul Frazier zu einer Gefängnisstrafe von fünf Jahren.

Mit der Verurteilung der drei Männer hatte Susan Smith dem FBI-Agenten erneut dazu verholfen, als Held dazustehen. Für Leute, die mit den Details dieses Banküberfalls in Phelps vertraut sind, war das Ganze jedoch nichts als eine vorbereitete, miese Inszenierung, insbesondere im Hinblick auf Paul Frazier, der, wie sie sagen, niemals in ein solches Verbrechen verwickelt worden wäre, wenn Mark Putnam nicht den wilden Ehrgeiz entwickelt hätte, beim FBI Pluspunkte zu sammeln – und wenn Susan Smith nicht so versessen darauf gewesen wäre, Putnam zu gefallen und beflissen alle seine Wünsche zu erfüllen. Das FBI führt oft sogenannte ›Anstachel-Operationen‹ durch, bei denen Leuten ›die Gelegenheit gegeben wird‹, ein Verbrechen zu begehen; ob die dabei gestellte Falle dann auch zuschnappt, hängt natürlich davon ab, ob bei der Zielperson die grundsätzliche Bereitschaft vorhanden ist, ein Verbrechen zu begehen. Da Frazier bisher nicht kriminell in Erscheinung getreten war, kann man diese latente Bereitschaft durchaus in Frage stellen. Es war letztlich niemand anderes als Susan Smith, die Frazier auf Betreiben Mark Putnams zu dem Überfall gedrängt hat, und vielleicht ist es sogar so, daß sie ihn dazu gebracht hat, Blankenship und Lockhart überhaupt erst zu überreden, den Überfall auf die Peter-Creek-Filiale der National Bank von Pikeville in Phelps durchzuführen . . .

Kathy Putnam verbrachte immer mehr Zeit in Connecticut, und Susan bestand darauf, daß Mark sie während dieser Zeiten so oft wie möglich mit in sein Haus nahm. Sie setze als seine Informantin ihr Leben aufs Spiel, erinnerte sie ihn, und sie wolle, daß sich dieses Risiko auszahle. Putnam ging auf ihr Nörgeln ein und setzte das

Verhältnis mit ihr fort, obwohl sie ihm inzwischen wohl ziemlich auf die Nerven ging; sie beschwerte sich dauernd, daß sie für ihre Arbeit als Informantin viel zu schlecht bezahlt würde, bestand darauf, Tag und Nacht bei ihm zu sein, und rief ihn dauernd an ...

Aber Mark Putnam spielte sein Spielchen mit Susan kaltblütig weiter. Niemals ließ er sich anmerken, daß sie ihm lästig wurde. In einigen Monaten, so stellte er sich vor, würde die Affäre mit ihr ein Ende finden. Er würde an einen anderen Ort versetzt werden; den entsprechenden Antrag hatte er bereits gestellt. Susan aber hatte nicht die geringste Ahnung, daß Mark die Gegend verlassen wollte. Im Gegenteil – sie meinte, sie hätte es endlich geschafft. Die Zeiten mit dem Sex in billigen Motels oder im Auto draußen in verlassenen Kohlegruben waren vorbei; sie verbrachte jetzt viel Zeit mit Mark in seinem Haus in Pikeville, einer der schönsten Villen, die sie jemals zu Gesicht bekommen hatte.

Kathy blieb zwar sehr oft für längere Zeit in Connecticut, aber die Nachbarn der Putnams und auch viele von Marks Mitarbeitern scheinen ihn nie in Verdacht gehabt zu haben, ein untreuer Ehemann zu sein. Allerdings – es war Insidern durchaus bekannt, daß Putnam eine Reihe ›weiblicher Freunde‹ in Pikeville und Umgebung hatte.

Da gab es eine Lehrerin aus der Nachbarstadt Prestonburg, die man mit ihm zusammen ein paarmal in Fast-food-Restaurants gesehen hatte. Diese dunkelhaarige Frau bestand später mit Nachdruck darauf, sie und Mark seien nur ›ganz normal‹ miteinander befreundet gewesen, sonst nichts, und sie lehnte es ab, auf ihre Beziehung zu Putnam näher einzugehen. Dann gab es da ein leichtes Mädchen aus Pikeville, das nach späteren Aussagen eines Motelangestellten und nach polizeilichen Ermittlungen Anfang Juni 1989 mit Putnam eine Nacht in einem Motel verbracht hatte. Anscheinend hatte er sie in dasselbe

Motel mitgenommen, in dem er mehrmals mit Susan Smith gewesen war – das Goldenrod Motel.

Und dann war da noch die Sekretärin beim Rechtsbevollmächtigten der Letcher County, Kathy Turner, deren Ex-Ehemann, ein Detective bei der Staatspolizei von Kentucky, bei der Verfolgung einer Bande von Autodieben eng mit Mark Putnam zusammengearbeitet hatte. Mrs. Turner erschien, wie man munkelte, regelmäßig samstags morgens in Putnams Haus, um Hausarbeiten zu erledigen, wobei sie zu diesem Zweck je eine Stunde hin und zurück mit dem Wagen zu fahren hatte; Polizeibeamte des Hazard-Reviers, fünfundsechzig Meilen von Pikeville entfernt, sagten später aus, sie seien überzeugt gewesen, daß zwischen Mrs. Turner und Putnam ›was im Gange war‹.

Dennoch wollten die meisten Leute einfach nicht glauben, daß er in außereheliche Affären verstrickt sein könnte. Und später, als Putnam sich zu der Liebesaffäre mit Susan bekannte, behauptete Burt Hatfield, der beide gut kannte, Susan Smith sei die treibende Kraft hinter der Affäre gewesen.

»Susan hat sich an ihn herangemacht, nicht Mark an sie«, sagte Hatfield. »Sie hat ihn in die Affäre reingezogen. Ich glaube, Mark wollte ganz bestimmt dagegen ankämpfen, aber wer Susan kennt, der weiß, daß eine Zurückweisung für sie unerträglich gewesen wäre. Sie ist der Typ Frau, die es persönlich nimmt und zutiefst beleidigt ist, wenn man sie ablehnt. Sie brauchte das Gefühl, attraktiv zu sein. Sie wollte, daß alle Welt sie liebt. Und sie wollte den Eindruck vermitteln, sie sei so sexy wie kaum eine andere Frau auf der Welt. Verstehen Sie, Susan meinte allen Ernstes, sie würde von allen männlichen Wesen zutiefst begehrt, jeder normale Mann wolle ihr ans Höschen. Sie gab sich alle Mühe, den Eindruck zu erwecken, sie sei die schärfste Frau weit und breit, und sie meinte, das auch unter Beweis stellen zu müssen.«

Während der ganzen Zeit seiner Affäre mit Susan sagte Putnam immer wieder zu Hatfield, seine Ehe laufe prima, er liebe seine Frau, sie sei ein großartiger Mensch. Manchmal erwähnte er auch sein schlechtes Gewissen seiner Frau gegenüber, weil er sie hierher verfrachtet und sie solche Schwierigkeiten hatte, sich in Pikeville und dem County einzugewöhnen.

Später berichtete Kathy Putnam einer Zeitungsreporterin von einer besonderen Taktlosigkeit Marks. Bei einem dienstlichen Aufenthalt in Florida, erzählte Kathy, habe er die Beziehung zu einer seiner Freundinnen aus der Collegezeit wieder aufgefrischt. Kathy mußte wegen einer häuslichen Angelegenheit mit ihm Kontakt aufnehmen, und das FBI-Büro in Pikeville gab ihr die Telefonnummer, die Mark dort hinterlassen hatte. Als sie sie wählte, meldete sich eine Frau, ehe Mark dann an den Apparat kam ...

Während dieser ganzen Zeit träumte Susan von dem Tag, an dem sie und Mark ein Ehepaar sein würden. Er besaß alle Eigenschaften, die sie sich von einem Ehemann wünschte, und sie verbrachte mehr und mehr Zeit in seinem Haus, während Kathy Hunderte von Meilen entfernt in Connecticut war. Er kochte sogar für sie, wenn sie bei ihm war, und er servierte ihr galant die Mahlzeiten. Und auch sonst befriedigte er alle ihre Bedürfnisse – in einer Weise, von der sie nicht einmal zu träumen gewagt hatte. Kenneth behandelte sie jedenfalls nie so. Susan hatte keine Zweifel, daß es nur eine Frage der Zeit war, bis Mark seine Familie verließ und sie die neue Mrs. Putnam wurde ...

Sie hatte ihrer Schwägerin Nancy, der Frau von Roy Smith, anvertraut, daß sie vorhatte, Kenneth zu verlassen; sie sagte ihr, Mark und sie wollten zusammen ›weglaufen‹ und eine neue Familie gründen. Im Herbst 1988 erzählte sie ungeniert in ihrem Bekanntenkreis herum, sie habe ein Verhältnis mit Mark Putnam. Sie war an einem Punkt angelangt, an dem sie sich keine Gedanken mehr um Kenneth' Drohungen machte.

»Im Jahr 1988 fuhr sie jeden Tag rüber nach Pikeville, und bei der Rückkehr schwärmte sie jedesmal von Mark«, erinnert sich Nancy. »Dauernd behauptete sie, schwanger von ihm zu sein. Das war ein Jahr, vielleicht auch nur ein halbes Jahr, bevor sie wirklich schwanger wurde. Es verging kein Monat mehr, ohne daß sie sich nicht einmal in anderen Umständen wähnte. Dauernd redete sie drohend davon, sie würde es Marks Frau sagen.«

Nancy erinnert sich auch, daß Susan fast regelmäßig wegen irgendeiner Rechnung bei Mark anrief und Geld von ihm verlangte. Kurz nach dem Gerichtsverfahren wegen des Banküberfalls in Phelps kam es zu einer heftigen Auseinandersetzung zwischen Nancy und Susan vor dem Pic-Pac-Supermarkt in Freeburn.

»Susan, ist dir eigentlich klar, daß du dich regelrecht verkauft hast?« ging Nancy auf ihre Schwägerin los.

»Was soll das? Ich liebe Mark. Und ich liebe Kenneth kein bißchen mehr. Er behandelt mich scheußlich. Er prügelt vor den Kindern auf mich ein.«

»Na, du brauchst dir das ja nicht gefallen zu lassen! Du kannst doch jederzeit deine Klamotten zusammenpacken und deine Kinder nehmen und abhauen! Aber du willst ja nicht aus der Nähe von diesem FBI-Bastard weg, daran liegt's doch! Du machst dich selbst zur Nutte, kapierst du das denn nicht!«

»He, was fällt dir ein, mich mit so 'nem Namen zu beschimpfen! Ich gehör' zu Marks Team, und wir arbeiten gerade daran, einen großen Drogenhändlerring auffliegen zu lassen!«

»Arbeiten nennst du das? Du machst doch nichts

andres, als daß du Leute verpfeifst, um Geld für Kleider und 'n Auto zu kriegen! Ich sag' dir eins, paß nur gut auf dich auf, sonst bringt dich eines Tages noch mal einer um!«

»O nein, mich bringt keiner um! Solange ich mit Mark zusammenarbeite, werd' ich gut beschützt!«

»Na, ich kann dir nur sagen, paß gut auf deinen Arsch auf, daß nicht doch einer kommt und ihn kaltmacht! Du hältst dich anscheinend für verdammt clever, daß du all diese Leute verpfeifst und dabei selber mit Drogen dealst, ohne daß du dabei auffliegst. Zum Teufel, für was hältst du dich eigentlich?«

»Ach, Nancy, fahr doch zur Hölle!«

»Aha, so ist das also! Hör zu, mach du nur weiter mit deiner Dealerei und deinem Koksen und laß deine Kinder allein, ohne daß jemand auf sie aufpaßt! Ich werd' das jedenfalls nicht mehr für dich machen! Mach nur weiter so und lauf hinter diesem Bastard drüben in Pikeville her und kümmer dich um sonst niemand!«

»He, nun sag ja nicht, ich würd' mich nicht um meine Kinder kümmern! Ich laß sie nicht im Stich! Ich liebe meine Babys!«

»So? Du bist eine verdammt gute Lügnerin! Aber du bist *keine* gute Mutter, Suzie, laß dir das gesagt sein!«

Als Susan einige Minuten später aus dem Lebensmittelgeschäft kam, fand sie ihren Wagen mit aufgeschlitzten Reifen vor. Sie war außer sich vor Wut, denn Mark erwartete sie am nächsten Tag, und jetzt hatte sie keine Möglichkeit mehr, zu ihm zu fahren; sie würde ihn nicht mehr treffen können, bevor seine Frau nach Pikeville zurückkam. Sie raste wie eine Furie durch die Straße und suchte Nancy, die sie anscheinend für den Schaden an ihrem Wagen verantwortlich machte. Sie fand sie in einem der Geschäfte, und die beiden Frauen gingen sofort aufeinander los. Susan verdrosch Nancy ziemlich kräftig, bis der alarmierte Burt Hatfield erschien. Zwei Polizisten schafften es nur mit Mühe, die rasende Susan in den Streifenwagen zu zerren, und auch dann noch trat sie um sich und biß und kratzte die Männer, um aus dem Wagen zu kommen . . .

8. Kapitel

Susan hatte sich das Haar sehr kurz schneiden und silberblond tönen lassen; die Färbung ließ sie regelmäßig auffrischen. Mark mochte kurzes Haar bei Frauen, und so verbrachte Susan jede Woche viele Stunden bei den Damenfriseusen von Freeburn, um ihr Haar immer wieder stutzen zu lassen. Sie beschäftigte gleich zwei Friseusen: ihre Schwester Shelby und ihre Nachbarin Corry. Beide Frauen schüttelten insgeheim den Kopf darüber, mit welcher Besessenheit Susan ihr Äußeres pflegte. Sie war geradezu manisch darauf bedacht, stets blond, schlank und gebräunt zu sein, wieviel Geld auch immer sie dafür aufwenden mußte.

»Mark hat Susan dauernd gedrängt, sich die Haare kurz schneiden zu lassen«, erinnert sich Shelby. »Ich habe dann mal zu ihr gesagt, das käme mir ziemlich komisch vor, vielleicht wäre Mark irgendwie pervers und würde sich beim Sex mit ihr vorstellen, er wäre mit 'nem Kerl im Bett. Aber Susan hat nur laut gelacht, als ich das zu ihr gesagt habe.«

»Mark sagt, die langen Haare seiner Frau würden ihm überhaupt nicht gefallen, ihn sogar abstoßen«, erklärte Susan ihrer Schwester. »Er meint, Frauen mit langen Haaren wollten zeigen, sie wären was Besonderes. ›Etepetete Hühner‹, hat er gesagt. Kathy hat sich auch mal die Haare schulterlang schneiden lassen, aber er wollte sie noch kürzer haben. Die beiden streiten sich dauernd darüber.«

Susan erzählte Shelby stundenlang von den Streitereien zwischen Mark und Kathy, über den Haushalt und die

Kinder, und sie deutete immer wieder an, Kathy wisse wahrscheinlich von der Liebesaffäre zwischen Mark und ihr. Putnam habe ihr erzählt, seine Frau habe ihn mal auf frischer Tat ertappt, als er in Connecticut, kurz nach der Geburt von Danielle, eines Abends mit einer anderen Frau aus einem Motel kam. Mark habe gesagt, er und Kathy hätten sich danach für kurze Zeit getrennt, und sie wären nur wieder zusammengekommen, weil er hoch und heilig versprochen habe, Kathy nie mehr zu betrügen . . .

Wie Shelby berichtet, hat Susan damals fast von nichts anderem gesprochen als von ›ihrem‹ Mark. Sogar seine Eßgewohnheiten schilderte sie in allen Einzelheiten. Er aß, wie sie sagte, stets so, als wäre es seine letzte Mahlzeit, verschlang einen Hamburger mit zwei oder drei Bissen, und wenn sie in Wendy's Fast-Food-Restaurant oder ein anderes Restaurant gingen, lud er sich an der Salatbar den Teller immer voll bis über den Rand. Susan amüsierte sich darüber, wie er Berge von Nudeln kochte, wenn er für sie beide zu Hause das Essen machte, genug für drei oder vier Leute, und wie er dann eine Riesenportion in Sekundenschnelle in sich hineinschlang, als ob es darum ginge, wer am schnellsten fertig wäre. Susan hatte meistens gerade erst mit dem Essen angefangen, da legte er das Besteck schon wieder beiseite. Susan scheint das sehr imponiert zu haben. In allen ihren Schilderungen stellte sie den FBI-Mann als eine Art Übermenschen dar . . . Was Shelby jedoch am meisten beunruhigte, war die Tatsache, daß Susan den FBI-Agenten als einen Menschen schilderte, der niemals Emotionen zeigte, als jemanden, der nicht fähig war, seine Gefühle zu offenbaren. Bei Shelby verfestigte sich der Eindruck, Mark Putnam sei ein eiskalter, fast unmenschlicher Typ, und sie sagte Susan, dieser Mann sei nichts für sie. Shelby kannte ihre Schwester, wußte, daß sie eine leidenschaftliche Frau war, die einen

Mann brauchte, der ihr seine Liebe zeigen konnte. Sie hielt gar nichts von Susans kindlichem Vertrauen zu Mark, aber ihre Schwester sah in diesem Mann einen perfekten Partner und plapperte dauernd darüber, wie wundervoll er sei, wie sehr sie beide sich liebten, welch eine schöne Zeit sie miteinander hätten, und sie behauptete, Mark stehe mit beiden Beinen fest auf der Erde und sei genau der Typ Mann, mit dem sie am ehesten zurechtkäme.

Etwa um die Zeit des Erntedankfestes 1988 war es soweit, daß Susan meinte, sie könne die Öde und Freudlosigkeit ihres Lebens in den Bergen Kentuckys nicht länger ertragen. Sie schien jetzt fest entschlossen, Kenneth endgültig zu verlassen. Sie sprach offen mit ihren Eltern über Mark Putnam und behauptete, der FBI-Mann werde sie heiraten. Sie war es leid, ihre Liebschaft mit ihm noch länger zu verheimlichen. Sie hatte jedoch keine Vorkehrungen getroffen, aus dem Haus in Vulcan auszuziehen, und so mußte sie weiterhin mit Kenneth und den Kindern dort bleiben, während sie das Verhältnis mit Mark Putnam unverändert fortsetzte ...

In dem Bestreben, ihre Selbstachtung zu erhalten, erzählte sie aller Welt in und um Freeburn, sie hätte sich einen toll aussehenden FBI-Mann mit einer hochrangigen Universitätsausbildung geangelt. Obwohl es gefährlich war und sogar ihr Leben aufs Spiel setzte, wenn sie den Leuten gleichzeitig sagte, sie arbeite als Informantin für ihren Freund. Immer, wenn sie von Mark sprach, ging ein Leuchten über ihr Gesicht, und sie beteuerte den Mitgliedern ihrer Familie und ihren Freunden immer wieder, sie könnte ein sorgloses, geschütztes Leben führen, sowohl finanziell als auch gefühlsmäßig, solange die Verbindung mit Mark bestehen bleibe. Sie sagte, er würde sich um jedes Problem kümmern, das auftauchen könnte, und sie verhielt sich so, als ob sie unantastbar wäre; sie glaubte, sie könne mit Drogen handeln, ohne Erlaubnis eine Pistole bei sich tragen, Leute an die Polizei verpfeifen und dafür auch noch Geld vom FBI kassieren, ohne daß das irgendwelche Folgen für sie haben würde. Für sie scheint es ein ideales Arrangement gewesen zu sein.

Die Leute in Freeburn, die von Susans Zusammenarbeit mit dem FBI wußten, dachten anders darüber; sie meinten, Susan habe sich da auf sehr unsicheren Boden begeben. Sie hatten zu oft mitbekommen, daß das FBI seine Informanten schamlos ausgenutzt und dann wie heiße Kartoffeln fallengelassen hatte. Und viele Informanten wiederum behaupteten, das FBI hatte ihnen Schutz und Förderung versprochen, diese Zusagen aber nie eingehalten – eine nur allzu bekannte Geschichte. Ihre Freunde erklärten Susan, der Gesetzesmaschinerie sei es egal, wen sie benutzte, wenn er nur zum Erfolg beitrug – in diesem Fall zu Verhaftungen. Aber Susan weigerte sich, so etwas zu glauben. Corry, die Nachbarin und Friseuse, gehörte zu den Leuten, die von Susans Verbindung zu Putnam wußten, und sie machte sich ernsthaft Sorgen um Susans Leben.

»Wir hatten uns angefreundet, und sie hatte kaum Geheimnisse vor mir«, erinnert sich Corry. »Ich wußte, daß sie als Informantin für das FBI arbeitete, aber sie hatte mich gebeten, niemandem etwas davon zu erzählen.«

Kurz nach Thanksgiving, sagte Corry, versuchte Susan einmal von ihrem Frisiersalon aus Mark anzurufen, und sie konnte es kaum erwarten, bis sie zu ihm durchkam. Corry sprach sie bei dieser Gelegenheit auf die gefährliche Situation an, in der Susan sich ihrer Meinung nach befand. Die Friseuse meinte, es gäbe zu viele Kriminelle in Susans Umfeld, die keine Hemmungen hätten, sie aus dem Weg zu schaffen.

»Sag mal, hast du denn gar keine Angst, es könnt' dir

was passieren, Suzie?« fragte Corry. »Jemand könnt' ja vielleicht auf die Idee kommen, dich zu erschießen.«

»Ich brauch' das Geld. Deshalb arbeite ich ja mit ihm zusammen«, antwortete Susan.

»Ist das wirklich so? Machst du es nur wegen des Geldes? Ich hör' dich dauernd rumprahlen, wie gut dieser FBI-Typ aussieht, wie toll er im Bett ist, und daß er Randi Travis ähnelt.«

»Er sieht Randi Travis wirklich ähnlich – na ja, ein bißchen auf jeden Fall.«

»Suzie, ich hoffe, du weißt, was du tust. Ich will jedenfalls keinen Ärger kriegen, wenn du ihn dauernd von hier aus anrufst.«

»Ich erledige doch nur meinen Job, Corry! Und dir kann doch nichts passieren, nur weil ich von hier aus mal angerufen hab'! Und außerdem mach' ich ja immer R-Gespräche, die erscheinen doch gar nicht auf deiner Telefonrechnung.«

Susan rief den FBI-Mann auch von Shelbys Haus an, wobei sie ihrer Schwester meistens nachher sagte, welche Abmachungen sie mit Mark für ihre Rendezvous getroffen hatte. Gegen Ende des Jahres 1988 war es zur Gewohnheit geworden, daß sie vor den Fahrten nach Pikeville ihre Kleider bei Shelby bereitlegte, so daß Kenneth nicht mitkriegte, wie sie sich für die Treffen mit Putnam herausputzte; sie ersparte sich dadurch sicher manche Szene. Immer, wenn Kenneth wüst mit ihr umsprang, versuchte sie ihn dadurch zu besänftigen, daß sie ihm einen Teil des Geldes gab, das sie vom FBI bekam, aber das kostete sie schließlich mehr, als sie erwartet hatte; Kenneth fing an, regelmäßig Geld von ihr zu verlangen, und nahm ihr, wenn sie nicht aufpaßte, jeden Cent ab, den sie nach Hause brachte.

Oft war Susan völlig pleite, wenn sie wieder einmal nach Pikeville fahren wollte, und Shelby erinnert sich, daß sie ihrer Schwester immer wieder ein paar Dollar pumpen mußte, damit sie den Wagen auftanken konnte. Wenn sie dann Susans Haar gerichtet und ihr beim Anziehen geholfen hatte, schaute Shelby aus dem Fenster und beobachtete, wie Susan mit einem erwartungsvollen Glitzern in den Augen aus der Einfahrt fuhr. Sie würde am nächsten Morgen bei ihr vorbeikommen, hatte Susan versprochen, und Shelby die neuesten Erlebnisse mit ihrem ›Mark-Liebling‹ erzählen . . .

Wenn sie dann am nächsten Tag vorbeikam, hatte sie allerdings kaum mehr irgend etwas Neues oder Bedeutsames zu berichten. Zu dieser Zeit gab es keine Zusammenarbeit mehr zwischen ihr und Putnam an irgendwelchen Kriminalfällen, und so lungerten die beiden nur in seinem Haus herum und hatten Sex miteinander. Aus Shelbys Sicht waren die Gespräche mit Susan über Mark unergiebig und banal geworden. Es waren immer nur weitere Berichte über Marks ›unglaubliche Potenz‹, weitere verzückte Schilderungen seines ›wundervollen Körpers‹. Wenn das Gespräch jedoch auf Kenneth kam, ging es meistens hoch her. Susan klagte heulend darüber, daß sie sich dauernd gegen seine Versuche wehren mußte, sie ins Bett zu zerren, aber sie wollte doch nichts mehr von ihm wissen . . . Shelby drängte sie, ihn doch endlich zu verlassen.

Dann, kurz vor Weihnachten 1988, als Marks Reise nach Connecticut zu seiner Frau und den Kindern bevorstand, nahm der Wunsch, von Mark schwanger zu werden, bei Susan geradezu manische Züge an. Das sollte ihr Weihnachtsgeschenk für ihn sein. Sie sagte Putnam nichts davon, daß sie die Pille abgesetzt hatte, und während der fruchtbarsten Tage des Monatszyklus setzte sie alles daran, daß er besonders häufig mit ihr schlief . . .

Noch ehe Putnam zu seiner Reise aufbrach, war Susan überzeugt, ihre Strategie sei erfolgreich gewesen; es war zwar noch zu früh für einen Schwangerschaftstest, aber sie war ziemlich sicher, daß sie ein Kind von ihm erwartete. Dieses Kind, so dachte sie, würde ihre Bindung an Mark festigen und zu einer dauerhaften Beziehung führen ... Aber sie wußte nichts davon, was Mark und Kathy planten – Marks Versetzung von Pikeville. Kathy war in regelmäßigen Abständen beim FBI vorstellig geworden und hatte behauptet, gegen Mark seien Bombendrohungen eingegangen, und Mark selbst hatte anderen Beamten in der Strafverfolgung mehrmals erzählt, er habe über das Telefon Morddrohungen erhalten. Auf diese Weise versuchten die beiden, eine baldige Versetzung vorzubereiten ...

Kurz nach Susans siebenundzwanzigstem Geburtstag, Anfang Januar 1989, kam Mark von seiner Reise nach Connecticut zurück. Susan war wieder fast ununterbrochen bei ihm in seinem Haus. Sie erzählte Shelby später, sie sei meistens ›oben ohne‹ im Haus rumgelaufen und habe Mark nur in Joggingshorts das Frühstück ans Bett gebracht. Eines Abends habe Marks Bruder Tim angerufen und berichtet, ihre Mutter habe einen Autounfall gehabt und liege im Krankenhaus. Aber mit ihr, Susan, im Haus habe Mark nicht dort angerufen, um sich nach dem Ergehen von Barbara Putnam zu erkunden; statt dessen habe er ihr an diesem Abend ausführlich davon erzählt, daß seine Mutter Alkoholikerin sei.

Während dieser Zeit, im Januar 1989, glaubte Susan felsenfest daran, Mark Putnam werde bald ihr ganz allein gehören. Sie inspizierte Kathys Schmuck und schaute sich ihre Kleider in den Schränken an, alles offensichtlich in der wirren Einbildung, diese Dinge würden eines Tages ihr gehören. Sie steigerte sich jetzt in die Rolle von Marks Ehefrau hinein, und aus ihrer Sicht zeigte er ihr gegenüber alle Anzeichen des liebevollen, fürsorglichen Ehemanns. Es würde nicht mehr lange dauern, da war sie sicher, dann würden sie beide für immer und ewig glücklich zusammenleben . . .

Es gab nur einen Charakterzug an Mark Putnam, über den sich Susan beklagte: er war geizig. In den zwei Jahren ihrer ›Verbindung‹ hatte er ihr nie auch nur das kleinste Geschenk gemacht, während sie ihm häufiger etwas schenkte – darunter auch eine schwere Goldkette, die sie ihrem Bruder Bo gestohlen hatte. Wenn sie Mark wegen seines Geizes Vorwürfe machte, erklärte er, Kathy habe bei ihnen die Hand auf dem Geld, sie verwalte das Gehaltskonto und bezahle die Rechnungen, und sie würde ihn sehr knapp halten. Er war es auch, der ursprünglich vorgeschlagen hatte, daß Susan und er in seinem Haus zusammenkamen, um das Geld für Zimmer in Motels zu sparen. An den meisten Abenden saßen Mark und Susan im Wohnzimmer beisammen und sahen sich Fernsehsendungen an, und oft liebten sie sich auf dem Teppich, während der Fernseher im Hintergrund weiterlief.

Eines Morgens kam Susan, nachdem sie die Nacht bei Mark verbracht hatte, zu Shelby und erzählte ihr kichernd, sie seien am Abend zuvor beinahe ›erwischt‹ worden, als ein Freund von Mark, ein Cop, überraschend vorbeigeschaut hätte. Sie und Mark hätten sich gerade auf dem Wohnzimmerteppich geliebt, als Mark ihr sagte, sie solle sich hinter der Couch verstecken, während er zur Tür ging. Er mußte seinen Kumpel natürlich reinlassen, versuchte aber, ihn schleunigst abzuwimmeln. Susan sah aus ihrem Versteck, daß ihre Freizeithose und ihr Slip noch mitten im Zimmer auf dem Teppich lagen, und sie mußte sich auf die Lippen beißen, um nicht laut aufzulachen; Marks Freund konnte die intimen Kleidungsstücke gar nicht übersehen. Später hatte sie dann ein Witzchen gemacht: Der Papagei der Putnams hatte während der Episode brav und still in seinem Käfig in der

Nähe von Susans Versteck gesessen, aber Susan sagte, sie habe jeden Moment darauf gewartet, daß der Vogel loskrächzen würde: »Hier ist sie, hier, hinter der Couch!«

Leider hat Shelby, wie auch alle anderen, Susans Erzählungen über ihre Liaison mit Mark Putnam nicht geglaubt, sie zumindest für stark übertrieben gehalten. Ihre Schwester erzählte dauernd, was für großartige Liebesaffären sie gerade hätte, aber in Wirklichkeit war das offensichtlich gelogen, und so konnte man nicht sicher sein, ob sie tatsächlich ein Liebesverhältnis mit dem FBI-Mann hatte, auch wenn sie noch so viele Einzelheiten über die Begegnungen mit ihm erzählte. Es gab keinen handgreiflichen Beweis für ein Liebesverhältnis zwischen den beiden. Und es war ja auch so, daß niemand aus ihrem Freundes- und Bekanntenkreis Mark Putnam je einmal zu Gesicht bekommen hätte – außer Tennis Daniels und Kenneth Smith, und das war gleich am Anfang, im Zusammenhang mit Cat Eyes Lockharts Banküberfall.

Selbst Susans Bruder Bo hatte seine Zweifel. Er hatte sie immer wieder nach Pikeville chauffiert, und sie hatte stets behauptet, sie sei mit Putnam in einem Motel gewesen; aber Bo hatte keine Bestätigung dafür. Er hatte einmal versucht, Putnams Wagen zu folgen, nachdem er Susan abgesetzt hatte, nur um einfach mal zu beobachten, wohin die beiden fuhren, aber mittendrin hatte er dann doch die Nerven verloren und aufgegeben. Und die Sache wurde dadurch noch verwirrender, daß Susan von einem Tag auf den anderen ihre Erzählungen änderte; mal behauptete sie, Putnam und sie hätten sich ›rein geschäftlich‹ getroffen, mal erzählte sie, sie hätten auf einem verlassenen Flugfeld oder in einer aufgegebenen Kohlengrube im Wagen Sexspielchen miteinander getrieben ... Niemand nahm das, was Susan erzählte, besonders ernst, auch Shelby nicht. Die Vorstellung, Susan könnte tatsächlich eine Affäre mit einem FBI-Mann haben, erschien undenkbar; es klang wie eine weitere ihrer Wunschtraum-Liebschaften, in denen sich ihr Geist dauernd bewegte. Selbst wenn Susan Orte nannte, an denen sie angeblich mit Mark gewesen war, wenn sie Shelby erzählte, sie sei mit ihm im *Days Inn* gewesen oder habe mit ihm in seinem Haus zu Abend gegessen, meinte Shelby, das sei wieder einmal gelogen . . .

Agent Poole hingegen war ziemlich sicher, daß Susan die Wahrheit sagte, wenn sie von ihrer Affäre mit Putnam erzählte. Wie er Shelby sagte, war bei ihm der Verdacht aufgekommen, die beiden hätten tatsächlich eine ›Romanze‹ miteinander, als er Susans Wagen eines Morgens um sechs Uhr auf dem Parkplatz von Wendys Fast Food Restaurant stehen gesehen habe; später sei ihm immer wieder aufgefallen, daß der Wagen dort über Nacht abgestellt war, meistens dann, wenn Kathy nicht in der Stadt war. Er machte allerdings die Einschränkung, Susan könnte natürlich auch bei einem anderen Mann gewesen sein. Nun ja, sagte er, jedenfalls habe es vielerlei Gerüchte über Susan in Pikeville gegeben.

In der Zwischenzeit war Tennis Daniels, Susans Bruder, auf Bewährung aus dem Gefängnis entlassen worden und in Susans Haus – im hinteren Schlafzimmer – untergekommen. Tennis' kurze Begegnungen mit Mark Putnam und Ron Poole hatten bei ihm einen schlechten Geschmack auf der Zunge hinterlassen; er brachte immer wieder sein Mißtrauen gegenüber dem FBI zum Ausdruck und warnte Susan eindringlich vor Kontakten mit den beiden FBI-Männern. Susan behauptete – wieder an einem Fall mit Putnam zusammenzuarbeiten: Es gehe darum, der McCoy-Bande eine Falle zu stellen.

In Wirklichkeit war es jedoch so, daß Putnam es ablehnte, Susan im McCoy-Fall einzuschalten; er behauptete, er wolle sie nicht dabeihaben, weil der Fall zu gefährlich sei und sie zu Schaden kommen könne. Solche

Risiken hatten Putnam jedoch bisher nicht davon abgehalten, Susan anderen lebensbedrohlichen Situationen auszusetzen. Man kann davon ausgehen, daß er sie ausschloß, um sie loszuwerden und endgültig aus seinen dienstlichen Planungen streichen zu können.

Zu Hause in Vulcan redete Susan ununterbrochen über die McCoy-Bande, die, wie sie sagte, im großen Stil in den Drogenhandel verwickelt wäre und hinter allen möglichen anderen Verbrechen in der Gegend stecken würde. Ihre Familienmitglieder und Freunde waren seit über einem Jahr so oft von ihr mit diesem Thema behelligt worden, daß es ihnen zum Hals raushing. Die Sache interessierte sie nicht mehr, und deshalb hörte ihr auch kaum mehr jemand zu, wenn sie über John P. McCoy redete, den Drahtzieher hinter dem größten Bankraub in der Geschichte West Virginias, dessen Gerichtsverfahren für den Mai 1989 anstand. Viele Dinge, die Susan den Leuten in diesem Zusammenhang erzählte, schienen zu weit hergeholt, um wahr zu sein.

Die Sachlage war jedoch so, daß acht oder zehn Banküberfälle in der Gegend, begangen in den Jahren 1987 und 1988, bisher nicht aufgeklärt worden waren. Viele hatten den Verdacht, die McCoy-Gang stecke dahinter. Einer der Mittäter – und zugleich Informant des FBI –, Russel Davis, war bei einem der Überfälle erkannt, dann aber umgebracht worden. Man hatte die Leiche jedoch bisher nicht gefunden. Susan erzählte ihren Familienmitgliedern und Freunden, Putnam und die Polizei durchsuchten die abgelegenen Gegenden der Berge in Kentucky nach der Leiche.

Nach monatelanger erfolgloser Suche wurden die Überreste von Russel Davis schließlich im Februar 1989 auf dem Ford Mountain, einem abgelegenen Hügel im Pike County, gefunden. Mark Putnam, die Staatspolizei von Kentucky und der Leitende Gerichtsmediziner des

Staates, David Wolfe, begaben sich sofort zum Fundort. Die Fachleute in der Strafverfolgung waren sich einig, daß die Entdeckung der Leiche Davis' einem Wunder gleichkam; die meisten beteiligten Polizeibeamten hatten Putnam gesagt, die Suche nach dem vermißten Informanten sei wie die Suche nach der berühmten Stecknadel im Heuhaufen. Seit Wochen hatte man die entlegensten Ecken des Pike County durchkämmt, dabei auch Planierraupen eingesetzt, aber die Gegend war so bergig und es gab so viele tief eingegrabene Schluchten, daß die Polizei auf verlorenem Posten zu stehen schien. Davis' Leiche wurde auch erst an dem Tag gefunden, als man die Suche abbrechen wollte . . .

Putnam hatte Susan zu keiner Zeit in die Einzelheiten der Suche nach Davis eingeweiht. Sie hatte von der Sache in der *Williamson Daily News* gelesen und Putnam später darüber aushorchen wollen, aber er hatte ihr nur wenig dazu gesagt. Die Dinge hatten sich seit dem Beginn ihrer Zusammenarbeit im Jahre 1987 entscheidend geändert. Damals hatte Mark noch mit ihr über alle seine Fälle gesprochen und Scherze darüber gemacht. So hatte er Susan zum Beispiel Anfang 1988 einmal erzählt, wie sich J. P. McCoy in einem großen Kühlschrank versteckt hatte, um der Festnahme zu entgehen . . .

Als nun im Jahr 1989 McCoys Name wieder in den Zeitungen auftauchte, versuchte Susan bei jeder sich bietenden Gelegenheit, Mark ihre Dienste anzubieten. Auf diese Weise versuchte sie, sich ihren Platz im Team der Strafverfolgung zu sichern, weiterhin als Insider zu gelten. Aber trotz ihres großspurigen Geredes und der vielen Zeit, die sie mit Putnam verbrachte, wußte niemand so richtig, was in Susan vorging und worauf sie aus war. Man mußte natürlich auch berücksichtigen, daß sie regelmäßig Drogen nahm . . .

Sie hing dauernd am Telefon und redete mit Mark, und

jedesmal, wenn sie von Pikeville zurückkam, schien sie in guter Stimmung zu sein, aber Shelby kam Susans Verbindung zu Putnam doch immer seltsamer vor. Wie Susans Schwester sich zusammenreimte, war Putnam ein sehr zurückhaltender, reservierter Mensch, ein Einzelgänger, der in seiner Freizeit am liebsten in seiner Garage herumwerkelte und sich in seinem Haus aufhielt, es sei denn, er war gerade auf heißer Spur hinter irgendeinem Verbrecher her. Inzwischen trainierte er auch keine Fußballmannschaft mehr, und er ging auch nicht länger zu Sportveranstaltungen. Die Welt um ihn herum schien ihn nicht mehr sonderlich zu interessieren. Und obwohl seine Frau ihn, wie Shelby annahm, praktisch verlassen, zumindest aber alleingelassen hatte, schien er keinerlei ernsthafte Absichten mit Susan zu haben. Shelby kam nicht dahinter, was da eigentlich vor sich ging, aber sie war über Susans Lage ziemlich beunruhigt. Sie wollte ihre Schwester jedoch nicht aufregen und äußerte ihre Befürchtungen und Sorgen ihr gegenüber nicht . . .

Für Susan gab es jedoch mancherlei, über das sie sich aufregen mußte. Ihr Plan, Mark durch eine Schwangerschaft an sich zu fesseln, war schiefgegangen; Mitte Januar hatte sie nach einer heftigen Auseinandersetzung mit Kenneth eine Fehlgeburt . . . Sie hatte Mark erst von ihrer Schwangerschaft erzählt, als sie ganz sicher gewesen war, aber Putnam hatte die Sache recht gelassen aufgenommen; er wußte, daß Susan weiterhin mit Kenneth schlief und hatte ganz einfach behauptet, Kenneth sei der Vater, nicht er . . .

Niemand außer Kenneth und Mark hatte etwas von Susans Schwangerschaft gewußt. Shelby erfuhr zum ersten Mal davon, als Susan eines Tages im Januar 1989 zu ihr kam und ihr ein rosafarbenes Formular des Krankenhauses in Williamson zeigte, in dem ihr aufgezeigt wurde, wie sie sich nach einer Fehlgeburt zu verhalten habe. Das FBI stellte später fest, daß Susan von Dr. Song Kim im Zusammenhang mit der Fehlgeburt im Krankenhaus behandelt worden war. Shelby sagte zu Susan, sie müsse aufpassen, sie sei jetzt, nach diesem Ereignis, besonders empfängnisbereit, aber Susan hörte das gerne, sie war fest entschlossen, erneut von Mark schwanger zu werden. Sie war geradezu versessen darauf . . .

Das Leben zu Hause war inzwischen für sie zur Hölle geworden. Sie haßte es geradezu, immer wieder aus Pikeville zurück zu Kenneth und den Kindern zu müssen. Sie kümmerte sich kaum mehr um den Haushalt; sie blieb weg von Vulcan, so lange es nur irgendwie ging. Aber Kenneth, der nicht nachließ, ihrer Affäre mit Putnam ein Ende bereiten zu wollen, verursachte vielerlei Probleme. Er wollte, daß sie zu Hause blieb, wo sie seiner Meinung nach hingehörte, daß sie sich um ihn und die Kinder kümmerte, und in seinem Zorn und seiner Verzweiflung entschloß er sich, Marks Vorgesetzte beim FBI einzuschalten. Er suchte Rat bei einem Rechtsanwalt in Pikeville, Will T. Scott, und zusätzlich bei einem ehemaligen Bezirksanwalt des Pike County. Kenneth besprach sich mit Scott im Büro der Anwaltskanzlei Stratton, May und Hayes in Pikeville. Scott erinnert sich sehr gut an dieses Gespräch, da er es als äußerst seltsam empfunden hatte. Kenneth trug dem Anwalt vor, Susan habe eine Liebschaft mit Mark Putnam, einem der örtlichen FBI-Beamten, und er habe Angst, das FBI würde ihm ›eine Falle stellen‹ und ihn wegen Drogenhandels festnehmen. Zusätzlich behauptete er, Putnam würde Susan dazu ermuntern, eine Pistole bei sich zu tragen, er würde ihr erlauben, mit Drogen zu handeln, und er würde sie dazu benutzen, andere Leute in Fallen zu locken. Kenneth wollte von dem Anwalt wissen, ob das denn alles legal sei.

Scott hörte Kenneth geduldig zu und gab ihm schließlich eine Telefonnummer, die er anrufen sollte. Aber er war überzeugt, daß bei dieser Sache nichts herauskommen würde.

»Ich dachte, der Bursche würde unter Drogen stehen«, erinnert sich Scott. »Oder er wäre zeitweise paranoid. Auf jeden Fall aber schien er irgendwie in Schwierigkeiten zu sein. Ich konnte ihm nicht glauben. Es war ja wirklich auch ein absurder Gedanke, ein FBI-Agent könnte so etwas tun. Ich konnte das nicht für bare Münze nehmen. Ich wimmelte ihn ab und sagte ihm, er solle sich mit dem FBI-Supervisor drüben in Louiseville in Verbindung setzen, denn er wollte sich ja offensichtlich über einen der örtlichen FBI-Beamten beschweren.«

Ein paar Tage später faßte sich Kenneth tatsächlich ein Herz und rief Terry Hulse im FBI-Büro in Louisville an und teilte ihm mit, zwischen dem FBI-Agenten Putnam und Susan Smith sei eine Liebesaffäre im Gange. Hulse hielt den Anrufer nicht für eine ›glaubwürdige Quelle‹. Er sagte später zu Reportern, er habe in der Putnam-Smith-Sache nur einen ›anonymen Anruf‹ bekommen.

Kenneth aber behauptete, Hulse habe zunächst monatelang geleugnet, daß überhaupt ein Anruf von ihm eingegangen sei. Und später, in der Phase der Suche nach der vermißten Susan, bat ihn das FBI um Kopien von den Telefonrechnungen Susans; er überließ den Beamten – über Shelby – die Originale, um dann erfahren zu müssen, man könne ihm die Rechnungen nicht zurückgeben oder Kopien davon erstellen, weil sie nicht auf seinen Namen ausgestellt seien.

Da Kenneth mit seinem Anliegen bei Hulse nicht durchgekommen war, suchte er nach anderen Wegen, Susan bei ihrer Affäre mit Putnam einen Strich durch die Rechnung zu machen. Er rief eines Tages Kathy Putnam an und sagte ihr rundheraus, Mark und Susan hätten ein

Verhältnis und würden miteinander schlafen. »Sind Sie damit einverstanden?« fragte er wütend. »Haben Sie nichts dagegen, daß die beiden dauernd in Motels rumbumsen?« Aber Kathy betrachtete den Anruf einfach nur als Belästigung, und am nächsten Tag brachte Mark Susan dazu, bei Kathy anzurufen und empört abzustreiten, zwischen ihr und Mark sei etwas dieser Art im Gange. Kenneth sei ein Lügner und Alkoholiker, erklärte Susan der Frau ihres Geliebten . . .

Susan machte Kenneth eine gewaltige Szene, daß er diesen Anruf bei Kathy gemacht hatte. Sie fauchte ihn an, er könne sie nicht davon abhalten, Mark weiterhin zu treffen, was auch immer er unternehmen würde. Aber das bestärkte Kenneth nur noch mehr in der Absicht, die beiden auseinanderzubringen, und er dachte sich eine neue Taktik aus. Er behauptete jetzt, er habe einen Privatdetektiv in Pikeville angeheuert, und der sei den beiden schon ein paarmal gefolgt. Susan war geschockt, aber Mark beruhigte sie, das könne nicht stimmen, Kenneth sei ein Lügner. Kenneth zeigte Susan aber einen Briefumschlag mit dem Absender des Privatdetektivs, der an das Postfach der Smith' in Freeburn adressiert war. Seine Absicht, Susan damit zu verunsichern, ging auf, aber Mark beruhigte sie wieder, es sei ausgeschlossen, daß Kenneth das Geld für einen Privatdetektiv aufbringen könne.

Zu diesem Zeitpunkt hatte Ron Poole ein ziemlich klares Bild davon, was da vor sich ging. Auch andere Beamte in der Strafverfolgung hatten inzwischen Wind von der Putnam/Smith-Affäre bekommen. Und es gab zumindest einen Beamten bei der Staatspolizei von Kentucky, der erhebliche Zweifel an Mark Putnams moralischer Integrität hatte: Detective Frank Fleming.

Putnam und Fleming hatten in der Zeit von Ende Oktober bis Ende Dezember 1987 eng zusammengearbeitet.

Sie waren zunächst gut miteinander ausgekommen, obwohl Fleming, ein alter Hase im Polizeidienst der Gegend, sehr bald daran zweifelte, ob Putnam das richtige Fingerspitzengefühl habe, mit den Leuten in Ost-Kentucky umzugehen. Putnam war viel zu aggressiv, wie Fleming meinte. Er hatte Probleme mit der Mentalität der Bewohner, die die Dinge des Lebens lässig betrachten; er war nicht bereit, das zu tolerieren. Fleming sah in Putnam einen ›grünen Jungen‹, zu neu im FBI-Geschäft, um zu wissen, wie man die Dinge richtig anzufassen hatte, als einen Anfänger, der seine Unsicherheit durch Einschüchterung der Leute überspielte. Seine Fragen an Täter oder Zeugen waren zu ungeduldig, zu direkt und zu bestimmt; er mußte noch viel lernen . . .

»Beim ersten Kontakt, den ich mit Putnam hatte, ging es um Autodiebstahl und einen Autofriedhof drüben in der Letcher County, auf dem die geklauten Wagen umfrisiert wurden«, erinnert sich Fleming. »Wir fuhren mit Haftbefehlen nach MacRoberts, und als wir die Täter geschnappt hatten, verständigten wir das FBI, weil es in dieser Sache auch um Transporte über die Grenzen mehrerer Staaten hinweg ging. Mark übernahm den Fall, und wir beide haben eine Zeitlang zwölf bis vierzehn Stunden am Tag zusammengearbeitet. Am Anfang mochte ich ihn ganz gerne. Danielle, seine Tochter, war sein ein und alles. Er zeigte mir Fotos von ihr, und er konnte gar nicht genug von ihr erzählen, vor allem von den Unternehmungen mit ihr freitags abends. Das hat mir gut an ihm gefallen.

Im Lauf der Zeit ging Putnam immer mehr aus sich heraus und erzählte Fleming auch von den Problemen, die er mit der Anpassung an seine neue Umgebung hatte. Er war sichtlich unglücklich, fand Fleming; sein Leben schien irgendwie durcheinandergeraten zu sein. Putnam gab zu, seine Gedanken seien nicht immer nur bei seiner

Frau. Und er trug ein Paßfoto von Susan Smith mit sich herum, das er aus der FBI-Akte genommen hatte...

»Mark erzählte mir, er hätte da diese Informantin, die er sehr attraktiv finde, und es falle ihm verdammt schwer, seiner Frau treu zu bleiben. Anscheinend war er sich nicht sicher, ob zwischen ihm und dieser Informantin nicht doch was passieren könnte... Er sagte mir, er müsse wirklich kämpfen und mit sich ringen, nicht fremdzugehen, denn diese Frau würde ›frontal auf ihn losgehen‹. Gegen Ende unserer Zusammenarbeit zeigte er mir mal ein großformatiges Foto von Susan, und ich muß sagen, sie sah tatsächlich verdammt gut aus. Wir machten ein paar Späßchen, und ich sagte zu ihm: ›Was soll's. Kathy ist weit weg, du bist allein, warum sollst du da standhaft bleiben?‹ Aber er ging nie so weit, daß er mal zugegeben hätte, es wäre tatsächlich was zwischen ihm und Susan. Er hat es immer nur als eine theoretische Möglichkeit besprochen.«

9. Kapitel

Wenn man von den Gerüchten um Putnam einmal absieht, lernten die meisten Leute, mit denen er zusammenarbeitete, nur seine offiziell-berufliche Seite kennen; niemand bekam einen Einblick in sein Privatleben. Er gab sich bewußt sehr zurückhaltend und ausweichend, sobald es um persönliche Dinge ging, und niemand konnte ihm, was seine Beziehung zu Susan betraf, etwas Anstößiges nachweisen – auch wenn der eine oder andere inzwischen einen Verdacht hegte. Im Lauf der Zeit wurde er vorsichtiger und sprach mit den Kollegen in der Strafverfolgung kaum noch darüber, was er nach Dienstschluß machte.

Corporal Roby Pope von der Staatspolizei von West Virginia arbeitete über einen Zeitraum von zwei Jahren mit Putnam zusammen. Es ging um einen Überfall auf die Matewan National Bank, und die beiden Männer verbrachten viele gemeinsame Stunden damit, Zeugen und Informanten im Zusammenhang mit dem Verbrechen aufzuspüren. Ihre Untersuchung war darauf ausgerichtet, Beweise zu finden, daß die McCoy-Bande den Überfall gemacht hatte. Pope erinnert sich, daß Putnam extrem verschlossen war, wenn es um sein Privatleben ging, daß er kaum einmal davon sprach, was er in seiner Freizeit anstellte und daß er nur selten mit den anderen nach einer Besprechung zu einer Tasse Kaffee zusammenblieb.

»Wir suchten in West Virginia nach McCoy, das FBI vermutete ihn in Kentucky«, erinnert sich Pope. »Putnam war seit über einem Jahr mit dem Fall befaßt und verfolgte auch bestimmte Spuren, aber er hatte bisher noch niemanden gefunden, der bezeugen konnte, daß McCoy hinter dem Banküberfall steckte. Wenn Mark zu uns rüberkam, ging es immer streng dienstlich zu. Nach den Besprechungen hatte er nie Zeit, noch ein bißchen mit uns rumzusitzen und ein Schwätzchen zu halten. Wenn der offizielle Teil vorbei war, verschwand er sofort; angeblich mußte er schon wieder zum nächsten Termin.«

Putnam sprach so wenig über sein Familienleben, daß es zu seltsamen Mißverständnissen kam. Als Kathy Putnam und ihre Mutter in Connecticut einen schweren Autounfall hatten, hörte Pope von anderen Polizisten, Kathy sei dabei ums Leben gekommen. Kurz darauf erfuhr er auch wieder von anderen Polizeibeamten, nicht von Mark Putnam selbst, Kathy und ihre Mutter hätten sich dabei nicht verletzt. Für Roby Pope war Mark ein von seiner Arbeit besessener Polizist, ein ›Workaholic‹, der sich mit Haut und Haaren dem Ziel verschrieben hatte, in Ost-Kentucky ›unter den Verbrechern aufzuräumen‹. Einmal erzählte er Pope sogar, er untersuche Fälle von politischer Korruption – speziell Wahlbetrug – im Pike County.

Ganz offensichtlich setzte Putnam alles daran, daß Roby Pope nichts von seiner Beziehung mit Susan erfuhr, und er mußte in dieser Hinsicht besonders vorsichtig sein, weil Susan ihm gesagt hatte, daß sie mit Pope auf inoffizieller Basis als Informantin zusammenarbeitete. Putnam achtete sehr darauf, daß Susans Name in Popes Anwesenheit nie zur Sprache kam, und er verriet ihm nie, daß Susan Smith seine wichtigste Informantin im Cat-Eyes-Lockhart-Fall gewesen war.

Als Putnam zum letzten Mal Pope traf, kündigte er ihm seine Versetzung nach Florida an. Der Grund sei, daß seine Frau und er dauernd Telefonanrufe mit schrecklichen Drohungen erhielten; der Anrufer brüste sich damit, das Haus der Putnams ständig zu überwachen, er sei sogar in der Lage, das Zimmer zu beschreiben, in dem seine Frau sich gerade aufhalte. »Ich werde deshalb vorzeitig versetzt«, behauptete Putnam gegenüber Pope. »Ansonsten wäre ich noch weitere drei Jahre hiergeblieben.«

Pope hatte Verständnis dafür; dennoch, diese Versetzung nach Miami war irgendwie seltsam. Im Herbst 1988 waren beim FBI Haushaltseinsparungen erforderlich geworden, und Putnam, dem Anfänger, war laut FBI-Unterlagen bedeutet worden, er müsse fünf Jahre im Büro von Pikeville bleiben statt der ursprünglich vorgesehenen und mit ihm ausgehandelten zwei Jahre. Als Kathy diese Nachricht erhielt, brach sie fast zusammen, und Mark fand sie jeden Abend schluchzend zu Hause vor. Anscheinend hat das Paar sich dann einen Plan ausgedacht, wie es trotzdem eine Versetzung aus Pikeville erreichen könnte, und dieser Plan basierte auf sehr unorthodoxen, aus Sorge um das Familienleben geborenen Methoden . . .

Kathy erklärte später einem Reporter, sie habe damals als Undercover-Agentin in einem Fall politischer Korruption zu arbeiten begonnen; sie sei freiwillig ein hohes Risiko eingegangen, aber sie habe darauf gesetzt, daß das FBI, sobald sie in persönliche Gefahr geriete, die Familie aus Pikeville wegversetzen würde. Anscheinend war Kathy auf diese Idee verfallen, als ihr Ron Poole einmal vom ›Projekt Greylord‹ erzählte, an dem er während einer Verwendung in New York beteiligt war; es war dabei um einen Fall richterlicher Korruption in Verbindung mit der Mafia gegangen. Poole hatte Kathy erzählt, als sein Leben bei dieser Sache in Gefahr geraten sei, habe man ihn und seine Familie aus New York ›weggeschafft‹.

Jedenfalls meldeten Kathy und Mark der Staatspolizei und dem FBI, sie erhielten fortlaufend Bombendrohungen. Kathy rief sogar bei ihrer Versicherungsgesellschaft an und erkundigte sich, ob ihre Familie gegen Brandstiftung oder Bombenanschläge abgesichert sei. Später behauptete sie übrigens, Susan Smith habe, als sie von Kathys Arbeit als Undercover-Agentin erfuhr, bei ihr angerufen und damit gedroht, sie ›auffliegen zu lassen‹.

Laut Kathy hat eines Nachts, als Mark nicht zu Hause war, ein Mann bei ihr angerufen und gesagt, er sei auf dem Weg zu ihr, um sie umzubringen. Sie habe die ganze Nacht über zitternd und weinend in ihrem Wohnzimmer gesessen und mit einer Magnum Kaliber .357 auf die Tür gezielt . . .

Im Februar 1989 schaffte das FBI dann Kathy und die Kinder tatsächlich aus Pikeville weg. Das Unternehmen wurde als ›verdeckte Operation‹ mitten in der Nacht durchgeführt. Kathy Putnam verabschiedete sich von keinem der Nachbarn. Sie verschwand ganz einfach von der Bildfläche. Sie blieb mit den Kindern noch zwei Monate in Connecticut, bis Putnam an seinen Wunschort versetzt wurde – nach Miami, Florida. Natürlich blieb Mark während dieser Monate allein in Pikeville, und Susan besuchte ihn regelmäßig . . .

Je mehr Zeit Susan mit Mark verbrachte, desto größer wurde Kenneth' Wut. Es war ja nicht nur demütigend für ihn, daß Susan ihn wegen eines anderen Mannes im Stich ließ – er drohte auch einen Großteil der Wohlfahrtsunterstützung zu verlieren, falls Susan ihn verließ. Darüber hinaus brachte ihn in Rage, daß Susan ihm immer wieder drohte, wenn er es wagen sollte, irgend etwas gegen sie zu unternehmen, würde Mark Putnam ihn wegen Drogenhandels vor den Kadi bringen. Susan sagte Johnny Blankenship, einem Nachbarn der Smith', Putnam habe in Freeburn die Losung verbreitet, wer Kenneth ein paar Gramm Kokain unterschieben könne, erhalte fünftausend Dollar Belohnung von ihm. Kenneth war verängstigt und wütend, und er prügelte jetzt immer häufiger auf Susan ein, auch vor den Kindern und anderen

Familienmitgliedern. Er wollte sie so oft wie möglich demütigen ...

»Was hast du heute wieder getrieben?« brüllte er einmal wütend. »Hast du mit Mark gevögelt? Hör gut zu, Miranda, deine Mommy war heute zu 'nem Fick unterwegs!«

Wie Bo sagt, lief Kenneth immer, wenn Susan aus Pikeville zurückkam, durchs Haus und murmelte laut vor sich hin: »Miststück! Nutte!« Susan kreischte dann zurück: »Was fällt dir ein, du verdammter Scheißkerl! Verschwind doch endlich aus meinem Haus!« Aber spätestens nach einem Tag versuchte Kenneth dann wieder, sich bei Susan einzuschmeicheln, lief wie ein Hündchen hinter ihr her, fragte, ob er etwas für sie einkaufen könne, und brachte den verschreckten Kindern kleine Geschenke mit.

Sobald Susan dann wieder nach Pikeville fuhr, hoben die Streitereien von neuem an. Manchmal sah Bo, daß seine Schwester eine geschwollene Lippe oder Blutergüsse an den Armen hatte, und Susan pflegte ihm dann zu sagen: »Der Bastard da drüben war das!« Sie zeigte dabei auf Kenneth, und Bo wurde wütend und wollte sich auf ihn stürzen. Susan aber hielt ihn zurück. »Vergiß es. Laß ihn in Ruhe!«

Susan mußte sich zu Hause mit trostlosen Zuständen herumquälen, aber sie sah ihren Mark noch häufiger als zuvor, hatte regelmäßig Sex mit ihm – und war mehr denn je darauf aus, von ihm schwanger zu werden. Sie und Mark hatten das Haus der Putnams für mehr als zwei Monate für sich ganz allein, und sie wähnte sich in dem Glauben, Mark und Kathy hätten sich über eine Scheidung geeinigt. Mark hatte ihr jedoch nur gesagt, Kathy sei mal wieder für einige Zeit in Connecticut. Von seiner Versetzung nach Miami verriet er ihr kein Sterbenswörtchen.

Ende Februar, kaum einen Monat nach ihrer Fehlgeburt, wurde Susan erneut schwanger. Zunächst ließ sie Putnam nichts davon wissen. Ihr Instinkt gab ihr ein, damit noch zu warten. Sie entwickelte eine krankhafte Gier nach Thunfisch und Trauben, und wenn sie morgens aufwachte, war ihr speiübel. Dennoch war sie überglücklich. Sie wußte, sie würde aus dem Haus in Vulcan ausziehen müssen: da sie nicht riskieren wollte, daß es wegen der erbitterten ›Ehekräche‹ mit Kenneth wieder zu einer Fehlgeburt kam, plante sie, vorübergehend bei Shelby unterzuschlüpfen.

Während Mark also damit beschäftigt war, den Umzug seiner Familie nach Florida vorzubereiten, überlegte Susan hin und her, wann sie Mark das Geheimnis ihrer Schwangerschaft lüften sollte und an welchem Ort sie das Baby am besten zur Welt bringen könnte. Es erschien ihr als eine gute Lösung, vorübergehend bei Shelby zu wohnen, aber auf längere Sicht, das war ihr klar, mußte sie aus der Gegend von Freeburn verschwinden. Sie war sicher, daß Putnam sie unter das ›Bundesgesetz zum Schutz von Gerichtszeugen‹ stellen würde, obwohl er ihr das noch nicht eindeutig zugesagt hatte. Sie war jedenfalls fest davon überzeugt, immer in seiner Nähe sein zu können, wohin auch immer er versetzt werden würde. Sie erklärte Shelby und Kenneth sogar, was das Zeugenschutzgesetz im einzelnen vorsah, und sie behauptete, es sei bald soweit, daß man sie aus der Gegend von Freeburn wegbringen würde . . .

Kenneth erinnert sich noch sehr genau an diese Zeit: »Ein paar Wochen vor Susans Auszug ging es damit los, daß sich bei uns zu Hause vieles änderte. Sie kochte nicht mehr, machte keine Haushaltsarbeiten mehr. Sie kümmerte sich nicht mehr um die Kinder. Man merkte ihr an, daß sie mit ihren Gedanken immer woanders war. Und sie redete immer wieder über das Zeugenschutzgesetz, behauptete, sie würde eines Tages ganz einfach verschwinden. Sie sagte mir, man würde sie irgendwo hinbringen, wo keiner sie finden könnte.«

Kenneth reagierte darauf, indem er damit drohte, nach Pikeville zu fahren und sich Putnam ›vorzuknöpfen‹. Susan informierte Putnam über diese Drohung, und der antwortete mit der Gegendrohung, er werde Kenneth wegen Drogenhandels auffliegen lassen und vor Gericht bringen. Kenneth wiederum setzte noch eins drauf und behauptete, er verfüge über Fotos von Susan und Mark, die zeigten, wie sie gerade ein Motel in Pikeville verließen. Er habe diese Fotos Kathy Putnam gezeigt, behauptete er. Er drohte auch damit, Kopien von Susans Telefonrechnungen als Beweismittel an das FBI zu schicken. Susan reagierte prompt: Sie nahm alle Telefonrechnungen, die sie finden konnte, zerriß sie in kleine Fetzen und streute sie wie Konfetti in den Tug River.

Kenneth war weiterhin fest entschlossen, Mark Putnam irgendwie bloßzustellen und Susan wieder an sich zu fesseln. Um etwas gegen die beiden in der Hand zu haben, fing er an, seine Gespräche mit Susan heimlich aufzunehmen. Er befestigte einen Mini-Kassettenrekorder unter der Kleidung an seinem Körper, und es gelang ihm, Aufnahmen zu machen, in denen Susan ihre Liebesaffäre mit Putnam offen eingestand. Nicht nur das, sie redete in diesen von Kenneth gezielt geführten Gesprächen auch ganz offen über ihre Tätigkeit als Dealerin und über das Geld, das sie vom FBI für ihre ›Mitarbeit‹ bekam. Und sie gab, natürlich ungewollt, sozusagen zu Protokoll, daß sie die ganze Zeit über in verschiedenen Motels Sex mit Putnam gehabt hatte und daß diese Schäferstündchen dem FBI in Rechnung gestellt worden waren.

Kenneth nahm fast alles auf, was Susan in den Wochen vor dem Auszug aus dem Haus in Vulcan und der Übersiedlung in Shelbys Wohnung sagte. Die Kassetten brachte er Mitte März zu dem Anwalt Kelsey Friend Jr. und bat ihn, sie für ihn aufzubewahren. Er sagte Friend, wenn ihm, Kenneth, irgend etwas passieren würde, wären diese Kassetten der Beweis dafür, daß er über gewisse ›Vorgänge‹ innerhalb des FBI Bescheid gewußt habe. Friend lehnte es ab, sich die Kassetten in Kenneth' Beisein anzuhören, aber seine Akten beweisen, daß er sie tatsächlich in seinem Büro aufbewahrt hat.

In dem ersten Gespräch, das Kenneth aufgenommen hat, hatte er sich zum Ziel gesetzt nachzuweisen, daß Mark Putnam von Susans Tätigkeit als Dealerin wußte und bereit war, dieses kriminelle Verhalten zu dulden.

Man hört deutlich Susans Stimme, während im Hintergrund ihre Kinder herumquengeln: »Läßt du mich jetzt mal ausreden, ja? Solange ich mit ihnen zusammenarbeite, werden sie mich beschützen! Meinst du, sie würden das machen, wenn ich aufhöre, für sie zu arbeiten? Scheiße, ganz bestimmt nicht!«

Kenneth: »Ich will doch nur nicht, daß mir jemand wegen dir mal den Arsch aufreißt! Du dealst auf Teufel komm raus rum, und das kann ja wohl nicht okay sein, oder?«

»Ich hab's Mark gesagt. Und er hat gesagt, wenn ich nicht genug Geld hätt' – ich schwör's, er hat's gesagt –, dann soll ich halt weiter dealen – so viel ich will! Er hat gesagt, ich soll ruhig weiter dealen, ehrlich! Er hat gesagt, wenn ich auffliegen würd', dann würd' er mich da wieder rausholen.«

»Er hat gesagt, er würd' dir raushelfen, wenn du auffliegst? Ehrlich? Er weiß also wirklich, daß du dealst?«

»Ich hab' ihm gesagt, daß ich kokse. Und ich hab' ihm gesagt, daß ich deale. Rundheraus. Und ich hab' ihn gefragt, was passiert, wenn sie mich schnappen – richtig schlimm erwischen, verstehst du, wenn sie zum Beispiel das Haus stürmen und alles durchsuchen –, werdet ihr

Typen mir dann da raushelfen? Und Mark und Ron haben beide gesagt, ja, das würden sie machen. Wir werden's nicht zulassen, daß du eingebuchtet wirst, haben sie gesagt.«

In einem anderen aufgezeichneten Gespräch geht Susan darauf ein, wie Putnam ihre Schäferstündchen organisierte.

»Du gehst also mit ihm in Motels?«

»Ja.«

»Und seit wann geht ihr beide in Motels?«

»Das geht dich nichts an.«

»Okay, aber ...«

»Mark und ich verabreden uns seit ungefähr anderthalb Jahren.«

»Also ... Ich hab's die ganze Zeit geahnt, aber du hast's dauernd abgestritten!«

»Ja.«

»Warst du mit ihm auch in seinem Haus?«

»Das geht dich nichts an. Dir kann's ja auch egal sein. Und wenn du Kathy anrufst und ihr irgend etwas erzählen willst, dann wird sie dir's nicht glauben. Sie will ja auch gar nicht, daß du sie anrufst. Also, was willst du machen? Zu ihr ins Haus geh'n und versuchen, ihr was vorzuquatschen, damit sie dir glaubt? Ach, scheißegal, das alles geht dich doch gar nichts an!«

»Er hat gesagt, er würd' dich lieben?«

»Ja, das hat er gesagt.«

Als Kenneth in diesem aufgezeichneten Gespräch später die Themen ›Heirat‹ und ›Schwangerschaft‹ aufbrachte, gab Susan vor, sie hätte kein ernsthaftes Verhältnis mit Putnam oder irgendeinem anderen Mann haben wollen.

»Was hätt'st du denn gemacht, wenn du schwanger geworden wärst? Hätt'st du sein Kind haben wollen?«

»Na ja, Kenneth, ich glaub' schon ... Wenn ich kein

Geld für 'nen Abbruch gehabt hätt' . . . Aber ich hab' ihm gesagt, ich hätt' schon zwei Kinder. Ich wollt' keine mehr. Es ist doch wirklich auch zu schwierig, sich richtig um Kinder zu kümmern, und ich will nicht, daß ich noch mehr Kinder krieg' und die dann Brady und Miranda verdrängen. Ich will nur Brady und Miranda haben, das reicht.«

»Und was würdest du machen, wenn er sagt, du sollst das Kind kriegen?«

»Ich würde es nicht wollen. Ich würd' zusehn, daß ich das Geld für 'ne Abtreibung kriegen könnt'.«

»Na, du machst dir doch aus mir und den Kindern nichts mehr, da versteh' ich nicht, warum du nicht von ihm noch ein Kind kriegen willst!«

»Ich liebe meine Kinder, und die will ich auch ordentlich großziehn!«

Schließlich brachte Kenneth noch den Gedanken ins Spiel, Kathy könnte von der Affäre Wind kriegen.

»So, und nun sag mir mal, was willst du machen, wenn Kathy alles rauskriegt?«

»Sie weiß, daß ich mit Mark in Motels gehe, um mit ihm zu reden. Sie weiß, daß wir dorthin gehn, weil wir dienstliche Sachen zu besprechen haben. Sie weiß aber nicht, daß wir auch sonst zusammen ausgehn.«

»Und sie weiß, daß du mit ihm vier oder fünf Stunden im Motel bist?«

»Sie weiß, daß Leute oft ziemlich lange da drin sind, Herrgott noch mal! Sie liebt Mark. Sie vertraut ihm. Sie ist schließlich seit fünf Jahren mit ihm verheiratet!«

»Und dir macht das alles nichts aus?«

»Nein. Ich will ja nicht wieder heiraten. Ich will überhaupt keine feste Beziehung zu einem Mann mehr.«

»Es macht dir aber nichts aus, mit diesem Kerl in Motels rumzubumsen, was?«

»Nein, Kenneth, es geht doch nicht nur um Sex! Es ist

mehr. Wir sind echte Freunde ... Es tut mir leid, Kenneth, daß ich mich in einen anderen Mann verliebt habe. Es tut mir echt leid.«

»Du hast dich also in einen verheirateten Mann verliebt?«

»Ja. Mein Gott, ich wollt', er wär' nicht verheiratet, aber er ist's nun mal, und ich werd' mich nicht von ihm trennen, nur weil er verheiratet ist. Ich werd's nicht tun, weil ich's nicht kann!«

»Du bist so sehr in ihn verliebt?«

»Ja, das bin ich.«

»Und er ist genauso sehr in dich verliebt?«

»Ich weiß es nicht, Kenneth. Ich weiß nicht, wie stark seine Liebe zu mir ist. Er hat gesagt, er liebt mich. Ich hab' ihn nicht gefragt, wie sehr er mich liebt.«

»Wer bezahlt eigentlich für das Motelzimmer, wenn ihr ... wenn ihr dort seid? Das FBI?«

»Das geht dich nichts an! Ich weiß nicht, wer dafür bezahlt. Ich bleib' im Auto, bis er alles geregelt hat. Also ... Ich will jetzt wirklich nicht mehr darüber reden. Warum fragst du mich das alles?«

»Und Kathy glaubt tatsächlich, ihr trefft euch nur, um zu arbeiten?«

»Wir arbeiten doch wirklich zusammen! Wir sind ein Team!«

»Ja, ihr arbeitet als Team zusammen – in Motelzimmern!«

Nur wenige Tage, nachdem Susan Ende März bei ihrer Schwester eingezogen war, erzählte Mark ihr, daß er nach Florida versetzt worden sei. Sie war wie betäubt. Um so mehr, als sie inzwischen sicher war, daß sie ein Kind von ihm erwartete.

Sie klammerte sich verzweifelt an ihn, wollte ihn vor

der Abreise noch fest an sich binden, und so rief sie ihn jeden Tag mindestens einmal von Shelbys Wohnung aus an, weinte ihm vor, welche Probleme sie habe, was alles auf sie zukomme. Keine Ausrede war ihr zu dumm, ihn anzurufen und um Hilfe anzubetteln. Und sie brauchte in der Tat Hilfe. Kenneth hatte alle ihre neueren Kleider und hochhackigen Schuhe verbrannt. Shelby mußte ihre Schwester mit nach Williamson nehmen und ihr wenigstens die wichtigsten Sachen zum Anziehen kaufen, denn als Susan bei ihr aufgekreuzt war, hatte sie keinerlei Kleidung dabei außer der, die sie auf dem Leib trug. Susan schuldete Shelby also Geld. Sie hatte ihre Garderobe durch ein paar Sachen vom Flohmarkt ergänzt und lieh sich manchmal das eine oder andere Kleidungsstück von Shelby, aber sie hatte jetzt keine hübsche Unterwäsche mehr. »Alles ist weg«, sagte sie heulend zu Putnam. Kenneth hatte sogar ihre Make-up-Sachen und ihren ganzen Schmuck ins Feuer geworfen, dazu auch noch ihre Brieftasche samt ihrer Sozialversicherungskarte und ihrer Geburtsurkunde. Sie mußte diese Papiere neu beantragen, weil sie sonst kein Geld mehr von der Sozialhilfe bekam. Es war schrecklich . . .

Aber es ließ Mark offensichtlich ziemlich kalt, daß Susan völlig mittellos dastand. Ihn schien nur eines zu interessieren – seine Versetzung nach Miami, die er sich so sehr gewünscht hatte. Es ließ ihn kalt, daß Susan ihm vorweinte, Kenneth erlaube ihr nicht mehr, die Kinder zu sehen, und ihr Schwager Ike drohe damit, sie aus dem Haus zu werfen, wenn sie weiter für das FBI arbeiten würde . . .

Susans Leben war nur noch ein einziges Chaos. Ende März fuhr sie nach Pikeville und brachte Mark bei, daß sie schwanger war. Diese Nachricht gefiel dem FBI-Agenten überhaupt nicht, ausgerechnet jetzt, in der Phase der letzten Umzugsvorbereitungen! Zunächst gab er sich jedoch recht unbesorgt und stritt rundweg ab, der Vater des Kindes zu sein. Ein paar Tage später fuhr Susan wieder zu ihm. Dieses Mal setzte sie ihm heftiger zu und verlangte Hilfe von ihm. Er sagte ihr, er habe jetzt keine Zeit, sich mit solchen Dingen zu beschäftigen, er sei gerade dabei, letzte Arbeiten für seine Versetzung zu erledigen. Allerdings gab er sich besorgt um ihr Schicksal und versprach Susan, sich um sie zu kümmern, auch nach dem Wegzug aus Pikeville . . .

10. Kapitel

An einer Tankstelle am South Mayo Trail in Pikeville verabschiedeten sich Mark und Susan voneinander. Er tankte ihr noch einmal den Wagen voll – auf FBI-Kosten. Susan erzählte Shelby später, sie habe Tränen in Marks Augen gesehen, als er davonfuhr. Vielleicht erschien ihm, wenn er zurückschaute, die Stadt als unwirkliche Ansammlung von Gebäuden, als Pappmaché-Gebilde à la Hollywood, wie sie da beklemmend still vor dem Hintergrund der Berge des Pike County lag ...

Susan fuhr weinend zu Shelby zurück, in Gedanken noch in den schönen Zeiten, als sie mit Mark Hand in Hand im Mondschein um die Seen dieser Gegend gewandert war. Der Kontrast zwischen dem liebevollen Freund aus dem Jahr 1987 und dem reizbaren, nervösen Mann, dem sie soeben, zwei Jahre später zum Abschied nachgewunken hatte, quälte sie, und ihr Magen wurde zu einem Eisklumpen. Er hatte seine Vaterschaft einfach abgestritten und behauptet, das Baby stamme nicht von ihm. Er hatte ihr vorgeworfen, sie steige mit vielen Männern ins Bett – mit Ron Poole, mit Burt Hatfield, mit Kenneth, überhaupt mit jedem Mann in der Stadt –, im gleichen Atemzug aber hatte er ihr dann wieder beteuert, er liebe sie und wolle ihr helfen, sofern er nur könne. »Wir werden uns schon was überlegen«, hatte er noch gesagt, bevor er den Motor anwarf. »Ich komme bald zurück.« Diese Worte gingen ihr immer wieder tröstend durch den Sinn, aber sie fürchtete auch, Mark nie mehr wiederzusehen. Und sie war wütend und verletzt, daß er ihr kein Geld geben wollte, um ihr über die Zeit der Schwangerschaft hinwegzuhelfen ...

Putnam war auf dem Weg zu Kathy und den Kindern, die in einem Motel in Miami auf ihn warteten. Die Familie würde in diesem Motel bleiben, bis sie in ihr Haus einziehen konnte. Die Putnams hatten sich am Woodgate Place in Sunrise, einem Ort in der Nähe von Fort Lauderdale, ein hübsches Reihenhaus gekauft. Es lag direkt an einem Kanal, und Mark stellte sich vor, daß die strahlende Sonne Floridas und der Blick auf den Atlantik ihre Tage dort verschönern würden – ohne daß er sich um Susan Smith Sorgen machen müßte. In Florida würden er und Kathy ihre Ehe wieder in Ordnung bringen ...

Während Mark noch damit beschäftigt war, sich an das intensive, quirlige Leben in Miami zu gewöhnen, saß Susan in Shelbys Haus herum, starrte blicklos, mit Tränen in den Augen, aus dem Fenster und hing wirren Tagträumen nach. Seit Marks Abreise waren bereits mehrere Tage vergangen, ohne daß sie etwas von ihm gehört hätte. Sie versuchte sich vorzustellen, wie sein neues Leben da unten verlief, aber sie konnte sich kein klares Bild davon machen, denn er hatte ihr strikt verschwiegen, wo genau er leben und was er im einzelnen tun würde. Die Zeiten waren vorbei, in denen Putnam ihr alle Einzelheiten über seine Familie und seine Arbeit erzählt hatte ...

In dem Versuch, irgendwie mit dem FBI in Verbindung zu bleiben, rief Susan bei Ron Poole an. Sie suchte verzweifelt jemanden, der Verständnis und Mitgefühl für sie aufbrachte. Nachdem sie Poole mehrere Tage hintereinander angerufen und ihm ihr Leid über ihre unglücklichen Lebensumstände geklagt hatte, machte sie sich schließlich auf den Weg zu ihm nach Pikeville und bedrängte ihn, ihr die Telefonnummer des Motels in Florida zu geben, in dem die Putnams wohnten. Nach längerem Zögern gab Poole ihr schließlich die Nummer, und sie notierte sie sich auf einem gelben Zettel.

Susan fuhr eilig zu Shelbys Haus zurück und setzte sich sofort ans Telefon. Minutenlang starrte sie auf den gelben Zettel mit Marks Nummer – die Vorwahl war 703 –, dann kritzelte sie rund um die Zahlen immer wieder Beschwörungsformeln wie ›Mark liebt Susan‹ und ›Susan liebt Mark‹. Gleichzeitig sprach sie sich selbst Mut zu, endlich die magische Telefonnummer zu wählen.

Als Susan etwa eine halbe Stunde später die Wahltasten gedrückt hatte, war Kathy am Apparat. Shelby hörte das Gespräch von ihrem Apparat aus mit. Susan fragte Kathy zunächst, wie es ihr in Florida gefalle; Kathy antwortete, Florida sei wunderschön, sie sei hier sehr zufrieden und glücklich. Dann fragte Susan, ob sie Mark sprechen könne. Er sei für einen Moment nach draußen gegangen, käme aber bald zurück, antwortete Kathy. »Es geht um eine dienstliche Sache.« Susan ließ diese Bitte sehr formell klingen.

Ein paar Minuten später klingelte Shelbys Telefon. Es war Mark. Er rief von der Lobby des Motels aus an. In diesem ersten Telefongespräch mit ihm ging Susan nicht auf ihre Schwangerschaft ein. Sie erzählte Mark nur, wie langweilig es für sie bei Shelby sei. »Es gibt hier kaum was für mich zu tun«, klagte sie. »Shelby und Ike hocken abends wie angewurzelt vor dem Fernseher, und tagsüber sind sie bei der Arbeit, und ich sitze allein hier rum.« Vielleicht könne sie aber Shelby überreden, sie bald mal zu einem Besuch nach Florida zu chauffieren. Putnam hielt das für keine gute Idee. Er komme ohnehin in nächster Zeit nach Pikeville, versicherte er ihr hastig, um den Fall mit der Bande von Autodieben endgültig abzuschließen.

Shelby erinnert sich, daß Susan und Mark sich danach noch mehrmals am Telefon sprachen, ohne daß Susan jemals ihre Schwangerschaft erwähnt habe. Shelby verstand das nicht, und immer, wenn ihre Schwester mit Mark telefonierte, stellte sie sich hinter sie und flüsterte ihr ins Ohr: »Sprich das Baby an! Sag ihm, daß du seine Hilfe brauchst!« Aber Susan winkte jedesmal ab und behauptete nach dem Auflegen des Hörers, es sei nicht der richtige Augenblick dafür gewesen.

Nachdem ein paar weitere Wochen verstrichen waren, gegen Ende April 1989, überzeugte Susan schließlich Ron Poole davon, daß sie unbedingt einmal ein wenig Abwechslung brauchte. Er holte sie in Freeburn ab und fuhr mit ihr zu den Feiern der ›Hillbilly Days‹ in Pikeville.

Die ›Hillbilly Days‹ sind ein halb historisches, halb improvisiertes Fest. Tausende von Menschen, auch aus den angrenzenden Staaten strömen dann nach Pikeville, präsentieren sich in ihren ›Hillbilly-Kostümen‹ und in ihren ›Hillbilly-Autos‹. Es ist eine großartige Show, mit Musik, Square dance und Holzschuhtänzen, und die Leute paradieren im ›Blaumann‹, der typischen Arbeitskleidung dieser Gegend, Strohhüte auf dem Kopf und Maiskolbenpfeifen zwischen den schwarzgefärbten Vorderzähnen, durch die Straßen.

In den letzten Jahren sind die ›Hillbilly Days‹ zu einem großen kommerziellen Erfolg geworden. Die Geschäftsleute in Pikeville scheffeln während des viertägigen Festes emsig Dollars. Kunsthandwerker und Künstler stellen ihre Arbeiten in den Straßen aus und bieten sie den neugierigen Passanten zum Kauf an. Es sind die Tage des Jahres, in denen das Geschäft blüht, denn die Leute in der Gegend raffen ihre letzten Cents zusammen, um sich zu kaufen, was immer sie sich leisten können . . . Ron Poole führte Susan durch die Straßen, an den Marktbuden und Ständen vorbei, und er fütterte sie mit Bratäpfeln, Hot dogs und Pizzastücken.

Dennoch, der Ausflug nach Pikeville heiterte sie nicht

auf. Während sie von einer Kunstgewerbe-Bude zur anderen schlenderten, jammerte sie Ron ununterbrochen vor, wie schlecht Mark sie behandele. Selbst die fröhliche Musik und die Tänze konnten sie nicht von diesem Thema ablenken. Um sie zu beschwichtigen, ging Ron mit ihr in Watson's Department Store und kaufte ihr neue Kleider. Sie ließ die neuen Sachen gleich an: Sie hatte sich ein ärmelloses rotes T-shirt und dazu passende rot-weiß gestreifte Shorts ausgesucht. Poole kaufte ihr sogar noch ein Paar weiße Stöckelschuhe.

Seit Mark nicht mehr da war, hatte sich Susans gesamtes Verhalten verändert. Sie ging nicht mehr aus sich heraus, und von ihrer früheren Unbekümmertheit war nichts mehr zu spüren. Sie wollte allein sein, keine anderen Menschen mehr treffen. Vor allem keine anderen Männer mehr. Wie sie Ron Poole an diesem Apriltag sagte, wollte sie nur eins, daß Mark Putnam sie heiratete. Sie wollte eine ehrbare, geachtete Frau werden ...

Poole versuchte alles, sie von ihren düsteren Gedanken abzulenken, und brachte das Gespräch immer wieder auf andere Themen. Er erwähnte von sich aus kein einziges Mal den Namen Mark. Wenn Susan Putnams Namen ins Spiel brachte, tat Ron so, als habe er sie nicht verstanden und zeigte rasch auf irgendein interessantes Stück im Verkaufsangebot der Buden ... Am Abend ließ er Susan am Postgebäude in Freeburn, schräg gegenüber von Shelbys Haus, aus dem Wagen; er durfte sie nicht vor der Haustür absetzen, weil Susan ihre Kontakte zu einem FBI-Mann vor ihrem Schwager Ike verheimlichen mußte. Er durfte sie nicht in Rons Wagen sehen, einem silberfarbenen Blazer, den jedermann in Freeburn kannte.

Susan war kaum durch die Eingangstür gekommen, als sie ihrer Schwester auch schon stolz das neue Outfit vorführte, das ihr Ron gekauft hatte. Als Shelby ihr aber sagte, daß Mark immer noch nicht angerufen hatte, brach sie in Tränen aus. Sie zog die neuen Kleidungsstücke aus, schenkte Shelby das rote Top und starrte mit leerem Blick aus dem Fenster; sie wirkte abwesender und introvertierter denn je. Sie wollte nicht einmal mehr über Mark oder seine Frau sprechen . . . Sie sprach kaum noch. Shelby kam es so vor, als hätte ihre Schwester sich mit einem Eispanzer umgeben. Susan war nicht mehr die fortlaufend von Adrenalinstößen aufgeputschte junge Frau, wie sie jedermann gekannt und geliebt hatte . . .

In dem Bemühen, die Schwester aus ihrer Krise herauszuholen, sagte Shelby oft: »Hör mal, Susan, warum gehst du nicht mal ein bißchen raus, zu 'nem Spaziergang oder sonst was, oder sollen wir mal 'ne Spritztour mit dem Auto machen?« Aber Susan lehnte alle diese Vorschläge ab und erklärte, sie müsse im Haus bleiben, falls Mark anrufen würde. Sie zog sich vor den Fernseher zurück und fing jedesmal unkontrollierbar an zu schluchzen, wenn irgendein Krimi lief, in dem Polizisten eine wichtige Rolle spielten. Insbesondere *Miami Vice* verursachte ihr große Qualen, denn dann dachte sie an die Zeit, als sie mit Mark zusammen versucht hatte, dem einen oder anderen Drogenhändler eine Falle zu stellen, und sie fragte sich, mit wem zusammen er jetzt in Florida solche Fallen ausheckte. Und jedesmal, wenn das Telefon klingelte, hoffte sie, Mark sei am Apparat und rufe sie an, um ihren Umzug nach Florida mit ihr zu besprechen . . .

Mitte Mai war Susan völlig verzweifelt. Sie hatte Angst davor, mit Mark über ihre Schwangerschaft zu sprechen, wozu Shelby sie immer wieder drängte. Susan war jetzt im vierten Monat schwanger, und jedermann konnte sehen, daß sie in anderen Umständen war. Shelby ärgerte sich maßlos über die ängstliche Untätigkeit ihrer Schwester. Schließlich brachte sie Susan doch noch dazu, Mark am Telefon mit der harten Wirklichkeit zu konfrontieren. Shelby hörte, was Susan sagte, und nach dem Ende des

Gesprächs erzählte ihr Susan, wie Mark reagiert hatte. Wie Shelby sich erinnert, begann das Gespräch recht freundlich, als Susan aber Forderungen stellte, kam es zu einer häßlichen Auseinandersetzung.

»Kathy hat mir erzählt, es gefällt ihr gut da unten, sie ist glücklich, und es geht euch allen anscheinend prima«, fing Susan an.

»Ja, das kann man sagen. Es ist wirklich schön hier. Und wie steht's bei euch da oben?«

»Na ja, es geht so. Aber ich vermisse dich sehr. Sag mal, hast du mit Kathy in letzter Zeit viel Sex gehabt?«

». . . Nein, Susan. Ich war für so was immer zu müde. Muß mich doch erst mal in den neuen Job einarbeiten und all den Kram . . . Ich muß so viel arbeiten, daß ich für sonst nichts Zeit habe.«

»Na, darauf würde ich keinen Cent verwetten! Warum hast du mich noch nicht angerufen, seit du da unten bist! Ich habe doch dauernd Nachrichten für dich im Büro hinterlassen. Hast du die nicht gekriegt?«

»Es ist doch so, Susan, ich bin neu hier und dauernd unterwegs, die Leute wissen nicht, wo ich gerade bin, und so kriege ich nicht alle Nachrichten, die für mich bestimmt sind. Und ich habe hier ja kein eigenes Büro, wir arbeiten alle in einem großen Raum, jeder hat nur so eine Art Pferdebox für sich, verstehst du, und die Telefongespräche müssen alle über eine Vermittlung laufen. Es ist nicht so einfach, dich von hier aus anzurufen.«

»Na schön . . . Habt ihr inzwischen ein Haus gefunden?«

»Ja, wir sind schon eingezogen. In ein Reihenhaus in der Nähe von Fort Lauderdale.«

»Ein Reihenhaus, aha.«

»Ja.«

»Nun, ich hoffe, ihr seid alle froh und glücklich! Und du bist am besten so lange froh und glücklich, wie's noch geht! Denn wenn ich losgeworden bin, was ich dir sagen will, dann ist es aus mit froh und glücklich im neuen Haus, das kann ich dir versprechen!«

»Was soll das? Wovon redest du, Susan?«

»Du wirst für dieses Kind sorgen, davon rede ich!«

»Du weißt doch gar nicht sicher, ob ich der Vater bin, oder doch?«

»Das weiß ich ganz sicher! Es ist dein Kind, Mark, und ich will von dir Unterstützung für das Baby! Ich kann das allein nicht schaffen!«

»Hör mal zu, Susan, wir reden darüber, wenn ich nach Pikeville komme, okay?«

»Du wirst mir Geld für das Baby geben, Mark, oder ich komme mit Shelby runter nach Miami, und dann tragen wir die Sache vor Kathy aus, ist das klar?«

»Susan, wir regeln das alles, wenn ich nach Pikeville komme, ehrlich! Du mußt mir vertrauen!«

Nachdem sie den Hörer aufgelegt hatte, saß Susan ganz ruhig da, aber als sie Shelby erzählte, was Mark im einzelnen gesagt hatte, fing sie an zu heulen.

»Ich möcht' am liebsten sterben«, schluchzte sie.

»Was um Himmels willen ist mit dir los, Mädchen?« fragte Shelby.

»Ich weiß nicht . . . Kenneth läßt mich nicht zu meinen Kindern, und jetzt krieg' ich wieder eins, aber Mark will für das Baby nichts tun!«

Shelby war so wütend auf den FBI-Agenten, daß sie versucht war, mit Susan nach Florida zu fahren und Putnam zur Rede zu stellen. Sie hatte sich das schon mehrmals überlegt, denn die Angelegenheit mußte auch in ihrem eigenen Interesse irgendwie geklärt werden; mit Susan im Haus war das Leben in Freeburn immer schwieriger geworden. Ike kam von dem Verdacht nicht los, das FBI würde in seinen Geschäften herumstochern, was er auf Susans Anwesenheit zurückführte, und Kenneth umrundete dauernd das Haus, spionierte Susan nach, immer darauf aus, irgendwelchen Ärger zu machen und Streit anzufangen. Oft hielt Kenneth mit dem Wagen direkt vor dem Haus. Er hatte die Kinder dabei und verlangte, Susan solle rauskommen, er hätte was mit ihr zu besprechen. Susan lehnte das ab, weil sie sich nicht vor den Kindern mit ihm herumstreiten wollte. Und sie hatte gute Gründe, sich vor ihm zu fürchten. Shelby erinnert sich an einen warmen Frühlingstag, als sie Susan ermutigt hatte, im Interesse der Kinder doch zu ihm zum Wagen zu gehen und mit ihm zu reden – und als sie dann mit Blutergüssen und von Todesdrohungen eingeschüchtert zurückkam.

Sie war kaum zu Kenneth in den Wagen gestiegen, als die beiden auch schon heftig aneinandergerieten. Vor Miranda und Brady schrie Kenneth sie an, es gingen dauernd Männer bei ihr ein und aus, sie sei eine verdammte Nutte und drogensüchtig obendrein. Susan fauchte zurück, er solle aufhören, hinter ihr herzuspionieren und vor den Kindern solche Lügen zu erzählen, er wolle die Kinder ja nur gegen sie aufhetzen.

Voller Wut fuhr Kenneth los. Die Streiterei ging weiter, bis Kenneth die Beifahrertür aufstieß und Susan aus dem Wagen schubste. Sie fiel in den Straßengraben. Völlig aufgelöst rief sie von einem Haus in der Nähe bei Shelby an. Als sie dann kurze Zeit später zum Haus zurückkam, waren ihre Kleider völlig verdreckt. Sie hatte Blutergüsse am rechten Bein. Wie sie ihrer Schwester erzählte, hatte Kenneth ihr mit einer Pistole in der Hand gedroht, mit ihr zu den Eisenbahngleisen in Vulcan zu fahren und ihr dort das Gehirn aus dem Schädel zu pusten. Mit zitternder Stimme fügte sie hinzu, Kenneth habe auch versucht, sie zu überfahren, nachdem er sie aus dem Auto gestoßen hatte.

Am 7. Mai 1989 beantragte Susan Smith bei der Polizei

einen Haftbefehl gegen Kenneth Smith wegen ›gewalttätiger Bedrohung‹. Sie gab zu Protokoll, Kenneth habe gedroht, sie zu erschießen, er habe versucht, sie mit seinem Wagen zu überfahren, und er habe sie durch Obszönitäten beleidigt. Sie rief auch Ron Poole an und berichtete ihm von dem Zwischenfall mit Kenneth. Sie bat ihn eindringlich, ihr zu helfen, aus Freeburn wegzukommen. Poole reagierte höflich, aber ausweichend.

Ende Mai war es bei Susan soweit, daß sie zu der Überzeugung kam, Mark wolle nichts mehr mit ihr zu tun haben und sich aus der Verantwortung für das Baby stehlen. Sie wollte dieser häßlichen Realität nicht ins Auge sehen, aber ein Vorfall, der sich kurz vor seiner Abreise ereignet hatte, ging ihr nicht mehr aus dem Kopf. Mark war mit ihr zum Fishtrap Dam in der Nähe von Pikeville gefahren, und als sie ihre Schwangerschaft angesprochen hatte, hatte er wie ein Wahnsinniger reagiert; er hatte versucht, Susan aus dem Wagen zu stoßen, und ihr kam jetzt der Verdacht, er könnte damit versucht haben, eine Fehlgeburt bei ihr hervorzurufen.

Susan brach schließlich zusammen und erzählte Shelby von diesem schrecklichen Vorfall mit Mark.

»Als ich ihm gesagt hab', er müßte mir monatlich Geld für das Kind geben, fing er an, mit den Händen auf dem Lenkrad rumzuklopfen. ›Das kann ich nicht‹, hat er dazu gebrüllt. ›Jeden Scheck, den ich ausstelle, kann man doch zurückverfolgen! Und Kathy hat die Hand fest auf meinem Einkommen!‹ Er hat wie verrückt geschrien, kann ich dir sagen!«

»Susan, du mußt auf dich aufpassen«, warnte Shelby. »Es sieht doch so aus, als ob der Kerl wirklich nicht ganz dicht wär'! Dem trau' ich zu, daß er mal auf dich losgeht und dich irgendwie verletzt, vielleicht sogar versucht, dich umzubringen! Der Typ ist doch echt wahnsinnig!«

»Nein Shelb, da machst du dir zu viel Sorgen. Mark

könnte mir nie weh tun oder so was. Er ist nicht der Typ, der so was macht.«

»Wirklich nicht?«

»Wart's mal ab, wie schön das Baby wird! Unser kleines FBI-Baby!«

»Sicher ... Vielleicht sind die Buchstaben *FBI* schon bei der Geburt auf seinem kleinen Hintern eingebrannt«, feixte Shelby.

Shelby hatte erkannt, daß Susan sich nicht bewußt war, in welcher Gefahr sie sich befand. Susan hatte es bisher meistens fertiggebracht, die Dinge so hinzubiegen, wie sie sie haben wollte, obwohl dabei nicht immer Überlegungen zugrunde lagen, die vom gesunden Menschenverstand diktiert wurden – aber diese Sache jetzt war etwas ganz anderes. Sie hatte es mit einem FBI-Agenten zu tun, und der war schlau und durchtrieben, viel zu durchtrieben für sie. Shelby machte sich Sorgen, weil Susan diesen Mann jetzt unter so starken Druck setzte, und in ihrer Angst erzählte sie ihren Eltern, was da vor sich ging.

Sid Daniels, der Vater, erklärte später: »Ich hab' Susan gesagt, sie soll die Finger vom FBI lassen. Und ich hab' ihr gesagt, dieser Mann würd' es bestimmt nicht riskieren, wegen ihr seinen Job zu verlieren. Aber sie hat einfach nicht zugehört. Ich hab' ihr geraten, ihr Baby zu kriegen, es allein aufzuziehen und Mark Putnam ganz einfach zu vergessen. Sie würd' ihn ja doch nie im Leben dazu kriegen, seine Frau zu verlassen. Jeder Mensch mit 'nem halbwegs gesunden Menschenverstand hätt' das doch eingesehen.«

Statt auf den Rat ihres Vaters zu hören, flüchtete Susan sich immer mehr in den Drogenkonsum. Shelby fürchtete, sie würde dabei ihr ungeborenes Kind schädigen, und es kam zu erbitterten Auseinandersetzungen zwischen den beiden Schwestern über dieses Thema. Aber Shelbys Bemühungen blieben erfolglos; Susan ließ nicht davon ab, die quälenden Sorgen über ihre schlimme Lage im Rausch von Halluzinationen zu ertränken ...

Im Mai 1989 kam Putnam für einige Tage nach Pikeville zurück, ohne Susan darüber zu informieren. Am 23. und 24. Mai wohnte er im *Landmark Inn* und rechnete für diese beiden Tage mit seiner American-Express-Karte ab. Auch Ron Poole übernachtete an diesen beiden Tagen dort. Putnam verließ die Stadt wieder, ohne Susan getroffen zu haben.

Susan rief weiterhin häufig bei seinem Büro in Miami an.

Mark konnte nicht alle ihre Anrufe ignorieren, und so machte er es zur Regel, Susan von Münzfernsprechern aus anzurufen, um sich nach dem Stand ihrer ›angeblichen‹ Schwangerschaft zu erkundigen ...

Als er eines Tages wieder einmal anrief, sagte Susan zu Shelby, sie würde an den Apparat im oberen Stock gehen; sie hätte Mark vieles zu sagen, was am besten unter ihnen beiden bleiben würde. »So, diesmal hab' ich's ihm aber gegeben!« behauptete sie, als sie wieder nach unten kam. »Ich hab' ihm gesagt, er müßt' mir jetzt endlich Geld schicken. Er hat dann vorgeschlagen, er würd' für 'ne Abtreibung bezahlen, aber ich hab' gesagt, nein, ich will das Kind behalten!«

Susan war jetzt der Meinung, sie hätte Mark endlich wachgerüttelt, ihn so heftig unter Druck gesetzt, daß er befürchten mußte, sie käme tatsächlich mit Shelby nach Florida und würde mit ihrem dicken Bauch bei Kathy vor der Tür stehen, wenn er sie nicht finanziell unterstützen würde. Wie Susan berichtete, hatte Mark wieder behauptet, er könne ihr kein Geld geben, Kathy hätte die Hand auf seinem Einkommen. Aber schließlich hatte er versprochen, die Sache mit ihr zu besprechen, wenn er zur endgültigen Erledigung des Falles mit der Autoschieberbande nach Pikeville käme.

Nachdem sie Shelby von ihrem Gespräch mit Mark unterrichtet hatte, fragte Susan, wie es denn in Florida eigentlich aussehen würde; sie kannte es nur vom Fernsehen, und sie konnte sich nicht vorstellen, daß es dort tatsächlich so schön war, wie es in den Fernsehsendungen immer gezeigt wurde. Aber Shelby bestätigte das, schilderte ihr Florida als ein wahres Paradies, mit Palmen, glitzernder Brandung, weißen Sandstränden – als tropischen Himmel voller exotischer Früchte und Blumen und vielen, vielen reichen Leuten. Susans Gesicht leuchtete auf, als sie das hörte. Nach ein paar Minuten aber traten Tränen in ihre Augen, ihr Gesicht verdüsterte sich, und sie fing an, mit ihren langen Fingernägeln auf die Tischplatte zu trommeln. »Shelb, ich werd' noch verrückt«, sagte sie. »Die Leute hier bei uns in den Bergen . . . Es ist doch wirklich schrecklich! Sie hocken den ganzen Tag auf der Veranda, neben sich den Waschkessel und die Wringmaschine, gucken den Hunden und Schweinen zu, die im Garten rumlaufen, und sie machen gar nichts, als ihren Kautabaksaft in der Gegend zu versprühen . . . Ich halt' das Leben hier nicht mehr aus! Ich will nicht so weiterleben müssen wie bisher! Ich will mehr aus meinem Leben machen! Und glaub mir, wenn sie mich nicht unter das Zeugenschutzgesetz stellen, dann werd' ich ihnen an den Kragen gehn. Ich werd' sie ruinieren – alle! Ich weiß genug über Mark und den ganzen Haufen! Ich werd' mich an die FBI-Bosse wenden. Die Kerle kriegen einen Mordsärger, das kann ich dir sagen!«

»Suzie, um Gottes willen, was für Sachen weißt du über das FBI?«

»Das darf ich dir nicht sagen, Shelb, es ist zu gefährlich.«

»Ach was, Suzie, erzähl's mir doch!« bettelte Shelby. »Ich sag' auch keinem Menschen ein Wort davon weiter.«

»Nein. Ich sag's dir nicht, denn du hast eine lose Klappe, und wie die Dinge nun mal liegen, bin ich in Gefahr, glaub mir das. Und ich will dich nicht auch noch in Gefahr bringen!«

Während Susan darauf wartete, daß Mark nach Pikeville kam, rief Kenneth sie täglich an und lud sie ein, nach Vulcan zu kommen und die Kinder zu besuchen. Aber auch diese Gespräche endeten immer mit Streitereien; Kenneth bezichtigte Susan regelmäßig, sich wie eine Hure zu benehmen, und Susan knallte dann den Hörer auf. Kenneth hatte dem Sozialamt gemeldet, Susan bereichere sich illegal, indem sie von zwei Staaten Sozialhilfe beziehe. Das führte dazu, daß Susans Zuschüsse erheblich gekürzt wurden – die von Kenneth allerdings auch. Da Susan inzwischen kein Geld mehr vom FBI erhielt, hatte sie nur noch zweihundertneunundvierzig Dollar im Monat zum Leben. Schließlich gab sie ihre Einwilligung, in Williamson die erforderlichen Papiere zu unterschreiben, mit denen Kenneth das volle Verwahrungsrecht für die Kinder zugesprochen wurde; dadurch bekam er wieder höhere Sozialleistungen und konnte die Kinder halbwegs durchbringen.

Shelby erinnert sich gut an den Tag, als Susan und Kenneth nach Williamson fuhren. Mark rief mehrmals an, und als sie ihm schließlich sagte, Susan sei mit Kenneth weggefahren, sagte er, er würde später noch einmal anrufen.

Er tat es nicht – vielleicht kam er nicht durch –, und Susan weinte bitterlich, als sie erfuhr, daß sie seine Anrufe verpaßt hatte. Sie machte Shelby sogar Vorwürfe, daß sie nicht versucht hatte, sie in Williamson irgendwie zu erreichen ...

In der letzten Maiwoche gab Susan schließlich Kenneth' Bitten nach, für ein paar Tage nach Vulcan zu ihrer Familie zu kommen; die beiden wollten einen neuen Versuch machen, wieder miteinander auszukommen. Inzwischen hatte Susan erkannt, daß von Mark Putnam ohne drastische Maßnahmen keine Hilfe zu erwarten war; sie mußte einen anderen Weg finden, um ihre miserable Situation zum Besseren zu wenden. Sie entschloß sich zu dem Versuch, sich mit Kenneth zu arrangieren. Obwohl sie eine Verfügung erwirkt hatte, nach der Kenneth sich von ihr fernzuhalten hatte, und obwohl sie nicht sicher sein konnte, daß er nicht mehr auf sie einprügeln würde – sie mußte es versuchen. Es gab keine andere Alternative.

Susan und Kenneth waren übereingekommen, daß sie auf dem Sofa im Wohnzimmer und er mit den Kindern im Schlafzimmer nächtigen könne. Während der Tage in Vulcan entwickelte Kenneth einen Plan, wie sie alle aus Freeburn wegkommen könnten. Er rief seinen Bruder Roger an, der inzwischen in Seattle wohnte, und regelte mit ihm, daß die vier für einige Zeit bei ihm wohnen könnten. Susan hatte sich entschlossen, mit nach Seattle zu gehen. Sie hatte mit Kenneth eine lange Aussprache; sie kamen überein, im Interesse der Kinder wieder zusammenzuleben. Aber sie würden nicht wieder miteinander schlafen ...

Sie bat Kenneth, die Möbel zu verkaufen und die Kleider der Kinder zur Vorbereitung auf den Umzug in Kartons zu verpacken. Sie hatten sich entschlossen, alles zu verkaufen, auch den Wagen, und nach Seattle zu fliegen. Sie wollten nur die notwendigsten Dinge wie Kleidung und Toilettensachen mitnehmen. Bevor Susan wieder zurück zu Shelby ging, packte sie ein, was an Kleidung von ihr noch im Haus in Vulcan war. Kenneth' Schwester Irene hatte ihr einige Kleidungsstücke in Übergröße geschenkt, die sich als Umstandskleidung eigneten, und das war auch schon fast alles, was von ihr noch bei Shelby war. Sie ging nur zurück, um diese Sachen zu packen und sonst alles in Ordnung zu bringen ...

Sie sagte Kenneth aber, sie könne noch nicht sofort mitkommen, sie brauche noch ein paar Tage; sie müsse nach Pikeville fahren, um mit den Leuten vom FBI darüber zu verhandeln, wie sie zu dem Geld komme, das das FBI ihr noch schuldig sei. Offensichtlich hoffte sie immer noch, das FBI werde sie unter das Zeugenschutzprogramm stellen und ihr eine völlig neue Identität verschaffen, unter der sie in Seattle weiterleben könnte. Wenn das der Fall wäre, so dachte sie, könnte sie eine Menge Ballast abwerfen ...

Aber es kam alles ganz anders. Kenneth, der sich einbildete, Susan zurückgewonnen zu haben, quälte und schikanierte sie in diesen Tagen mehr denn je, warf ihr vor, sich mit anderen Männern herumzutreiben, dauernd betrunken zu sein oder unter Drogen zu stehen. Vor aller Welt beschimpfte er sie, sie sei ein Flittchen und eine völlige Versagerin als Mutter. Jetzt hatte Susan endgültig die Nase voll von ihm und erkannte, daß der Plan, mit ihm und den Kindern nach Seattle zu gehen, nicht gutgehen konnte. Sie ließ ihn fallen.

Am 30. Mai 1990 fuhr sie mit Shelby zum Gesundheitsamt der Pike County, wo sie sich durch eine Urinprobe bestätigen ließ, daß sie schwanger war. Mit dem schriftlichen Bescheid fuhren die beiden Schwestern weiter zu Ron Poole ins FBI-Büro. Dort stellte Shelby fest, daß Susan in einem ganz bestimmten Rhythmus klopfte, um eingelassen zu werden ...

Das FBI-Büro war inzwischen umgezogen – in den fünften Stock des Gebäudes der First National Bank von Pikeville. Im Aufzug auf dem Weg nach oben informierte Susan ihre Schwester über Rons Tätigkeit beim FBI. Er sei seit über acht Jahren Agent beim FBI, habe zwischendrin einmal für zweieinhalb Jahre in Chicago als Undercover-Agent gearbeitet und sei auch mal für acht Monate in St. Louis stationiert gewesen. Sie sagte, Ron sei ein netter Kerl und würde nicht aussehen wie ein FBI-Agent.

Als Poole die Tür aufmachte, war Shelby, die ihn nicht kannte, sehr überrascht, was für ein korpulenter Mann ihr da gegenüberstand. Er war etwa einen Meter achtzig groß und wog fast hundertvierzig Kilo. Auch seine Kleidung überraschte Shelby. Sie war geradezu schlampig. Dazu hatte er auch noch überlange Haare. Er sei gerade wieder einmal mit einem Fall beschäftigt, in dem er ›undercover‹ arbeiten müsse, erklärte Susan der Schwester. Shelby erinnert sich heute noch, daß sie damals wirklich nicht glauben konnte, einen FBI-Agenten vor sich zu haben . . .

Die beiden Frauen waren kaum im Büro, als Susan auch schon den Schwangerschaftsnachweis aus der Handtasche zog und ihn Poole zeigte. Stolz erklärte sie dazu, der Arzt beim Gesundheitsamt habe ihr gesagt, die Niederkunft sei im November zu erwarten. Ron sah sich die Schwangerschaftsbestätigung an, auch die verschiedenen zusätzlichen Unterlagen, die man Susan mitgegeben hatte – Broschüren über richtige Ernährung während der Schwangerschaft und ein spezielles Programm für Zusatznahrung bei Neugeborenen –, und seine spontane Reaktion war: »Hey, das ist ja toll! Ich nehm' die Papiere mit raus in den Flur und mach' Fotokopien, und eine davon leg' ich Mark auf den Schreibtisch, damit er sie vorfindet, wenn er herkommt!«

Poole war anscheinend so aufgeregt wegen Susans Schwangerschaft, daß er die beiden Frauen in seinem Büro für ein paar Minuten alleinließ, obwohl auf seinem Schreibtisch eine Menge vertraulicher FBI-Akten herumlagen. Als er zurückkam, bat er die Frauen, nicht darüber zu reden, daß er das gemacht hatte. Er legte Kopien des positiven Schwangerschaftstest auf Marks und auf seinen Schreibtisch, dann forderte er die Frauen auf, doch Platz zu nehmen.

»Ron, das ist Marks Baby«, sagte Susan. »Was meinst du, wie ich es nennen soll? Wie wär's mit Mark, wenn's ein Junge ist, und Markella, wenn's ein Mädchen ist?«

Poole lachte nur und blinzelte Shelby zu.

»Ach du lieber Gott«, kicherte er dann, »tu's dem Baby ja nicht an, es Markella zu nennen!«

Shelby hatte den Eindruck, als ob Poole über die Affäre zwischen Susan und Mark Bescheid wüßte, aber er äußerte sich nicht klar darüber. Auch nicht, als Susan scherzhaft sagte, ihre Schwangerschaft sei kein Wunder bei der Art, wie Mark sie im Bett dauernd ›fertiggemacht‹ hätte. Als Susan dann aber genüßlich noch weitere Einzelheiten aus Marks Sexualverhalten zum besten gab und besonders von seiner ›tollen Ausstattung an der bestimmten Stelle‹ schwärmte, war das Shelby doch recht peinlich.

Shelby war nervös, aber Susan fing an, das Innere von Marks Haus zu beschreiben, und Ron sagte, er wäre auch einmal mit seiner Frau zum Abendessen dortgewesen. Er habe Kathy nicht leiden können, fügte er hinzu, denn er habe mitgehört, wie sie in der Küche mit Mark blöde Witze über sein Gewicht gemacht hätte. Er hatte die Putnams danach nie mehr besucht, wie er sagte. Alles in allem fand Shelby Ron Poole sehr sympathisch.

Zum Schluß sagte Poole, Putnam käme am 5. Juni nach Pikeville, und er versprach, er würde ihn dazu anhalten, die Sache in Ordnung zu bringen. Wie die Polizei später bestätigte, hat Poole Fotokopien des positiven Schwangerschaftstestes und auch der dazugehörenden Broschüren Putnam über das FBI-Büro in Miami zugeschickt ...

Dann, zwei Tage vor Putnams Ankunft in Pikeville,

ergab es sich für Susan wie gerufen, daß sie in eine Schlägerei mit Sherry Justice, der Ex-Freundin von Cat Eyes Lockhart, geriet. Jetzt hatte sie einen echten Grund, Zeugenschutz zu fordern, und sie war sicher, daß Mark und Ron nun nicht mehr darum herumkamen, ihr aus Freeburn wegzuhelfen.

Nachdem Susan ihrer Schwester erzählt hatte, was passiert war, rief sie Ron Poole an, der dann auch am nächsten Tag nach Freeburn kam und Fotos von Susans zersplittertem Wagenfenster machte. Shelby hatte bereits Fotos von Susans rosa Bluse gemacht, die in Fetzen zerrissen war, und sie zeigte sie Poole sofort bei seiner Ankunft. Sie behielt die Fotos aber, um sie später der Polizei zu geben.

Natürlich kann es so gewesen sein, daß Susan den Streit mit Sherry Justice provoziert hat und ihn als ›Masche‹ benutzte, um aus Freeburn wegzukommen. Kenneth Smith sagt denn auch, daß Susan dauernd beim FBI-Büro anrief und behauptete, ihr Leben sei in Gefahr, sie würde immer wieder von Leuten in Freeburn verprügelt, und man würde Steine durch ihre Fenster werfen. Aber davon war kein Wort wahr . . . Wie Kenneth sagte, habe er am Tag des Streites mit Sherry gesehen, wie Susan ihre Bluse in Fetzen gerissen und sich mit einer Glasscherbe selbst Schnitte am Bein beigebracht hätte. Susan wollte, wie Kenneth sagt, dem FBI unterjubeln, sie sei ganz schlimm zugerichtet worden, während ihr in Wirklichkeit gar nicht so viel passiert war.

»Sie wollte die Leute vom FBI glauben lassen, sie hätte mehr abgekriegt, als wirklich der Fall war«, behauptet Kenneth. »Sie wollte unbedingt unter das Zeugenschutzprogramm gestellt werden. Deshalb hat sie sich die Schnitte am Bein beigebracht. Ich konnt's gar nicht glauben, als ich's gesehn hab'. Aber sie hat ja schon längere Zeit so'n Blödsinn gemacht; seit Monaten hat sie Verbandszeug im Handschuhfach liegen gehabt, und wenn sie nach Pikeville zum FBI gefahren ist, hat sie das Zeug dann irgendwo an ihrem Körper, wo man's sehen konnte, rumgewickelt. Klar, was sie damit erreichen wollte . . .«

Und nicht nur Kenneth beobachtete Susans geradezu verzweifelte Versuche, Aufmerksamkeit zu erregen und zu erreichen, daß ihr geholfen wurde. Auch ihr Bruder Bo hat mitbekommen, daß Susan in der Hoffnung, aus Freeburn wegzukommen, immer wieder behauptet hat, sie wäre in großer Gefahr.

»Einmal fuhr ein Lastwagen am Haus vorbei und schleuderte einen dickeren Kiesstein, der vom Eisenbahngleis auf die Straße geraten war, durch das Wohnzimmerfenster in Vulcan. Susan rannte sofort ans Telefon und rief Mark an; einer der Bankräuber hätte einen Backstein durchs Fenster geworfen, hat sie behauptet. Sie wollte ihn glauben machen, ihr Leben wär' in Gefahr, und sie hat versucht, auch mich das glauben zu lassen, obwohl ich dabei war, als die Sache passiert ist. Ich hab' gesehn, daß es nur ein Kiesstein war, aber sie wollte die Wahrheit nicht hören, sie wollte, daß ich ihre Lügenstory auch noch bestätigen soll. Sie hat wirklich mit aller Gewalt versucht, unter das Zeugenschutzprogramm gestellt zu werden.«

Wie dem auch sei, in der Zeit zwischen dem Schwangerschaftstest und der Schlägerei mit Sherry Justice gewann Susan immerhin Ron Pooles Mitgefühl. Er schwor, sie sofort zu verständigen, wenn Mark Putnam in Pikeville auftauchte. Irgendwie bekam sie Poole dazu, ihr aus der Hand zu fressen. Sie hatte ihm so oft von ihren finanziellen Schwierigkeiten vorgeweint, daß er sich eines Tages mit ihr bei Druther's traf, einem Restaurant in Meta, einer Stadt auf halbem Weg zwischen Freeburn und Pikeville, und ihr ein wenig Geld gab, um sie bei den Ausgaben für die Schwangerschaft zu unterstützen. Bei diesem Treffen sagte Ron ihr auch, Mark hätte bereits zugestimmt, die Sache mit ihrer Schwangerschaft in Ordnung zu bringen, sobald er nach Pikeville käme . . .

Shelby kam die ganze Sache ziemlich seltsam vor; Ron Poole benahm sich so, als wäre er der Vater von Susans Kind und nicht Mark Putnam.

11. Kapitel

Am Montag, dem 5. Juni, unternahm Putnam die zweistündige Fahrt vom Flughafen in Huntington, West Virginia, nach Pikeville. Er fuhr in seinem Leihwagen, einem Ford Tempo, auf dem Highway 23 durch Paintsville, Kentucky, dann in die Berge hinein. Es regnete, und die Straßen waren naß und schlüpfrig. Er erreichte Pikeville in Rekordzeit; es gab ja wegen der Vorbereitungen auf den Prozeß gegen die Autoschieberbande viel zu tun...

Es regnete den ganzen Tag, und Susan rief immer wieder bei Ron im FBI-Büro an, um sich zu erkundigen, ob Putnam schon angekommen wäre. Poole sagte ihr, Mark wisse davon, daß sie sich einem Schwangerschaftstest unterzogen hatte und daß er positiv ausgefallen war. Er versprach ihr noch mal, er würde sofort anrufen, sobald Mark durch die Tür des Büros hereinmarschiere.

Susan hatte Mark nicht mehr gesehen, seit er im April die Stadt verlassen hatte. Sie war schrecklich nervös. Wie würde er reagieren, wenn er sah, daß sie schon sichtbar schwanger war? Sie konnte es gar nicht erwarten, nach Pikeville zu fahren. Seit dem Tag, an dem sie sich dem Schwangerschaftstest unterzogen hatte, war sie nicht mehr dort gewesen.

Gegen sechs Uhr abends klingelte es endlich. Ron Poole war am Telefon.

»Rat mal, wer gerade reingekommen ist?« fragte er und lachte glucksend.

»Ist es Mark? Laß mich mit ihm sprechen!« kreischte Susan.

Sie hatte fest damit gerechnet, Mark würde sie einladen, bei ihm im Motel zu wohnen, aber zu ihrer Enttäuschung schien er sich nicht einmal zu freuen, ihre Stimme zu hören. Er wimmelte sie regelrecht ab. In dem kurzen Gespräch erzählte sie ihm von der Auseinandersetzung mit Sherry Justice, und er hörte ihr wohl auch zu, gab aber keinerlei Kommentar. »Er hat mich bei diesem Gespräch behandelt wie eine Fremde, Wie eine Null«, klagte sie Shelby später. »Er hat überhaupt nichts zu der Sache mit Sherry gesagt.« Er habe viel zu tun, hatte er gesagt, der Fall mit der Autoschieberbande mache ihm fürchterlich viel Arbeit, und er könne sich deshalb zunächst nicht mit ihr treffen. Er versprach ihr nur, er würde sie bald wieder anrufen, dann legte er auf, ehe sie protestieren konnte.

Natürlich war Susan tief enttäuscht über dieses Gespräch. Sie wollte Mark sofort treffen, und kaum hatte sie aufgelegt, als sie auch schon unter die Dusche ging und sich dann in Shelbys neuesten, schicksten Dress warf. Shelby versuchte, ihr auszureden, nach Pikeville zu fahren, aber Susan war nicht davon abzubringen, Mark noch an diesem Tag sehen zu wollen. Sie bat Shelby, ihr beim Frisieren und beim Make-up zu helfen.

Es war inzwischen neun Uhr abends, und es regnete immer noch, Nebel überzog die Berge mit einem dicken grauen Schleier. Susan rief Ron Poole in seinem Haus an; es liegt am John's Creek am Stadtrand von Pikeville. Sie sagte ihm, Mark wolle sie im Landmark-Motel sprechen. Poole gab ihr den Rat, bis zum nächsten Morgen zu warten, es sei schon spät und zu gefährlich, jetzt noch zu fahren, die Straßen seien schlüpfrig, und wegen des Nebels sei die Sicht sehr schlecht.

Aber Susan war sehr beharrlich und bestand darauf, daß er sie sofort abholen müsse, denn Mark wolle sie noch an diesem Abend in Pikeville sprechen. Nach einigem Betteln und Drängen erklärte sich Poole schließlich bereit, sie am Postamt in Freeburn abzuholen. Er sei um halb elf dort, sagte er.

Susan und Shelby setzten sich an den runden Küchentisch und warteten, bis es soweit war. Immer wieder gingen ihre Augen zu der großen Wanduhr, und auf den unbequemen Stühlen wurden ihre Rücken allmählich steif. Susan machte dauernd Witzchen über Ron und über ihre Schwangerschaft, um die Anspannung aufzulockern. Ike lag, mit der Fernbedienung in der Hand, im Wohnzimmer auf dem Sofa und ging alle Satellitenprogramme durch. Er war einundzwanzig Jahre älter als Shelby, und er ärgerte sich über das Kichern und Lachen in der Küche nebenan. Er und Shelby wollten sich am nächsten Morgen auf die sechsstündige Fahrt nach Louisville machen, und Ike wollte seine Ruhe haben . . .

Shelby hatte Ike nicht gesagt, daß Susan noch nach Pikeville fahren wollte. Er hätte es nicht zugelassen, denn er hätte sich denken können, daß sie nur dorthin wollte, um Putnam zu treffen. Ike hatte Susan immer wieder gewarnt, sich ja von Putnam und dem FBI fernzuhalten. Wenn man sich mit dem FBI abgab, war das ein verdammt gefährliches Spielchen. So sah er das. Shelby hatte ihm deshalb gesagt, Susan würde noch zu Pam gehen, einer Nachbarin ein paar Häuser weiter, und würde dort übernachten.

Als es endlich soweit war, nahm Susan einen Schirm und lief über die Straße zum Postamt.

Sie mußte eine halbe Stunde warten, ehe Ron auftauchte und sie zu ihm in den Wagen schlüpfen konnte. Er brachte sie zum Landmark und erledigte das Einchecken für sie, wobei er seine private Kreditkarte vorzeigte, um für die Bezahlung der Rechnung zu garantieren. In ihrem Zimmer kümmerte Susan sich nicht lange darum, sich einzurichten, sondern rief sofort bei Mark an. Und dann lief sie zu ihm in sein Zimmer . . .

Am nächsten Tag rief Tommy Estep, ein Freund von Susan und Kenneth, bei Shelby an und wollte Susan sprechen. Tommy und seine Frau wußten von Susans Affäre mit Putnam. Sie wußten sogar, daß sie von ihm ein Kind erwartete, und sie hatten angeboten, sie bei sich in ihrem Haus in Wisconsin aufzunehmen – ein Angebot, das Susan in ihrer verzweifelten Lage vor Marks Rückkehr sehr verlockend vorgekommen war, und sie hatte ernsthaft überlegt, es anzunehmen.

Als Susan am Mittwoch, dem 7. Juni, ihre Schwester vom Landmark Motel aus anrief, leitete Shelby die Nachricht, die ihr Tommy Estep hinterlassen hatte, an sie weiter; er wollte sie und Kenneth in Princeton, West Virginia, wegen eines Drogen-Deals treffen. Dann fragte Shelby nach Mark.

»Ich hab' das Thema mit dem Baby angesprochen«, antwortete Susan. »Mit allem Drumherum. Auch, daß er mir Geld geben muß. Aber er wollte einfach nicht darüber reden. Er will mir anscheinend nichts geben.«

»Also, Suzie, wenn du mich fragst, du machst da drüben nur einen Narren aus dir selber! Er will dir kein Geld geben – okay, warum kommst du dann nicht schleunigst zurück nach Hause?«

Aber Susan lachte nur.

»Susan, sieh zu, daß Ron dich wieder zurückbringt. Hau ab von dort! Wenn Ron nicht kann, komm' ich dich holen. Und wenn du wieder hier bist, dann redest du kein Wort mehr über Mark Putnam, okay? Du mußt ihn einfach aus deinen Gedanken streichen!« Shelbys Ton war geradezu flehend.

Während der vier Tage, die Susan im Landmark verbrachte, rief sie Shelby noch mehrmals an. Sie erzählte davon, welche Sexspielchen sie mit Mark trieb und schwärmte wieder einmal von seinem tollen Körper. Als Kontrastprogramm redete sie auch über Ron und machte

Witze über seinen dicken Körper. Sie erwähnte, ihr Zimmer im Motel sei sehr schön; in einem der Gespräche sagte sie, sie würde aus Marks Zimmer anrufen und sei gerade dabei, seine Kleider aufzuräumen. Ron Poole habe ihr ein tolles Shorts- und Top-Set gekauft, blau-weiß, Kentucky Wildcat. »Sag Monica, sie kriegt es von mir, wenn ich heimkomme«, versprach sie. »Es wird ihr bestimmt gefallen!« Monica war Shelbys Tochter.

Shelby sagt, Susan habe in den ersten Gesprächen mit ihr nichts davon erwähnt, daß sie Mark unter Druck gesetzt oder ihm gedroht habe, sie würde sich an seine Vorgesetzten beim FBI wenden oder die lokalen Medien einschalten. Aber sie klagte mehrmals darüber, daß Mark weiterhin die Vaterschaft leugnete und es hartnäckig ablehnte, ihr Geld für die nötigen Arztuntersuchungen zu geben oder ihr fest zuzusagen, später Alimente zu zahlen. Und Susan sagte Shelby, er sei wütend, weil sie keine Abtreibung machen lassen wollte . . .

Shelby machte sich dennoch Sorgen um Susans Sicherheit. Sie fürchtete, Mark könnte versuchen, sie irgendwie körperlich zu attackieren, um eine Fehlgeburt auszulösen. Susan selbst jedoch hatte in dieser Hinsicht keine Befürchtungen. Mehr als vor Marks Zorn hatte sie anscheinend Angst davor, Kenneth könnte herausfinden, wo sie sich aufhielt. Er stellte für sie die eigentliche Bedrohung dar, wie sie meinte, denn wenn ihm jemand steckte, daß sie in Pikeville bei Putnam war, dann würde er herkommen und sie erschießen . . .

»Guckst du mal, wie's den Kindern geht?« bat Susan ihre Schwester.

»Natürlich. Ich hab' sie ja erst gestern hier bei mir gehabt, und ich hab' dir gesagt, es geht ihnen prima. Jetzt sind sie wieder bei Kenneth.«

»Ach Shelby, du bist so schrecklich gut zu mir, und ich liebe dich, aber ich hab' so schreckliche Angst davor, zurück nach Freeburn zu kommen und es wieder mit Kenneth zu tun zu kriegen ... Und mit Sherry und all den anderen ... Ich wollt', es gäb' irgendwo einen Platz, wo ich mit meinen Kindern hingehn könnt', weg von Kenneth, weg von dieser verdammten Gegend. Versprichst du mir, drauf aufzupassen, daß Kenneth sich gut um die Kinder kümmert?«

»Ja natürlich, Suzie. Aber warum läßt du dich nicht von Mark heute abend nach Hause bringen? Es ist nicht gut für dich, wenn du noch länger da drüben bleibst.«

»Ja, ich weiß ... Mark ist heute mit Tränen in den Augen aus dem Zimmer gerannt. Er trifft sich mit Tom Shelf, dem Bundes-Staatsanwalt für die ganze Gegend hier. Mark und ich haben uns wegen des Babys wieder arg in der Wolle gehabt. Der Teufel war los, das kann ich dir sagen!«

»Suzie, komm doch heim!«

»Nein. Er hat gesagt, wir reden weiter drüber, wenn er zurückkommt. Ich glaub', er will irgendwas anleiern, daß ich unter Zeugenschutz komme.«

An diesem Tag hatte Ron Poole Susan eingeladen, mit ihm ins Letcher County zu fahren. Poole mußte Gerichtszeugen irgendwelche Papiere aushändigen und nahm Susan mit, um ihr die Möglichkeit zu geben, mal aus dem Motelzimmer wegzukommen ... Wie Shelby berichtete, regnete es in Strömen, und es verwunderte sie daher sehr, daß Poole trotz des Sauwetters anscheinend irgendwo zu einer Telefonzelle gelaufen war, um sie anzurufen und zu bitten, nach Pikeville zu kommen und Susan abzuholen. Ron sagte Shelby, Mark sei stocksauer, daß Susan im Landmark wohne. »Du mußt herkommen und deine Schwester abholen«, drängte er. Shelby hatte den Eindruck, daß Ron sich irgendwie Sorgen um Susan machte, aber es dämmerte ihr nicht, daß Pooles Anruf auch ein unterbewußter Hilferuf gewesen sein könnte ...

»Mein Wagen ist in der Werkstatt, Ron«, erklärte sie. »Die Bremsen müssen neu belegt werden. Ich hab' keine Möglichkeit, heute noch nach Pikeville zu kommen.«

Als Shelby aufgelegt hatte und über die Sache nachdachte, wurden ihre Sorgen um Susan noch größer als vorher. Sie hatte Putnam nie getroffen, kannte ihn nicht, aber sie kannte ihre Schwester und wußte, wie schnell sie aufbrausen konnte. Sie befürchtete, Susan könnte ihn mit ihren Forderungen zu heftig bedrängen und ihm ›das Messer an die Kehle setzen‹, und man konnte nicht wissen, wie Putnam dann reagieren würde . . .

Am Donnerstag, dem 8. Juni 1989, rief Susan zweimal vom Landmark aus bei Shelby an. Und im letzten Gespräch, das sie mit ihrer Schwester führte, beschwor Shelby sie noch einmal, doch nach Hause zu kommen, aus Putnams Nähe zu verschwinden.

»Ja, das mach' ich ja auch«, sagte Susan. »Ich werd' Mark sagen, er soll mich heute abend oder morgen früh heimfahren.«

Der Freitag und der Samstag vergingen, und Shelby hörte nichts von Susan. Sie war zu Tode beunruhigt. Sollte sie im Landmark anrufen, sich Marks Zimmer geben lassen und fragen, was los ist? Aber vielleicht brauchten Susan und Mark auch nur mehr Zeit, um ihr Problem zu diskutieren . . .

Am Sonntag, dem 11. Juni, hatte Shelby immer noch nichts von Susan gehört, und sie machte sich jetzt solche Sorgen, daß sie sich krank fühlte und ins Bett legen mußte. Sie wurde die Befürchtung nicht los, daß irgend etwas Schlimmes passiert sein mußte. Wenn ihrer Schwester etwas zugestoßen war, dann war das ihre Schuld. Sie hatte es zugelassen, daß Susan nach Pikeville gefahren war, und sie hatte sie angestachelt, von

Putnam finanzielle Unterstützung für sich und das Kind zu fordern ...

Mit ihrem Mann konnte sie über ihre Ängste nicht sprechen, denn sie hatte ihn ja angelogen und gesagt, Susan würde bei einer Nachbarin übernachten. Sie konnte nichts anderes tun, als sich vor das Telefon zu setzen und zu warten ...

Am späten Sonntagnachmittag, genau um fünf Uhr, klingelte dann endlich das Telefon. Shelby erinnert sich so genau an die Uhrzeit, weil sie gerade die roten Digitalzahlen auf ihrem Wecker anstarrte. Ron Poole war am Apparat.

»Hey, sag mal, ist dein Schwesterherz nach Hause gekommen?« fragte er.

»O Gott, nein! Ich hab' seit Donnerstag nichts mehr von ihr gehört oder gesehen!« flüsterte Shelby heiser.

»Aber sie müßt' doch inzwischen längst daheim sein!«

»Hast du denn angeboten, sie nach Freeburn zu bringen?«

»Nein. Wie käm' ich dazu? Ich hab' gedacht, Mark hätt' sie zu euch gefahren!«

»Nein, hat er nicht. Ich hab' nichts von Susan gesehn, und ich bin ganz krank vor Angst um sie. Aber wenn sie jemand hergebracht hat – vielleicht ist sie drüben in Vulcan bei Kenneth und den Kindern.«

»Hör zu Shelby, du prüfst das jetzt mal nach, und ich ruf' dich nachher wieder an. Ehrlich gesagt, ich mach' mir langsam auch Sorgen um sie.« Poole gab sich Mühe, das recht beiläufig klingen zu lassen ...

Shelby legte auf und rief Kenneth an. Sie erfuhr jedoch nur, daß Susan seit Tagen nicht mehr in Vulcan gesehen worden war. Sie versuchte herauszufinden, ob Kenneth ihr vielleicht etwas angetan haben könnte, aber es ergaben sich keine Anhaltspunkte dafür. Er behauptete, er habe keine Ahnung, wo Susan wäre.

Was Shelby nicht wußte – als Ron Poole am Freitag, dem 9. Juni, Susans Rechnung im Motel bezahlt hatte, hatte er in dem Zimmer ihre Kleider, ihre Handtasche und ihren Make-up-Beutel gefunden und mitgenommen. Als Poole am Sonntag bei Shelby angerufen und sich nach Susan erkundigt hatte, hatte er davon nichts erwähnt.

Am nächsten Morgen, am Montag, dem 12. Juni, rief Poole wieder bei Shelby an. Diesmal klang seine Stimme heiser. Er schien über Susans Verschwinden inzwischen echt beunruhigt zu sein.

»Susan ist weg, und ich kann sie nirgends finden«, sagte er. »Ihre Kleider waren im Landmark in einer braunen Papiertüte. Sie hat sie in ihrem Zimmer liegengelassen. Ich hab' mit dem Zimmermädchen gesprochen; sie sagt, Susan hat den Zimmerschlüssel nicht abgegeben.«

»Ihre Kleider waren in einer Papiertüte?« Shelbys Stimme zitterte.

»Ja. Und Tennisschuhe und ihr Make-up. Auch ein Handtuch vom Motel. Ihre Zahnbürste lag noch im Badezimmer auf dem Rand vom Waschbecken, das Zimmermädchen hat sie dort gefunden ... Sag mal, hast du denn gar keine Idee, wo sie sein könnte?«

»Na ja ... Tommy Estep hat vor ein paar Tagen hier angerufen und davon gesprochen, er wollte sich mit ihr in Princeton treffen. Meinst du, Mark könnt' sie dorthin gefahren haben?«

»Keine Ahnung. Vielleicht ist sie tatsächlich dort. Ich frag' ihn.«

»Sag mal, ist das wahr, Susan hat alle ihre Kleider im Landmark gelassen? War der rote Hosenanzug auch dabei?«

»Ja.«

»Dann sag mir mal, was sie anhat! Wart mal ... Sie hat

mir gesagt, du hättst ihr ein neues Kentucky-Wildcat-Outfit gekauft. Vielleicht hat sie das an.«

»Nein, das war auch in der Tüte.«

»Also, wenn ihr ganzes Zeug im Motel ist, was zum Teufel hat sie dann an?«

»Keine Ahnung. Vielleicht hat sie irgendwas von Mark angehabt. Und vielleicht hat sie die Esteps getroffen, sie haben gekokst, Susan war high geworden und einfach abgehauen.«

»Aber was soll sie denn an den Füßen gehabt haben? Du hast doch gesagt, ihre Tennisschuhe wären auch in der Tüte gewesen, oder?«

»Ja.«

»Und du hast ihr nicht noch was anderes zum Anziehen gekauft, Ron?«

»Nein, aber vielleicht hat sie ein bißchen Geld gehabt und ist in die Stadt gegangen und hat sich neue Sachen und Schuhe gekauft. Könnte ja möglich sein.«

»Was ist mit ihrer Handtasche? War die auch in ihrem Zimmer?«

»Ja. Die Handtasche, das Make-up – ihr ganzes Zeug war noch in dem Zimmer.«

»Was ist mit meiner Uhr? Ich hab' ihr meine beste Uhr geliehen!«

»Die war in der Handtasche.«

»Also nun hör mal, Ron, ich glaub' das nicht, daß sie irgendwohin verschwindet und ihre Handtasche nicht mitnimmt. So was würd' sie nie tun!«

»Okay, aber ich weiß einfach im Moment nicht mehr als das, was ich dir gerade gesagt hab', Shelby.«

»Na ja . . . Du machst dich am besten mal dran und stellst Mark ein paar Fragen. Vielleicht weiß er, wo sie ist.«

In den nächsten drei Tagen rief Ron Poole fast stündlich bei Shelby an, um mit ihr über das Verschwinden von Susan Smith zu sprechen, aber er hatte auch bis dahin noch keine Informationen, die auf ihre Spur hätten führen können. Sehr seltsam war, daß Mark Putnam nicht anrief. Er hatte Susan mehrmals von Florida aus angerufen; jetzt war er in Pikeville und hatte mehrere Tage mit ihr im selben Motel gewohnt, versuchte aber nicht, noch mal mit ihr zu sprechen. Bei Shelby entwickelte sich der Verdacht, er würde Susan irgendwo versteckt halten; vielleicht hatte er sie sogar nach Florida geschickt ...

Am Mittwoch sagte Poole zu Shelby am Telefon, er wäre mit Putnam beim Essen gewesen und hätte ihn auf Susans Verschwinden angesprochen. Putnam hätte behauptet, er hätte Susan am Mittwoch, dem 7. Juni, zum letztenmal gesehen. Shelby wußte es besser: Susan hatte sie doch am Donnerstag, dem 8. Juni, von Marks Motelzimmer aus angerufen, an dem Tag, an dem Mark mit Tränen in den Augen aus dem Zimmer gestürzt war, wie Susan gesagt hatte. Also war klar, daß Mark Putnam log. Shelby sagte das Ron. Und sie fragte ihn, ob er Putnam auch wirklich ganz intensiv ausgefragt hätte.

»Hast du ihn in die Zange genommen?« wollte sie wissen.

»Ich hab' mit ihm über das Thema gesprochen«, antwortete Ron ausweichend. »Er behauptet, Susan hätt' ihm gesagt, sie würd' mit Tommy Estep nach Chicago zu 'nem Koksdeal fahren. Mark hat ihr angeboten, zu ihrem Schutz hinter ihr herzufahren, aber Susan hat das nicht gewollt.«

»Na, das klingt ja äußerst komisch! Wie soll sie denn nach Princeton kommen? Sie hat doch keinen Wagen da drüben. Ron, bitte sorg dafür, daß Mark mich schleunigst mal anruft und mir ein paar Fragen beantwortet. Susan ist jetzt seit einer Woche verschwunden!«

Was Poole auch immer zu Putnam gesagt haben mag,

es verfehlte seinen Zweck nicht, denn am nächsten Tag klingelte bei Shelby das Telefon und Putnam war am Apparat. Er gab sich Mühe, ganz locker zu klingen, aber Shelby meinte, einen Anflug von Panik in seiner Stimme zu hören.

»Ist Susan da?« fragte Putnam.

»Nein, Susan ist nicht hier, Mark. Das ist es ja, was ich von Ihnen wissen will – wo ist sie? Susan ist zu Ihnen gefahren und müßte noch bei Ihnen sein. Nach Hause ist sie jedenfalls nicht gekommen. Was ist los? Wo steckt sie?«

»Nun . . . Ich weiß nur, daß Susan gesagt hat, sie wollte zu diesen Esteps fahren, und ich habe ihr angeboten, daß Ron oder ich ihr bis Princeton hinterherfahren, aber das wollte sie nicht. Sie wollte mit den Esteps allein sein; anscheinend hat sie Angst gehabt, ich könnte ihr den Drogendeal vermasseln, den sie durchziehen wollte. Ich habe ihr gesagt, sie soll mich anrufen, wenn sie dort angekommen ist, aber ich habe bis heute noch nichts von ihr gehört.«

»Na, und wie soll sie nach Princeton gekommen sein? Wer hat sie hingebracht?«

»Die Esteps sind hergekommen und haben sie abgeholt, nehme ich an.«

»Woher sollten die denn wissen, daß sie in Pikeville war? Ich hab' ihnen das jedenfalls nicht gesagt.«

»Susan hat sie von hier aus angerufen, denke ich. Haben Sie Susan nicht gesagt, die Esteps hätten angerufen und sich nach ihr erkundigt? Das hat sie mir jedenfalls gesagt.«

»Ja, sicher, Tom Estep hat hier angerufen, aber er hat gesagt, er wollte nicht herkommen und Suzie abholen. Er wollte sich mit ihr in Princeton treffen.«

»Ich nehme an, sie hat das mit den Esteps arrangiert, während ich in Lexington war. Mehr kann ich dazu auch nicht sagen. Ich weiß nicht, wann sie von hier weg ist. Als ich zurückkam, war sie jedenfalls nicht mehr da. Ich habe sie seit Mittwoch nicht mehr gesehen. Sie hat mir gesagt, wenn sie bei meiner Rückkehr nicht mehr da wäre, dann wäre sie nach Chicago gegangen, und dort würde sie eine Weile bleiben.«

»Nach Chicago ...? Na ja ... Okay, danke für Ihren Anruf, Mark.«

»Susan wird sicher bald hier bei mir in Pikeville anrufen. Sobald ich von ihr höre, lasse ich Sie es wissen.«

»Sagen Sie ihr, sie soll mich unbedingt anrufen! Ich bin krank vor Angst um sie!«

»Sobald sie sich meldet, sage ich ihr das. Ich bin sicher, es ist alles in Ordnung, Shelby. Susan ist ganz bestimmt okay.«

Nach dem Anruf war Shelby für einen kurzen Augenblick beruhigt, dann fielen ihr die Widersprüche in Putnams Aussagen auf, und sie war besorgter denn je. Sie steckte sich eine Zigarette an und lief im Zimmer hin und her, versuchte, ihre Gedanken zu ordnen. Es war wirklich ausgesprochen seltsam, daß Susan plötzlich davongelaufen sein sollte. Aus welchem Grund ...? Und außerdem, warum sollte sie ›eine Weile‹ in Chicago bleiben wollen? Das ergab doch überhaupt keinen Sinn. Die Esteps wohnten in Milwaukee. Susan würde vielleicht zu ihnen gehen, aber doch nicht nach Chicago. Dort kannte sie doch keine Menschenseele mehr ...

Und wie war sie nach Princeton gelangt? Tommy Estep hatte ausdrücklich gesagt, er wolle die Fahrt nach Freeburn nicht machen; warum sollte er sich plötzlich anders entschlossen haben, warum sollte er doch bereit gewesen sein, nach Pikeville zu kommen, was eine Stunde zusätzliche Fahrt bedeutet hätte? Susan traf sich mit Estep immer irgendwo in West Virginia. Estep war bisher nicht ein einziges Mal nach Pikeville oder Freeburn gekommen ... Und Shelby konnte auch nicht glauben, daß ihre Schwester mit den Esteps davonlief, ohne ein Wort darüber zu verlieren ... Das letzte, was Susan gesagt hatte, war, daß Mark sie nach Hause fahren würde. Sie hatte die Esteps mit keinem Wort erwähnt.

Der Gedanke, Mark könne Susan etwas angetan haben, ging Shelby nicht aus dem Kopf, sosehr sie sich auch bemühte, ihn zu verdrängen. Als dann auch der nächste Tag verstrich, ohne daß sie etwas von Susan gehört hatte, wurde die Angst um ihre Schwester immer größer. Sie stellte sich vor, wie sie auf dem Grund eines Brunnens liegt, wie sie nackt und tot auf dem Bett im Motel ausgestreckt ist ... Shelby wußte nicht mehr, was sie tun sollte. Sie konnte nicht mehr schlafen. Sie konnte nichts essen. Susan ging ihr nicht aus dem Kopf ...

An den nachfolgenden Tagen rief Shelby immer wieder bei Ron Poole an und drängte ihn, nach Susan zu forschen. Sie war sicher, daß Putnam wußte, wo ihre Schwester sich aufhielt; er war immer noch in Pikeville, und sie wollte nicht, daß er aus der Stadt verschwand, ohne noch ein paar Fragen beantwortet zu haben. Wenn er Susan unter Zeugenschutz gestellt und irgendwo versteckt hatte – eine letzte Hoffnung! –, dann sollte er das Shelby gefälligst sagen ...

Als sie am 14. Juni gegen neun Uhr morgens beim FBI-Büro in Pikeville anrief, hörte sie Marks Stimme im Hintergrund.

»Ron, wie verhält sich Mark?« fragte sie. »Irgendwie verdächtig?«

»Nein, soweit ich das beurteilen kann.« Dann rief er durchs Zimmer: »Hey, Mark, wir haben noch nichts von Susan gehört, oder?«

»Nein, noch nichts«, antwortete Putnam.

Shelby schloß aus Pooles Tonfall, daß er Putnam keine kritischen Fragen stellen würde und brach das Gespräch ab. Sie wartete eine Stunde und rief ihn dann wieder an. Diesmal war er offensichtlich allein im Büro.

»Ron, was soll ich um Himmels willen tun?« fragte sie. »Soll ich die Polizei verständigen? Ich meine, ich hab' jetzt über eine Woche gewartet . . .«

»Hör zu, warum rufst du nicht Supervisor Terry Hulse an, unseren Vorgesetzten drüben in Louisville, und meldest ihm, daß Susan vermißt wird? Ich geb' dir seine Telefonnummer.«

»Meinst du denn, der könnt' rausfinden, wo Susan ist?«

»Das weiß ich natürlich nicht.«

»Weiß er davon, daß Susan von Mark schwanger ist?«

»Das glaub' ich nicht. Red mit ihm. Wart ein paar Minuten, ich sprech' zuerst mit ihm und kündige deinen Anruf an, okay?«

Als Shelby die Telefonnummer wählte, war sie in Panikstimmung. Terry Hulse nahm schon nach dem ersten Läuten ab. Shelby legte sofort los, schrie dem FBI-Supervisor ins Ohr, daß es zwischen Mark Putnam und ihrer Schwester eine Affäre gebe, daß Susan von ihm schwanger sei, und sie machte Mark für Susans Verschwinden verantwortlich. Hulse reagierte wütend und sprang recht gehässig mit Shelby um, was die Auseinandersetzung noch zusätzlich anheizte.

»Meine Schwester ist verschwunden, und sie ist zuletzt mit Agent Mark Putnam gesehen worden. Sie war seine Informantin. Die beiden hatten seit zwei Jahren eine Liebesaffäre. Sie ist von ihm schwanger . . .«

»Na, na, junge Frau, nun beruhigen Sie sich mal! Bevor Sie weitermachen . . . Wie ich so gehört habe, hat ihre Schwester mit fast jedem Mann in Pikeville rumgeschlafen!«

»Hören Sie zu, junger Mann . . . Sie kennen meine Schwester doch gar nicht. Und ich sage Ihnen noch mal, sie ist verschwunden, schon seit Tagen, und ich bin überzeugt, daß Mark Putnam dahintersteckt. Er hat ihr vielleicht was angetan. Vielleicht hat er sie sogar umgebracht!«

»Na, jetzt mal ganz langsam ... Ihre Schwester taucht bestimmt wieder auf, und ich sage Ihnen, was ich dann veranlassen werde: Wir werden einen Test machen lassen, ob sie überhaupt schwanger ist, wenn ja, ob es Mark Putnams Baby ist, und wenn es so sein sollte, dann werden wir ein paar Maßnahmen ergreifen ... Für die Tests werden wir natürlich bezahlen ... Nun warten wir erst mal, bis sie wieder auftaucht, klar? Und das ist alles, was wir tun können.«

»Aber was zunächst doch am wichtigsten ist, wir müssen nach ihr suchen und sie finden«, beharrte Shelby.

»Also ... Wie ich schon gesagt habe, wenn sie wieder auftaucht, können wir in ein paar Wochen die Tests machen lassen, und wenn sich rausstellt, daß Putnam tatsächlich der Vater des Babys ist, werden wir uns um die Sache kümmern, okay?« Hulse sprach jetzt ganz ruhig und betonte jedes Wort einzeln.

»Na schön ... Ich ruf' Sie später wieder an ...« Shelby legte auf. Sie war verwirrt und bestürzt. Hulse glaubte ihr offensichtlich nicht. Und ebenso offensichtlich schien er etwas über Susan zu wissen. Anscheinend war ihm bekannt, was zwischen ihr und Mark Putnam im Gange war ...

Shelby rief wieder bei Poole an.

»Der Kerl wollte überhaupt nicht hören, was ich ihm zu sagen hatte«, fauchte sie. »Er hat so getan, als ob Susan irgend so 'ne beschissene Informantin wär', die wie gedruckt lügt, und Mark Putnam ist für ihn Mister Unfehlbar! Nun sag mir mal, was soll ich denn jetzt machen?«

»Also, Susan ... Am besten rufst du jetzt bei der

Staatspolizei von Kentucky an und gibst offiziell eine Vermißtenanzeige auf. Ich glaube, es ist höchste Zeit dafür. Hast du was zum Schreiben? Ich geb' dir die Telefonnummer.«

»Okay, Ron . . . Aber sag mal, was hast du mit Susans Kleidern gemacht, die in ihrem Zimmer lagen? Ich hatt' ihr auch meine Diamantohrringe gegeben. Hast du sie gefunden?«

»Nein, da waren keine Ohrringe. Und die Kleider und das andere Zeug muß ich hierbehalten, Shelby. Wenn du die Vermißtenanzeige aufgibst, wird das Zeug als Beweismaterial gebraucht.«

»Kannst du mir nicht wenigstens meine Uhr zurückgeben?«

»Nein, das geht nicht. Es muß alles hierbleiben.«

Agent Poole sagte Shelby nicht, daß er an dem Tag, an dem er Susans Sachen aus dem Zimmer im Landmark geholt hatte, auch die Rechnungen für die zwei Zimmer beglichen hatte, die auf seinen Namen gebucht worden waren; für Zimmer 224, gebucht auf Pooles Namen vom 5. bis zum 9. Juni, und für Zimmer 230, gebucht auf Pooles Namen vom 17. Mai bis zum 9. Juni. In keinem der beiden Zimmer hatte Putnam gewohnt. Nach den Polizeiakten wohnte Putnam vom 5. bis 25. Juni in Zimmer 126.

Der Anruf Shelby Wards bei der Kentucky State Police ging, wie die Unterlagen ausweisen, am 16. Juni um zehn Uhr zweiundfünfzig ein, und es wurde eine Akte ›Vermißtenanzeige Susan Smith‹ angelegt. Der Fall wurde Detective Richard Ray übertragen. Er war seit über zwanzig Jahren bei der Staatspolizei und hatte im Mac-Lockhart-Fall mit Putnam zusammengearbeitet. Er rief Shelby um zwölf Uhr zurück, und als er sich angehört hatte, was sie zu sagen hatte, schien er Putnam sofort im Verdacht zu haben, er könne mit dem Verschwinden Susans etwas zu tun haben . . .

In diesem ersten Telefongespräch versuchte Detective Ray, Shelbys Aussagen zum Ausgangspunkt des Geschehens in allen Einzelheiten festzuhalten: Susans Fahrt mit Ron Poole nach Pikeville am 5. Juni. Aber Shelby hatte sich inzwischen in einen geradezu hysterischen Zustand hineingesteigert, sprach mit schriller, sich überschlagender Stimme, und Ray mußte immer wieder beruhigend auf sie einreden, um die Aussage komplett zusammenzubekommen.

Shelby unterrichtete ihn zunächst, daß Susan im fünften Monat von FBI-Agent Mark Putnam schwanger war. Dann notierte Ray folgende Aussagen: Am 5. Juni war Susan zum Landmark-Motel in Pikeville gefahren und hatte sich dort ein Zimmer genommen; zur selben Zeit wohnte auch Putnam dort. Susan hatte von Putnam finanzielle Unterstützung für sich und das Kind verlangt und ihm gesagt, sie würde Tests machen lassen, um zu beweisen, daß er der Vater des Babys war; er hatte das bisher stets abgestritten. Susan hatte sich mit Putnam seit etwa zwei Jahren immer wieder getroffen. Im Januar 1989 hatte sie eine Fehlgeburt; Putnam war nach Aussage Susans auch der Vater dieses Babys. Susan hatte während der Abwesenheit von Putnams Frau oft bei ihm in seinem Haus gewohnt. Sie kam manchmal in Kleidungsstücken von ihm zurück nach Freeburn. Eines Tages war Putnam mit Susan zu einem der Seen in der Gegend gefahren und hatte sich, als sie ihre Schwangerschaft angesprochen hatte, wie ein Wilder aufgeführt und versucht, sie aus dem Wagen zu stoßen... Shelby ließ keinen Zweifel daran, daß Susan zeitweise Angst vor Putnam hatte und daß sie selbst ihm ohne weiteres zutraute, daß er ihrer Schwester etwas angetan haben könnte...

Ray notierte sich, daß man Putnam offiziell verhören sollte. Shelby informierte ihn, daß sie in dauerndem Kontakt mit FBI-Agent Ron Poole stand und dieser sich bemühte, Susan ausfindig zu machen. Sie betonte, daß ihre Schwester sie ganz sicher verständigt hätte, wenn sie nur irgendwo anders hingefahren wäre und unversehrt sei; das hätte sie schon allein ihrer Kinder wegen getan. Susan war niemals vorher einfach verschwunden. Zum Schluß verlangte sie, Agent Putnam müsse einem Lügendetektor-Test unterzogen werden . . .

Detective Ray, ein hochdekorierter Officer der Staatspolizei, sicherte Shelby zu, er würde sofort veranlassen, daß eine bundesweite Vermißtenfahndung nach Susan Smith ausgeschrieben würde; er selbst würde dem Fall mit vollem Einsatz nachgehen. Er bat Shelby, ihn auf dem laufenden zu halten, wenn sie irgend etwas von Susan hören würde . . . Aber Wochen vergingen, und Shelby hörte weder etwas von Susan noch von der Polizei. Ron Poole war der einzige Angehörige der Strafverfolgung, mit dem sie ständig in Kontakt blieb. Poole aber verfolgte falsche Spuren in der Gegend von Freeburn . . .

Drei Tage nach Shelbys Anruf bei der Staatspolizei, am 19. Juni 1989, wurde Susan Smith offiziell als vermißte Person ausgeschrieben. Am selben Tag nahm Detective Richard Ray Kontakt zu Tommy Estep in Milwaukee auf. Estep sagte, er habe nichts von Susan gehört oder gesehen. Er habe kurz vor ihrem Verschwinden am Telefon mit Shelby Ward gesprochen und ihr gesagt, er käme nach Princeton und wolle Susan dort treffen, aber sie habe nichts von sich hören lassen. Estep sagte Ray auch, Kenneth Smith und ein FBI-Agent hätten ihn vor kurzem angerufen. Beide Männer seien auf der Suche nach Susan gewesen.

Dann, am 20. Juni um die Mittagszeit, wenige Tage bevor Agent Mark Putnam nach Florida zurückfliegen sollte, vernahmen ihn die Detectives Richard Ray und Kenneth Sloane im FBI-Büro in Pikeville.

Bei dieser kurzen Vernehmung sagte Putnam den beiden Detectives, er habe Pikeville im April 1989 verlassen, um seinen neuen Dienstposten in Florida anzutreten. Susan Smith habe als Informantin für ihn gearbeitet und sei im Verfahren gegen Carl ›Cat Eyes‹ Lockhart als Zeugin der Anklage aufgetreten. Er habe sie seit etwa zwei Jahren gekannt, aber seit Herbst 1988 nicht mehr dienstlich mit ihr zusammengearbeitet. Putnam erwähnte auch, daß Lockharts Freundin Sherry Justice Susan einmal verprügelt hatte, während ihr Bruder dabei zuschaute. Er sagte, Susan habe für ihre Informantentätigkeit und für ihre Zeugenaussage im Lockhart-Fall insgesamt neuntausend Dollar erhalten; davon seien viertausend Dollar in einer Summe gezahlt worden, um ihr das Verlassen der Gegend zu ermöglichen, was sie aber nicht getan habe.

Putnam fügte hinzu, Susans Zeugenaussage gegen Cat Eyes und ihre Mitarbeit an der Aufklärung eines anderen Banküberfalles, an dem Pete Blankenship beteiligt war, habe ihr in ihrem sozialen Umfeld Schwierigkeiten bereitet. Kenneth Smith habe ihn einmal zu Hause angerufen und sich bitter darüber beschwert, wie er und Dan Brennan Susan ›ausnützen‹ würden. Und Smith habe einmal auch seine Frau Kathy angerufen und behauptet, er, Putnam, würde mit Susan ›rumvögeln‹, aber Suan habe am nächsten Tag mit Kathy gesprochen und das – natürlich – abgestritten. Weiter sagte Putnam, er sei mit Susan auch nach seiner Versetzung in Kontakt geblieben und habe sie von Florida aus angerufen, ›um sich zu erkundigen, wie's ihr geht‹.

Putnam gab zu, daß Susan ihm zwei Wochen vor seiner Abreise nach Miami gesagt hatte, sie sei schwanger, aber er behauptete, sie hätte sich nicht dazu geäußert, wer der Vater des Kindes sei. Er behauptete auch, Susan habe mit anderen Männern ›gebumst‹, so mit Ron Poole und/oder mit Gary Davis, einem Bewährungshelfer und früherem engen Freund Putnams. Er gab an, er habe mit

Susan gleich am ersten Abend im Landmark, am 5. Juni, über ihre Schwangerschaft gesprochen und ihr vorgeschlagen, eine Abtreibung machen zu lassen; er habe angeboten, ihr bei der Beschaffung des Geldes dafür zu helfen. Susan habe aber keine Abtreibung machen lassen wollen. Wie er aussagte, weil sie bei einer ›verdeckten Aktion‹ eingesetzt werden sollte und ›deswegen zu Hause einige Probleme hatte‹. Kenneth Smith habe ihn und Agent Dan Brennan für diese Probleme verantwortlich gemacht . . .

Dann berichtete er den Detectives, Susan habe am 7. Juni frühmorgens um halb drei, nach seiner Rückkehr aus Lexington, bei ihm in seinem Zimmer angerufen und ihn aus tiefstem Schlaf geweckt. Der Grund: Irgendwelche Drogenhändler aus Chicago hatten sich mit ihr telefonisch in Verbindung gesetzt, und sie wollte sich mit ihnen in Princeton, West Virginia, treffen. Er hatte angeboten, ihr nachzufahren und sie zu überwachen, falls es zu irgendwelchen Schwierigkeiten käme, aber sie wollte allein hinfahren. Dann sagte Putnam, er sei am Donnerstag, dem 8. Juni, wieder nach Lexington gefahren, und als er nachts gegen zwei zurückgekommen sei, habe ihn sein Informant ›Charlie‹, der auch in dem Motel wohnte, davon unterrichtet, ›das Mädchen‹ – Susan – sei ›nicht mehr da‹. Putnam gab an, er habe seitdem nichts mehr von ihr gehört. Agent Poole habe vergeblich versucht, sie ausfindig zu machen. Er fügte noch hinzu, Poole habe Susan so lange in dem Motel wohnen lassen wollen, wie sie es für nötig erachtete.

Er leugnete, Susan habe ihm jemals gesagt, sie sei von ihm schwanger, und er betonte seine Bereitschaft, an diesem ›Fall einer vermißten Person‹ mitzuarbeiten, soweit er nur könne. Er sei, wie er sagte, am Freitag nicht im Motel gewesen, weil er tagsüber an einer Besprechung teilnehmen mußte und abends ins Kino gegangen sei und sich den Film *Roadhouse* angesehen habe. Am Samstag morgen habe Ron Poole ihn gefragt, ob er Susan gesehen hätte, aber er habe die Frage verneinen müssen und ihm nur sagen können, daß sie erwähnt hätte, sie wolle ein paar Typen aus Chikago – ›die Amigos‹ – und einen Latino-Cop treffen, Leute, mit denen sie schon ein paarmal Drogengeschäfte gemacht hatte.

Bei dieser Vernehmung wirkte Putnam sehr ruhig und gelassen, und er ging danach mit hocherhobenem Kopf aus dem Zimmer ...

Am 23. Juni vernahm Detective Ray Agent Ron Poole. Der erzählte eine andere Story. Er behauptete, Susan sei zu dem einzigen Zweck ins Landmark gegangen, um mit Putnam über ihre Schwangerschaft zu sprechen; von irgendeiner ›verdeckten Aktion‹ sei nie die Rede gewesen. Poole gab zu Protokoll, er habe Susan zu dem Motel gefahren, ›damit sie und Mark eine Lösung für ihr Problem finden konnten‹, und er habe das Zimmer für sie gemietet, ›damit sie es nicht selbst bezahlen mußte‹. Susan sei am 8. Juni ›irgendwann am Abend‹ aus dem Zimmer verschwunden, und er behauptete, er wisse nicht, wohin sie gegangen sei und wer sie vom Motel abgeholt habe. Er hatte, wie er angab, am 13. Juni um die Mittagszeit mit Putnam gesprochen, und der hatte zugesagt, er werde zu einem Lügendetektor-Test aus Miami zurückkommen, wann immer man ihn dazu auffordern würde ... Keine der Aussagen Pooles wurde jedoch als beweiskräftig genug betrachtet, um Putnam erneut einem Verhör zu unterziehen. Detective Ray waren zunächst einmal die Hände gebunden ...

Am 6. Juli vernahm die Staatspolizei dann Deputy Sheriff Burt Hatfield, und er gab an, er kenne Susan Smith gut; sie habe dem FBI bei der Lösung einiger Fälle von Bankraub geholfen. Er sagte aus, er habe von Susans

Schwangerschaft gewußt, und sie habe ihm gesagt, Mark Putnam sei der Vater des Kindes.

Die Polizei überprüfte Susans ärztliche und zahnärztliche Akten und fand heraus, daß nach ihrer Fehlgeburt im Januar 1989 Dr. Song Kim in South Williamson, Kentucky, eine Ausschabung bei ihr vorgenommen hatte. Aus den Unterlagen ging auch hervor, daß sie sich beim Gesundheitsamt des Pike County einem Schwangerschaftstest unterzogen hatte und daß sie zum Zeitpunkt ihres Verschwindens im fünften Monat schwanger war. Nach Beurteilung von Dr. Mary Fox vom Gesundheitsamt war die Niederkunft am 19. November 1989 zu erwarten ...

Am 12. Juli rief Shelby Ward bei der Staatspolizei an und verlangte erneut, daß Agent Mark Putnam einem Lügendetektor-Test unterzogen werden sollte. Auf ihre Forderung reagierte die Polizei jedoch ausweichend. »Wir können im Moment nicht viel tun«, erklärte ihr ein Beamter. »Wir brauchen Beweise. Bis jetzt haben wir nur einen Haufen falscher Spuren.« Shelby war frustriert und glaubte, die Staatspolizei habe ihren Verdacht gegen Agent Mark Putnam aufgegeben.

Dann, aus dem Nichts heraus, konzentrierte die Staatspolizei von Kentucky ihre Ermittlungen auf Shelby. Jetzt wurde sie plötzlich aufgefordert, sich einem Lügendetektor-Test zu stellen und sich von jedem Verdacht reinzuwaschen. Die Polizei war auf die Idee gekommen, die beiden Schwestern könnten ein Komplott geschmiedet haben, Susan würde sich irgendwo verstecken, und sie wollten damit nichts anderes erreichen, als FBI-Agent Putnam in Schwierigkeiten zu bringen. Für Shelby waren diese Verdächtigungen ein Schock, aber sie stimmte dem Lügendetektor-Test sofort zu. Sie war an einem Punkt angelangt, an dem sie einfach alles getan hätte, was die Untersuchung beschleunigen konnte . . .

Am 22. August fuhr Shelby Ward also zum Büro der Staatspolizei, um sich dem Test zu unterziehen. Man brachte sie in einen Raum mit einer Spiegelwand gegenüber ihrem Sitzplatz. Direkt hinter ihr stand das Gerät, und das Kratzen der Nadel auf dem Papier während der Prozedur machte sie sehr nervös. Shelby kann sich nicht mehr an den ganzen Test erinnern – der übrigens nie in die Polizeiakten aufgenommen wurde –, aber sie ist sicher, daß der Name Mark Putnam dabei nicht ein einziges Mal zur Sprache kam.

Nach dem Abschluß des Testes befand Charles Hines, der verantwortliche Polizeibeamte, daß Shelby die Wahrheit gesagt hatte und nicht wußte, wo sich ihre Schwester befand.

Als man ihr das Ergebnis eröffnet hatte, schrie Shelby die Beamten an: »Ich will, daß Mark Putnam diesen Test auch macht! Sie haben mir gesagt, sie würden ihm innerhalb einer Woche auch den Test abnehmen!«

»Wir machen das irgendwann«, sagte einer der Detectives. »Aber zunächst mal müssen wir uns mit Kenneth Smith beschäftigen.«

Shelby wurde wütend: »Kenneth hat meiner Schwester nichts getan! Er hat doch überhaupt nicht gewußt, daß sie im Landmark in Pikeville ist!«

Aber die Polizei dachte anders darüber.

Nach ihrer Untersuchungsstrategie war Kenneth Smith ein Hauptverdächtiger in diesem Fall. Er war ein eifersüchtiger Ex-Ehemann. Und Shelby erfuhr von der Polizei, daß Putnam ausgesagt hatte, Smith sei stinksauer über Susans Arbeit als Informantin gewesen. In den Augen der Polizei reichten diese Fakten, ihn als potentiellen Verantwortlichen für Susans Verschwinden zu betrachten. Hinzu kam, daß Kenneth Smith sich vor dem

Zugriff des Arms des Gesetzes zu verstecken schien; er war nicht aufzufinden, und das verzögerte die polizeilichen Ermittlungen.

Wenn er sich versteckte, sagte Shelby den Beamten, dann suche anscheinend niemand besonders gründlich nach ihm, denn er und die Kinder waren immer noch in Freeburn oder der nächsten Umgebung; mal hielten sich die drei bei Tennis Daniels auf, mal bei Kenneth' Bruder Roy. Und ein seltsamer Umstand kam noch hinzu: Während der fünf Monate, die die Polizei angeblich nach Kenneth Smith ›fahndete‹, stand er nach Aussagen von Familienmitgliedern die meiste Zeit unter gerichtlich angeordnetem Hausarrest wegen eines Vergehens: Trunkenheit am Steuer. Er hielt sich in einem Haus neben Billy Joe Daniels auf, das er dem Verkehrsrichter gegenüber als ständigen Wohnsitz angegeben hatte, und dieses Haus samt Grundstück durfte er nicht verlassen. Man hatte ihm ein elektronisches Armband angelegt, das er nicht abnehmen konnte, und wenn er sich weiter als 75 Meter von einem damit gekoppelten Transmitter-Gerät wegbewegte, das in seinen Telefonapparat eingebaut worden war, löste das in einer Monitorstation bei der Polizei einen Alarm aus und rief die Beamten auf den Plan.

Man kann das als Beweis dafür betrachten, daß Shelbys Beschwerde nicht unbegründet ist, die Polizei hätte den Fall der vermißten Susan nachlässig bearbeitet. Die Staatspolizei gab offensichtlich anderen Fällen den Vorrang in der Bearbeitung, und es vergingen Monate, ehe sie sich endlich auf den Fall Susan Smith konzentrierte . . .

»Susan war ihnen einfach nicht bedeutend genug«, sagte Shelby später verbittert. »Sie haben wohl nicht eingesehen, warum sie sich wegen ihr besondere Mühe geben sollten. Und auf der anderen Seite war da ja Mark Putnam, der bedeutende FBI-Agent, und sie hatten Angst davor, ihn in die Mangel zu nehmen.«

Shelby konnte damals allerdings nicht wissen, daß die Staatspolizei von Kentucky ein bestimmtes Vorgehen einhalten mußte, ehe sie sich Putnam vorknöpfen konnte. Sie mußte, ehe sie ernsthaft daran denken konnte, Putnam als einen Hauptverdächtigen zu betrachten, alle anderen Verdächtigen ausschließen. Auch hatte die Staatspolizei nur sehr wenige handfeste Anhaltspunkte. Es gab keine Zeugen. Es gab keine Leiche ... Die Polizei mußte einen handfesten Verdacht haben, ehe sie eine so schwerwiegende Beschuldigung gegen einen FBI-Agenten erhob.

Shelby blieb weiterhin täglich in telefonischem Kontakt mit Ron Poole. Sie sprach an, daß Susan in einem der letzten Telefongespräche mit ihr erwähnt hatte, sie würde mit Mark nach Virginia fahren, er habe dort etwas zu erledigen. Shelby meinte, Mark könnte Susan irgendwo in Virginia ›versteckt‹ haben. Aber Ron sagte ihr, er habe mit Mark über diese Fahrten nach Virginia gesprochen, und er habe erklärt, Susan sei nirgends mit ihm hingefahren.

Putnam war inzwischen längst wieder zurück in Florida. Er erklärte der Staatspolizei von Kentucky gegenüber mehrmals am Telefon, er würde ›jederzeit‹ nach Pikeville kommen, wenn man ihn zur Abnahme eines Lügendetektor-Testes auffordern würde ... Inzwischen tat sich in dem Fall kaum etwas. Poole machte keine Fortschritte bei der Suche nach Susan, und Putnam gab ihm weder irgendwelche nützlichen Hinweise, die auf einen möglichen anderen Verdächtigen hingewiesen hätten, noch konnte er sich selbst mit handfesten Fakten von dem Verdacht reinwaschen, mit dem Verschwinden Susans etwas zu tun zu haben.

Irgendwann in dieser Zeit sagte Poole einmal zu Shelby: »Ich will dir mal was sagen, Shelby, ich sehe in dieser verdammten Sache langsam ziemlich alt aus. Ich komme keinen Schritt weiter. Jedesmal, wenn ich mit Mark über einen Lügendetektor-Test reden will, wechselt er das Thema. Ich hab' ihm gesagt, ich wär' bereit, mir selbst auch den Test abnehmen zu lassen, und er soll herkommen, daß wir's hinter uns bringen und endlich mit den Ermittlungen weiterkommen, aber Mark will einfach nichts davon hören . . .«

12. Kapitel

Ende August war Shelby endgültig klar, daß keine ernsthaften Anstrengungen gemacht wurden, ihre Schwester aufzufinden. Sie war empört und wütend und rief schließlich Captain Gary Rose von der Staatspolizei von Kentucky an. Sie drohte, sie würde die Presse einschalten, wenn Agent Mark Putnam nicht endlich einem Lügendetektor-Test unterzogen würde. Rose erklärte, die Polizei brauche noch mehr Zeit für gründliche Ermittlungen, und bat Shelby, noch ein wenig Geduld zu haben.

Aber sie blieb beharrlich: »Okay, aber warum können wir nicht mal eine Suchmeldung mit Susans Foto im Fernsehen starten? Das wird doch dauernd gemacht, wenn jemand verschwunden ist.«

Captain Rose ließ sich nicht beirren: »Wir stehen dauernd in Verbindung mit dem FBI und tun unser Bestes. Wenn die Presse oder das Fernsehen eingeschaltet wird, gefährdet das nur die Ermittlungen.«

Shelby nahm ihm diese Ausrede nicht ab. Sie hatte inzwischen herausgefunden, daß das Büro des County-Staatsanwalts über den Fall Susan Smith nicht einmal informiert war. Sie hatte Rose und die Staatspolizei im Verdacht, sie wollten die Sache verschleppen. Sie bestand darauf, eine Suchmeldung mit Susans Foto in den Zeitungen zu veröffentlichen. Wenigstens das könnte man ja tun, drängte sie . . .

Captain Rose aber sagte Shelby, ehe man sich intensiver mit Mark Putnam beschäftige, müsse man einen Lügendetektor-Test bei Kenneth Smith machen. Shelby selbst habe ja schließlich die Polizei von dem Vollstreckungsbefehl unterrichtet, den Susan im Mai 1989 gegen Kenneth erwirkt hatte, und das sei eine weitere Bestätigung dafür, daß Kenneth als Hauptverdächtiger betrachtet werden müsse. Ja, man müsse ihn baldmöglichst einem Lügendetektor-Test unterziehen... Aber dazu müsse man ihn erst mal finden und nach Pikeville schaffen... Und im übrigen seien die Fotos von Susan, die Shelby der Polizei gegeben habe, unscharf und daher unbrauchbar für eine Veröffentlichung in der Presse...

Auch in den folgenden Monaten wurde von seiten der Polizei nicht viel getan, um den Fall Susan Smith voranzutreiben. Hin und wieder bekam Shelby einen Anruf vom Büro der Staatspolizei in Pikeville. Meistens fragte der anrufende Beamte, ob sie Kenneth gesehen hätte oder ob sie wisse, wo er sich aufhalte. Shelby konnte es nicht fassen, daß die Polizei nicht in der Lage sein sollte, Kenneth aufzustöbern. Für sie sah es so aus, als ob man gar nicht ernsthaft nach ihm suchte und sie nur hinhalten wollte.

Die Monate vergingen, und Shelby wartete verzweifelt darauf, daß jemand bei ihr anrief und sie aus der quälenden Ungewißheit erlöste. Sie war nicht mehr in der Lage, sich auf etwas anderes zu konzentrieren. Sie war so verzweifelt und verbittert und psychisch so angeschlagen, daß sie ihren Frisiersalon schloß und anfing, Antidepressiva in großen Mengen zu schlucken. Sie beschwor bei sich Bilder ihrer fröhlichen Schwester herauf und klammerte sich an den Glauben, sie sei noch am Leben. Und sie blieb in permanentem Kontakt mit Ron Poole. Einmal rief er sie an und sagte, er sei bei einer Wahrsagerin gewesen, und sie hatte gesagt, Susan wäre ›weit, weit fort‹. Das machte Shelby wieder Hoffnung. Sie dachte, Susan würde sich aus irgendeinem Grund irgendwo verstecken und eines Tages plötzlich wieder vor der Tür stehen...

Shelby war so durcheinander, daß sie manchmal

fürchtete, sie könnte verrückt werden, und so ging sie zu einem Psychologen. Sie sagte ihm, sie sei besessen von dem Gedanken, Susans Verbleiben herausfinden zu müssen, und sie erklärte ihm, ihre Schwester geistere auch durch ihre Träume – Susan, wie sie einen Hang hinaufklettert, wie sie Shelby hilfesuchend ihre Hand entgegenstreckt, dann aber zurückgleitet und in der Dunkelheit verschwindet, ehe Shelby sie ergreifen und retten kann . . . Shelbys Leben war zu einem einzigen Alptraum geworden, und es schien keine Lösung zu geben.

In der Zwischenzeit war Susans Bruder Billy Joe ununterbrochen auf der Suche nach ihr, befragte alle möglichen Leute, zeigte fremden Menschen ihr Foto, überprüfte, ob sie irgendwo in Virginia oder West Virginia sein konnte. Er folgte irgendwelchen Autos sogar über die Staatengrenzen, wenn er darin jemand zu sehen meinte, der Susan ähnlich sah. Und bald brachte eine Reihe von Leuten in Freeburn Geschichten auf, sie hätten seine vermißte Schwester da oder dort gesehen, was die Sache nur noch komplizierter machte. Viel zu viele Menschen in der Gegend wollten in diesem Drama eine Rolle spielen. Viel zu viele Menschen behaupteten, eine Lösung zu wissen, aber wenn man sie überprüfte, platzte sie stets wie eine Seifenblase.

Mitte November 1989 – die Zeit in der Susan das Kind Mark Putnams zur Welt hätte bringen sollen –, war Shelby sicher, daß Susan nicht mehr lebte. Die Polizei hatte immer noch keine gezielten Schritte unternommen, den Fall voranzubringen, was Shelby immer wütender machte. Alle paar Wochen einmal rief jemand von der Polizei bei ihr an und sagte, man wäre gerade dabei, die Akten des Falles auf den neuesten Stand zu bringen, ob sie denn inzwischen was von ihrer Schwester gehört hätte. »Nein, das hab' ich nicht«, fauchte Shelby dann wütend. »Man sollte ja aber eigentlich davon ausgehen, daß die Polizei versucht, sie zu finden!«

Dann, kurz vor den Ferien zum Erntedankfest, geschah etwas Seltsames, das den Fall in andere Bahnen lenkte und die Ermittlungen beinahe vollständig zum Stillstand gebracht hätte: Es gingen Gerüchte um, Susan Smith habe eine alte Freundin, Josie Thorpe in Freeburn, mehrmals angerufen ...

Als Josie Thorpe einigen Bekannten erzählte, Susan habe sie angerufen und sich nach Kenneth und den Kindern erkundigt, verbreitete sich die Neuigkeit wie ein Lauffeuer durch das Tug Valley. Sobald Shelby davon hörte, eilte sie zu Josie und fragte sie aus: »Ich hab' gehört, Susan hat bei dir angerufen! Stimmt das, Josie?«

»Sie sagt jedenfalls, sie wär' Susan«, antwortete Josie.

»Hast du sie gefragt, warum sie mich nicht mal anruft?« wollte Shelby wissen.

»Sie hat gesagt, sie hätt' noch deine Halskette und deine Ohrringe, und sie hätt' Angst, du wärst wütend auf sie, deshalb würd' sie lieber noch 'ne Weile warten, eh' sie dich anruft.«

»Okay, aber was hat sie denn sonst noch alles gesagt? Hat sie gesagt, wo sie ist?«

»Nein. Als ich gefragt hab', wo sie ist, hat sie aufgelegt.«

»Und warum hat sie dich angerufen?« hakte Shelby nach.

»Sie hat gesagt, sie hätt' ein paar Kleider in einem Müllsack bei dir im Haus stehn lassen, auch ein paar Hosen mit Gummizügen drin, die wären ziemlich groß und würden mir passen. Und sie hat gesagt, in dem Sack wär' auch noch ein Fläschchen mit orangem Nagellack, das sie nicht mehr brauchen würd'. Sie hat gemeint, ich soll zu dir gehn und mir die Sachen geben lassen, ich dürft' sie behalten.«

Als Josie Thorpe den orangefarbenen Nagellack erwähnte, war Shelby überzeugt, daß Susan tatsächlich noch am Leben war. Niemand außer ihr und Susan konnte etwas von diesem häßlichen Nagellack wissen. Es mußte wirklich Susan sein, die da bei Josie angerufen hatte ...

Shelbys Herz raste, als sie zu ihrem Haus zurücklief und sofort Ron Poole anrief. Sie dachte daran, wie sie und Susan über diesen Nagellack gelacht hatten; Shelby hatte Susan gehänselt, als sie sich damit die Nägel lackiert hatte, bevor sie wieder einmal zu Mark fuhr, und kurz danach hatte Susan das Fläschchen mit dem Lack in einen Sack mit alten Kleidern, die sie ausrangieren wollte, gestopft und gesagt, Shelby habe recht, die Farbe würde nicht zu ihr passen.

Als Ron Poole die Nachricht von diesem Anruf erhielt, fuhr er sofort nach Freeburn und befragte Josie Thorpe zu dem Nagellack und den Kleidern in dem Müllsack, aber er erhielt dabei keinen brauchbaren Hinweis auf Susans Aufenthaltsort. Nach der kurzen Befragung gab Poole der aufgeregten Josie seine Visitenkarte und sagte ihr, sie solle ihn sofort verständigen, wenn ›diese Frau‹ wieder anrufen würde.

Und dann ging tatsächlich wieder ein Anruf von ›Susan Smith‹ ein. Diesmal versicherte Josie Thorpe der Anruferin, Kenneth und den Kindern gehe es gut, sie sei gerade am Tag vorher bei ihnen gewesen. ›Susan‹ erwähnte dann eine Schwanen-Figurine, die sie Josie einmal geschenkt hatte und wollte wissen, ob sie sie immer noch als Blumenvase benutzen würde. Josie fragte auch diesmal, von wo aus ›Susan‹ denn anrufe, aber die Frau am Telefon antwortete, sie dürfe das nicht sagen. Und sie bat Josie Thorpe, weder der Polizei noch irgend jemandem sonst von ihren Anrufen zu erzählen.

Aber Josie rief Shelby sofort an, und die gab die Information umgehend an Poole weiter. Poole entschloß sich, ein Aufnahmegerät an Josies Telefon anzuschließen, auch wenn keine offizielle Genehmigung dafür vorlag, und gleich am nächsten Tag brachte er ein Tonbandgerät nach Freeburn. Shelby marschierte damit sofort zum Haus der Thorpes und schloß das Gerät an. Immer wieder erklärte sie, wie man das Gerät bei einem Anruf bedienen mußte... Aber – nachdem das Gerät installiert war, ging kein Anruf von ›Susan‹ mehr ein...

Als Shelby nach einiger Zeit Poole fragte, ob Mark Putnam von dem Abhörgerät wisse, antwortete Ron: »Ja, sicher... Ich hab' ihm von den Anrufen erzählt, und ich hab' ihm gesagt, daß wir ein Tonbandgerät an Thorpes Telefon angeschlossen hätten. Mark sagte nur ›aha‹ und ging zum nächsten Thema über.«

»O Gott, bist du ein blöder Kerl!« schimpfte Shelby. »Ist dir denn nicht klar, daß Mark hinter den Anrufen stecken könnt'?«

Poole ging nicht näher auf den Vorwurf ein und sagte Shelby, sie solle die Staatspolizei von den Anrufen in Kenntnis setzen. Shelby rief also sofort Gary Rose an. Als die Polizei mit Josie Thorpe Kontakt aufnahm, war sie einverstanden, eine Aussage am Telefon zu machen. Dabei stellte sich dann heraus, daß die Thorpes das Telefon erst vor sechs Monaten bekommen hatten und ihre Nummer noch nicht im Telefonbuch stand. Josie räumte ein, sie habe vorher noch nie mit Susan am Telefon gesprochen, meinte aber, die Stimme der Anruferin habe wie die Susans geklungen. Sie sagte, sie habe von dieser Frau, die behauptete, Susan Smith zu sein, drei oder vier Anrufe bekommen, jeweils etwa im Abstand von einem Monat. ›Susan Smith‹ sei nie lange am Apparat geblieben, höchstens zwei oder drei Minuten, und die Frau habe nie eines der Smith-Kinder oder einen Verwandten beim Namen genannt.

Zusätzlich sagte Josie der Polizei, ›Susan Smith‹ habe erwähnt, sie hätte bei ihrer Schwester Shelby ein Fläschchen Nagellack und ein paar Kleider zurückgelassen, Josie könne die Sachen haben. Und die Frau sei nie lange genug am Apparat geblieben, um ihr zu sagen, sie solle doch Shelby einmal anrufen.

Diese Anrufe von ›Susan Smith‹ führten dazu, wie Captain Rose später behauptete, daß die Ermittlungen, die sowieso schon nur auf Sparflamme kochten, praktisch eingestellt wurden, denn im November habe Shelby Ward ihn angerufen und gesagt, sie sei ›absolut überzeugt‹, daß Susan noch am Leben wäre.

Er begründete das so: »Shelby stützte sich bei dieser eindeutigen Aussage darauf ab, daß Josie Thorpe die Anruferin so zitiert hatte, daß noch Kleider und ein spezieller Nagellack von Susan im Haus wären, und das konnte kein Außenstehender wissen. Shelby hat von sich aus gesagt, man könnte die Ermittlungen einstellen.«

Shelby aber widerspricht dieser Aussage vehement: »Natürlich, ich dachte, Susan wäre noch am Leben«, räumt sie ein, »aber ich habe nie gesagt, man könnte die Ermittlungen einstellen. Ich wollte, daß man weiter nach Susan sucht und sie findet.«

Wie dem auch sei, wegen der Anrufe von ›Susan Smith‹ lag die Untersuchung bis Weihnachten auf Eis. Die Staatspolizei ging davon aus, daß es sich bei der Anruferin mit hoher Wahrscheinlichkeit um Susan gehandelt hatte, und diese Hypothese wurde gestützt, als kurz vor Weihnachten ein weiterer Anruf von ›Susan Smith‹ einging – diesmal bei Helen Prater, einer Bekannten Susans, die in der Nähe von Freeburn wohnt.

Sobald Susans Familie von dem Anruf erfuhr, alarmierte man Ron Poole, und er fuhr in Begleitung von Billy Joe Daniels zum Haus der Praters, um Helen zu befragen. Die Stimme am Telefon habe wie die von Susan geklungen, sagte Helen, und die Frau habe sich mit dem richtigen Namen nach ›ihrem Sohn‹ erkundigt. Aber Helen war sich nicht sicher, ob die Anruferin auch tatsächlich Susan gewesen war, und sie konnte zusätzlich nur noch sagen, daß die junge Frau aufgelegt hatte, als Helen sie gefragt hatte, von wo sie denn anrufe. Poole und Bo Daniels verließen das Haus der Praters ziemlich aufgeregt und verwirrt. Bo glaubte jetzt auch langsam, daß Susan noch lebte; als er Poole fragte, was er denn denke, gab dieser keine klare Antwort...

Mitte Dezember 1989, in der Zeit der Anrufe und der wiederholt aufkommenden Gerüchte, man habe Susan Smith in Matewan, in Phelps und in anderen Orten der Umgebung gesichtet, glaubten alle Angehörigen von Susans Familie, sie sei noch am Leben und verstecke sich mit ihrem neugeborenen Kind bei Mark Putnam...

Als jedoch Weihnachten verging und weder ein Anruf noch eine Weihnachtskarte von ihr kam, war die Familie wieder äußerst beunruhigt und besorgt. Susan war nicht der Typ, ihre nächsten Verwandten, vor allem aber ihre Kinder, bei einem solchen Anlaß zu vergessen. Allerdings, so dachte man – wenn sie unter Zeugenschutz stand, hatte man ihr vielleicht nicht erlaubt, ein Lebenszeichen zu geben... Niemand in der Familie wußte jedoch, wie die Bestimmungen des Zeugenschutzprogramms im einzelnen lauteten...

Was die Staatspolizei von Kentucky angeht, war man sich nicht einmal sicher, ob überhaupt ein Verbrechen irgendeiner Art begangen worden war. Denn nach allem, was man bisher herausgefunden hatte, konnte Susan Smith auch schlicht und einfach davongelaufen sein. Shelby Ward und Mark Putnam hatten beide unabhängig voneinander ausgesagt, daß sie sich mit Drogenhändlern außerhalb des Staates Kentucky hatte treffen wollen...

Der Polizei lagen nur unbewiesene Behauptungen vor,

daß Susan ein Liebesverhältnis mit Putnam gehabt hatte. Die Tatsache, daß Ron Poole den Verdacht hatte, es sei so gewesen, reichte nicht aus, die Sache mit Nachdruck zu verfolgen. Und selbst wenn Putnam eine Affäre mit Susan gehabt hatte, machte ihn das noch lange nicht zu einem Mordverdächtigen.

Die Probleme, die die Polizei mit dem Fall hatte, wurden noch dadurch vergrößert, daß die Rolle des FBI dabei undurchsichtig blieb. Das FBI war zwar durch Ron Poole in der Sache vertreten, aber der Staatspolizei wurde nicht gesagt, ob er eine offizielle Untersuchung durchführte oder sich nur inoffiziell damit beschäftigte. Poole selbst hielt sich bedeckt und äußerte sich nur ausweichend; jedenfalls war die Kooperation zwischen dem FBI und der Staatspolizei eine einzige Farce.

»Ron wuselte rum, machte alles Mögliche, versuchte ernsthaft, Susan zu finden, aber keiner seiner Vorgesetzten beim FBI hat uns irgendwann mal bestätigt, daß er in offiziellem Auftrag tätig war«, sagte Captain Rose später. »Er telefonierte auch viel in der Gegend rum, das wußten wir. Aber erst später haben wir erfahren, daß er keinen offiziellen Auftrag des FBI zur Durchführung von Ermittlungen hatte.«

Am 25. Januar 1990 nahm Sergeant Don Gill von der Staatspolizei Kontakt zu Inez Hall auf, der Managerin des Landmark Inn, und sie gab ihm eine Kopie der Rechnung für das Zimmer, in dem Susan Smith im Juni 1989 gewohnt hatte. Gill stellte fest, daß in der fraglichen Zeit nur drei Ferngespräche von diesem Zimmer aus geführt worden waren, alle drei mit Shelby Ward, und daß Ron Poole die Rechnung beglichen hatte. Gill rief sofort Shelby an: »Dieser Fall kriegt jetzt absoluten Vorrang«, verkündete er. »Ich habe eine neue Spur, und wie ich das sehe, erweitert sich der Kreis der Verdächtigen ganz erheblich.«

Er deutete an, es sei in dem Fall einiges vertuscht worden, und er versprach Shelby, er werde die Rolle, die ›jeder einzelne‹ in dieser Affäre gespielt hatte, genauestens überprüfen. Er schwor, er werde ›der Sache auf den Grund gehen‹.

Kurz nach diesem Anruf mußte Shelby jedoch feststellen, daß Don Gill von der Polizeidienststelle in Pikeville wegversetzt worden war. Die Ermittlungen mußten also ohne ihn fortgeführt werden...

Detectives von der Staatspolizei befragten jetzt auch das Zimmermädchen im Landmark, Georgia Ann Little, die aussagte, Susan habe während ihres Aufenthaltes die meiste Zeit in ihrem Zimmer herumgesessen, und als sie das Motel verlassen hatte, habe sie, Georgia, beim Saubermachen eine Handtasche und eine große Tüte mit Kleidern und einem Make-up-Beutel gefunden. Inez Hall, die Managerin, sagte der Polizei, Agent Poole habe Susans Sachen mitgenommen, als er am 9. Juni 1989 das Motel verließ.

Ende Januar 1990 wurde Kenneth Smith endlich von der Polizei aufgefunden, und er kam freiwillig mit zur Polizeistation in Pikeville, um sich einer Vernehmung zum Verschwinden seiner Ex-Frau und einem Lügendetektor-Test zu stellen. In der Vernehmung durch Detective Ray sagte er folgendes aus: Er war dreieinhalb Jahre mit Susan verheiratet. Auch nach der Scheidung lebte er bis März 1989 weiter mit ihr zusammen. Susan hatte mit Agent Mark Putnam an der Lösung des Falles von Bankraub durch Cat Eyes Lockhart zusammengearbeitet. Sie war sehr oft nach Pikeville gefahren, angeblich, um mit Putnam über die gemeinsame Arbeit zu sprechen oder aber, um Drogen irgendwelcher Art zu besorgen.

Susan hatte Kenneth gesagt, sie und Putnam würden sich lieben. Er hatte daraufhin Putnams Frau bei drei verschiedenen Gelegenheiten angerufen und ihr gesagt, daß zwischen ihrem Mann und seiner Ex-Frau eine Affäre im Gange wäre. Noch ein paar Abende vor ihrem Verschwinden war Susan zu ihm nach Vulcan gekommen, und die beiden hatten sich entschlossen, wieder miteinander zu leben. Seitdem hatte er Susan nicht mehr gesehen. Etwa drei Wochen vor ihrem Auszug aus dem gemeinsamen Haus in Vulcan hatte sie ihm gesagt, daß sie schwanger war, und sie hatte behauptet, sie hätte mit Putnam über die Schwangerschaft gesprochen und er hätte sich bereit erklärt, Alimente zu zahlen.

Kenneth wußte nicht, wo Susan war, aber Josie Thorpe hatte von ihr gehört und war zu ihm ins Haus gekommen, denn Susan hatte sie gebeten, ihre Kinder von ihr zu drücken und zu küssen. Kenneth hatte Susan nichts angetan, keinesfalls, und er glaubte, sie sei am Leben und halte sich in Florida bei Mark Putnam auf...

Nach diesen Aussagen machte die Polizei den Lügendetektor-Test mit ihm – und er fiel mit Pauken und Trompeten durch...

Die Polizei mußte den Test jedoch als ungültig betrachten, denn Kenneth gab an, er habe vorher Valium genommen. Er wurde zu einer Wiederholung aufgefordert, diesmal aber in Frankfort, Kentucky, und am 29. Januar nahm ihm Lieutenant Phil Woods, einer der Top-Spezialisten des Staates auf diesem Gebiet, den Test erneut ab, zur Sicherheit gleich zweimal.

Als die Tests vorbei waren, sagte Woods Detective Kenneth Sloane: »Obwohl der Kerl wieder Valium genommen hat, hat er meiner Meinung nach gut reagiert. Er hat nicht die ganze Wahrheit gesagt.« Kenneth stand jetzt unter Verdacht, und er hatte keine Beweise für seine Unschuld...

Kenneth erinnert sich sehr lebhaft daran, daß Woods offensichtlich von Anfang an überzeugt war, er habe Susan getötet. Woods hatte während der Befragung einen

Stuhl dicht vor Kenneth geschoben, sich rittlings daraufgesetzt und Kenneth in die Augen gestarrt. Dann hatte er ihn immer wieder bedrängt, er solle doch zugeben, daß er seine Ex-Frau umgebracht hätte.

»Sie haben in jeder verdammten Hinsicht gelogen«, warf er Kenneth vor. »Warum rücken Sie nicht mit der Wahrheit raus und geben es zu? Warum spucken Sie's nicht endlich aus? Jeder bricht früher oder später zusammen. Warum dann nicht gleich die Wahrheit gestehen? Sie haben rausgefunden, daß sie mit Putnam ins Bett ging, und das war zuviel für Sie. Sie konnten es nicht ertragen, und Sie haben sie umgebracht.«

»Ich hab' die verdammte Wahrheit gesagt«, fauchte Kenneth.

»Jeder bricht irgendwann zusammen. Auch Sie. Keiner kommt drumherum – mir ging's sicher auch so. Wann brechen Sie zusammen?«

»Anscheinend bin ich noch lange nicht soweit.«

»Warum wollen Sie den Druck nicht endlich loswerden? Ich weiß doch, Sie wollen mit jemandem darüber reden. Eins hat zum anderen geführt. Erst haben Sie sie nur so ein bißchen verprügelt, dann sind Sie echt zur Sache gegangen – erinnern Sie sich? Haben Sie sie irgendwo ertränkt?«

»Ich sag' Ihnen doch, ich hab' ihr nichts getan!«

»Ach, kommen Sie, wann brechen Sie endlich zusammen?« Woods hackte immer wieder auf demselben Punkt herum.

»Ich hab' Susan nichts getan! Ich sag' die Wahrheit! So, und was möchten Sie sonst noch von mir hören?« fragte Kenneth zum Schluß.

Als Kenneth aus Frankfort wegfuhr, war ihm klar, daß die Polizei ihm Susans Verschwinden in die Schuhe schieben wollte. Er war stinksauer. Die Ermittlungen sollten sich auf Putnam konzentrieren, nicht auf ihn...

Am 21. Februar unterzog sich Kenneth einem dritten Lügendetektor-Test, diesmal wieder in Pikeville. Um zu verhindern, daß er wieder irgendwelche Drogen nahm, die die Testergebnisse verfälscht hätten, steckte man ihn am Abend vorher in ein Motelzimmer und setzte einen Polizisten als Wache davor.

Obwohl die Ergebnisse dieses dritten Tests letzten Endes als ›ohne Beweiskraft‹ eingestuft wurden, erklärte der verantwortliche Tester Captain Ray, er glaube, daß Smith die Wahrheit gesagt und nichts mit dem Verschwinden von Susan Smith zu tun habe. Kenneth geriet damit wieder aus der direkten Schußlinie der polizeilichen Ermittlungen.

Jetzt wurde Special Agent Mark Putnam zum Hauptverdächtigen . . .

Gegen Ende Januar 1990 hatte Putnam dem FBI-Supervisor Terry Hulse versichert, er würde sich einem Lügendetektor-Test stellen, ›wann immer das erforderlich wird‹. Man hielt ihn über den Fortgang der Ermittlungen in Pikeville auf dem laufenden, aber er gab sich sehr kühl im Susan-Smith-Fall und vermittelte den Eindruck, als sei er nur am Rande daran interessiert. Er war im allgemeinen zu beschäftigt mit der Verfolgung von Drogenhändlern und mit anderen FBI-Operationen in Miami, um lange Telefongespräche im Zusammenhang mit dem Verschwinden von Susan Smith zu führen . . .

Als die Staatspolizei von Kentucky jedoch Anfang Februar offiziell den Antrag stellte, Putnam solle einem Lügendetektor-Test unterzogen werden, wich er allen Anrufen aus Pikeville aus und weigerte sich plötzlich, mit der Staatspolizei zu kooperieren. Das war jedenfalls die offizielle Antwort, die Captain Gary Rose am 2. Februar 1990 – über Terry Hulse – zuging.

Zu dieser Zeit hatte sich für Detective Richard Ray der Verdacht gegen Putnam bestätigt. Von Beginn der Ermittlungen an hatte Ray angenommen, daß Putnams Versetzung nach Florida mit Susans Schwangerschaft und ihrem Verschwinden in einem Zusammenhang stand. Und Ray fragte sich auch, warum Agent Ron Poole wegen der Geschehnisse so besorgt zu sein schien und warum er sich um einen dauernden Kontakt mit Shelby Ward bemüht hatte. Wußte Poole etwas darüber, was Putnam mit Susan Smith getan hatte? Ray hatte keine Antworten auf seine Fragen, aber er wußte, daß die Dinge nicht gut für Putnam standen . . .

Nachdem Putnam sich geweigert hatte, zu einer Vernehmung nach Kentucky zu kommen, rief Captain Rose bei Major Jerry Lovitt an, dem Leitenden Polizeioffizier der Dienststellen der Staatspolizei in Ost-Kentucky, und beantragte eine Dienstreise nach Florida, um Putnam dort zu vernehmen. Rose und Lovitt waren alte Freunde. Lovitt war über den Susan-Smith-Fall bis dahin nur inoffiziell unterrichtet worden, und er meinte, Putnam müsse das unschuldige Opfer von Gerüchten und Geschwätz sein.

»Lange Zeit war ich nichts anderes als ein geduldiger Zuhörer für Captain Rose, sein Resonanzboden sozusagen«, sagte Lovitt. »Als ich zum ersten Mal von der Sache hörte, war ich wie alle anderen auch zunächst mal auf dem falschen Dampfer. Ich meine, da ist auf der einen Seite unsere beste Truppe in der Strafverfolgung, das FBI, das uns immer als leuchtendes Beispiel vor Augen gehalten wird, und es ergibt sich ganz von selbst, daß man so etwa in die Richtung denkt, na ja, da ist auf der anderen Seite eine junge Frau, die als nicht ganz koscher betrachtet wird. Die ist wahrscheinlich irgendwohin abgehauen, denkt man dann fast automatisch.«

Als aber Rose ihn Anfang Februar davon unterrichtete,

daß Putnam plötzlich die Zusammenarbeit verweigerte und er, Rose, einen Verdacht gegen den jungen FBI-Agenten nicht loswurde, war auch Lovitt überzeugt, daß Putnam der vermißten Susan Smith etwas angetan hatte. Ohne Leiche konnte man Putnam jedoch keinen Mord nachweisen und ihn nicht vor den Richter bringen.

»Wenn wir keine Leiche vorweisen können, haben wir nichts in der Hand gegen ihn«, sagte Lovitt zu Rose.

Im Zusammenhang mit der Vermißtenanzeige vernahm die Polizei auch Donna Charles, eine Freundin Susans. Sie sagte uns, sie sei sieben- oder achtmal dabeigewesen, als Susan Smith sich mit Mark Putnam getroffen hatte. Sie und Susan seien meistens mit Ron Poole, Mark Putnam und Don Lafferty, dem US-Marshal, im FBI-Büro in Pikeville zusammengewesen. Sie deutete auch an, sie habe von der Affäre zwischen Susan und Mark gewußt. Aber sie ließ sich nicht dazu bewegen, weitere Einzelheiten preiszugeben.

Am 5. Februar wurde Charles Trotter, ein Zeuge in dem Verfahren gegen die Autoschieberbande, zu einer Vernehmung durch Captain Gary Rose und Lieutenant Paul Maynard ins Polizeirevier in Pikeville vorgeladen. Trotter, der im Juni 1989, zur selben Zeit wie Susan, im Landmark untergebracht war, sagte aus, er sei insgesamt fünf Monate in dem Motel gewesen, davon zwei Monate noch nach Susans Verschwinden.

Er erinnerte sich gut an den Tag, als Ron Poole die hübsche Susan zum Motel gebracht und eingecheckt hatte. Und er erinnerte sich daran, daß er mal mit Mark über Susan gesprochen hatte und der ihm gesagt hatte, Susan würde bald wieder ausziehen. Er hatte nicht den Eindruck bekommen, Mark würde mit ihr ›rumturteln«, aber er hatte gemerkt, daß Susan ›auf Mark flog‹. Und Mark hatte ihm gesagt, Susan würde oft bei ihm in seinem Zimmer anrufen.

Weiter sagte Trotter, Mark habe ihm an dem Morgen, als er zu dem Treffen mit Tom Self wegfuhr, gesagt, Susan sei in seinem Zimmer gewesen und habe wahrscheinlich ein paar Anrufe von dort aus gemacht. Außer Mark Putnam und Ron Poole, so Trotter, habe er nie jemanden mit Susan sprechen gesehen oder gehört. Und er erinnerte sich nicht daran, zu Mark gesagt zu haben, ›das Mädchen‹ sei weg, und er wußte auch nichts davon, daß sie ihre Handtasche im Zimmer liegengelassen hatte.

Am 8. Juni um neun Uhr, so Trotter weiter, hatte er Ron und Susan aus der Bank gegenüber dem FBI-Büro kommen sehen. Etwa um zwölf Uhr am selben Tag sah er aus dem Fenster seines Motelzimmers, wie Ron mit Susan im Wagen vor dem Motelbüro vorfuhr. Sie blieb in dem Bronco sitzen; kurz darauf kam Ron mit einer Quittung in der Hand wieder aus dem Büro und fuhr auf den Parkplatz vor den Zimmern. Er ging mit ihr rein, kam aber kurz darauf wieder zurück und fuhr in seinem Bronco weg.

Am selben Abend sah Trotter, wie er sagte, Susan noch einmal im Landmark. Er hatte nicht gewußt, daß sie schwanger war. Als Susans Zimmer leer war, hatte das Zimmermädchen, wie er sah, einige Sachen rausgetragen.

Trotter sagte der Polizei, er sei sich nicht bewußt gewesen, daß da irgendein Verbrechen von seiten des FBI im Gange war, aber Georgia Ann Little, das Zimmermädchen, erinnerte sich bei einem späteren Verhör an die Worte, die Trotter zu ihr sagte, als sich herausstellte, daß Susan vermißt wurde: »Sie haben sie erwischt!« hatte er aufgestöhnt ...

Am 6. März ging beim ›Nationalen Meldedienst für Gewaltverbrechen‹ ein Fernschreiben ein, mit dem der Fund einer nicht identifizierten Frauenleiche an der Staatsstraße 75 in Tennessee gemeldet wurde. Die Leiche zeigte gewisse Merkmale, die auf eine Ähnlichkeit mit der vermißten Susan Smith schließen ließen, und so wurde Dr. Richard Greene in Pikeville gebeten, ein Diagramm von Susans Gebiß aus den Zahnarztakten zusammenzustellen. Und Shelby erhielt einen Anruf von Richard Ray, der feststellen wollte, ob eine sofortige Identifizierung möglich wäre.

»Die Frau, die man gefunden hat, trug künstliche Fingernägel«, sagte Ray. »Trug Susan manchmal solche Fingernägel?«

»Nein«, beschied Shelby den Detective, »Susan hat wunderschöne, gesunde Fingernägel. Sie hat es nie nötig gehabt, künstliche zu tragen.«

Bald stellte sich heraus, daß die tote junge Frau von der Staatsstraße 75 tatsächlich nicht Susan Smith war. Wieder nur eine Sackgasse . . .

Mitte März 1990 war die Staatspolizei von Kentucky dann endlich soweit, daß sie sich Mark Putnam vorknöpfen wollte. Aber jetzt zeigte sich, daß das FBI insofern nicht bereit zu einer Zusammenarbeit war, als es direkte Ermittlungen durch die Staatspolizei gegen Putnam nicht zulassen wollte. John Paul Runyon, der Leitende Staatsanwalt im Pike County, wurde eingeschaltet; ihm wurde ein vollständiger Bericht über den bisherigen Ablauf des Susan-Smith-Falles zugestellt. Runyon, der in seiner Karriere als Staatsanwalt über hundert Mordfälle bearbeitet hatte, würde, so meinte die Polizei, einen handfesten Rat in dieser verzwickten Situation geben können. John Paul Runyon erinnerte die Detectives jedoch nur daran, daß selbst, wenn man Putnam einem Lügendetektor-Test unterziehen und ihn der Lüge überführen würde, kein Beweis gegen ihn vorlag. Lügendetektor-Tests sind im Staat Kentucky nicht als Beweismittel vor Gericht zugelassen. Sie gelten nur als ermittlungstechnisches Hilfsmittel. Ohne Leiche und ohne handfeste Beweise würde es keine Anklage gegen Putnam geben . . .

Ende März, neun Monate nach Susans Verschwinden, kam es erstmals zu einer gezielten Anhörung Shelby Wards. Runyon rief bei ihr an und vereinbarte ein Treffen mit ihr und einigen Beamten der Staatspolizei von Kentucky in seinem Büro in Pikeville. An der Besprechung würde kein Vertreter des FBI teilnehmen, sagte Runyon, da das FBI noch nicht offiziell in den Fall eingeschaltet sei. Schließlich waren dann bei dem Treffen, das am frühen Morgen stattfand, Gary Rose, Richard Ray, Paul Maynard, alle von der Staatspolizei von Kentucky, sowie Shelby Ward und John Paul Runyon zugegen. In Runyons gediegen eingerichteter Bibliothek sprachen sie mehr als eine Stunde über den Fall.

Runyon, ein großer, eindrucksvoller, weißhaariger Mann, hatte achtundzwanzig Jahre als Staatsanwalt bei Anklagebehörden des Staates Kentucky hinter sich. Er ist ein Mann mit vielen Beziehungen und großem Einfluß in Ost-Kentucky, voller Dynamik, und er läßt keine Gelegenheit aus, die Leute wissen zu lassen, daß er mit dem Gouverneur von Kentucky zur Jagd geht und ihm im zweiten Weltkrieg, der Tradition der US-Navy folgend, als Anerkennung für einen Einsatz im Chinesischen Meer das Ohrläppchen durchbohrt wurde... Wenn jemand diesen Fall voranbringen konnte, so meinte die Staatspolizei, dann war es Runyon...

Bei diesem ersten Treffen berichtete Shelby dem Staatsanwalt von Susans Affäre mit Putnam und ihrer Schwangerschaft. In einer spontanen Reaktion lehnte sich Runyon in seinem Stuhl zurück, schaute Captain Rose an und fragte: »Hat jemand schon mal daran gedacht, Putnam da unten in Florida zu überwachen? Um zu sehen, wo er hingeht und was er so alles treibt?«

»Nein, an so was haben wir bisher nicht gedacht«, räumte Rose ein.

»Na schön, warum machen wir das nicht ab jetzt? Wir sollten jemand runterschicken, der ihm auf den Fersen bleibt und beobachtet, was er macht.«

Zum Schluß der Besprechung versprach Runyon Shelby, er würde sich um den Fall kümmern und bat sie, ihn sofort zu verständigen, wenn sie etwas von Susan hören würde.

»Wie ist es mit einem Lügendetektor-Test bei Putnam?« fragte Shelby noch, ehe sie den Raum verließ.

»Wir werden uns darum kümmern«, antwortete Runyon.

»Ich war noch nicht aus dem Zimmer«, erinnerte sich Shelby, »da hörte ich Runyon schon zu den anderen sagen, er würde Geraldo Rivera anrufen, wenn das FBI den Ball nicht bald ins Rollen bringen würde.«

Während Shelby in der Bibliothek im Obergeschoß bei der Besprechung mit Runyon und den Polizeibeamten war, hatte ihr Bruder Billy Joe unten im Empfang auf sie gewartet und dabei mitgehört, daß ein Anruf von Ron Poole eingegangen war. Die Empfangsdame hatte gesagt: »Tut mir leid, Agent Poole, der Staatsanwalt ist gerade in einer wichtigen Besprechung.«

Als Shelby herunterkam, erzählte ihr Billy Joe sofort von dem Anruf, und sie legte das so aus, daß Poole hinter ihr hertelefonierte und überwachte, was sie unternahm. Dieser Gedanke erschreckte sie. »Ich mußte annehmen, daß Poole jeden Schritt von mir überwacht und mich dauernd beobachtet hat«, erklärte sie.

Im April rief Shelby, als letzte Möglichkeit, die ihr noch einfiel, bei ihrer Schwester Carla Dean in Porter, Texas, an. Carla sagte, sie habe nichts von Susan gehört oder gesehen, aber Shelby meinte der Polizei gegenüber, es sei durchaus möglich, daß Susan sich dort versteckt hielt und Carla vielleicht Susan nur ›deckte‹. Man schickte also am 16. April 1990 ein Foto von Susan Smith zum Büro des Sheriffs des Montgomery-County, Texas, und bat um Nachforschung, aber die Antwort auf die Anfrage lautete, man habe die angegebene Adresse überprüft und festgestellt, daß die Familie Dean weggezogen war und die neue Anschrift nicht ausfindig zu machen war.

In der Zwischenzeit gingen widersprüchliche Berichte bei John Paul Runyon ein. Shelby war hartnäckig dabei geblieben, Susan habe in der fraglichen Zeit außer mit Putnam kein anderes Liebesverhältnis unterhalten, aber die örtliche Polizei behauptete, sie habe sehr wohl auch mit anderen Männern in Pikeville Affären gehabt. Runyon war sich klar darüber, daß Susan nicht die tugendhafte, ehrliche junge Frau war, als die Shelby sie hinstellte, und er wurde den Verdacht nicht los, daß Susan ermordet worden sein könnte, weil sie ihre Schwangerschaft dazu mißbraucht hatte, Putnam zu erpressen.

Darüber hinaus erkannte Runyon, daß das FBI offensichtlich die Politik verfolgte, den Fall zu ignorieren. Der Eindruck, daß das ›Bureau‹ in dieser Sache eine Mauer aufbaute, gefiel ihm nicht, und es paßte seiner Meinung nach nicht zusammen, daß es eine Informantin so lange ausnutzte, wie das geschehen war, sie vor Gericht gegen einen gefährlichen Kriminellen aussagen ließ und dann ihr Verschwinden einfach ignorierte ... Runyon erwog auch die komplexen Folgen, die sich daraus ergeben konnten, wenn die Affäre eines FBI-Agenten mit einer Informantin publik wurde; er sah bereits vor sich, wie wegen der Putnam-Smith-Affäre Kriminalfälle vor Gericht wie Dominosteine kippen würden ... Jedenfalls, es waren jetzt seit dem Verschwinden Susans über neun Monate vergangen, und Runyon war klar, daß es nicht länger nur ein Fall einer ›vermißten Person‹ war. Der Susan-Smith-Fall war zu einem gravierenden Problem geworden, und das FBI konnte ihn nicht einfach unter den Teppich kehren ...

»Sehen Sie«, sagte Runyon später einem Zeitungsreporter, »das FBI hat den Fall tatsächlich schlichtweg ignoriert. Ron Poole setzte so was wie eine Scharade in Gang, tat so, als ob er Ermittlungen anstellen würde, aber bei Gott, er hat das nicht getan. Er hat weder mit mir oder irgend jemand anderem darüber gesprochen.«

Runyon sagte dem Reporter auch, das FBI habe die Polizei fortlaufend irregeführt, und er habe sich schließlich mit dem Chief Agent des FBI in Louisville, Terry O'Conner, zusammengesetzt und mit ihm alle Einzelheiten des Falles besprochen. Wie Runyon behauptete, habe O'Conner sich dabei weiterhin sehr kühl und desinteressiert gegeben ...

Runyon diktierte dem Reporter den Wortlaut seiner Rede an O'Conner in die Feder: »Hören Sie, habe ich zu ihm gesagt, das ist *Ihr* Fall. Das FBI ist nicht nur nebenher davon betroffen, es steckt bis zur Halskrause mit drin. Wenn einer von meinen Leuten eine Informantin hätte und sie würde ganz plötzlich verschwinden, dann wäre in meinem Büro der Teufel los, das kann ich Ihnen sagen! Ich würde dafür sorgen, daß jeder halbwegs Verdächtige sofort an den Lügendetektor käme. Das Unterste würde zuoberst gekehrt, da können Sie Gift drauf nehmen! Und was habt ihr gemacht? Ihr habt das Mädchen ganz einfach den Wölfen zum Fraß vorgeworfen. Und wenn Sie nicht bald anfangen, sich intensiv mit dem Fall zu befassen, dann könnte es gut passieren, daß Geraldo Rivera höchstpersönlich plötzlich durch Ihre Bürotür marschiert kommt.«

Wenige Tage nach dem Gespräch zwischen Runyon und O'Conner wurde Special Agent Terry Hulse der Bericht der Staatspolizei von Kentucky zum Fall Susan

Daniels Smith zugesandt, und dieser leitete ihn schließlich an die Zentrale des FBI in Washington weiter.

Etwa sechs Wochen später trafen ein Special Agent aus der FBI-Zentrale und ein Beamter des Justizministeriums aus Washington in Pikeville ein. John Paul Runyon und die Detectives der Staatspolizei gingen mit ihnen jede Einzelheit des Falles durch. Die beiden flogen wieder nach Washington zurück und kamen dann am 1. Mai wieder nach Pikeville, um eine gemeinsame, zwischen FBI und Staatspolizei von Kentucky koordinierte, Untersuchung des Falles Susan Smith zu starten.

Am 7. Mai wurde Senior Special Agent Jim Huggins von Seiten des FBI mit der Leitung der Ermittlungen beauftragt. Er war damit der verantwortliche Agent für die Auswertung aller Vernehmungen und Berichte, die von den neun Agenten durchgeführt und erstellt wurden, die ihm für die Bearbeitung des Falles zugeteilt waren. Zunächst betrachtete das FBI den Fall offiziell als mögliches Kidnapping, denn man wußte ja noch nicht, was mit Susan geschehen war. Wenn sich die Sache als ein Fall von Mord erweisen sollte, dann fiel er grundsätzlich in die Zuständigkeit der Staatspolizei und war nur unter besonderen Voraussetzungen als Fall für das FBI zu betrachten ...

»Wir haben uns mit dem Fall beschäftigt, weil Putnam einer von uns war«, erklärte Huggins. »Wir betrachteten die Sache offiziell als Kidnapping, weil wir den Fall nur unter dieser Überschrift untersuchen durften. Mit anderen Worten, wenn wir eine Leiche in West Virginia oder irgendeinem anderen Staat fanden, dann würde das für uns in erster Linie ein Fall von Kidnapping sein. Unter diesen rechtlichen Voraussetzungen gingen wir die Sache an.«

Bereits am ersten Tag seiner Ernennung fuhr Huggins in Begleitung der Special Agents Tim Adams und Bill

Welsh zum Landmark Inn. Die Beamten vernahmen das Zimmermädchen Georgia Ann Little erneut. Ihre Aussage deckte sich in den Grundzügen mit der, die sie Richard Ray gegenüber gemacht hatte.

Die Motelbesitzerin gab Huggins die Erlaubnis, die Akten und Belegungsunterlagen des Motels durchzusehen. Er und sein Team leiteten dann an die Staatspolizei folgendes Ergebnis weiter: Es waren von Poole und Putnam unterzeichnete Rechnungsquittungen für den 23. und 24. Mai vorhanden. Putnam hatte dann vom 5. bis 25. Juni in Zimmer 126 gewohnt, Poole vom 5. bis 9. Juni in Zimmer 224. In dem Bericht an die Staatspolizei ist nicht erwähnt, daß Huggins einen Beleg dafür gefunden hatte, demzufolge Poole vom 17. Mai bis 9. Juni das Zimmer 230 gemietet hatte und alles in allem zwei Tage vor Putnams Verlassen der Stadt über tausendzweihundert Dollar in bar bezahlt hatte.

Am 10. Mai erfuhr Huggins von der Hertz-Autovermietung, daß Putnam am 5. Juni 1989 einen Ford Tempo gemietet hatte. Er brachte diesen Wagen am 11. Juni zurück, weil die Windschutzscheibe zersplittert war; er bekam von der Firma einen anderen Ford, den er bis 25. Juni behielt.

Man befragte dann Mary June Baker, eine Angestellte bei Hertz, zu dem Schaden an dem ersten Leihwagen, den Putnam benutzt hatte. Sie sagte aus, Putnam habe erklärt, auf dem Highway 23 sei ein Kohlebrocken von einem Lastwagen gegen die Scheibe geflogen. Agent Welsh fuhr zu Hertz nach Charleston, West Virginia, um die vollständigen Unterlagen in dieser Sache zu bekommen, und man fand den ursprünglich von Putnam benutzten Ford Tempo sehr schnell. Er wurde zu einer Untersuchung nach Washington ins FBI-Labor gebracht.

Kurz darauf stieß Huggins' Team auf Kopien von Susan Smith' Telefonrechnungen, die zeigten, daß zahlreiche Gespräche zwischen Freeburn und Florida getätigt worden waren. Auch die große Zahl der Gespräche zwischen Freeburn und Pikeville fiel ins Auge. Das FBI-Team fuhr dann zum Gesundheitsamt des Pike County und besorgte sich eine Kopie von Susan Smith' positivem Schwangerschaftstest.

Nachdem nun das FBI in die Ermittlungen eingeschaltet war, wurde eine Reihe von Leuten erneut vernommen, und ein weiteres Mal wurden Kopien von vorhandenen Unterlagen angefertigt. Überhaupt mußte vieles noch einmal gemacht werden. Als die Ermittlungen auf vollen Touren liefen, waren nicht weniger als achtzehn Leute mit der Bearbeitung befaßt – zehn vom FBI und acht von der Staatspolizei in Kentucky . . .

Burt Hatfield und Ike Ward wurden vom FBI-Team vernommen, ebenso Josie Thorpe und Bo Daniels; alle machten gediegene Aussagen. Das FBI fand keine Widersprüche. Zu diesem Zeitpunkt schien alles auf einen Verdächtigen hinzuweisen – auf Special Agent Mark Steven Putnam . . .

Am 8. Mai erschien Detective Richard Ray in Begleitung der Special Agents Sam Smith und Tom Gayheart bei Shelby Ward. Man setzte sich an den Küchentisch, und die Beamten vernahmen Shelby fast vier Stunden lang. Sie gingen jedes noch so kleine Detail mit ihr durch, auch die einzelnen Anrufe, die Shelby erhalten hatte, die Behauptungen Putnams und Susans letzte Worte am Telefon . . .

Am Schluß der Vernehmung wandte sich Agent Sam Smith noch einmal an Shelby: »Hören Sie, Shelby, ich möchte Ihnen noch eine Frage stellen, aber Sie müssen keine Antwort darauf geben, wenn Sie nicht wollen . . . Was glauben Sie, wo ihre Schwester ist, und was ist Ihrer Meinung nach mit ihr passiert?«

»Ich glaube, meine Schwester lebt und ist in Florida.

Oder Mark Putnam hat sie umgebracht«, antwortete Shelby mit schwankender Stimme.

Shelby übergab Ray eine grüne, kurze Männerhose und sagte, Susan habe sie getragen, als sie mal von einem Besuch bei Mark zurückkam. Bei einer anderen Gelegenheit habe sie ein Hemd von Putnam angehabt, ergänzte Shelby das sie aber trotz langer Suche nicht mehr auffinden könne.

Als man schließlich Kenneth Smith aufstöberte und noch einmal vernahm, blieb er bei seinen bisherigen Aussagen. Die Polizei präsentierte ihm dann einen Haftbefehl wegen eines Diebstahls in West Virginia, und er wurde im Gefängnis der Mingo County, West Virginia, in Untersuchungshaft genommen.

Detective Ray machte dann einen Besuch bei dem Anwalt Kelsey Friend Jr. und fand bestätigt, daß Kenneth Smith bei ihm Tonbandkassetten hinterlegt hatte, auf denen angeblich der Beweis gespeichert war, daß seine Ex-Frau mit einem FBI-Agenten eine Liebesaffäre hatte. Friend erklärte, weder er noch seine Sekretärin hätten sich die Kassetten angehört; sie hätten sie eine Weile aufbewahrt und dann an Kenneth Smith zurückgegeben. Die Kassetten waren aber nicht aufzufinden ...

Etwa eine Woche nach ihrem Besuch bei Shelby fuhr das FBI-Team nach Barrenshea Creek und führte ein Gespräch mit Susans Eltern, Sid und Tracy Daniels. Man schrieb inzwischen den 16. Mai, und seit dem Verschwinden ihrer Tochter vor fast einem Jahr war es das erste Mal, daß die Eltern dazu gehört wurden. Sie waren zutiefst enttäuscht und verbittert und meinten, Susans Fall sei von der Polizei wie der Fall eines entlaufenen Hundes behandelt worden. Die Daniels trauten weder dem FBI noch der Staatspolizei noch der ganzen Untersuchung und waren überzeugt, Susans Fall sei von den

Polizeibehörden absichtlich nur schleppend behandelt und verzögert worden.

Mit furchtsamen, zittrigen Stimmen sagten die beiden alten Leute den Agents, sie hätten seit Mai 1989 nichts mehr von Susan gehört. Das FBI-Team fragte, ob die Daniels vielleicht noch eine Haarbürste von Susan hätten, aber die beiden konnten keine mehr finden.

»Warum schaun Sie sich nicht die Haarbürste an, die Susan im Landmark zurückgelassen hat?« fragte Sid. Man hatte ihm gesagt, daß diese Haarbürste von der Polizei als Beweisstück zurückgehalten wurde. Und jetzt wollte das FBI noch eine zweite Bürste! Sid verstand nicht, was sich die FBI-Leute dabei dachten. Warum reichte ihnen eine Haarbürste nicht? Vor allem aber konnte er nicht verstehen, warum sie bis jetzt gebraucht hatten, um endlich nach seiner Tochter zu suchen. Letztlich hatte Sid keine Antworten auf die Fragen der FBI-Männer, nur Gegenfragen und Anklagen, und als einziges positives Ergebnis des Besuches bei den Daniels nahmen die Agents die Adresse von Susans Schwester Carla Dean mit, jetzt wohnhaft in Humble, Texas. Aber auch die Nachforschungen dort verliefen im Sand . . .

Während des Fortgangs der Ermittlungen war Huggins nicht davon überzeugt, daß Mark Putnam irgendeine Verfehlung vorzuwerfen sei, und dem Senior Special Agent kam nie in den Sinn, daß er vielleicht eines Tages einen FBI-Kollegen eines Verbrechens anklagen müßte . . .

»Ich rang mich schließlich zu dem Entschluß durch, Mark in Florida zu vernehmen«, sagte Huggins. »Ich stellte mir vor, wir würden dabei die Sache mit ihm klären, ihn von jedem Verdacht reinwaschen und dann würden wir mit voller Kraft auf den wahren Schuldigen losgehen . . . Natürlich, mir war klar, daß eine ganze

Reihe von Umständen darauf hindeuteten, daß Mark mit dem Verschwinden Susans zu tun haben könnte, aber das würden wir alles klären, dachte ich, und ich dachte auch, mein Gott, ich kann es doch gar nicht glauben, daß ein FBI-Agent jemals so was machen könnte.«

13. Kapitel

In Florida war nicht alles zum besten für Special Agent Putnam gelaufen. Kathy Putnam sagte Reportern später, er habe ein Jahr lang fast ununterbrochen Durchfall gehabt. Und er hätte sich nachts im Schlaf oft wie wild an der Brust gekratzt, und wenn sie ihn wachgerüttelt hätte, wäre er entsetzt hochgefahren und hätte gefragt: »Was habe ich gesagt?«

Wenn Putnam auf Dienstfahrten war, konnte es passieren, daß er manchmal geistesabwesend mit hundert Meilen durch die Gegend raste. Der Streß, unter dem er stand, beeinträchtigte auch seine Arbeit: Manchmal war er so überreizt, daß er mitten in der Vernehmung eines Verdächtigen den Faden verlor. Aber noch immer hatte niemand im FBI-Büro in Miami den ernsthaften Verdacht, mit Putnam sei irgend etwas nicht in Ordnung; niemand dort wußte allerdings auch etwas von seiner Verstrickung in dem Susan-Smith-Fall.

Das Ermittlungsteam des FBI wollte nicht glauben, daß Putnam zu einem Mord fähig war, und so ging es sehr vorsichtig an die Sache heran, um ihn nicht bloßzustellen.

»Wer glaubt denn schon, ein FBI-Agent könnte eine Informantin ermorden?« sagte Huggins später. »Ich war regelrecht geschockt, als ich von diesem Verdacht zum ersten Mal gehört habe. Wenn man sich Susan Smith' sozialen Hintergrund anschaute, dachte man zunächst mal, die Verdächtigungen gegen Putnam wären purer Nonsens, aber als mir dann am 7. Mai der Fall übertragen wurde, habe ich zu den Jungs, die ich mir für die Erledigung des Auftrags ausgesucht hatte, gesagt: ›Ihr wißt, daß wir gegen einen aus unseren eigenen Reihen eine Ermittlung durchzuführen haben, aber das müßt ihr völlig außer acht lassen, Jungs. Ihr müßt an die Sache rangehen, als wäre es ein reiner Routinefall. Und wir werden der Sache auf den Grund kommen.‹«

Am 16. Mai stiegen Agent Jim Huggins, Detective Richard Ray und Lieutenant Paul Maynard in Lexington in ein Flugzeug und flogen nach Miami, um Mark Putnam zu vernehmen. Huggins hielt sich noch einmal den Stand der Ermittlungen vor Augen: Alles, was die Ermittler gegen Putnam in der Hand hatten, waren die unbewiesenen Behauptungen, er habe mit Susan Smith eine Affäre gehabt und könne möglicherweise mit ihrem Verschwinden zu tun haben. Man konnte keine Anklage gegen einen FBI-Agenten erheben, bevor Beweise gegen ihn vorlagen, die einen Verdacht untermauert hätten. Man bearbeitete immer noch einen Fall von Suche nach einer vermißten Person – respektive einen Fall von Kidnapping –, und das Persönlichkeitsprofil von Susan Smith ließ durchaus die Annahme zu, daß sie auch einfach in einen anderen Staat ›abgehauen‹ sein konnte. Sie hatte das in der Vergangenheit auch schon getan...

Bei der gedanklichen Vorbereitung auf die Vernehmung stellte sich Huggins darauf ein, daß Putnam eventuell die Zusammenarbeit und damit die Aussage verweigerte. Ihm war klar, daß der Fall dann wahrscheinlich auf ewig ungelöst bleiben würde. Aber Putnam war bereit, Aussagen zu machen, und während der sechseinhalbstündigen Vernehmung durch Huggins und die beiden Polizeibeamten von der Staatspolizei von Kentucky legte der verdächtige FBI-Agent Schritt für Schritt dar, was er während seines Aufenthaltes im Juni 1989 in Pikeville gemacht hatte. Man ging die dreiwöchige Periode fast

Minute für Minute durch, und Putnam versuchte im einzelnen aufzuführen, wo er sich jeweils befunden hatte.

Gleich zu Beginn aber stellte Huggins die Frage, warum Putnam damals von Miami nach Huntington, West Virginia, geflogen war und nicht nach Lexington, Kentucky, denn er hatte ja eine Besprechung mit Tom Self in Lexington. Putnam erklärte, Huntington läge näher an Pikeville, und dort hätte er ja an den Vorbereitungen für den Prozeß gegen die Autoschieberbande mitarbeiten müssen. Huggins gab sich mit dieser Antwort zufrieden.

Obwohl er wußte, daß Putnam fast täglich Besprechungen mit Self in Lexington gehabt hatte und ein Flug dorthin wahrscheinlich sinnvoller gewesen wäre als der Flug nach Huntington, dachte Huggins nicht weiter über diesen Umstand nach. Und als Putnam ausführlich darlegte, daß er wegen des Prozesses gegen die Autoschieberbande in Pikeville gewohnt habe und nicht in Lexington, weil es wegen des größeren Arbeitsanfalles in Pikeville sinnvoller gewesen sei, von dort nach Lexington zu den Besprechungen mit Self und dann wieder zurück nach Pikeville zu fahren, leuchtete das Agent Huggins ein.

»Ein FBI-Agent kommt bei den Recherchen zu einem Fall meistens weit rum«, erklärte Huggins. »Er denkt sich nicht viel dabei, wenn er mal eine dreistündige Fahrt machen muß. Wenn Putnam sich in Lexington einquartiert hätte, wäre eine Menge Papierkram zu erledigen gewesen – Dienstreiseanträge vor allem –, was von Pikeville aus, wohin man ihn wegen des Prozesses offiziell abgeordnet hatte, nicht erforderlich war.«

»Ich habe mich um absolute Korrektheit bemüht«, fuhr er fort. »Auf keinen Fall durfte ich etwas zu seinen Gunsten auslegen, nur weil er FBI-Agent war. Ich ließ ihn ganz einfach seine Story erzählen, und sie widersprach in den meisten Punkten nicht dem, was ich wußte. Ich kriegte allerdings auch nicht die Wahrheit aus ihm raus. Aber das war ja nicht mein erster Fall, bei dem es so war.«

Huggins betonte ausdrücklich, seine Fragestellung sei nicht auf Konfrontation ausgelegt gewesen, er habe Putnam nicht scharf attackiert. Als erfahrener FBI-Mann wußte Huggins, daß er sich unter Kontrolle bewahren mußte. Aber er mußte Putnam auch den Eindruck vermitteln, daß er ihm helfen wollte, durfte die Kommunikation mit ihm nicht abreißen lassen. Wenn er ihn zu sehr in die Enge trieb, bestand die Gefahr, daß er ›mauerte‹ oder die Aussage gänzlich verweigerte.

An diesem 16. Mai 1990 leugnete Putnam, er hätte außerhalb des dienstlichen Bereiches irgend etwas mit Susan Smith zu tun gehabt. Aber er bestätigte eine Information, die das FBI bereits hatte: Der Leihwagen, den er damals gefahren hatte, war beschädigt worden, und er hatte ihn der Firma zurückgegeben. Diese Aussage überraschte Lieutenant Maynard, der bisher geglaubt hatte, Putnam habe in der fraglichen Zeit – Anfang Juni 1989 – einen Dienstwagen des FBI gefahren. Man hatte versäumt, Maynard über das Ergebnis der ›Hausaufgaben‹, die das FBI im Hinblick auf den Leihwagen gemacht hatte, zu informieren.

Im weiteren Fortgang der Vernehmung machte Putnam eine Aussage zu einer Sache, von der bisher weder das FBI noch die Staatspolizei etwas gewußt hatte: Putnam hatte sich, wie er sagte, in der Garage seines Hauses in Pikeville an einem Nagel im Regal die Hand verletzt, und infolge dieser Verletzung würden sich in dem Leihwagen wahrscheinlich Blutspuren befinden ... Putnam konnte aber keinesfalls wissen, ob das FBI-Labor Blutspuren in dem Wagen entdeckt hatte. Er war in dieselbe Falle getappt wie so viele Kriminelle vor ihm: Er ging davon aus, die Ermittler wüßten mehr über das Verbrechen, als das tatsächlich der Fall war ...

Aber auch als Marks Story anfing, nicht mehr stimmig zu sein, als sich Widersprüche ergaben und neue Details zum Vorschein kamen, wirkte er entspannt und leugnete immer wieder, er habe mit dem Verschwinden von Susan Smith etwas zu tun.

Für Huggins war Putnam zu ›cool‹ in dieser ganzen Sache. Er reagierte nicht so, wie das von einem unschuldigen Mann zu erwarten war.

»Wenn jemand daherkommt und mich bezichtigt, ich wäre ein Mörder, dann werde ich den doch anbrüllen: ›He, Sie sind ja wohl nicht ganz dicht!‹ Aber Putnam hat nicht so reagiert. Er war weder aufgeregt, noch hat er rumgeschrien.«

Dann, kurz vor dem Ende der Vernehmung, zeigte man Putnam die grünen Shorts, die Shelby Ward der Polizei gegeben hatte. Er sagte, das könnten seine sein, er habe solche Shorts. Und ganz zum Schluß sagte er, er lasse die Polizei noch wissen, ob er sich einem Lügendetektor-Test stellen werde . . .

Auf dem Rückflug saß Richard Ray schweigend da und fragte sich erstaunt, wieso Putnam sich an so viele einzelne Ereignisse, die im Grunde reine Routinedinge waren, nach fast einem Jahr noch erinnern konnte. Wie Huggins glaubte auch Ray, daß Putnam bei der Vernehmung als Mordverdächtiger viel zu ruhig und lässig geblieben war. Und sein Instinkt sagte ihm, daß viele der Aussagen Putnams irreführend und erfunden waren.

»Die meisten Leute können sich nicht mehr daran erinnern, was sie vor einer Woche getan haben, aber Putnam erzählte uns kleinste Einzelheiten, eine nach der anderen, über Geschehnisse von vor fast einem Jahr«, meinte Ray. »Irgendwie mußten sie sich in sein Gehirn eingebrannt haben. Vielleicht hatte er sie auch wieder und wieder geprobt. Nachdem ich seinen Aussagen diese sechseinhalb Stunden zugehört hatte, war ich um viele neue Erkenntnisse reicher. Seit der ersten Zeit, als Susan als vermißt gemeldet worden war, hatte ich nicht mehr mit ihm gesprochen. Und jetzt – nach der Vernehmung am 16. Mai –, hatte ich den Eindruck, daß er nicht die Wahrheit sagte, obwohl er sehr professionell und geschäftsmäßig wirkte.« Nach ihrer Rückkehr nach Pikeville vernahmen Huggins und Ray am 17. Mai 1990 eine Prostituierte aus Pikeville, die behauptete, mit Putnam befreundet zu sein. Sie sagte, sie habe gewußt, daß Susan Smith mit Putnam bei der Lösung eines Bankraubes zusammengearbeitet hatte, und sie gab an, sie sei entweder am Freitag, dem 9. Juni, oder am Samstag, dem 10. Juni, von acht Uhr abends bis drei Uhr morgens mit Putnam zusammengewesen. An das richtige Datum konnte die Frau sich jedoch nicht mehr erinnern.

Am nächsten Tag, dem 18. Mai 1990, flog Huggins wieder nach Miami. Nach einer kurzen Befragung forderte er Putnam auf, mit ihm zur FBI-Zentrale nach Washington zu fliegen.

»Ich habe Schwierigkeiten mit zwei oder drei Dingen, die Sie uns erzählt haben«, erklärte er Putnam, »und nur Sie selbst wissen, ob Sie die Wahrheit sagen. Ich möchte, daß Sie einen Lügendetektor-Test machen, um diese Dinge zu klären.«

Das FBI hat zwar keine rechtliche Handhabe, einen seiner Angehörigen zu einem Lügendetektor-Test zu zwingen, aber es ist klar, daß die Weigerung, sich einem solchen Test zu stellen, den Verdacht gegen Putnam verstärkt hätte. Außerdem stand wegen der – noch unbewiesenen – Behauptungen, er habe mit einer Informantin geschlafen, die auch als Zeugin der Anklage vor Gericht aufgetreten war, sein Job beim FBI auf dem Spiel. Huggins sagte, wenn Putnam die Affäre nicht eingestanden hätte, wäre eine FBI-interne Untersuchung durchgeführt worden und Putnams ›sexuelles Fehlverhalten‹ früher oder später ans Licht gekommen; seine Entlassung aus dem Dienst des FBI innerhalb weniger Tage stand somit auf jeden Fall bevor. »Er hatte einen schweren Fall von Verletzung der FBI-Vorschriften begangen«, sagte Huggins. »Sein Job war absolut gefährdet, und ich denke, er wußte das.«

Das einzige Beweisstück war bis jetzt der Leihwagen. Man informierte Putnam, daß das FBI-Labor in Washington den Ford Tempo untersuchte und daß vielleicht Blutspuren, Kleiderfasern und sonstige Beweise für ein Verbrechen darin gefunden werden könnten.

Am Abend des 18. Mai stimmte Putnam einem Lügendetektor-Test zu. Bevor er mit Huggins nach Washington flog, rief er Kathy an und sagte ihr, er könne wegen einer Sache, die er in Pikeville ›angestellt‹ habe, Probleme kriegen. Seine Frau wußte bereits von den Behauptungen, er habe Susan geschwängert, und so kam dieser Anruf nicht völlig überraschend für sie. Aber Kathy glaubte nicht, daß Mark wirklich etwas damit zu tun hätte; als Shelby Ward im Juni 1989 bei Terry Hulse angerufen und die Affäre gemeldet hatte, war Kathy Putnam zutiefst empört gewesen, daß jemand annehmen könnte, ihr Mann sei einer solchen Taktlosigkeit fähig.

Putnam und Huggins flogen noch in der Nacht nach Washington, D. C., und am nächsten Morgen begleitete Huggins seinen Kollegen zur FBI-Zentrale.

Special Agent Mark Putnam bestand den Lügendetektor-Test nicht . . . Die Staatspolizei von Kentucky und das FBI waren wütend, daß Putnam sie offensichtlich angelogen hatte, aber man konnte nichts daran ändern. Jetzt ging alles in die Hände der Staatsanwaltschaft über . . .

Als Mark Putnam am Abend des 20. Mai 1990 nach Florida zurückflog, holte ihn seine Frau gegen Mitternacht am Flughafen von Fort Lauderdale ab. Die beiden fuhren noch zum dortigen Holiday Inn und gingen in die *David's Plum Bar,* in der sie früher schon oft gewesen waren. Auf dem Weg vom Flughafen sprachen sie kaum ein Wort miteinander. Kathy wartete darauf, daß er ihr gestehen würde, er habe ein Verhältnis mit Susan Smith gehabt. Sie hatte lange darüber nachgedacht und sich entschlossen, ihm zu verzeihen ...

Als sie an ihrem Tisch saßen, sagte Mark immer noch nichts. Kathy bestellte sich einen doppelten Black Russian. In ihr stieg nun doch der Verdacht auf, Mark könnte Susan etwas angetan haben, und das wollte sie als allererstes geklärt wissen.

»Okay, hast du sie umgebracht?« platzte sie heraus.

»Ja, das habe ich«, antwortete Mark ...

Kathy schien seine Worte zunächst gar nicht wahrzunehmen.

»Und du hast mit ihr geschlafen?« fragte sie.

»Ja.«

»Es könnte dein Baby sein?«

»Ja.«

Wütend schlug Kathy ihm ins Gesicht, und zwar so heftig, daß er von seinem Stuhl kippte. Dann trank sie ihr Glas leer, und das Pärchen verließ die Bar. Mark sagte ihr, am nächsten Morgen müsse er sich als erstes einen Anwalt nehmen ...

Am Montag, dem 22. Mai, reichte Putnam nach Rücksprache mit einem Rechtsanwalt seine Entlassung aus dem FBI ein. Noch am selben Tag bekam der Leitende Staatsanwalt Runyon einen Anruf von Bruce Zimet, dem Anwalt, den Putnam sich genommen hatte.

Runyon war völlig verblüfft: »Wir hatten keinerlei Beweise gegen Putnam«, sagte er. »Wirklich nicht das kleinste Fetzchen. Zum ersten Mal in meiner achtundzwanzigjährigen Karriere trat der Fall ein, daß ein Mann einen Mord gestehen wollte – und ich ihn nicht vor den Richter bringen konnte.« Auch später noch beharrte er darauf, Putnam wäre mit seinem Verbrechen davongekommen, wenn sein Anwalt ihm geraten hätte, ganz einfach den Mund zu halten.

»John Paul, ich möchte mit Ihnen sprechen, aber ich muß mich dabei auf Regel Elf der Strafverfahrensordnung berufen«, sagte Zimet, kaum daß Runyon den Hörer abgenommen hatte. Diese Regel besagt, daß Runyon, der Staatsanwalt, zustimmen mußte, nichts von dem nachfolgenden Gespräch vor Gericht zu verwenden. Runyon gab diese Zustimmung . . .

»Am Anfang sprach Zimet sehr hypothetisch«, sagte Runyon später zu Reportern, »so in dem Stil, was ist, wenn dies passiert ist, was ist, wenn das passiert ist, und ich habe schließlich zu ihm gesagt: ›Hören Sie zu, wenn wir vernünftig an diese Sache rangehen wollen, dann müssen die Tatsachen auf den Tisch.‹«

Und so begann Zimet über Totschlag zu sprechen, und Runyon stimmte zu, daß die geschilderten Fakten dafür sprachen, auf eine solche Anklage zu erkennen. Wie Zimet die Sache darstellte, handelte es sich nicht um einen kaltblütigen, vorsätzlichen Mord; es waren sehr viele Emotionen mit im Spiel; Susan Smith hatte Mark Putnam in eine Ecke gedrängt, aus der er keinen Ausweg mehr sah, und er hatte sie bei einer Auseinandersetzung in einem Wutanfall getötet . . .

Drei Wochen lang verhandelten Zimet und Runyon über eine mögliche Strafzumessung. Während dieser Zeit hörten die Anwältin Louise De Falaise und Beamte der Staatspolizei von Kentucky diese Gespräche mit; sie saßen in Runyons Bibliothek und lauschten auf Zimets Stimme, die aus einem Lautsprecher drang. Am Ende der

Verhandlungen überzeugte Runyon jedermann davon, daß es keine andere Wahl gab, als Putnam zuzugestehen, auf Totschlag zu plädieren. Ohne Leiche konnte man ihn nicht wegen Mordes anklagen, und niemand hatte eine Vorstellung davon, was er mit ihr getan hatte; Susan Smith' Leiche konnte überall im Pike County versteckt sein ...

Runyon wußte, er konnte fünftausend Mann der Army-Reserve aufbieten und die Berge in der Umgebung eine Woche lang durchkämmen lassen, und dennoch würde man Susan Smith' Leiche nicht finden. Und Putnam wußte das auch. Er war dabeigewesen, als Hunderte von Polizisten monatelang die Gegend auf der Suche nach dem vermißten Informanten Russell Davis durchsucht hatten.

Major Jerry Lovitt war ebenfalls in den Fortgang der wochenlangen Verhandlungen und die Probleme, die der Leitende Staatsanwalt der Pike County damit hatte, eingeweiht. Putnam war clever genug, seine Spuren im dunkeln zu lassen. Niemand beim FBI oder den örtlichen Polizeibehörden war in der Lage, irgendeinen Beweis gegen ihn zu finden, der vor Gericht standgehalten hätte. Selbst mit dem Geständnis des Totschlages würde es keinen gerichtsrelevanten Fall geben, ehe Putnam die Polizei nicht zu den sterblichen Überresten von Susan Smith führte ...

In der Zeit vom 22. Mai bis zum 2. Juni 1990 informierte Runyon das FBI laufend über den Stand der Verhandlungen mit Zimet. Währenddessen setzten die FBI-Beamten die Ermittlungen fort. Am 24. Mai ließen sie sich vom Williamson Memorial Hospital Susan Smith' Arztunterlagen geben. Sie enthielten ihre Blutgruppe.

Am selben Tag ging Special Agent Andrew Sluss zum *News Express* in Pikeville. Mark Putnam hatte ausgesagt, er sei am 9. Juni 1989 im Kino in Pikeville gewesen und hätte sich den Film *Roadhouse* angesehen. Sluss ging die Zeitungen aus der damaligen Zeit durch und stellte fest, daß *Roadhouse* und *Pink Cadillac* nur bis zum 8. Juni gezeigt worden waren. Am 9. Juni war das Programm des Kinos auf *Final Frontier* und *See No Evil* umgestellt worden.

Am 1. Juni gingen die Agents Sam Smith und Tim Adams zu Putnams früherem Haus am Honeysuckle Drive und schauten sich die Regale in der Garage an. Die jetzige Besitzerin, Mrs. Bolton, sagte ihnen, an den Regalen sei seit ihrem Einzug nichts verändert worden. Die FBI-Agents fanden daran weder Nägel oder andere scharfe Objekte, die eine Verletzung hervorrufen konnten, noch irgendwelche Blutspuren.

Inzwischen spitzten sich die Verhandlungen zwischen Runyon und Zimet zu. Zimet rief zwischendrin einmal an und sagte, Putnam würde eine Strafe von zwölf Jahren akzeptieren. Runyon fauchte zurück, eine Strafe unter sechzehn Jahren käme nicht in Frage und legte auf.

»Wir haben diese Sache Schritt für Schritt analysiert«, sagte Runyon. »Wir machten den Kuhhandel über die Strafzumessung, und ich sagte Putnams Anwalt am Telefon, unter einer Strafe von sechzehn Jahren würde ich nicht mehr schlafen können. Es war ein gefährliches Spielchen. Wir machten schon Wetten, daß Putnam eines Tages aus dem Handel aussteigen würde, aber er hat es nicht getan.

Die Schacherei ging noch ein paar Tage hin und her, bis Zimet schließlich einer Strafzumessung von sechzehn Jahren zustimmte.

Am 4. Juni 1990 flogen Special Agent Jim Huggins und Lieutenant Paul Maynard nach Miami, um dem Geständnis, das Putnam in Gegenwart seines Anwalts ablegen wollte, beizuwohnen. Dieses unter Eid abgelegte

Geständnis wurde vor Gericht gegen ihn verwendet. Als die beiden Polizeibeamten zu Zimets Büro in Fort Lauderdale kamen, wurde es draußen bereits dunkel. Es war acht Uhr abends, als Huggins Putnam aufforderte, vor dem Ablegen seines Geständnisses zu erklären, wo die Leiche Susan Smith' aufzufinden sei, damit das FBI und die Staatspolizei von Kentucky sie bergen könne. Putnam sagte, er habe Susan Smith bei Harmon's Branch, etwa neun Meilen von Pikeville entfernt, an einem Abhang ›abgelegt‹. Er beschrieb den genauen Ort, wo die Leiche zu finden sei. Paul Manyard ging ins Nebenzimmer und rief von dort aus bei der Wache der Staatspolizei in Pikeville an; FBI-Agents und Polizisten von der Staatspolizei warteten dort bereits auf Anweisungen, die sie zu Susan Smith' sterblichen Überresten führen würden.

Um acht Uhr fünfundvierzig abends kamen die FBI-Agents Smith und Adams sowie Sergeant Fred Davidson von der Staatspolizei mit seinem Spürhund Bingo am Harmon's Branch an und fuhren die steile, gewundene, unbefestigte Straße hoch. Die Stelle im Hang, an der Susan Smith' Leiche liegen sollte, war jedoch so von Gebüsch überwuchert, daß die Polizisten keine Spur von ihr finden konnten. Der Spürhund Bingo schnüffelte einige Zeit, konnte aber keine Witterung aufnehmen.

Das Team vergewisserte sich anhand der Skizze, die man ihm mitgegeben hatte, noch einmal, daß es an der richtigen Stelle war, aber trotz der exakten Ortsbeschreibung konnte man auch nach fünfzehn Minuten keine Spur von den sterblichen Überresten Susan Smith' finden. Die Männer, die ein Stück den Abhang hinuntergestiegen waren, verschwanden jetzt unter Bäumen und Sträuchern und waren von der Straße aus kaum mehr zu erkennen. Bingo, der ziellos durch das dichte Gebüsch streifte, war von oben gar nicht mehr zu sehen.

Dann, kurz vor Einbruch der Dunkelheit, entdeckte

einer der Männer einen Totenschädel, und unter dichtem Dornengebüsch fand das Team schließlich auch ein menschliches Skelett. Die Rippenbögen des Brustkorbs, teilweise unter vermoderten Blättern verborgen, schienen vollständig erhalten zu sein, während die Arm- und Beinknochen verstreut herumlagen; wahrscheinlich hatten sich Tiere daran zu schaffen gemacht. Einer der Männer hob die Kinnlade hoch. Zwei Backenzähne fehlten. An keinem der Knochen waren noch irgendwelche Fleischreste zu erkennen. Der Körper schien über den Rand des Abhangs geworfen oder geschoben worden zu sein und war ihn hinuntergerollt oder -geglitten, bis er gegen einen alten Zaun, den irgend jemand vor langer Zeit einmal quer zum Hang eingezogen hatte, gestoßen war. Am Fundort der Leiche waren keine Kleidungsstücke zu sehen.

Die Staatspolizei übernahm die Sicherung des Fundortes am Harmon's Branch, bis der Gerichtsmediziner, Dr. David Wolfe, aus Frankfort eingetroffen war.

Eine Goldkette mit Kreuz, die neben dem Skelett lag, wurde später als Schmuckstück identifiziert, das Shelby Ward ihrer Schwester Susan geliehen hatte. Es war der einzige Gegenstand, mit dem man die sterblichen Überreste definitiv als die von Susan Daniels Smith identifizieren konnte.

Am 4. Juni 1990 legte Mark Steven Putnam in Fort Lauderdale offiziell das Geständnis ab, Susan Daniels Smith getötet zu haben. Er war damit der erste Agent in der 82jährigen Geschichte des FBI, der wegen eines Totschlagsdeliktes angeklagt wurde.

Nachdem Senior Special Agent Huggins ihn über seine Rechte belehrt hatte, las Putnam sein unter Eid abgelegtes Geständnis laut vor. Huggins und Maynard waren Zeugen. In dem Geständnis wurde auch zu früheren Aussagen Stellung genommen, die Putnam im Zusammenhang mit dem Verschwinden Susan Smith' gemacht hatte. Diese Aussagen hatten, wie er einräumte, teilweise falsche Informationen enthalten, und Putnam erklärte nunmehr: »Ich will jetzt in dieser Sache die vollständige Wahrheit sagen.«

In Übereinstimmung mit der zwischen ihm und Runyon ausgehandelten Vereinbarung über das Strafmaß legte Putnam das Geständnis unter der Voraussetzung ab, daß er wegen der früheren falschen Aussagen im Zusammenhang mit den Ermittlungen gegen ihn nicht belangt werden könne. Er behauptete, vor Susans Tod habe er ›wegen des Umzugs nach Miami, wegen der bevorstehenden Gerichtsverhandlung gegen die Autoschieber und vor allem, weil Susan mir dauernd wegen ihrer Schwangerschaft zugesetzt hat‹ unter starkem Streß gestanden. Das alles habe, wie er angab, zu seinem unkontrollierten Wutausbruch geführt.

Das beeidigte Geständnis enthielt folgende Aussagen:

Putnam hatte bei verschiedenen Gelegenheiten versucht, mit Susan über ihre Schwangerschaft zu sprechen; sobald das Kind geboren sei, hatte er ihr gesagt, werde er eine Untersuchung machen lassen, um festzustellen, ob er tatsächlich der Vater sei. Aber Susan war bei diesen Gesprächen immer sofort sehr feindselig und aggressiv geworden. Er hatte sie mehrmals gefragt, ob sie denn nicht eine Abtreibung machen lassen wolle, ihr aber auch vorgeschlagen, er werde für das Kind sorgen, es sogar adoptieren. Aber sie hatte diese Vorschläge abgelehnt.

Am 8. Juni 1989 war er gegen sieben Uhr abends aus Lexington nach Pikeville zurückgekommen. Er hatte in Lexington mit Tom Self, dem Stellvertretenden Rechtsbevollmächtigten des Bundes in Kentucky, eine Besprechung darüber geführt, ob die Ermittlungsergebnisse in einem noch laufenden Fall zur Einleitung einer Vorverhandlung gegen den Betroffenen ausreichten. Die Fahrt hatte er in einem Leihwagen, einem blauen Ford Tempo, gemacht. Ab acht Uhr dreißig hatte Susan Smith mehrmals in seinem Motelzimmer angerufen und sich darüber beschwert, daß er sich nicht mit ihr treffen und über ihre Schwangerschaft sprechen wollte, er sei ja schließlich der Vater des Kindes. Um zehn Uhr dreißig war Susan dann zu ihm ins Zimmer gekommen und sofort sehr streitsüchtig und laut schimpfend auf ihn losgegangen. Putnam hatte ihr gesagt, sie solle aufhören, aber das tat sie nicht, und so war es zu einem immer lauteren Streit gekommen. Putnam hatte Angst bekommen, die Leute in den Nebenzimmern würden die ganze Sache mitbekommen und hatte Susan vorgeschlagen, mit ihm eine Fahrt im Wagen zu machen und dabei weiter über die Angelegenheit zu reden.

Sie waren dann mit dem Leihwagen losgefahren und zunächst in der Umgebung von Pikeville geblieben, dann aber irgendwie in die Ostecke des Pike County geraten, in die Nähe von Phelps. »Während der ganzen Fahrt diskutierten wir weiter über diese Schwangerschaftssache«, so Putnam wörtlich in dem Geständnis. »Ich habe sie immer wieder gefragt, was sie denn eigentlich von mir will, aber sie gab mir keine klare Antwort, wiederholte immer nur, sie würde mich deswegen ›drankriegen‹. Sie sagte, sie würde sich an das FBI wenden, meiner Familie alles sagen und die Presse verständigen. Ich wurde extrem aufgeregt und nervös.«

Der Streit war weitergegangen, und ungefähr um Mitternacht hatte Putnam den Wagen in der Nähe des Gipfels des Peter Creek Mountain, nicht weit von Susans Haus entfernt, angehalten. An dieser Stelle der Diskussion habe er ihr gesagt, er und Kathy würden das Baby adoptieren, wenn er wirklich der Vater wäre, und er habe hinzugefügt, er könne dem Kind ein viel besseres Zuhause bieten als Susan.

»Ich sagte ihr, wenn ein Gericht über das Sorgerecht zu entscheiden hätte, würde das Urteil wegen ihres sozialen Hintergrundes ganz bestimmt zu meinen Gunsten ausfallen.« Susan war in diesem Moment fürchterlich wütend geworden, und er hatte, ebenfalls von Wut gepackt, ›mit der rechten Hand auf das Armaturenbrett geschlagen‹ und sich dabei einen blutenden Schnitt an der Hand zugezogen.

»In diesem Moment fing Susan an, auf mich einzuschlagen, und in einem Anfall blinder Wut griff ich mit beiden Händen nach ihrer Kehle. Ich schob mein linkes Bein über ihren Unterkörper und saß schließlich mit gegrätschten Beinen auf ihr.«

Putnam hatte Susan dann gewürgt, dazu immer wieder geschrien, sie solle ›endlich ihre Schnauze halten‹. Er schätzte, daß er ihr etwa zwei Minuten lang die Kehle zugedrückt hatte, wobei Susan sich die ganze Zeit über ›wand und wehrte und mir ins Gesicht schlug‹. Während des Kampfes hatte Susan, wie Putnam vermutete, ihre Füße gegen die Windschutzscheibe auf der Beifahrerseite gestemmt und sie, wie er später festgestellt hatte, an dieser Stelle eingedrückt. »Ich glaube jedenfalls, daß es während des Kampfes passiert ist.«

Als Susan dann aufhörte, sich zu wehren, hatte Putnam den Griff um ihren Hals gelockert. Er habe angenommen, sie sei ohnmächtig geworden. Als er ihren Puls überprüft und keinen gefunden habe, sei er zu Mund-zu-Mund-Beatmung übergegangen, habe ihr auch mit der Faust auf die Brust geschlagen, um den Atem wieder in Gang zu bringen. Aber seine Versuche seien erfolglos geblieben. Susan habe sich nicht mehr bewegt.

Putnam war in Panik geraten, auf der Fahrerseite aus dem Wagen gesprungen, um den Kühler herumgelaufen und hatte Susan auf der Beifahrerseite von ihrem Sitz gezogen. Er habe sich sehr schlapp gefühlt; Susan war ihm ›extrem schwer vorgekommen‹. Er habe sie auf den Boden gesetzt, ihren Kopf gegen seine Beine gelehnt, aber als er sie losgelassen habe, sei sie zur Seite gekippt, und ihr Kopf sei mit einem dumpfen Geräusch auf dem Boden aufgeschlagen. Da habe er erkannt, daß Susan tot war.

»Als mir klar wurde, daß sie Kleider von mir anhatte – graue Shorts mit großen Taschen auf der Vorderseite und ein graues Polohemd, Sachen, die ich ihr vor ein paar Tagen gegeben hatte –, zog ich sie ihr aus.« Die Kleider hatte er später in eine Mülltonne im Landmark Inn geworfen.

Putnam hatte dann Susans Leiche in den Kofferraum des Leihwagens gelegt und war zum Landmark Inn in Pikeville zurückgefahren. Es sei gegen halb drei morgens gewesen, als er den Wagen auf dem Parkplatz abgestellt habe. Er sei sofort in sein Zimmer gegangen und habe sich geduscht. Dann sei er zum Super America Market auf der anderen Straßenseite gegangen und habe sich Verbandszeug und eine Medizin gekauft, um den Schnitt an seiner Hand zu versorgen. Wieder zurück in seinem Zimmer, habe er sich ›außerordentlich verängstigt und nervös gefühlt und nicht gewußt, was ich jetzt tun sollte‹.

Er habe den Rest der Nacht dagesessen und überlegt, und um sechs Uhr dreißig oder sieben Uhr sei er, nach einer weiteren Dusche, nach Lexington aufgebrochen, wo er wieder zu einer Besprechung mit Tom Self verabredet war. Die Leiche Susans habe er im Kofferraum liegenlassen, und bei seiner Ankunft in Lexington habe er den Leihwagen vor dem Gerichtsgebäude abgestellt, wo er für den Rest des Tages stehengeblieben war.

Putnam hatte Lexington um ungefähr fünf Uhr nachmittags wieder verlassen und war gegen sieben Uhr abends in Pikeville angekommen. Er sei zu McDonalds gegangen und habe etwas getrunken. Dann habe er die grausige Fahrt angetreten, die Leiche irgendwo loszuwerden ...

Er sei auf der Staatsstraße 23 nach Norden zur Harmon's Branch Road, zirka neun Meilen außerhalb von Pikeville, gefahren, und nach einem kurzen Stück auf dieser Harmon's Branch Road sei er auf eine Abzweigung nach links gestoßen. Er habe den Wagen rückwärts in diesen Weg eingeparkt und Susans Leiche aus dem Kofferraum gehoben.

»Ich trug die Leiche dann einen kleinen Abhang hinunter und legte sie auf den Rücken. Dort war Unkraut und Gestrüpp, aber nicht viel, und ich dachte, hier wird sie sicher jemand finden.« Er hatte die Leiche nackt belassen, und nachdem er sie abgelegt hatte, sei er einen Moment bei ihr sitzen geblieben und habe sie ›auf die Wange geküßt‹.

Bevor er die Anhöhe erreicht hatte, war Putnam an einem ungefähr fünfzigjährigen Mann vorbeigekommen, der in seinem Vorgarten gestanden und ihn aufmerksam angesehen hatte. Während er Susans Leiche an dem Hang abgelegt habe, waren die Motoren von Motor-Cross-Motorrädern zu hören gewesen. Und als er wieder in den Wagen gestiegen sei und ein paar Minuten still dagesessen habe, sei eine junge Reiterin in der Nähe vorbeigekommen und habe zu ihm herübergeschaut ...

Er sei dann von Harmon's Branch zurück zum Motel Landmark gefahren und er sei sicher gewesen, daß man ›Susans Leiche nach kurzer Zeit finden würde‹.

Später an diesem Abend hatte Putnam seine Frau angerufen, und er war so müde gewesen, daß er ›während des Gesprächs eingeschlafen war‹.

Er war ganz sicher, daß es keine Zeugen dafür gebe, daß er am 8. Juni abends mit Susan zusammen das Landmark verlassen habe, und er habe seine Waffe nicht dabeigehabt, als sie losgefahren waren. Er hatte Susan nicht erschossen ... Auch Susan hatte keine Waffe bei sich gehabt.

»Zum Zeitpunkt unseres Streites standen weder Susan noch ich unter dem Einfluß irgendeiner Droge oder unter dem Einfluß von Alkohol«, verlas Putnam aus seinem schriftlichen Geständnis. »Keine andere Person wußte etwas vom Tod Susan Smith', noch war irgendeine andere Person daran beteiligt. Ich habe nie mit jemandem über die Einzelheiten von Susans Tod gesprochen, und ich bin nie mehr zu dem Ort, an dem ich die Leiche abgelegt hatte, zurückgekehrt.«

Putnam hatte im Dezember 1988 erstmals Geschlechtsverkehr mit Susan Smith gehabt. Von dieser Zeit an bis zu ihrem Tod habe er ›noch vier- oder fünfmal mit ihr Verkehr gehabt‹. Das Kind, mit dem Susan zur Zeit ihres Todes schwanger sei, hätte von ihm sein können, wie er im Geständnis einräumte, denn ›ich habe beim Geschlechtsverkehr mit Susan nie Verhütungsmittel benutzt‹.

Susan habe ihm gegenüber nie eine frühere Schwangerschaft oder eine Fehlgeburt erwähnt. Der Sexualverkehr mit ihr habe immer in seinem Wagen stattgefunden, nie in seinem Haus oder in einem Motel. In den Tagen vor ihrem Tod habe er keine sexuellen Kontakte mit ihr gehabt. Er habe in dieser Zeit überhaupt alles darangesetzt, ihr aus dem Weg zu gehen ...

Gegen Ende des Geständnisses widerrief er eine frühere Aussage, die er den Ermittlern gegenüber gemacht hatte: Susans Treffen mit einer Gruppe von Drogenhändlern aus Illinois sei eine falsche Information gewesen.

Der Rest des Geständnisses bezog sich darauf, wie er versucht hatte, die Spuren des Verbrechens zu beseitigen. Am Samstag, dem 10. Juni 1989, war er zunächst in die nahe gelegene Stadt Salyersville, Kentucky, gefahren, um dort einer gerichtlichen Vorladung zu einer Aussage in einem laufenden Verfahren nachzukommen; als er um zehn Uhr morgens nach Pikeville zurückgekommen war, war er zur ›One-Stop‹-Wagenwaschanlage gefahren und hatte den Leihwagen ausgesaugt. Bei dieser Arbeit war er auf einen Ohrring gestoßen, ›von dem ich nicht wußte, wo er herkam‹, und so hatte er ihn aufgesaugt. Er hatte auch eine Dose Flüssigreiniger gekauft und die Blutflecken im Inneren des Wagens entfernt.

Ebenfalls am Samstag – Putnam gab an, sich nicht an die genaue Uhrzeit erinnern zu können – hatte er die Matte aus dem Kofferraum entfernt und sie auf der Zufahrt zum Fernsehturm, ganz in der Nähe des Joggingpfades im Bob Amos Park in Pikeville, weggeworfen. Er hatte das getan, weil er, als er Susans Leiche aus dem Kofferraum gehoben und in den Hang gelegt hatte, ›eine menschliche Aussonderung auf der Matte festgestellt hatte, wahrscheinlich aus Susans Mund‹.

Später dann, am Nachmittag dieses Samstags, war Putnam zum Honeysuckle Drive gefahren und hatte, nach einem kurzen Halt bei seinem früheren Haus, einen Besuch bei Celia Fish gemacht, die eine Nachbarin der Putnams gewesen war. Eines von Celias Kindern hatte den Schnitt an seiner Hand bemerkt, und er hatte dem Kind erklärt, er hätte sich an einem Nagel in seiner Garage verletzt. (Celia Fish, eine Krankenschwester, sagte später der Polizei gegenüber aus, Putnam sei zwar an diesem Nachmittag bei ihr gewesen, aber weder sie noch eines ihrer Kinder habe an einer seiner Hände einen Verband oder einen Schnitt festgestellt.)

Es war spät geworden an diesem 4. Juni 1990, als Putnam mit dem Verlesen seines Geständnisses zu Ende kam. Er sagte zum Schluß, er sei am Abend nach der ›Tötung‹

zum Landmark zurückgefahren und dann bis zum 25. Juni 1989 mit einem Gerichtsverfahren in Pikeville beschäftigt gewesen. Dann sei er nach Miami zurückgeflogen.

»Putnams Geständnis war sehr gerissen aufgebaut«, sagte Major Lovitt von der Staatspolizei von Kentucky in einer Nachbetrachtung: »Er spielte seine Karten aus, und er machte das sehr geschickt. Er wußte genau, wo die Schwächen in der Sache lagen ... Er wußte, es hatte einigen Druck gegeben, den Fall zu lösen. Er wußte, wir hatten keinen einzigen verdammten Beweis gegen ihn, er kannte unsere Karten, und so konnte man ihn nicht bluffen. Wir konnten mit keiner der sonst üblichen Methoden an den Fall herangehen ... Nötigung oder Einschüchterung war uns aus den Händen genommen und in seine übergegangen. Er scheuchte uns zwei- oder dreimal nach Miami und wieder zurück. Aber wir dachten, dieser Bursche ist nicht sauber, er ist ein Polizist, und er hat einen Menschen getötet. Er wird nicht straflos davonkommen.«

14. Kapitel

Am Morgen des 5. Juni 1990 erschien der Gerichtsmediziner Dr. David Wolfe, ein Mann mit nationaler Reputation, der bereits Hunderte von Exhumierungen geleitet hatte, am Harmon's Branch, um Susan Smith' sterbliche Überreste zu bergen. Die größeren Knochen, einige hellrot lackierte Fingernägel sowie andere Fragmente des verwesten Körpers, einige verstreut herumliegende Zähne und mehrere Knorpelstücke wurden als Beweisstücke aufgesammelt und, soweit es sich um kleinere Teilstücke handelte, in Plastikdosen verstaut. Dr. Wolfe grub und stocherte so lange in der Erde und den vermoderten Blättern herum, bis er fast alle Knochen der Leiche aufgefunden hatte. Wie sich später herausstellte, fehlten zwei Knochenstücke des Skeletts; sie waren wahrscheinlich von Tieren verschleppt worden. Während Polizisten der Staatspolizei von Kentucky zusahen und Fotografien machten, steckte der Gerichtsmediziner die Überreste Susan Smith', zusammen mit viel Erde vom Fundort, sehr sorgfältig in acht Fünfundfünfzig-Liter-Kübel.

Ein Arbeiter bei einer Grubenfirma, der zur Fundstelle gekommen war, sagte Dr. Wolfe, vor einem Jahr um etwa dieselbe Zeit habe es in dieser Gegend entsetzlich nach Verwesung gestunken. Er habe sich aber gedacht, der Gestank rühre von einem toten Tier her, und so sei er nie von seinem Motorkarren gestiegen, um mal nachzuschauen, was jenseits der Hügelkuppe lag. Nach ein paar Tagen habe der Gestank sich wieder gelegt, und er habe die Sache wieder vergessen.

Ein anderer Arbeiter, der auch zur Fundstelle gekommen war, erklärte Dr. Wolfe, daß die Kohlefirma bereits Pläne entwickelt hatte, die Harmon's Branch Road zu asphaltieren und die Hänge an der Straße zur Befestigung mit Zement auszugießen. Susan Smith wäre für immer unter Zement begraben worden, wenn die Polizei noch länger gebraucht hätte, ihre sterblichen Überreste zu finden. (Diese Pläne wurden allerdings nicht verwirklicht, und die Harmon's Branch Road ist noch immer ein einsamer, unbefestigter Weg).

Bevor David Wolfe mit Susan Smith' sterblichen Überresten den Fundort verließ, versprach er dem Coroner des Pike County, er werde sicherlich einige Antworten auf die Frage, wie Susan Smith zu Tode gekommen war, finden können. Dann fuhr Wolfe zurück nach Frankfort und begann mit der Autopsie.

Inzwischen waren zwei FBI-Agents, William Welsh und Tommy Gayheart, damit beauftragt worden, die Kofferraummatte aus dem Ford Tempo, den Putnam in der Tatnacht gefahren hatte, zu suchen. Drei Officers von der Staatspolizei unterstützten sie dabei. Das Team suchte die in Frage kommende Gegend im Bob-Amos-Park in der Nähe des Joggingpfades sorgfältig ab, benutzte lange Stöcke, um das Unkraut zu durchstochern, fand die Matte jedoch nicht.

Später an diesem Tag wurde Putnams Geständnis dem Leitenden Staatsanwalt zugestellt, und Runyon gab seiner Sekretärin sofort den Auftrag, Shelby Ward ans Telefon zu holen.

»Können Sie morgen früh um neun zu mir ins Büro kommen?« fragte Runyon mit ruhiger Stimme.

»Susan ist tot, nicht wahr?« fragte Shelby.

»Es tut mir leid ... Ja, es ist so.«

»... Was ist mit ihr geschehen?«

Aber Runyon wich der Frage aus. Er wollte Shelby keine weiteren Einzelheiten über das Telefon sagen, und so legte sie schließlich auf. Dann fing sie heftig an zu weinen. Da ihr Mann Ike zu einer Auktion gefahren war und über Nacht wegblieb, rief sie ihren Bruder Bo an und bat ihn, zu ihr zu kommen und bei ihr zu bleiben. Sie sagte, sie habe Angst, allein zu sein ...

»Sie wollten mir nicht sagen, wo sie sie gefunden haben und ob überhaupt noch was von ihr übrig ist«, schrie sie durch die Leitung. »Sie wollten mir überhaupt nichts sagen!«

»Nun, wir wissen ja, daß diese Kerle nichts als ein Haufen verdammter Lügner sind«, sagte Bo mit erstickter Stimme. »Sie haben die Sache über ein Jahr lang vertuscht, Shelby. Vielleicht haben sie die ganze Zeit über schon gewußt, was mit Suzie passiert war.«

In dieser Nacht konnten weder Shelby noch Billy Joe schlafen. Shelby weinte die ganze Nacht hindurch. Ihr Bruder versuchte, sie zu trösten, aber es gelang ihm nicht. Die beiden entschlossen sich, niemandem sonst in der Familie etwas davon zu sagen, daß man Susans sterbliche Überreste gefunden hatte. Das wollten sie erst tun, wenn sie weitere Einzelheiten wußten.

Sie vermuteten, daß Mark Putnam Susan ermordet hatte, aber sie hatten keine Bestätigung dafür. Fast alle Fragen blieben offen. Die ganze Zeit über hatten sie sich an die Hoffnung geklammert, daß Susan noch am Leben war, irgendwo unter Zeugenschutz ein neues Leben führte. Diese Hoffnung hatte sich jetzt jäh zerschlagen. Dennoch, der Gedanke, daß Susan nie mehr zurückkommen würde, war für die beiden unfaßbar ...

Um sechs Uhr morgens waren Shelby und Billy Joe bereits fertig angezogen und bereit zur Fahrt nach Pikeville. Pünktlich um neun Uhr meldeten sie sich in Runyons Büro, aber man bat sie, noch im Empfangszimmer Platz zu nehmen. Dort mußten sie über eine Stunde warten. Während dieser Zeit hörte Shelby immer noch Runyons Stimme hinter der geschlossenen Tür; er telefonierte anscheinend; die Stimme war gedämpft, aber sie konnte hören, daß er mehrmals den Namen *Putnam* aussprach.

»Er hat sie umgebracht, Bo«, sagte Shelby mit erstickter Stimme zu ihrem Bruder.

»Nun, ganz sicher wissen wir das aber noch nicht«, antwortete Bo.

»Du hörst doch, daß er da drin mit jemandem am Telefon spricht, oder?« flüsterte Shelby. »Hörst du nicht, daß er dauernd ›Putnam‹ sagt?«

Endlich wurden Shelby und Billy Joe in Runyons Büro gebeten. Shelby erinnert sich, daß sie Runyons leerer Gesichtsausdruck am meisten erstaunte. Sie behauptet, der Staatsanwalt habe keinerlei Mitgefühl oder Anzeichen von Reue gezeigt. »Als ob Susan ein Nichts gewesen wäre«, sagt sie. Senior Special Agent Terry O'Conner war bei Runyon im Büro, und Shelby erinnert sich, daß seine Hand zitterte, als er sie ihr gab und sagte: »Wir möchten uns für das, was mit Ihrer Schwester passiert ist, im Namen des FBI entschuldigen.«

»Mark hat sie getötet, nicht wahr?« platzte Shelby heraus.

»Ich fürchte, es ist so«, antwortete Runyon.

»Und wie wurde sie umgebracht?«

»Durch Strangulation. Er hat sie erwürgt. Wir haben ein umfassendes Geständnis von ihm. Er hat einen Anwalt; sein Name ist Bruce Zimet. Mark hat freiwillig gestanden, daß er Susan umgebracht hat. Er hat uns gesagt, wo wir die Leiche finden können – drüben am Harmon's Branch, nicht weit von Pikeville entfernt, und wir haben sie dort vorgestern auch gefunden.«

»Und wo ist die Leiche jetzt? Ist überhaupt noch was von ihr übrig?« wollte Shelby wissen.

»Nur Skelettreste«, sagte Runyon, und dann, nach einem Moment des Schweigens, fügte er hinzu: »Putnam und sein Anwalt haben mit mir eine rechtsverbindliche Vereinbarung über die Strafzumessung ausgehandelt. Wir haben uns auf sechzehn Jahre geeinigt.«

»Nur sechzehn Jahre, John Paul?« fragte Shelby geschockt.

»Das war das höchste Strafmaß, was wir bei dem Handel herausschlagen konnten.«

»Aber ... das ist keine sehr lange Strafe für einen Mann, der zwei Menschen ermordet hat«, beharrte Shelby.

»Im Staat Kentucky wird es rechtlich nicht als Mord bewertet, wenn ein ungeborenes Kind zusammen mit seiner Mutter getötet wird. Selbst wenn die Frau im neunten Monat schwanger war, wird das im Hinblick auf den ungeborenen Fötus nicht als Mord betrachtet.«

»Er hat meine Schwester kaltblütig ermordet«, schrie Shelby auf. »Ich will, daß er die Todesstrafe kriegt!«

»Die Tatsachen in diesem Fall sprechen für ein Totschlagsdelikt, Shelby, nicht für Mord. Wenn Sie sich das Geständnis durchlesen, werden Sie erkennen, wovon ich spreche.«

»Mich interessiert kein verdammtes Geständnis! Man hat meine Schwester ein Jahr lang wie einen Hund da oben an dem Berg liegenlassen! Und Putnam kommt nicht mal wegen Mord vor den Richter!«

»Shelby, als Putnams Anwalt zum ersten Mal hier anrief, fing er mit sechs Jahren an, und ich habe ihnen gesagt, das kommt gar nicht in Frage. Dann boten sie von sich aus zwölf Jahre an, und ich habe einfach den Hörer aufgelegt. Als sie aber mit sechzehn Jahren rausrückten, habe ich das akzeptiert. Sie müssen daran denken, Shelby, wir hatten nichts in der Hand, mit dem wir diesen Mann überführen konnten, es sei denn, er gestand das Verbrechen, und man kann von Putnam nicht erwarten, daß er die Höchststrafe annimmt, wenn er weiß, daß man keine Anklage gegen ihn erheben kann, solange er nicht mit uns kooperiert.«

»Es war Mord! Kaltblütiger Mord!« schrie Bo. Auch er war außer sich vor Zorn.

»So wie sich die Sache darstellt, kann nur auf Totschlag erkannt werden. Ich möchte, daß Sie beide sich das Geständnis durchlesen. Dann wird Ihnen das vielleicht klar.«

»Das hört sich so an, als ob Sie auf Putnams Seite wären!« schrie Shelby ihn an.

»Wir hätten ihn niemals überführen können, wenn die Sache nicht so abgelaufen wäre. Alles, was wir gegen ihn in der Hand hatten, war der Lügendetektor-Test, und der ist vor Gericht nicht als Beweismittel zugelassen. Wir hätten die Leiche nie im Leben gefunden, wenn wir die Vereinbarung mit ihm nicht getroffen hätten, denn der Handel schloß ein, daß er ein Geständnis ablegt und uns sagt, wo wir Susans Leiche finden können. Ohne Leiche hätten wir nicht nachweisen können, daß überhaupt ein Verbrechen stattgefunden hat. Wir hätten monatelang die Berge im Pike County durchkämmen können und doch keine Chance gehabt, die Leiche zu finden.«

»Wird es denn überhaupt zu einem normalen Gerichtsverfahren kommen?« fragte Shelby.

»Nein. Wenn es zwischen dem Beklagten und der Staatsanwaltschaft zu einer rechtsverbindlichen Vereinbarung über das Strafmaß gekommen ist, gibt es normalerweise keine Hauptverhandlung. Die Sache kommt vor eine Grand Jury, die darüber entscheidet, ob das ausgehandelte Strafmaß rechtskräftig wird, oder ob doch noch eine formelle Anklage erhoben werden soll. Wie die Dinge stehen, wird die Jury dem Handel zustimmen. Wir werden Putnam herholen und ihn am 12. Juni um neun Uhr vor die Grand Jury bringen. Am 10. Juni um neun Uhr brauchen wir Sie beide hier. Die Grand Jury wird Sie dann als Zeugen anhören ... Es tut mir sehr leid, daß diese schreckliche Sache mit Ihrer Schwester passiert ist«, sagte er zum Schluß mit flacher Stimme ...

Shelby und Bo waren wie betäubt, als sie Runyons Büro verließen. Sie konnten nicht verstehen, warum man sie in diesen seltsamen Handel über das Strafmaß nicht eingeschaltet hatte. Und sie konnten nicht verstehen, daß die Staatsanwaltschaft einen Mann von der Anklage wegen Mordes verschonte, indem sie seine Tat Totschlag nannte. Sie waren wütend. Und jetzt mußten sie zurück nach Freeburn und ihren Verwandten gegenübertreten und ihnen erklären, was geschehen war. Und da waren ja auch noch Susans Kinder ... Auch ihnen mußte man die schreckliche Wahrheit beibringen.

Die Nachricht vom Tod Susans schockte die Familie zutiefst, und einige Tage waren alle Angehörigen wie gelähmt. Man hörte nichts von den Ergebnissen der Autopsie, von einem Begräbnis war nicht die Rede. Im Augenblick konnte man sich nur mit der Frage der Bestrafung von Mark Putnam beschäftigen ...

Am frühen Morgen des 10. Juni fuhren Shelby und Billy Joe nach Pikeville, um vor der Grand Jury auszusagen. Shelby rauchte eine Zigarette nach der anderen, als sie im Flur des Gerichtsgebäudes auf ihren Auftritt vor der Jury warteten, und sie lief unruhig auf und ab, während aus dem Verhandlungssaal die Stimme John Paul Runyons zu ihnen herausklang, eine ganze Stunde lang, wie es Shelby vorkam. Runyon trat hin und wieder hinaus auf den Flur, und Shelby fragte ihn dann jedesmal: »Wann kommen wir endlich dran?« Aber Runyon antwortete immer nur: »Es ist bald soweit.«

Als Shelby Ward schließlich vor die Grand Jury trat, hatte sie das Gefühl, wie sie später sagte, als ob sie diejenige wäre, die sich vor Gericht verantworten müßte. Es war seltsam, wie die Geschworenen sie anstarrten – als ob sie vor irgend etwas Angst hätten ...

»Versprechen Sie, die Wahrheit zu sagen, die ganze Wahrheit und nichts als die Wahrheit, so wahr Ihnen Gott helfe?« fragte sie ein Gerichtsbeamter.

»Ja«, antwortete Shelby und setzte sich auf den Zeugenstuhl.

Als erstes, so Shelby später, erklärte ihr Runyon vor der Jury, wenn man auf die ausgehandelte Strafzumessung nicht eingehen und den Fall vor ein ordentliches Gericht bringen, einen Strafprozeß anstrengen würde, dann würde Mark Putnam als freier Mann aus einem solchen Prozeß hervorgehen.

»Aber ... ich verstehe das nicht, Putnam ist ein kaltblütiger Mörder«, protestierte sie.

»Alles, was ich dazu sagen kann – wenn wir den Handel, den wir mühsam erreicht haben, nicht rechtskräftig machen, dann machen wir alles kaputt, die Sache verläuft im Sand«, sagte Runyon. »Erinnern Sie sich, Shelby, als Sie im Februar zu mir ins Büro kamen und wir über die Sache gesprochen haben?«

»Ja, John Paul.«

»Nun, wie Sie wissen, hatten wir damals nichts in der Hand, und wenn sich das FBI nicht eingeschaltet und ich diese Verhandlungen mit dem Beklagten nicht geführt hätte, dann wäre noch alles beim alten, und wir hätten kein Geständnis.«

Runyon breitete die Tatsachen vor Shelby aus; er verlas Putnams Geständnis und den Text der mit ihm ausgehandelten Vereinbarung über die Strafzumessung. Shelby meinte, sie dürfe ihn nicht unterbrechen, aber dann, bevor sie den Zeugenstand verließ, wurde sie gefragt, ob sie der Jury noch etwas sagen wolle. Ja, das wolle sie, sagte Shelby. Ihre Aussage wurde auf fünf Minuten begrenzt.

»Putnam und Susan hatten eine Liebesaffäre miteinander, er hat sie geschwängert, und dann hat er sie ermordet. Ich bin der Meinung, es sollte diesen Deal, den John Paul ausgehandelt hat, nicht geben. Putnam hat da unten in Florida ein ganzes Jahr lang ein schönes Leben geführt, hat es sicher sehr genossen, und die ganze Zeit über hat er gewußt, daß wir fast verrückt geworden sind vor Sorge um Susan, verzweifelt nach ihr gesucht haben. Ich will nicht, daß man sich mit diesem Deal zufrieden gibt. Ich will, daß er wegen kaltblütigem Mord vor Gericht gestellt wird und daß er die Höchststrafe kriegt. Er muß zweimal lebenslänglich kriegen! Er hat sein eigenes Kind ermordet!«

»Okay, Shelby, vielen Dank, Sie können dann gehen«, sagte Runyon und führte sie am Arm aus dem Saal.

»Runyon hat mich praktisch aus dem Saal geschoben«, erinnert sich Shelby. »Ich mußte ihn bitten, auch meinen Bruder Billy Joe reingehn und vor den Geschworenen aussagen zu lassen. Nachdem Bo ihnen gesagt hat, was er über die Affäre weiß, die vielen Fahrten nach Pikeville und sonst alles, hat John Paul ihn gefragt, ob er noch was sagen will, und alles, was Bo rausgekriegt hat, war leider nur ein Grunzen. Runyon hat dann nur noch gesagt: ›Nun, das war dann wohl alles, vielen Dank.‹«

Nach den Akten des Gerichtsbezirkes Pike County wies der Leitende Staatsanwalt Runyon die Geschworenen der Grand Jury ausführlich auf die verschiedensten rechtlichen Beschränkungen und Zwänge hin, denen Polizeibehörden und Staatsanwaltschaften bei ihrer Ermittlungsarbeit unterworfen sind. Eine davon ist der fünfte Zusatzartikel zur Verfassung der Vereinigten Staaten, der festlegt, daß niemand gezwungen werden kann, gegen sich selbst auszusagen oder in irgendeiner Weise Beweismaterial zu verschaffen, das für ihn nachteilig ist.

Die Grand Jury wurde außerdem darauf hingewiesen, daß die Verhandlungen zur Strafzumessung zwischen dem Staatsanwalt und Putnams Anwalt unter dem Vorbehalt der Regel Elf der Prozeßordnung geführt worden waren.

Ferner wurde den Geschworenen erklärt, Mark Steven Putnam habe zwar sowohl ein Motiv als auch die Gelegenheit gehabt, Susan Daniels Smith zu töten, und Indizienbeweise sprächen dafür, daß er es tatsächlich getan hatte – aber es gäbe keine Augenzeugen und keine direkten Beweise, die die Einleitung eines Strafverfahrens gegen ihn ermöglicht hätten. Vor seinem Geständnis hätte keine Mord- oder Totschlagsklage gegen ihn eingeleitet werden können, weil man keine Leiche gefunden hatte.

Und die Geschworenen erfuhren, daß die Ergebnisse eines Lügendetektortestes vor Gericht nicht als Beweismittel zugelassen sind und daß aus diesem Grund von Seiten der Staatsanwaltschaft die Entscheidung getroffen wurde, in die Verhandlungen mit Putnam und seinem Anwalt einzutreten. Als Ergebnis der Verhandlungen zwischen Runyon auf der einen und Putnam und Zimet auf der anderen Seite hatte Mark Putnam sich verpflichtet, seine ›Verstrickung‹ in das Verschwinden Susan Smith' zu gestehen und Einzelheiten dazu mitzuteilen ...

Die zwölf Juroren hörten aufmerksam zu, als Runyon darlegte, daß die Staatsanwaltschaft sich bereit erklärt hatte, als Gegenleistung für die Bekanntgabe des Ortes, an dem die Leiche Susan Smith' zu finden war sowie für eine vollständige Darstellung der Ereignisse, die zu ihrem Tod geführt hatten, eine sechzehnjährige Gefängnisstrafe zu akzeptieren und der Grand Jury zur Annahme zu empfehlen – unter der wichtigsten Voraussetzung, daß Putnam sich des Totschlags ersten Grades schuldig bekannte ... Die Geschworenen erhielten die Gelegenheit, den Fall zu diskutieren und Putnams Geständnis sowie die Strafzumessungs-Vereinbarung zwischen den beiden Parteien im Wortlaut zu studieren.

Mit einer Ausnahme – Martin Luther Johnson aus Pikeville verweigerte die Zustimmung – empfahl die Grand Jury dem Bezirksgericht des Pike County, die ausgehandelte Vereinbarung anzunehmen und für rechtskräftig zu erklären.

Putnams Geständnis hatte dazu geführt, daß sowohl das FBI und die Staatspolizei von Kentucky als auch der zuständige Staatsanwalt mit dem Ausgang des Falles zufrieden waren. Alle stimmten überein, daß es sich nicht um einen Fall von vorsätzlichem Mord handelte, und als das neunseitige Geständnis am 11. Juni der Grand Jury in Pikeville präsentiert wurde, sahen die Geschworenen keine andere Alternative, als auf den Beschluß ›Totschlag‹ zu erkennen.

Es war allgemeiner Konsens, daß ohne Mitwirkung Mark Putnams die Leiche Susan Smith' wahrscheinlich nie gefunden und der Fall ihres Verschwindens niemals aufgeklärt worden wäre. Die Grand Jury gelangte daher zu der Auffassung, daß der Tatbestand des Totschlages und die Empfehlung für sechzehn Jahre Gefängnis den Gegebenheiten des Falles angemessen sei ...

Nach der Verkündung des Beschlusses der Jury, der ausgehandelten Vereinbarung zuzustimmen, erklärte der Sprecher dem Gericht, die Jury vertrete die Auffassung, der Gerechtigkeit sei damit in zweifacher Hinsicht gedient: Zum einen könne Susan Smith' Familie, nachdem Susans Schicksal nun aufgeklärt sei, ihr weiteres Leben darauf einstellen und versuchen, darüber hinwegzukommen; zum anderen werde ein Schuldiger für sein Verbrechen bestraft ... Der Beschluß der Grand Jury wurde am 12. Juni 1990 verkündet, wenige Minuten, bevor Mark Putnam nunmehr vor dem Gericht erschien, um in öffentlicher Sitzung zur Klage gehört zu werden.

Das kleine Gerichtsgebäude in Pikeville war an diesem 12. Juni voller Menschen, und die emotionalen Wellen schlugen hoch, als Putnam vor dem Gericht erscheinen und sein Urteil entgegennehmen sollte. Bevor er in das Gebäude kam, löste Shelby Ward den Alarm der Metalldetektoren aus, und sie wurde vorläufig festgenommen, weil sie in ihrer Handtasche eine Pistole dabeihatte. Die Waffe war in eine Socke gewickelt – und geladen. Shelby behauptet, sie hätte einfach vergessen, daß die Pistole noch in der Handtasche war. »Ich hab' nicht die Absicht gehabt, ihn zu erschießen«, sagte sie, und das behauptet sie auch heute noch. Die Polizei beschlagnahmte die Waffe und ließ Shelby dann, eskortiert von Polizisten der Staatspolizei, in den Gerichtssaal. Beim Verlassen des Saales händigte man ihr eine schriftliche Vorladung aus, und sie mußte jetzt eine Anklage wegen ›unerlaubten Tragens einer Schußwaffe‹ durch John Paul Runyon gewärtigen . . .

Während man auf das Erscheinen von Mark Putnam wartete, wurde die Atmosphäre im Saal immer angespannter. Eine Hälfte des Raumes war fast vollständig von Fernsehteams und Reportern besetzt, was die Aufregung der Leute noch steigerte. Billy Joe war neben Shelby das einzige Mitglied von Susans Familie, das an diesem Tag im Gerichtssaal war; Susans Eltern waren nervlich nicht in der Lage, der Sitzung beizuwohnen.

Natürlich gab es kaum einen Zweifel daran, was bei Putnams Erscheinen geschehen würde. Man wußte, alles war zwischen den Anwälten arrangiert, und die Jury hatte der Vereinbarung zugestimmt. Putnam würde mit sechzehn Jahren davonkommen. Er würde nur die Hälfte davon absitzen müssen. Nach acht Jahren konnte er begnadigt werden . . .

Richter Baird Collier, der die Sitzung leitete, erklärte später, er habe im Hinblick auf die Vereinbarung, die zwischen Runyon und Putnams Anwalt ausgehandelt und von der Grand Jury zur Annahme empfohlen worden war, nur zwei Möglichkeiten gehabt:

»Ich konnte die zwischen dem Staatsanwalt und dem Beklagten ausgehandelte Vereinbarung entweder annehmen oder ablehnen«, sagte er. »Einen Mittelweg gab es nicht. Ich habe die Vereinbarung akzeptiert, weil in dem Beschluß der Grand Jury aufgezeigt war, daß im Fall der richterlichen Ablehnung der Vereinbarung nichts von dem, was die Polizei aus Mr. Putnams Geständnis erfahren hatte, vor Gericht gegen ihn verwendet werden durfte. So stand es in der Vereinbarung zwischen Mr. Putnam und der Staatsanwaltschaft ...«

Wenn er die Vereinbarung zurückwies, so sah es Richter Collier, war er nicht in der Lage, irgendeine Klage gegen Putnam zu erheben, denn zu der Vereinbarung gehörte ein gesondertes Dokument, in dem festgelegt war, daß Putnam bei Zurückweisung der Vereinbarung auf ›nicht schuldig‹ plädieren werde, und da nichts aus seinem Geständnis gegen ihn verwendet werden durfte, würde er in diesem Fall als freier Mann aus dem Gerichtssaal marschieren.

Richter Collier war in einer unangenehmen Lage. »Das Geständnis war die einzige Information über das Verbrechen, die mir zur Verfügung stand. Aber es ist eine glaubwürdige Darstellung. Ich weiß natürlich nicht, was wirklich geschehen ist ... Wie ich es auch heute noch sehe, habe ich bei den Fakten, die man mir präsentiert hat, die einzig mögliche Alternative gewählt. Ich glaube, wenn man hundert Bezirksrichter in dieselbe Situation brächte wie mich in diesem Fall, sie würden alle genauso entscheiden.«

Mark Steven Putnams Auftritt vor dem Bezirksgericht des Pike County am 12. Juni 1990 dauerte weniger als eine Stunde.

Er trug ein weißes Hemd, Bluejeans und hohe Turnschuhe, als er durch eine Nebentür, direkt hinter der Richterbank, in den Gerichtssaal trat. Rechts von ihm ging Bruce Zimet, links ein Polizeibeamter. Putnams Knie gaben nach, als er durch die Tür kam, und sein Anwalt mußte ihn stützen. Er führte ihn am Arm zu seinem Stuhl.

Putnams Geständnis war dem Anklagebeschluß der Grand Jury des Gerichtsbezirkes Pike County beigefügt worden, und nachdem der Richter sein Urteil gefällt und dem Beschluß zugestimmt hatte, hatte John Paul Runyon den Antrag gestellt, das Urteil bis zur Anhörung des Beklagten unter Verschluß zu halten ... Shelby Ward und Billy Joe Daniels starrten Putnam an, aber der ehemalige FBI-Agent schaute nicht in ihre Richtung, hielt meistens den Kopf gesenkt. Der Gerichtssaal war überfüllt mit Polizisten, Reportern und Zuhörern. Auch in der Vorhalle drängten sich noch Neugierige. Aber weder Kathy Putnam noch Ron Poole waren anwesend ...

Putnam schaute auch nicht in die Kameras oder auf andere Leute im Saal; oft hielt er beide Hände vor das Gesicht ... Kurz bevor der Richter das Wort ergriff, sagte Shelby zu Bo: »Man könnte eine Stecknadel zu Boden fallen hören.« Dann forderte Richter Collier Putnam auf, vor den Richtertisch zu treten.

»Stehen Sie in diesem Augenblick unter irgendeinem emotionalen Streß?« fragte der Richter.

»Nein, Sir«, antwortete Putnam.

»Haben Sie am 8. Juni 1989 Susan Daniels Smith das Leben genommen?«

»Ja, Sir, das habe ich getan.«

Nach einer Reihe mehr oder weniger technischer Fragen, die Putnam durchweg mit einem Ja beantwortete, verkündete der Richter das Urteil:

»Das Gericht geht davon aus, daß der Angeklagte sich

über die Art der Beschuldigung gegen ihn bewußt ist ... Daß es einen tatsächlichen Grund für sein Geständnis gibt ... Es ergeht hiermit folgendes Urteil: Der Angeklagte ist des Totschlags ersten Grades schuldig. Das Gericht schließt sich der Empfehlung der Staatsanwaltschaft und der Grand Jury des Pike County an und erkennt auf eine Gefängnisstrafe von sechzehn Jahren.«

Obwohl Mord und Totschlag keine Bundesdelikte sind, sondern in die Gerichtsbarkeit und Vollstreckungshoheit des jeweiligen Staates der USA fallen, kam Putnam nicht in eine Strafvollzugsanstalt des Staates Kentucky, sondern in ein Bundesgefängnis in Otisville, New York. In der zwischen Zimet und Runyon ausgehandelten Vereinbarung hatte man festgelegt, daß Putnam zu seinem eigenen Schutz die Strafe nicht in einem Gefängnis des Staates Kentucky oder eines angrenzenden Staates absitzen sollte; Runyon hatte daher mit den zuständigen Stellen geregelt, daß er in ein Bundesgefängnis in einem entfernteren Staat kam.

Die Staatspolizei von Kentucky eskortierte den in Handschellen gefesselten Putnam zum Flughafen in Lexington, von wo er nach New York gebracht wurde. Während der Fahrt erzählte Putnam dem Detective Claude Tackett von der Staatspolizei, er sei mit Susans Leiche an drei verschiedene Orte gefahren, bis er sich dann für Harmon's Branch entschieden hatte.

Derweil drängten sich in Pikeville die Reporter auf der Treppe des Gerichtsgebäudes und fragten die Schwester und den Bruder Susan Smith' nach ihren Kommentaren zum Ausgang des Verfahrens.

»Es hätte wahrscheinlich noch einige Zeit gedauert, aber ich glaube, man hätte noch zu einer Anklage wegen Mord kommen können«, sagte Billy Joe Daniels den Reportern des lokalen Fernsehsenders. »Ich will, daß sich ein anderer Staatsanwalt in die Sache einschaltet, ich will keinen verdammten Deal«, sagte er, und Shelby Ward stimmte dem zu. »Runyon hat uns über diesen Kuhhandel nicht informiert, wir hatten gar keine Chance, zuzustimmen oder abzulehnen oder irgend etwas dazu zu sagen«, empörte sie sich und fügte hinzu, Runyon und das FBI und die Staatspolizei hätten sie während der ganzen Untersuchung wie lästiges Ungeziefer behandelt.

»Wir leben hier in der widerlichsten Ecke der USA, die man sich vorstellen kann«, schimpfte sie vor den Fernsehkameras. »Sie kehren hier einfach alles unter den Teppich, was ihnen nicht in den Kram paßt.« Dann erzählte sie den Reportern, was sie mit Terry Hulse, dem FBI-Supervisor in Louisville, erlebt hatte: »Er hat mich einfach abgewimmelt. Und er hat mit mir geredet, als ob Susan jemand wäre, nachdem es sich nicht lohnt zu suchen.«

Gegen Hulse war inzwischen bereits eine interne FBI-Untersuchung eingeleitet worden, und man hatte ihm verboten, in der Öffentlichkeit über den Fall zu sprechen. Gegen Poole wurde ebenfalls FBI-intern ermittelt, und er lehnte ab, Interviews zu geben. Er rief jedoch nach dem Verfahren noch zweimal bei Shelby an.

Terry O'Conner, der Chef des FBI in Kentucky, nannte das Urteil gegen Putnam ›eine schwierige Sache‹ und sagte den Nachrichtenreportern des Fernsehens, er hoffe, ›daß die Leute bei der Beurteilung des FBI die bisherige Gesamtleistung der Truppe im Auge behalten‹. O'Conner stritt ab, Putnam hätte wegen seines Status' als FBI-Agent eine bevorzugte Behandlung erfahren. »Der Fall wird zum Anlaß einer internen FBI-Untersuchung genommen, um herauszufinden, ob wir administrative Schritte unternehmen oder interne Vorschriften straffen müssen.«

Inzwischen gab John Paul Runyon vor dem Gerichtssaal die erste Pressekonferenz in seiner achtundzwanzigjährigen Karriere als Staatsanwalt. Er verteidigte die ausgehandelte Vereinbarung mit dem Beklagten. »Die Gerechtigkeit ist, wie die Schönheit, eine Sache der Betrachtungsweise«, sagte er den Reportern und fügte hinzu: »Putnam hat ein Geständnis abgelegt, weil sein Gewissen ihn drückte und weil er hoffte, damit seine Seele zu retten.« Der Leitende Staatsanwalt war harscher Kritik von Susans Familie und den Medien ausgesetzt, aber er wiederholte vor Reportern immer wieder, er hätte die Vereinbarung mit dem Beklagten auch ausgehandelt, wenn es sich um einen arbeitslosen Bergmann gehandelt hätte.

In der Zwischenzeit hatte drüben in New England Mark Putnams Mutter mit Bruce Johnson aus Coventry, dem Pfarrer der Gemeinde, der Putnams Vater angehört hatte, Verbindung aufgenommen und ihn gebeten, Mark im Gefängnis in Otisville, New York, in dem er vorübergehend untergebracht war, einmal zu besuchen. Johnson kam der Bitte nach und fuhr zu dem Gefängnis, wo er etwa fünfzehn Minuten mit dem ehemaligen FBI-Agenten sprach. Putnam zeigte sich dem Pfarrer gegenüber voller Scham und Reue wegen seines Verbrechens. Man hatte für das Gespräch ein gesondertes Zimmer zur Verfügung gestellt, nicht das übliche Besucherzimmer; Putnam war nicht in Handschellen, und wie Pfarrer Johnson sagt, hatte man im Gefängnis ›zum Schutz Putnams besondere Maßnahmen getroffen‹.

»Man führte Putnam durch besondere Flure, so daß keine anderen Gefangenen ihn zu Gesicht bekamen«, erinnert sich Johnson. »Sie paßten auf, daß sie nicht durch belebte Flure kamen, als sie ihn aus seiner Einzelzelle holten und zu dem Zimmer brachten.

Ich sah es als meine Aufgabe an, mit ihm zu sprechen und herauszufinden, wie es ihm ging. Während der ganzen Zeit unserer Unterhaltung war ein Wärter mit uns im Zimmer. Nach dem Gespräch fuhr ich zu seiner Familie und habe den Angehörigen berichtet, daß es Mark den Umständen entsprechend gut ging ... Die Putnams trafen dann Vorbereitungen, ihn ebenfalls in Otisville zu besuchen.«

Marks Bruder, Tim Putnam, ein Angestellter beim Parlament des Staates Connecticut, sagte einem Reporter der *Associated Press* später, der Fall habe sich schmerzlich auf das Leben vieler Menschen in seinem Umkreis ausgewirkt. »Ich treffe mich noch mit vielen Leuten, mit denen Mark und ich zusammen aufgewachsen sind. Sie sind alle geschockt, denn diese Sache ist etwas, das man weder von Mark noch von irgend jemand anderem aus unserer Familie erwartet hätte.«

Tim Putnam sagte Reportern, sein Bruder habe ihn noch nicht aus dem Gefängnis angerufen. »Ich nehme an, es wäre ihm peinlich. Man kann ja wohl auch nicht besonders stolz darauf sein, was er getan hat und wo er sich zur Zeit aufhält«, erklärte er.

Es gab natürlich auch Schockreaktionen bei den Menschen, die Mark persönlich kannten, bei seinen Freunden und Nachbarn, und niemand konnte glauben, daß er eine so abscheuliche Tat begangen haben könnte.

»Meine erste Reaktion war, daß ich laut herausgelacht habe«, sagte Mark Sohn, Marks früherer Nachbar in Pikeville zu Reportern. »Ich glaubte einfach nicht, daß das wahr sein könnte.«

»Er war immer außergewöhnlich freundlich und rücksichtsvoll, wirklich ein netter Kerl«, sagte Charles Edwards, ein Freund der Putnams aus einem benachbarten County in Ost-Kentucky. »Er muß wirklich in eine explosive Situation geraten sein.«

Putnams früherer Fußballtrainer und seine Mannschaftskameraden in Tampa zeigten sich gleichermaßen geschockt, als sie von Reportern interviewt wurden.

»Das kann doch nicht wahr sein«, sagte Michael Fall, ein ehemaliger Mannschaftskamerad, als er von Putnams Verbrechen erfuhr. »Das ist doch genau das Gegenteil von dem, wie wir ihn hier kennengelernt haben.«

»Es muß extrem mildernde Umstände für diese Tat geben«, sagte Jay Miller, sein ehemaliger Fußballtrainer in Tampa. »Irgendwas muß ihn dazu getrieben haben, die Beherrschung zu verlieren, die Grenze zu überschreiten. Es muß was mit seinem Beruf zu tun haben. Er hat sich wahrscheinlich so intensiv auf einen Fall gestürzt, daß er meinte, sich auf ein Verhältnis mit diesem Mädchen einlassen zu müssen, um ihn lösen zu können.«

Auch Polizeibeamte in West Virginia waren geschockt. Roby Pope sagte Reportern, ihn hätten kalte Schauder überlaufen, als er von der Sache hörte. »Mark war der letzte Typ auf der Welt, von dem ich gedacht hätte, daß er so etwas tun könnte.« Er konnte es einfach nicht glauben, daß Putnam die eiserne Regel durchbrochen und sich auf ein Verhältnis mit Susan Smith eingelassen hatte. »Persönliche Bindungen an eine Informantin – das ist eine Todsünde«, erklärte er.

Als die Medien herausfanden, daß Putnam in Otisville, New York einsaß, wurde er in eine Strafvollzugsanstalt in Rochester, Minnesota, verlegt. Kathy Putnam zog mit den beiden Kindern dorthin, um in der Nähe des Mannes zu sein, den sie immer noch liebte. Später sagte sie Reportern, sie und die Kinder würden Mark regelmäßig im Gefängnis besuchen. Und sein Entlassungstag sei zunächst auf den 12. Januar 2002 festgesetzt worden . . .

In Kentucky machte die traurige Geschichte der Susan Daniels Smith tagelang Schlagzeilen in der Presse. Die Reporter attackierten das FBI und die Staatspolizei von

Kentucky, daß sie nicht früher die Ermittlungen gegen Agent Mark Putnam in Gang gesetzt hatten. Runyons Position, er habe den Handel mit Putnam abgeschlossen, weil die polizeilichen Untersuchungen nicht genug Beweise für eine reguläre Anklage gegen ihn erbracht hätten, wurde scharf angegriffen. Die Akten der Staatspolizei, vor allem die Vernehmungen von Zeugen, zeigten nach Meinung der Reporter auf, daß die Strafverfolgungsbehörden sehr wohl eine Anklage gegen Putnam hätten aufbauen können, wenn sie nur schnell gehandelt und nicht acht Monate verschlampt hätten, bevor sie sich endlich dazu aufrafften, gegen den ehemaligen FBI-Agenten zu ermitteln.

Der Handel über das Strafmaß zwischen dem Staatsanwalt und Putnam war in der Öffentlichkeit heftig umstritten. In Leitartikeln wurde das FBI bezichtigt, es habe beinahe einen seiner Angehörigen mit einem Mord davonkommen lassen. Den Ermittlungsbeamten der Staatspolizei wurde vorgeworfen, sie hätten Putnam viel zu spät als Verdächtigen betrachtet. Natürlich war die größte Frage, warum die Polizei volle acht Monate brauchte, um gegen Putnam als Hauptverdächtigen zu ermitteln. Die Tatsache, daß das FBI keine Untersuchung gegen Putnam einleitete, obwohl sein Supervisor von Anfang an über die Verdachtsmomente gegen ihn informiert war, wurde von der Presse und der Öffentlichkeit als unverständlich und unverzeihlich betrachtet . . .

In Leserbriefen wurde ein ›Großreinemachen‹ im Justizwesen gefordert, das FBI einer ›Vertuschungsaktion‹ bezichtigt und dem Staatsanwalt vorgeworfen, er habe ›seine Verantwortung gegenüber der Öffentlichkeit mißbraucht‹. Mark Putnams Geständnis mit dem Plädoyer auf Totschlag wurde als ›geradezu krimineller Akt‹ bezeichnet.

In einem Brief an den *Lexington Herald Leader* verdammte ein Mann das gesamte Strafverfolgungssystem, weil es zugelassen hatte, daß ein Beamter aus seinen eigenen Reihen ›aus dem Rampenlicht gehalten werden sollte‹. »Alle Fakten deuten darauf hin«, schrieb der erzürnte Mann, »daß hier ein Fall von Mord und nicht von Totschlag vorliegt. Das war kein simpler Mord aus Leidenschaft. Agent Putnam hat Susan Daniel Smith' nackten Körper, in dem ein Kind heranwuchs, in die Mülltonne geworfen wie einen Essensrest. Das war eine weitaus schlimmere Tat als eine illegale Abtreibung, die viele Menschen in unserem Land bereits als Mord betrachten. Es war ein kaltblütiger Mord, der mit einer Versetzung des Täters nach Miami, weg vom Ort des Verbrechens, vertuscht werden sollte.«

Gary Johnson, ein Anwalt beim Appelationsgericht von Kentucky, sagte einem Reporter: »Den zehn FBI-Agenten, die man nach Pikeville geschickt hatte, standen ausgeklügelte wissenschaftliche Untersuchungsteams zur Verfügung, die man hätte einsetzen können, um den Fall auch ohne Geständnis zu lösen.« Natürlich antwortete Runyon auf diese Kritik Johnsons mit der Bemerkung, das sei eine ›völlig unbewiesene Behauptung‹. Aber Johnson, der vielen Menschen in der Gegend aus dem Herzen sprach, beharrte einem Zeitungsreporter gegenüber auf seiner Meinung: »Wenn es sich hier um irgend jemand anderen und nicht um ein armes Mädchen aus einer Holzhütte im Pike County gehandelt hätte, wäre man ganz anders an die Sache rangegangen.«

Anthony Bouza, ein ehemaliger Polizeichef in der Bronx in New York City, wurde im *Lexington Herald Leader* wie folgt zitiert: »Die Staatspolizei von Kentucky hat wertvolle Zeit verloren, weil sie nicht gegen Putnam ermittelt hat ... Solche Fälle sind sehr zeitkritisch, und je mehr Zeit man vergeudet, um so schwerer sind sie später zu lösen ... Es gab eine Reihe handgreiflicher Hinweise, denen man hätte nachgehen müssen. Den Akten kann man jedenfalls nicht entnehmen, daß hier ernsthaft ermittelt und kompromißlos vorgegangen wurde.«

James Starrs, ein Professor der Kriminologie an der George-Washington-Universität in Washington D. C., warf der Strafverfolgung ebenfalls vor, schlechte Arbeit geleistet zu haben. Starrs wies besonders darauf hin, daß die Polizei keine labortechnische Untersuchung des Motelzimmers, in dem Susan Smith zur Tatzeit gewohnt hatte, sowie der von ihr dort zurückgelassenen Gegenstände veranlaßt hatte. Als schweren Fehler bezeichnete er auch, daß die Polizei nicht sofort Putnams Leihwagen ausfindig gemacht und untersucht hatte und nicht umgehend festgestellt hatte, wo und bei wem sich Putnam zum Zeitpunkt von Susan Smith' Verschwinden aufgehalten hatte.

»Ich denke, daß hier ein Musterbeispiel für eine schwerwiegende Vernachlässigung der kriminologischen Wissenschaften und der ermittlungstechnischen Möglichkeiten, die der Polizei zur Verfügung stehen, vorliegt«, urteilte Starrs vor Reportern. »Und wahrscheinlich ist das durch die Tatsache hervorgerufen worden, daß Putnam ein Polizeibeamter war, mit dem die Ermittler bisher zusammengearbeitet hatten.«

George Parry, ehemaliger Leiter der ›Gruppe für Sonderuntersuchungen‹ beim Rechtsbevollmächtigten für den Stadtbezirk Philadelphia, sagte Reportern, er hätte ganz bestimmt früher Ermittlungen gegen Putnam veranlaßt, und er richtete scharfe Angriffe gegen das FBI, weil es Agent Ron Poole erlaubt hatte, inoffizielle Untersuchungen im Fall der verschwundenen Susan Smith durchzuführen. Wörtlich sagte er: »Das FBI hätte sofort unvoreingenommene Untersuchungsbeamte nach Pikeville schicken müssen, um diesen Saustall von FBI-Büro auszumisten.«

Wieder und wieder wurde das FBI in den Zeitungen attackiert, weil es von der Affäre zwischen dem FBI-Mann und Susan Smith und auch von ihrer Schwangerschaft gewußt und es dennoch abgelehnt hatte, Untersuchungen gegen Putnam einzuleiten. Es entstand der allgemeine Eindruck, die Verzögerung in den Ermittlungen gegen Putnam würden aufzeigen, daß die Verantwortlichen in der Strafverfolgung, insbesondere beim FBI, die Reihen dicht geschlossen hatten, um ihren Beamten zu schützen.

Special Agent Jim Huggins, der mit der Leitung der Ermittlungen gegen Putnam beauftragte FBI-Beamte, ärgerte sich sehr über diese negative Presse. »Das hat mich mehr als alles andere gewurmt«, sagte er später. »Am 7. Mai wurde uns die Sache übertragen, und wir haben verdammt gute Arbeit geleistet. Wir alle, die anderen Agenten und ich, haben uns mit voller Kraft auf den Fall gestürzt, und nach vier oder fünf Wochen hatten wir die Leiche gefunden... Und er wurde überführt und bestraft. Ich habe ein gutes Gefühl bei der Sache...«

Als Antwort auf den Wirbel in der Presse verteidigte Terry O'Conner, der Chef des FBI in Kentucky, an seinem Dienstsitz in Louisville öffentlich die Bemühungen des FBI, den Fall zu lösen. Er versicherte der Öffentlichkeit in einem Zeitungsartikel, die interne Untersuchung der Angelegenheit ›werde den Vorwürfen eines unangemessenen Verhaltens oder Vorgehens der FBI-Beamten ein Ende setzen‹. O'Conner stellte sich ausdrücklich hinter die Entscheidung, den Fall Susan Daniels Smith als einen Fall von Kidnapping anzugehen.

Als ein weiterer Artikel erschien, in dem der Generalstaatsanwalt des Staates Kentucky, Fred Cowan, aufgefordert wurde, eine unabhängige Untersuchungskommission zur Überprüfung des Vorgehens der Staatspolizei einzusetzen, griff der oberste Verantwortliche für die

Polizei des Staates Kentucky, Justizminister W. Michael Troop, in die Debatte ein. In einer Pressekonferenz verteidigte er die polizeilichen Untersuchungen im Susan-Smith-Fall.

»Ich werde gewiß nicht untätig zusehen, wenn die Integrität und die Ehrenhaftigkeit der Staatspolizei von Kentucky angegriffen und in Frage gestellt werden«, sagte er vor den Reportern. »In dem Zeitungsartikel wird die Frage aufgeworfen, wie die Staatspolizei reagiert hat, als sich herausstellte, daß ein FBI-Agent ein Killer war. Ich kann Ihnen die Frage beantworten. Wir haben ihn ins Gefängnis gebracht. Ich brauche am Montag morgen nicht noch das Footballspiel vom Sonntag in Frage zu stellen, wenn ich weiß, wie es ausgegangen ist.«

Auch Major Jerry Lovitt von der Staatspolizei rief eine Pressekonferenz ein und erklärte den Reportern: »Das Beweismaterial gegen Putnam beschränkte sich auf Hörensagen. Selbst wenn wir Beweise dafür gehabt hätten, daß da eine Liebesaffäre im Gange war, wäre das für uns doch noch kein Grund für die Annahme gewesen, sie sei umgebracht worden. Putnam war für uns kein Verdächtiger, weil wir den Fall Susan Smith zunächst einmal als Vermißtenfall behandeln mußten . . . Die Staatspolizei hat eine sehr gewissenhafte Untersuchung durchgeführt, in deren Verlauf fast hundert Vernehmungen gemacht worden sind«, sagte er zum Schluß stolz.

Aber die Öffentlichkeit war durch diese offiziellen Verlautbarungen nicht zu überzeugen. Auch die zwischen dem Staatsanwalt und Putnam ausgehandelte Vereinbarung über das Strafmaß wurde nicht akzeptiert. Alle Welt erkannte die offensichtlichen Hinweise auf einen vorsätzlichen Mord: Putnams Flug nach Huntington, West Virginia, obwohl er zunächst in Lexington, Kentucky, zu tun hatte; die Benutzung eines Leihwagens statt eines Dienstwagens; Putnams vorgeplant wirkende

Bemühungen, die Spuren des Verbrechens zu beseitigen, indem er sich der Kleidung des Opfers an einer Stelle entledigte, der Kofferraummatte an einer anderen und so weiter . . .

Was aber die Öffentlichkeit und Susans Familie noch mehr empörte als die Handhabung der Ermittlungen war das, was dabei herausgekommen war: Putnam würde sobald er die Hälfte seiner Strafe abgesessen hatte, nach acht Jahren also, für eine Begnadigung in Frage kommen. Und diese Strafe saß er in einem Bundesgefängnis in Rochester, Minnesota ab, das vornehmlich als Gefängniskrankenhaus diente. Dort herrschte eher Club-Atmosphäre als strenge Zucht . . .

Auch John Paul Runyon war inzwischen sehr damit beschäftigt, seine Reputation den Menschen in Kentucky gegenüber zu verteidigen. In der Sendung ›Eure Regierung‹ des Senders WLEX-TV, die von Sue Wiley, einer populären Lokalreporterin moderiert wurde, beantwortete er Fragen eines Gremiums von Reportern, die nicht verstanden, warum er die Vereinbarung mit Putnam in so großer Heimlichkeit und mit so unorthodoxen Methoden ausgehandelt hatte.

»Die Verhandlungen dauerten drei Wochen und waren äußerst sensitiv und heikel«, erklärte Runyon. »Ich meine es sehr ernst, wenn ich sage, daß ich oft von einem Tag auf den anderen nicht wußte, ob die Gespräche überhaupt weitergehen würden. Es gab keinen Grund, so meinte ich, die Familie Susans einzuschalten und sie mit Dingen in Aufruhr zu versetzen, die sie nicht verstehen konnte. Sicher, es ist ungewöhnlich, vor einem Anklagebeschluß mit dem Beklagten eine Vereinbarung über das Strafmaß auszuhandeln«, räumte Runyon ein, wies dann aber darauf hin, wie überrascht er war, daß jemand so freimütig und ohne Zwang ein so schweres Verbrechen gestehen wollte: »Ich kenne nun mal nicht viele Leute, die in mein Büro spaziert kommen und zu mir sagen: ›Guten Tag, ich bin ein Krimineller, ich habe gegen das Gesetz verstoßen, und ich möchte bitte ins Gefängnis gesteckt werden.‹ Er glaubte wahrscheinlich, wir hätten viel mehr gegen ihn in der Hand, als das tatsächlich der Fall war. Wir hatten ja in Wirklichkeit keine Beweise gegen ihn, nur wußte er das nicht ... Ich glaube fest daran, daß dieser Mann sich letztlich schuldig bekannt hat, weil er sein Gewissen erleichtern wollte. Ich sehe keinen anderen Grund dafür ...« An dieser Stelle sah Runyon fest in die Kameralinse und sagte: »Das ist einer der ganz wenigen Fälle, die ich kenne, in denen das Gewissen eines Mannes ihn dazu getrieben hat, ein Geständnis abzulegen.«

Kurz vor dem Ende der Sendung wurde Runyon gefragt, ob Putnam wegen der Tatsache, daß er FBI-Agent war, bevorzugt behandelt worden sei, und seine Antwort lautete: »Ich wäre wahrscheinlich ein wenig lockerer an die Sache herangegangen, wenn es sich um Otto Normalverbraucher gehandelt hätte; dieser junge Mann aber hatte eine Vertrauensstellung inne, war ein Staatsbeamter, ein Mann des Gesetzes, und ich bin der Meinung, wenn man eine hohe Stellung wie diese einnimmt, dann muß man auch einen hohen Preis für eine Verfehlung bezahlen ... Aber als sich zeigte, daß wir nichts gegen ihn in der Hand hatten, war er wohl auch nicht bereit, die Höchststrafe anzunehmen ...«

Es vergingen Monate, ehe sich jemand aus dem Bereich der Strafverfolgung wieder zu dem Fall äußerte. Die damit befaßten Parteien waren nicht länger daran interessiert, über eine Sache zu sprechen, die sie nicht mehr beeinflussen konnten. Sicher, niemand wollte zugeben, er habe schlechte Arbeit geleistet, aber nach einigem Nachdenken schien der Kuhhandel mit Putnam und sein daraus entstandenes Geständnis doch einige Leute bei den

Strafverfolgungsbehörden zu beunruhigen, vielleicht sogar zu quälen.

Als man Monate nach dem Abschluß der Geschichte Major Lovitt von der Staatspolizei noch einmal nach seiner Meinung zu dem Fall fragte, begann selbst er Löcher in Putnams Story und seine Glaubwürdigkeit zu bohren.

»Daß er einen Leihwagen benutzt hat, war eine Chance, Beweise gegen ihn in die Hand zu kriegen«, erklärte er. »Und Harmon's Branch, das ist doch so ein abgelegener Ort, den könnte er sich als natürliches Grab ausgesucht haben ... Und daß er behauptet, er hätte die Leiche quer durch Kentucky transportiert, kann man sich das vorstellen? Da haben wir diesen Burschen, einen Mann mit Universitätsstudium, der als Polizist an einer Reihe von Mordfällen mitgearbeitet hat ... Leute, die ein Verbrechen begangen haben, machen nach der Tat nur selten verrückte, unerklärliche Sachen, aber es wäre doch weiß Gott verrückt, die Leiche durch die Gegend zu fahren und dann im Kofferraum des Wagens auf dem Parkplatz in Lexington liegen zu lassen ... Und man kann sich ja denken, daß die Leiche bestimmt nicht sehr schön ausgesehen hat ... Ich glaube ihm das nicht ...

Ich gehe von der Annahme aus, daß er schon vorher manchmal daran gedacht hat, sie umzubringen, und ich glaube, er hat es sich ernsthaft überlegt, als er sich damals auf den Weg hierher gemacht hat«, schloß Lovitt. »Ich nehme zu seinen Gunsten an, er wollte versuchen, die Sache irgendwie anders zu lösen, aber ich bin überzeugt, er hatte sich entschlossen, das Problem bei seinem Aufenthalt damals hier in Kentucky auf jeden Fall aus der Welt zu schaffen – so oder so.«

15. Kapitel

Das Verschwinden Susan Daniels Smith' hatte keine nationalen Schlagzeilen gemacht, aber die Meldung von ihrem Tod verbreitete sich wie eine Schockwelle bis nach Hollywood und New York. Informationssendungen im Fernsehen wie *Affären* und *Blick hinter die Kulissen* beschäftigten sich mit dem Fall. In beiden Sendungen wurde Putnam als ›Schande für das FBI‹ bezeichnet, wobei man seine Identität aus Furcht vor einer möglichen ›Lynchjustiz‹ im Gefängnis geheimhielt.

Kathy Putnam sagte in *Blick hinter die Kulissen,* sie stehe hundertprozentig hinter ihrem Mann, und sie betonte, sie liebe Mark noch immer.

»Wie ich es sehe, fingen seine Fehler damit an, daß er mit ihr ins Bett ging«, sagte Kathy dem Fernsehreporter. »Das schmerzt natürlich. Aber als ich den Schmerz überwunden hatte, wurde mir klar, daß er für mich sehr viel mehr bedeutet als nur eine Sexbeziehung oder sogar Freundschaft. Man ist ein Teil des anderen. Das ist es, was die Liebe ausmacht. Und das wirft man nicht einfach weg, auch wenn etwas Schreckliches passiert ist. Es schmerzt am meisten, daß man ohne den geliebten Menschen sein muß.«

Weiter sagte sie, sie habe Schwierigkeiten kommen sehen, als Susan Smith anfing, mehrmals am Tag zu Hause bei den Putnams anzurufen. Sie habe aber von der Affäre zwischen den beiden und von Susans Schwangerschaft bis kurz vor Marks Geständnis nichts gewußt.

»Wenn ich jetzt auf das alles zurückblicke, erkenne ich, daß er tausendmal und auf vielfache Weise mit mir darüber gesprochen hat, aber ich habe es nicht verstanden ... Es war kein wirkliches Liebesverhältnis ... Es war von seiner Seite eher ein Gefühl der Verantwortlichkeit für sie ... Sie konnte Menschen manipulieren, selbst wenn diese Menschen wußten, daß sie manipuliert wurden. Sie ging zu ihm und hat ihm wahrscheinlich gesagt: ›Mark, ich habe alles mögliche für dich getan, ich liebe dich seit anderthalb Jahren, jetzt mußt du auch mal was für mich tun und lieb zu mir sein.‹«

In *Blick hinter die Kulissen* bekannte sie weiterhin vor den Kameras: »Als ich zum ersten Mal von dem Totschlag an Susan gehört habe, habe ich das einfach nicht wahrhaben wollen ... Mark hat mir gesagt, er müsse dafür ins Gefängnis. Er meinte, er schulde es Susan, ein Geständnis abzulegen ... Und ich konnte zu ihm stehen, weil er das Richtige getan und ein Geständnis abgelegt hat ...

Susan hat die Probleme geradezu herausgefordert. Sie hat Mark bedroht und zu ihm gesagt: ›Ich gehe zu deinem Haus und lege mein Baby in Danielles Arme und sage ihr, schau mal, das ist dein kleines Bastard-Brüderchen, schau dir an, was dein Vater mir da beschert hat.‹«

Mark Putnam kam in *Blick hinter die Kulissen* ebenfalls zu Wort. Er wurde im Gefängnis in Minnesota telefonisch interviewt. Es war seine erste und einzige Aussage vor der Öffentlichkeit seit seiner Verurteilung. Sein Name wurde geheimgehalten, seine Stimme verzerrt.

Am Ende des Interviews sagte er mit fester Stimme: »Ich habe schlicht und einfach nach ihrem Hals gegriffen ... Ich habe zugegriffen und die Hände um ihren Hals gelegt und zugedrückt, und dann habe ich wieder losgelassen ... Ich weiß nicht, ob das zwei Sekunden gedauert hat oder zwei Minuten ... Sie hat dann aufgehört, auf mich einzuschlagen ...«

Kathy Putnam gab gegen Ende des Beitrages in *Blick*

hinter die Kulissen wiederholt zu verstehen, daß nach ihrer Meinung Susans Tod ein Unfall war und daß Susan ihren Tod selbst heraufbeschworen hatte. »Sie wollte tatsächlich meine Stelle einnehmen«, sagte sie dem Moderator. »Sie wollte, daß Mark sie heiratet. Sie wollte, daß ich von der Bildfläche verschwinde. Sie wollte die Frau eines FBI-Agenten werden, mit aller Gewalt . . .« Tränen standen in ihren Augen, als sie diese Worte vor der Kamera sagte . . .

Auch Shelby Ward trat in den beiden Sendungen auf. Sie ließ kein gutes Haar an den Verantwortlichen bei der Polizei und der Staatsanwaltschaft, die Mark Putnam mit einer so geringen Strafe hatten davonkommen lassen.

Shelby erklärte den Reportern in *Affären*, Susan habe ein schweres Leben gehabt. Als man sie fragte, ob sie einen Sinn in Susans Tod sehen könne, brachte sie nur heraus: »Vielleicht hat er sie irgendwann einmal tatsächlich geliebt . . . Ich verstehe nicht, warum er sie getötet hat . . .«

Auch die Anklage gegen Shelby Ward wegen unbefugten Mitführens einer Schußwaffe wurde in Pikeville zu einem öffentlichkeitsträchtigen Thema. Das gegen sie eingeleitete Verfahren wegen ›des Versuchs, eine Schußwaffe unbefugt und versteckt in einen Gerichtssaal mitzuführen‹, wie es offiziell hieß, war für den 8. August 1990 angesetzt worden. Die Pistole Kaliber .38, die sie in ihrer Handtasche mit in das Gerichtsgebäude genommen hatte, gehörte Ike Ward, ihrem Mann. Die Waffe war fünfhundert Dollar wert. Shelby wußte, Ike würde auf die Palme gehen, wenn er eine Geldstrafe oder die Gerichtskosten bezahlen mußte, ganz zu schweigen von der Gefahr, daß die Waffe eventuell beschlagnahmt und auf Dauer eingezogen werden konnte.

Shelby rief schon kurze Zeit nach dem Urteil gegen Putnam bei Runyon an, um herauszufinden, wie ernst er es mit seiner Klage meinte. Als Runyon keinen Zweifel daran ließ, daß er die gegebenen Rechtsvorschriften voll anwenden werde, machte Shelby das Angebot, sie werde ihre Kommentare in den Medien abmildern, was das Vorgehen des Staatsanwalts und der Staatspolizei im Fall des Todes ihrer Schwester angehe. Sie hoffte, sie könne mit dieser Aktion den Ausgang des Verfahrens in der Waffensache beeinflussen. Nach einigen weiteren Absprachen mit Runyons Büro am nächsten Tag wandte sich Shelby Jane Ward, die Schwester der getöteten Susan Daniels Smith, an die Presse und bezeichnete ihre bisherige Kritik am Leitenden Staatsanwalt des Pike County und der Staatspolizei von Kentucky als unfair.

›John Paul Runyon hat alles getan, was in seiner Macht stand‹, konnte man in einem Zeitungsbeitrag von ihr lesen. ›Ganz aufrichtig, ich glaube, daß John Paul Runyon ein absolut ehrenhafter Mann ist. Wenn er und die Männer der Staatspolizei nicht gewesen wären, dann würde meine Schwester immer noch da draußen an diesem Abhang liegen‹.

In ihrer öffentlichen Entscheidung lobte Shelby ausdrücklich die Arbeit der staatlichen Behörden: »Nachdem ich inzwischen die Gelegenheit hatte, über die Sache nachzudenken und alles in Betracht zu ziehen, was zur Aufklärung des Todes meiner Schwester getan wurde, gibt es für mich keinen Zweifel mehr, daß das bestmögliche Ergebnis erreicht worden ist«, erklärte sie in einem anderem Zeitungsartikel.

Einige Reporter meinten, Shelby Ward habe ihre Meinung geändert, nachdem sie sich eine Fernsehsendung mit dem Leitenden Staatsanwalt John Paul Runyon und dem Captain der Staatspolizei Gary Rose angeschaut hatte . . .

Am 9. August 1990, am Tag nach der Verhandlung gegen Shelby, berichteten die lokalen Zeitungen, daß die Angeklagte mit einem blauen Auge davongekommen war: Wenn sie sich sechs Monate lang keiner Verstöße gegen das geltende Recht schuldig machte, wurde die Klage gegen sie fallengelassen. Das Gericht entschied darüber hinaus, daß die Gerichtskosten von der Staatskasse zu tragen seien und die inkriminierte Waffe dem Besitzer zurückzugeben sei . . .

Shelby sagte später: »Ich habe kein Wort ernst gemeint, als ich Runyon und die Polizei so gelobt habe.«

Es war jedoch noch lange nicht soweit, daß Shelby Ward und John Paul Runyon nichts mehr miteinander zu tun hatten. Neben dem Hickhack in den Medien mit Anklagen und Entschuldigungen waren noch wichtige Angelegenheiten zu Ende zu bringen: die Autopsie der sterblichen Überreste von Susan Daniels Smith sowie ihre Beerdigung. Einige Tage nach ihrer öffentlichen Entschuldigung rief Shelby Ward bei John Paul Runyon an und bat darum, daß Susans Gebeine nach Freeburn gebracht würden, um sie beerdigen zu können. Das war ein Anruf, der Runyon wahrscheinlich hochwillkommen war – offensichtlich wartete er nur auf einen Anlaß, Susan Daniels Smith unter die Erde bringen und damit endlich dem Vergessen überantworten zu können –, aber Shelbys Anruf löste eine Kettenreaktion aus, die Staatsbeamte an mehreren Orten in Kentucky aus der Fassung brachten . . .

An einem Freitag nachmittag, nur kurze Zeit nach Putnams Verurteilung, hatte der Stellvertreter des Leitenden Staatsanwalts im Pike County, Rick Bartley, das Büro des

Gerichtsmedizinischen Untersuchungsinstituts des Staates Kentucky in Frankfort angerufen und darum gebeten, Dr. David Wolfe zu unterrichten, daß die Familie von Susan Smith die Überstellung ihrer sterblichen Überreste nach Freeburn wünsche, auch wenn die Autopsie noch nicht abgeschlossen sei.

Als Reaktion auf diese seltsame Forderung rief Dr. Wolfe direkt bei John Paul Runyon zurück.

Wolfe verwies darauf, daß man in solchen Fällen, in denen die Familie die Leiche zur Beerdigung freigegeben sehen wünsche, den Angehörigen normalerweise erkläre, daß es Wochen dauere, bis man im Detail untersucht habe, welches die Todesursache sei. Er schlage den Angehörigen dann vor, zunächst einmal einen Gedenkgottesdienst anzuhalten, aber im übrigen mache er ihnen klar, von welcher Bedeutung eine Autopsie sein könne.

»Ich sagte Runyon, ich würde gerne mit Susans Verwandten sprechen und ihnen die Situation darlegen«, erklärte Wolfe. »Ich sagte auch, ich würde sie natürlich nicht davon abhalten wollen, eine Beerdigung durchzuführen, allerdings eben nicht zu diesem verfrühten Zeitpunkt . . . Ich bin seit 1977 als Gerichtsmediziner in Kentucky tätig, und ich bin Mitglied in der Akademie für Forensische Medizin der Vereinigten Staaten. Ich kenne Leute von den verschiedensten Polizeibehörden im ganzen Land, aber ich kann mich nicht daran erinnern, daß jemals eine Autopsie in einem Fall gewaltsamer Tötung vorzeitig abgebrochen wurde.«

Wolfe erklärte der Staatsanwaltschaft, er sei mit acht 55-Liter-Behältern voller Untersuchungsmaterial von Harmon's Branch in sein Labor zurückgekommen, und das Material müsse gesäubert, getrocknet und gesichtet werden, ehe man überhaupt an die Autopsie herangehen könne. Erde mußte auf Spuren untersucht, Knochen zusammengesetzt werden, um festzustellen, ob vorhandene Brüche vor oder nach dem Eintritt des Todes entstanden waren, und Fingernägel, kleine Knochenstücke, einzelne Zähne mußten sorgfältig untersucht werden ... Und darüber hinaus mußte das fetale Skelett noch identifiziert werden.

Neben diesem ›Material‹ war da noch Susans Kinnlade, die man mit zwei herausgebrochenen Zähnen aufgefunden hatte ... Die gerichtsmedizinische Untersuchung ging später davon aus, daß diese Zähne zum Zeitpunkt des Todes herausgeschlagen worden sein könnten ...

Als Dr. Wolfe jedoch am Freitag, dem 16. Juni 1990, gerade im Laboratorium der Universität von Kentucky zu tun hatte, ging bei seinem Büro ein weiterer Anruf des Stellvertretenden Leitenden Staatsanwalts Rick Bartley ein. Bartley sagte dem Bürochef des Gerichtsmedizinischen Untersuchungsinstituts David Jones angeblich, er werde einen Gerichtsbeschluß zur Auslieferung der sterblichen Überreste von Susan Smith erwirken, wenn Wolfe sie nicht sofort überstellen würde. Wie Jones behauptete, drohte Bartley damit, er werde Dr. Wolfe dann wegen Mißachtung des Gerichts hinter Gitter bringen; jedenfalls, die Leichenreste seien sofort an die Familie auszuliefern.

Als er zu seinem Büro in Frankfort zurückkam, rief der wütende Dr. Wolfe sofort John Paul Runyon an. »Ich möchte gern von Ihnen wissen, wie Sie mich dafür hinter Gitter bringen wollen, daß ich meine Arbeit mache«, fauchte er.

»Nein, nein, David Jones hat das mißverstanden«, wiegelte Runyon ab. »Wir haben natürlich keinen Gerichtsbeschluß beantragt. Die Familie will die sterblichen Überreste freigegeben haben, das ist alles.«

»Na schön, aber es gibt doch keinen Grund dafür, daß jetzt überstürzt zu tun. Meiner Ansicht nach wird es unzweifelhaft zu weiteren gerichtlichen Auseinandersetzungen kommen, und dann muß man alle Fragen beantworten können.«

»Putnam hat sich schuldig bekannt, es besteht kein Anlaß, die Sache noch weiter in die Länge zu ziehen.«

»Sie haben doch bis jetzt nicht einmal Beweise dafür, daß das, wofür er sich schuldig bekennt, tatsächlich auch so abgelaufen ist. Sie wissen doch nicht einmal, ob er sie wirklich zu der Zeit, die er angibt, umgebracht hat«, argumentierte Wolfe.

Aber sein Protest konnte Runyon nicht umstimmen. Er bestand darauf, die Gebeine müßten der Familie übergeben werden. Rick Bartley rief noch am selben Tag mehrmals an und sagte Wolfe, ein Richter in Pikeville habe bestätigt, daß es keine rechtliche Begründung gäbe, die Autopsie fortzusetzen. Er behaupte, auch der Coroner unterstütze die Forderung nach Überführung der Leichenreste, um die Familie Susan Smith' zufriedenzustellen.

Fluchend rief Wolfe seinen Vorgesetzten, den Leitenden Gerichtsmediziner in Lexington an und berichtete ihm, was da vor sich ging. Wenn der Coroner des Pike County keine weiterführende Autopsie wolle, beschied Wolfes Vorgesetzter ihn, ›dann können die Leichenreste ebensogut freigegeben werden, vor allem, weil die rechtliche Würdigung erfolgt ist und Putnam hinter Gittern sitzt‹.

Wolfe aber war überzeugt, daß Putnam in seinem beeidigten Schuldbekenntnis gelogen hatte, und er ging die ihm zugestellte Kopie des Geständnisses wieder und wieder durch und suchte nach Widersprüchen.

Er fand heraus, daß eine Reihe von Aussagen angezweifelt werden konnten. Auf Seite drei des Geständnisses sagte Putnam, Susan habe ihn ins Gesicht geschlagen, aber er hatte nachher weder Kratzer noch Blutergüsse im Gesicht gehabt; es gab Zeugen, die das bestätigten. Wolfe hätte gern die Möglichkeit bekommen, die Fingernägel Susans zu untersuchen, ob sich Überreste von Gesichtsgewebe darunter befanden ... Und da war die Sache mit der zerbrochenen Windschutzscheibe; Wolfe glaubte Putnams Behauptung nicht, daß Susan mit nackten Füßen das Sicherheitsglas eingetreten hatte. Wenn sie es aber getan hatte, dann mußten sich Traumata an ihren Fußknochen nachweisen lassen. Und jetzt wurde ihm die Chance geraubt, diese Behauptung zu überprüfen ...

Da waren weitere Ungereimtheiten in dem Geständnis, wie Wolfe feststellte.

»Putnam sagte, er habe die Leiche ›im Hang auf dem Rücken abgelegt‹. Das ist schlichtweg unmöglich. Man braucht sich nur den Hang am Harmon's Branch anzusehen. Die einzige Möglichkeit, daß sie dorthin kam, wo sie gefunden wurde, war, sie über den Rand des Abhangs zu werfen. Und der einzige Grund, weshalb die Leiche am Fundort liegenblieb, war der, daß sie am Pfahl eines alten Zaunes hängenblieb, sonst wäre sie den ganzen Hang bis zum Grund runtergerollt.«

Wolfe sah sich das Video an, das man am Tag des Leichenfundes am Harmon's Branch aufgenommen hatte. Putnam behauptete, er habe die Leiche vorsichtig den Hang hinuntergetragen, aber Wolfe konnte nur einen steilen, vermutlich von Moto-Cross-Motorrädern eingekerbten Pfad ausmachen, den Putnam benutzt haben könnte. Der aber war viel zu steil, als daß ein Mensch ihn hinabsteigen könnte, geschweige denn jemand, der eine Leiche zu schleppen hatte.

»Ein toter Körper wiegt eine ganze Menge mehr als ein lebender«, erklärte Wolfe später einmal. »Man muß sich das so vorstellen, als ob man einen prallgefüllten Kartoffelsack zu tragen hätte. Und dazu kommt noch, daß nach einiger Zeit, etwa nach drei Stunden, die Leichenstarre eintritt und der Körper sich versteift. Wenn das geschehen ist, dann braucht man zwei bis drei Leute, um eine Leiche hochzuheben, und das ganz bestimmt, wenn sie im Kofferraum eines Wagens eingezwängt ist.«

Wolfe war daher von Putnams Aussage, er sei mit Susans Leiche im Kofferraum stundenlang herumgefahren, keinesfalls überzeugt ... Für ihn war klar, daß der ehemalige FBI-Agent eine weitaus düsterere Gestalt war, als die Medien ihn dargestellt hatten. Putnam gab sich als netter Kerl, dem bedauerlicherweise ein Totschlag im Affekt unterlaufen war, aber Wolfe nahm ihm das nicht ab ...

Putnam hatte angegeben, er habe Susan zum Schluß auf die Wange geküßt. Die Sache hatte sich im Juni abgespielt, überlegte Wolfe, und da er die Leiche stundenlang im Kofferraum seines Wagens liegengelassen hatte, mußte inzwischen die Verwesung längst eingesetzt haben. »Ich habe zu viele Leichen gesehen, die im Sommer längere Zeit in Kofferräumen gelegen hatten, als daß ich nicht wüßte, daß man schon des Geruchs wegen nicht gern in ihre Nähe kommt.«

Wie auch immer, Runyon bestand darauf, daß die Autopsie abgebrochen wurde, ›im Interesse von Susan Smith' Familie‹, wie er behauptete. Wolfe entschloß sich daher am nächsten Tag, wenn auch unter Protest, die sterblichen Überreste der Susan Daniels Smith freizugeben, nachdem er, wie er heute noch behauptet, von der Staatsanwaltschaft unter Vorspielung falscher Tatsachen dazu veranlaßt worden war.

Am nächsten Tag erschienen die Zeitungen mit den Schlagzeilen: *KEINE AUTOPSIE DES OPFERS DES EHEMALIGEN FBI-AGENTEN.*

Dr. Wolfe sagte in einem Interview: »Ich mache seit dreizehn Jahren Autopsien im Auftrag des Staates Kentucky, und dies ist das erste Mal nach über siebenhundert Untersuchungen, daß man mich angewiesen hat, eine Autopsie abzubrechen, so daß ich meine Pflicht, die

Ursache und Art des Todes eines Menschen herauszufinden, nicht erfüllen kann.« Ergänzend bemerkte er, daß ihm ein Jahresetat von 1,4 Millionen Dollar zur Verfügung stehe und daß das Gerichtsmedizinische Untersuchungsinstitut des Staates Kentucky im Jahr 1990 bereits zweitausendzweihundert Autopsien durchgeführt hatte.

Staatsanwalt Runyon konterte in der Presse: »Ich sehe nicht ein, daß irgend jemand, einschließlich des Herrn Gerichtsmediziners, das Recht haben sollte, die sterblichen Überreste eines Menschen einzubehalten, nur um seine wissenschaftliche Neugier zu befriedigen, wenn die Familienangehörigen die Gebeine zurückhaben wollen.«

Wolfe interpretierte die Geschehnisse um die Autopsie später so: »In den Fällen, in denen vom üblichen Verfahren abgewichen wird, steckt immer etwas dahinter – meistens soll irgend etwas verheimlicht oder vertuscht werden. Ich weiß das aus Erfahrung.«

Schon vor der Einstellung der Autopsie hatten das FBI und die Staatspolizei es Dr. Wolfe schwer gemacht, die Wahrheit über Susan Smith' Tod herauszufinden. Er hatte zum Beispiel gebeten, ihn zu dem Ort zu bringen, an dem Putnam angeblich Susan getötet hatte, zum Peter Creek Mountain, damit er nach Spuren suchen könne, aber man sagte ihm, das sei überflüssig; das FBI würde dort sorgfältige Ermittlungen anstellen. Nach Wolfes Wissen ist das aber nie geschehen. Wolfe bat auch darum, den Leihwagen untersuchen zu dürfen, den Putnam am Tattag benutzt hatte, aber man sagte ihm, ein FBI-Spezialistenteam hätte das bereits erledigt und nichts gefunden.

Nachdem nun die Staatsanwaltschaft Dr. Wolfe soweit gebracht hatte, der Übergabe der Gebeine zuzustimmen, wurde der Coroner des Pike County, Charles Morris, vom Büro des Staatsanwalts aufgefordert, sofort nach Frankfort zu fahren und die Überreste der Leiche abzuholen; man ließ Morris dabei in dem Glauben, die Autopsie sei abgeschlossen.

»Ich war nicht in der Stadt, als das alles ablief«, sagte Morris. »Ich bekam einen Anruf vom Büro des Staatsanwalts, als ich gerade am anderen Ende des Staates unterwegs war. Man sagte mir, ich solle zum Gerichtsmedizinischen Untersuchungsinstitut fahren, dort die Gebeine abholen und sie nach Phelps bringen. Man vermittelte mir den Eindruck, die Arbeit wäre abgeschlossen, die Untersuchung der Gebeine von Susan Smith beendet.«

Als Morris in Frankfort ankam, war es schon kurz nach fünf Uhr nachmittags, also mußte ihn ein Angehöriger des Wachdienstes in das Büro des Gerichtsmediziners führen, wo die Gebeine in einem großen Pappkarton für ihn bereitstanden. Morris unterzeichnete eine Übernahmequittung und brachte den Karton zu einem Bestattungsinstitut in Phelps, wo er ihn der Besitzerin Alice Mullins übergab.

Erst am nächsten Tag sprachen Charles Morris und David Wolfe am Telefon miteinander und entdeckten, daß das Büro des Staatsanwaltes sie beide hinters Licht geführt hatte. Wolfe sagte Morris, daß er die Autopsie keineswegs abgeschlossen hatte, und Morris informierte Wolfe, daß er keineswegs gefordert hatte, die Untersuchung einzustellen . . . Später lehnte Charles Morris es ab, den Totenschein zu unterzeichnen, und obwohl er deshalb durch die Staatsanwaltschaft unter Druck gesetzt wurde, gab er nicht nach. Die Gebeine Susan Smith' wurden nunmehr für die Beerdigung vorbereitet. John Paul Runyon hatte es sich auch nicht nehmen lassen, zum Bestattungsinstitut zu fahren und Shelby bei der Auswahl des Sarges zu beraten. Der Staat zahlte der Familie eine Unterstützung von fünfhundert Dollar für die Beerdigung, weil sie zu arm war, für ein angemessenes Begräbnis aufzukommen. Der Sarg, den Runyon auswählte, war ein Kindersarg, was, wie Shelby später behauptet, nicht vorgesehen war, aber Runyon sagte ihr, ein normaler Sarg wäre nicht erforderlich . . .

Dann, zwei Tage vor dem festgelegten Beerdigungstermin, rief Charles Morris bei John Paul Runyon an und bat den Staatsanwalt, einer Besprechung mit Shelby Ward zuzustimmen.

»Ich verstehe nicht«, sagte Morris, »warum Sie wollen, daß die Autopsie abgebrochen wird. Wir haben noch nie eine Autopsie eingestellt, weil Familienangehörige das wollten. Ich habe mit anderen Gerichtsmedizinern in Kentucky gesprochen, und keiner von ihnen hat jemals von so etwas gehört. Wie können Sie es zulassen, daß ein möglicher Mordfall ungesühnt bleibt?«

Runyon stimmte der Besprechung zu, und später am Tag setzten sich Shelby Ward und Charles Morris mit ihm zusammen. Nach einer kurzen Diskussion beschlossen die drei, das Begräbnis zu verschieben und Dr. Wolfe die Gelegenheit zu geben, die Autopsie zu Ende zu führen. Shelby's Anwalt Larry Webster hatte sie darauf hingewiesen, daß eine Autopsie die Klage über dreihundertfünfundzwanzigtausend Dollar, die die Familie ›wegen Unterlassung des Schutzes von Susan Smith gegen ihren Mörder‹ eingereicht hatte, positiv beeinflussen konnte. Wenn die Autopsie zum Beispiel den Beweis erbringen konnte, daß Susan zu Tode geprügelt worden war, konnte die Familie wahrscheinlich mit einer noch größeren Summe rechnen.

Am Montag, dem 18. Juni, wurde also beschlossen, Susan Smith' Gebeine nach Frankfort zurückzuschicken. Morris hatte sich ›das Material‹ angeschaut, und auch bei ihm hatten sich Fragen ergeben – über zwei fehlende Backenzähne in der Kinnlade und damit die Todesursache . . .

Noch am selben Tag aber, um vier Uhr nachmittags,

erhielt der Coroner des Pike County einen Anruf von Staatsanwalt Runyon, daß die sterblichen Überreste Susan Smith' nun doch nicht nach Frankfort zurückgebracht würden und daß das Begräbnis wie geplant stattfinden würde.

»Runyon sagte nur, es hätte letztlich ja doch keinen Zweck, es käme nichts dabei heraus«, erinnerte sich Morris. »Es war aus und vorbei . . . Ich sagte ihm, ich könne ohne klaren Beweis für die Todesursache die erforderlichen Papiere nicht ausstellen, aber Runyon schien das kalt zu lassen.«

Shelby Ward bekam kurz darauf einen Anruf vom Stellvertretenden Leitenden Staatsanwalt Rick Bartley. Er sagte ihr, das Büro des Gerichtsmediziners in Frankfort lehne die Rücknahme der Gebeine ab, weil die Sache in zivile Hände übergegangen sei und somit nicht länger in die Verantwortung des Staates Kentucky falle. Bartley erklärte der verwirrten Shelby, man könne jetzt nur noch eine Autopsie durchführen lassen, wenn die Familie Daniels die Kosten dafür trage.

»Bartley hat mir gesagt, die Autopsie würde Tausende von Dollar kosten«, sagte Shelby später. »Er wußte natürlich, daß wir so viel Geld nicht aufbringen konnten. Ich hab' später rausgefunden, daß eine private Autopsie nicht im geringsten so viel kostet, wie er mich glauben gemacht hat.«

Shelby beharrte zunächst darauf, daß die Autopsie wie verabredet zu Ende geführt werden müsse, aber Bartley überzeugte sie davon, daß das Ergebnis keinen Einfluß auf die Zivilklage der Familie hätte, daß Susans Tod sich höchstwahrscheinlich so ereignet hätte, wie Putnam es dargestellt hatte und daß Putnam doch gar keinen Grund hätte, den Ablauf der Tat falsch darzustellen. Am Ende des Gesprächs hatte Bartley Shelby weichgekocht; sie war überzeugt, eine schnelle Beerdigung sei die beste Lösung . . .

Am nächsten Morgen rief Alice Mullins, die Besitzerin des Bestattungsinstituts und Freundin der Familie Runyon, bei Shelby an und fragte: »Was halten Sie von einem Begräbnis innerhalb von vierundzwanzig Stunden? Sie kommen heute abend alle zu Kaffee und Kuchen zu mir, wir besprechen alles, und morgen um ein Uhr machen wir die Beerdigung.« Shelby stimmte diesem Vorschlag zu, auch wenn jetzt alles überstürzt ablaufen mußte. Die Zeit reichte für Carla nicht, aus Texas herzukommen, und die Freunde und Bekannten der Familie konnten keine Blumen mehr schicken; alles mußte in so großer Eile geschehen ...

Die sterblichen Überreste Susan Daniels Smith' wurden am 20. Juni 1990 zu Grabe getragen, auf einer kleinen Anhöhe hinter dem Haus ihres Großvaters, dem Friedhof der Familie Eldridge am Barrenshea Creek. Ihr Bruder Billy Joe gab einem Jungen fünfundzwanzig Dollar dafür, daß er eine Stelle an diesem gottverlassenen Ort von Unkraut reinigte, um das Grab ausheben zu können – in dem Susan jedoch zunächst einmal nur für die nächsten Monate begraben sein sollte ... Es reichte nicht zu einem Grabstein, nur zu einer kupferfarbenen Gedenktafel aus Plastik, auf der ihr Name, ihr Geburtstag und der Todestag verzeichnet waren.

Aber die Verstrickung mit dem FBI war für Susan Daniels Smith und die Angehörigen ihrer Familie noch nicht vorbei, denn nur kurze Zeit nach dem Begräbnis wurden Shelby und Billy Joe aufgefordert, einem Team des FBI, das die interne Untersuchung im Zusammenhang mit Mark Putnams Verbrechen durchführte, als Zeugen Rede und Antwort zu stehen. Sie wurden Mitte Juli 1990 über zwei Stunden lang im FBI-Büro in Pikeville angehört.

»Als Sarah Pickard vom FBI bei mir anrief und mich fragte, ob ich aussagen wollte, habe ich ja gesagt, bestand aber darauf, meinen Anwalt dabeizuhaben«, erinnert sich Shelby. »Bei dem Gespräch war sie sehr nett zu mir. Bei ihr war noch ein anderer FBI-Agent – Raymond Edaney Jr. aus Nashville –, und sie hat uns miteinander bekanntgemacht. Huggins war auch da, und er sagte zu mir, er wisse, daß ich eine Menge durchgemacht hätte. Alle drei entschuldigten sich bei mir, nicht für Mark, sondern für ihr eigenes Verhalten.«

Die Untersuchung wurde von der ›Kommission für berufliche Korrektheit‹ des FBI geleitet. Die Befragung konzentrierte sich auf zwei FBI-Agents – Terry Hulse, Putnams ehemaligen Supervisor, und Ron Poole, Putnams ehemaligen Partner im FBI-Büro in Pikeville.

Das FBI-Team befragte Shelby über Susans Schwangerschaft, wollte herausfinden, wieviel Ron Poole darüber und über die Affäre zwischen Susan und Putnam gewußt hatte. Shelby sagte dazu, Ron sei über alles, was da vor sich gegangen war, voll informiert gewesen, und auch Terry Hulse habe von dem Problem gewußt. Ron Poole habe ihr einmal erzählt, berichtete sie dem FBI-Team, Hulse sei eines Tages in das FBI-Büro in Pikeville gekommen, habe Mark angeschaut und gesagt: »Ich habe gehört, Sie werden Vater. Ich habe gehört, Sie kriegen einen kleinen unehelichen Balg.« Aber Mark und Ron wären über diese Bemerkung mit einem Lachen hinweggegangen.

Während des zweistündigen, auf Tonband aufgezeichneten Gesprächs zwischen Shelby und den FBI-Agents kam auch das Thema von Putnams angeblichem Diebstahl von Kokain aus dem Beweismittel-Panzerschrank des FBI-Büros zur Sprache. Shelby gab an das Team weiter, was Susan ihr dazu gesagt hatte. Sie berichtete auch von der ›Party‹, die in Ron und Marks Büro an dem Tag stattgefunden hatte, als Susan mit ihrer Freundin Donna Charles dort einen Besuch machte, und in deren Verlauf

Donna ihre Bluse hochgeschoben und ihre Brüste zur Schau gestellt hatte.

»Als ich das gesagt habe, traten den Leuten fast die Augen aus dem Kopf«, sagte Shelby später, »und sie kritzelten wie wild auf ihren Notizblättern herum, schauten sich an, als ob sie es nicht glauben könnten.«

Während Shelby von den Agents Pickard und Edaney angehört wurde, wurde Billy Joe in einem anderen Zimmer von Jim Huggins befragt.

»Poole hat herumgeprahlt, wie er den Fall gelöst hätte«, berichtete Billy Joe. »Und er hat mich angerufen, er möchte gerne nach Freeburn kommen und der Familie sein Mitgefühl zum Ausdruck bringen, aber ich habe ihm gesagt, das wäre keine gute Idee.«

Als das Thema Zeugenschutz aufkam, erklärte Huggins Billy Joe, was immer Putnam auch Susan dazu gesagt haben mochte, es sei völlig falsch gewesen. Anscheinend hatte er Susan glauben gemacht, wenn jemand unter das Zeugenschutzprogramm gestellt würde, wisse niemand auf der ganzen Welt, nicht einmal Familienmitglieder, wo er sich dann aufhalte. Huggins aber erklärte Billy Joe Daniels, daß das Zeugenschutzprogramm keineswegs so funktioniert, sondern daß mindestens ein Mitglied der Familie über den Aufenthaltsort der unter Zeugenschutz stehenden Personen informiert wird.

Als in dem Gespräch wieder einmal Ron Pooles Name fiel, berichtete Billy Joe von den Ereignissen des Tages, an dem Ron zu Josie Thorpe und Helen Prater fuhr, um die Anrufe der mysteriösen ›Susan Smith‹ zu überprüfen.

»Ron sagte mir, er hätte die Schnauze voll von den Spielchen, die Mark da aufziehen würde«, sagte Billy Joe zu Huggins. »Er war stocksauer, weil Putnam ihn verdammt alt aussehen ließ.«

Die Ergebnisse der internen Untersuchung des FBI sind nie veröffentlicht worden. Einige Zeitungsreporter haben angedroht, sie würden unter Berufung auf das Gesetz zur Informationsfreiheit einen Gerichtsbeschluß erwirken, der ihnen Zugang zu dem Ergebnisbericht verschafft. Aber bis heute hat noch kein Reporter etwas unternommen, um diese Drohung wahrzumachen . . .

Epilog

Etwa drei Monate nach der Verurteilung Putnams meldete sich Cleo Burgess, eine Angestellte des Goldenrod-Motels, mit Informationen über die Aufenthalte des ehemaligen FBI-Agents in diesem Motel. Die Staatspolizei von Kentucky ging den Hinweisen nach und fand bei einer Überprüfung der Meldeformulare des Motels heraus, daß Putnam in der Zeit von August bis Dezember 1988 tatsächlich acht- oder neunmal dort ein Zimmer genommen hatte. Jedesmal hatte man eine junge Frau, auf die die Beschreibung Susan Smith' paßte, bei ihm gesehen; sie wartete immer in Putnams braunem Wagen, während er ins Büro ging, sich auswies und angab, er brauche ein Zimmer, um eine Vernehmung durchzuführen. Manchmal bezahlte er nur für eine Person – zweiundzwanzig Dollar und fünf Cents –, manchmal bestanden die Angestellten des Motels darauf, daß er für zwei Personen bezahlte – dreiundzwanzig Dollar und zehn Cents.

Wie die Motelangestellte Connie Haynes aussagte, fand das Zimmermädchen jedesmal, wenn Putnam und die junge Frau das Zimmer wieder verlassen hatten, eines der Betten ›zerwühlt‹ vor, dazu einige verschmutzte Handtücher. Eine andere Angestellte des Motels, Mageline Hall, sagte der Polizei, Putnam sei ›ungefähr Anfang Januar 1989‹ wieder zu dem Motel gekommen und habe um einige Quittungen gebeten. Anscheinend hat er dann sein FBI-Abzeichen auf das Empfangspult geknallt und barsch die Aufnahmescheine von seinen Aufenthalten im Motel verlangt. Man sagte ihm, die Scheine würden von der Besitzerin des Motels, Katie Malik, persönlich aufbewahrt, und sie sei derzeit nicht erreichbar. Er stürmte wütend, ohne die Aufnahmescheine, aus dem Büro und kam dann nicht mehr ins Goldenrod zurück.

Agent Ron Poole stellte seine Anrufe bei Shelby Ward im Juli 1990 ein, ungefähr vier Wochen nach dem Begräbnis von Susan Smith. Er sagte Shelby, er sei nach Lexington versetzt worden, obwohl er noch bis weit in das Jahr 1991 hinein im FBI-Büro in Pikeville Dienst tat. Shelby behauptet, Poole habe sie während der Phase der Suche nach Susan mehrmals täglich angerufen und dabei oft versucht, sich ›an sie ranzumachen‹; er habe zum Beispiel gefragt, was für Höschen sie heute anhabe, ob sie überall am Körper schön gebräunt sei, Fragen dieser Art, und er hatte ihr gesagt, er werde seine Frau verlassen. Poole reichte am 2. April 1990 tatsächlich die Scheidung ein, wie die Akten des Bezirksgerichts ausweisen, sie wurde jedoch nie vollzogen; Poole wohnt noch immer bei seiner Frau Cynthia und seinen drei Kindern.

Am 31. Juli 1990 reichte Rechtsanwalt Larry Webster aus Pikeville ein verwaltungsrechtliches Klagebegehren beim FBI in Washington ein, in dem er vorbrachte, die Fahrlässigkeit des FBI müsse als ›unmittelbare Ursache des Todes von Susan Smith‹ betrachtet werden; sowohl Putnams Vorgesetzter als auch sein Mitarbeiter im FBI-Büro Pikeville hätten wissen müssen, daß Putnam ›unter extremem Druck stand, als er von der Schwangerschaft erfuhr und somit bei ihm die Gefahr der Durchführung unberechenbarer Aktionen bestand . . .‹ Webster geht davon aus, daß sowohl Hulse als auch Poole grob fahrlässig gehandelt und somit versagt haben, indem sie ohne Nachprüfung annahmen, die Beziehung zwischen Susan Smith und Mark Putnam verlaufe im Sande und indem sie es unterließen, Susan Smith vor den Konsequenzen dieser Beziehung zu schützen und dafür zu sorgen, daß sie Personenschutz erhielt . . . Über diese Klageerhebung gegen das FBI ist bis heute noch nicht entschieden worden. Folglich ist auch noch keine ordentliche Klage vor einem Gericht gegen das FBI im Zusammenhang mit dem Tod Susan Daniels Smith' erhoben worden . . .

Im April 1991 entschied ein Richter des Bezirksgerichtes des Pike County, daß der Forderung der Familie von Susan Smith stattzugeben und die Gebeine der Verstorbenen zu exhumieren seien. Am 20. Mai 1991 um neun Uhr morgens fand die Exhumierung statt, und die Gebeine wurden zum Gerichtsmedizinischen Institut in Frankfort gebracht, wo Dr. David Wolfe nunmehr eine Autopsie durchführen sollte. Mark Putnam beauftragte einen Anwalt aus Louisville mit der Wahrnehmung seiner Interessen bei diesem Geschehen, und der wiederum beauftragte Anthony Perzigian, einen Gerichtsmediziner und Lehrbeauftragten an der Universität von Cincinnati, Dr. Wolfe bei der Autopsie über die Schulter zu schauen. Perzigian begab sich bei zwei verschiedenen Gelegenheiten nach Frankfort und war bei den Untersuchungen Wolfes zugegen, wobei er auch in die Analyse der Untersuchungsergebnisse einbezogen wurde. Die beiden Männer fanden Beweise dafür, daß ein Kampf stattgefunden hatte. Dafür sprach insbesondere, daß der rechte *Processus styloides* – ein Knochenvorsprung an der Schläfe – gebrochen war. Der Bruch war, wie sich nachweisen ließ, zum Zeitpunkt des Todes hervorgerufen worden. Wolfe fand auch eine kleine Bruchstelle am rechten Nasenbein, die ebenfalls kurz vor Eintritt des Todes entstanden sein mußte.

Wolfe stellte ausdrücklich klar, daß seine Untersuchungsergebnisse *nicht* darauf hindeuten, daß Susan infolge einer Strangulation gestorben ist. Er betont allerdings auch, daß er die Todesursache nicht eindeutig feststellen kann, weil Schilddrüsenknorpel, die untersucht werden müßten, bei den Überresten von Susan Smith' Leiche fehlen. Wolfe sagte jedoch, der gebrochene Griffelfortsatz an der rechten Schläfe weise darauf hin, daß Susan durch einen Schlag auf den Kopf getötet worden sein könnte . . .

Bei der weiteren Untersuchung der Gebeine stieß Wolfe auf eine Reihe von Unstimmigkeiten. Die bedeutendste war, daß das Material, das man ihm übergeben hatte, gegenüber dem, das er am Tatort sichergestellt hatte, unvollständig war. Drei Behälter mit kleineren Knochenteilen waren nicht mehr vorhanden. In ihnen hätte sich das fetale Gewebe sowie die Zähne, die in der Kinnlade fehlten, befinden müssen. Folglich war Wolfe nicht in der Lage, auch nur eine Spur von fetalem Gewebe nachzuweisen.

Darüber hinaus sagt Wolfe, daß damals sechzehn Gramm eines ›weichen Gewebes‹, das einem Beinknochen angehaftet hatte, sein Labor verlassen hatten, bei der Rückgabe der Gebeine seien aber nur noch viereinhalb Gramm Gewebe – Muskelgewebe – vorhanden gewesen. Die sechzehn Gramm hatten sich bei der Übergabe an den Coroner, der die Gebeine nach Phelps gebracht hatte, in einem gesonderten, mit Beweismittel-Klebeband versiegelten Behälter befunden; der ganze Behälter fehlte jetzt.

Bei seiner Untersuchung der sterblichen Überreste von Susan Smith stieß Wolfe auf eine weitere Besonderheit: Unter einigen Fingernägeln fanden sich Spuren von Hautgewebe, und er empfiehlt, über einen Gerichtsbeschluß zu erreichen, daß Mark Putnam sich einer genetischen

Untersuchung unterzieht, um festzustellen, ob dieses Gewebe von ihm stammt. Wolfe meint, es könnte sich möglicherweise herausstellen, daß mehr als eine Person an der Tötung Susan Smith' beteiligt war . . .

Darüber hinaus entdeckte er rote Stoffasern bei den Skelettresten. Nach Putnams Geständnis trug Susan Smith zur Tatzeit nur graue, keine roten Kleidungsstücke. Die roten Fasern könnten aus dem Inneren des Leihwagens stammen, aber Wolfe kann dazu nur feststellen: »Das FBI hat sich über die Farbe im Inneren des Leihwagens mir gegenüber bisher in Schweigen gehüllt.«

Der derzeitige Sachstand ist demnach, daß Dr. David Wolfe nur einen unvollständigen Bericht über den Tod von Susan Daniels Smith erstellen kann . . .

Anmerkung der Autorin

Es wurde zweimal der Versuch unternommen, mit Mark Steven Putnam brieflich in Kontakt zu kommen, einmal direkt durch ein Schreiben an ihn ins Gefängnis, einmal über seinen Anwalt, aber er hat keinerlei Anstalten gemacht, am Projekt dieses Buches mitarbeiten zu wollen. Kathy Putnam wurde ebenfalls angeschrieben, hat jedoch in keiner Weise reagiert.

Es wurde versucht, mit Special Agent Ronald Poole sowohl brieflich als auch persönlich in Kontakt zu kommen, aber er lehnte es strikt ab, sich zum Fall Mark Putnam zu äußern.

Der Leitende Staatsanwalt des Pike County, John Paul Runyon, wurde sowohl schriftlich als auch telefonisch kontaktiert, lehnte jedoch wiederholt eine Zusammenarbeit ab.

J. Kevin O'Brien, Leiter der Abteilung Informationsfreiheit im Bundesministerium der Justiz, hat im März 1991 eine Forderung auf Herausgabe der Akte dieses Falles an das FBI gestellt, aber es haben sich Verzögerungen ergeben, so daß die daraus möglicherweise zusätzlich zu gewinnenden Informationen noch nicht zur Verfügung standen.

A. J.

Werbeagenten, bei dem die Schauspielerprominenz ein- und ausgeht. Sie verbringen mit ihm ein Wochenende auf dem Lande. Mitten in der Nacht werden Sie durch unheimliche Geräusche wach. Ihr Verlobter ist ermordet worden. Und der Mörder bedroht Sie. Später will er Ihr Liebhaber werden – und das Schlimmste von allem: Sie müssen sich eingestehen, daß er eine schreckliche Faszination auf Sie ausübt . . .
Ein Alptraum? Nur ein weiterer Kriminalroman? Leider nein. Es ist bittere Realität, was sich da abgespielt hat unter der Sonne Kaliforniens.

Shelley Sessions
Peter Meyer
Dunkle Begierde
Zwölf Millionen Frauen, so schätzt man, wurden allein in Amerika in ihrer Kindheit und Jugend von ihren Vätern sexuell belästigt und mißbraucht. Und auch in Deutschland liegt die Dunkelziffer gerade dieses Verbrechens alarmierend hoch. Denn nur wenige Töchter wagen es, das Schweigen über ihr Leiden zu brechen.

Die wahre Geschichte der Shelley Sessions ist für all diese Fälle ebenso exemplarisch wie ungewöhnlich. Aufgeweckt und allseits beliebt, lebt das texanische Mädchen eine scheinbar sorglose Kindheit. Ihr Stiefvater, ein steinreicher Unternehmer, hat Shelley seit jeher vergöttert. Doch seine Liebe schlägt um in sexuelle Forderungen, die immer gröber werden . . .

Ken Englade
Wo alles Mitleid endet
Werden manche Menschen als Mörder geboren? Darüber werden Sie lange nachdenken, wenn Sie den

eindringlichen Bericht über die Reise dieser beiden jungen Leute ins Böse gelesen haben.
Elzabeth Haysom und Jens Soering, Sohn eines deutschen Diplomaten, sind kein gewöhnliches Pärchen. Beide sind überdurchschnittlich intelligent, beide stammen sie aus bestem Haus, beide, besonders Jens, sind gefühlsmäßig stark gehemmt.
Was kann die beiden bewogen haben, den brutalen Mord an Elizabeths Eltern eiskalt vorzubereiten und durchzuführen? Das Verlangen, an das große Geld der Eltern heranzukommen? Dunkle Triebe? Blutrausch? Drogeneinfluß?

Barry Siegel
Die Stadt, die nicht vergessen konnte
Nach ihrer Heirat hatte Lois Jurgens nur noch einen Wunsch – Kinder in die Welt zu setzen und großzuziehen. Doch dieser Traum wurde ihr nicht erfüllt. Was lag näher, als ein Kind zu adoptieren? Und da Lois Wohlstand und gesicherte Verhältnisse bieten konnte, vertrauten die Sozialarbeiter ihr den kleinen Dennis an. Vier Jahre später war dieses Kind tot: eine schlimme Bauchfellentzündung, sagt der Leichenbeschauer. Aber es finden sich auch Spuren seltsamer Verletzungen an dem Jungen.
Dennoch durfte Lois Jurgens ein zweites Kind adoptieren. Erst fünfzehn Jahre später wird das Verfahren über den mysteriösen Tod des kleinen Dennis neu eröffnet. Und es kommen schreckliche Dinge ans Licht . . . über die neurotische Frau, die um jeden Preis Mutter sein wollte, über ihren teilnahmslos-passiven Ehemann, über leichtgläubige Verwandte, die die vielen dunklen Zeichen nicht sehen wollte . . .

Joe McGinniss
Quälende Zweifel
Bonnie von Stein ist eine Frau, die nie aufgibt. Nach dem Scheitern ihrer ersten Ehe zog sie ihre Kinder allein groß – bis sie in Lieth von Stein den idealen Ehemann fand: vermögend, fürsorglich und verläßlich. Aber ein brutaler Überfall ließ dieses späte Familienglück jäh zerschellen:

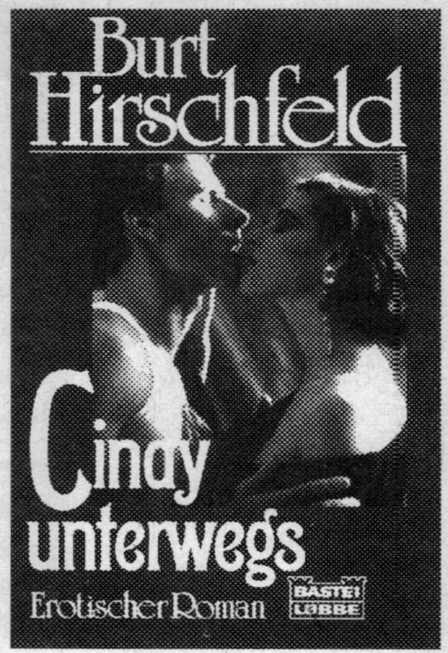

Band 13 546

Burt Hirschfeld

Cindy unterwegs
Erotischer Roman

Deutsche Erstveröffentlichung

Lernen Sie Cindy kennen! Sie werden sie nie vergessen!

Willkommen in Cindys Welt – dekadenter Spielplatz der Kunst- und Politik-Schickeria. Cindys Welt ist voller ausgeflippter Hippies, bis sie Karriere im internationalen Film macht, eine Karriere, die sie teuer bezahlen muß. Cindys Welt – ein mitreißender Roman, in dessen Mittelpunkt eine leidenschaftliche Besessenheit steht – ein Roman, wie ihn nur Burt Hirschfeld schreiben konnte!

BASTEI LÜBBE

Sie erhalten diesen Band im Buchhandel, bei Ihrem Zeitschriftenhändler sowie im Bahnhofsbuchhandel.